무녀굴

무녀굴

신진오 장편소설

난 몰라. 다 그녀가 시킨 일이야. 난 아무 잘못도 없어. 난 안 죽였어. 정말이야! 하느님께 맹세해. 난 그늘을 죽이지 않았어. 다만 그냥…… 먹었을 뿐이야.

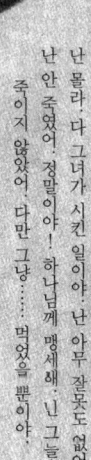

황금가지

| 차 례 |

1. 사굴 ······ 11
2. 부고 ······ 25
3. 영안실 ······ 36
4. 악몽의 시작 ······ 47
5. 불귀(不歸) ······ 53
6. 무령 ······ 63
7. 접근 ······ 71
8. 징조 ······ 80
9. 해무 ······ 86
10. 생일 ······ 95
11. 인다리 ······ 107
12. 접신 ······ 122
13. 제물 ······ 130
14. 마귀 ······ 140
15. 집실 ······ 149

16. 계략 ······ 159
17. 신(神)과 귀(鬼) ······ 172
18. 빙의 ······ 212
19. 소록도 ······ 221
20. 침입 ······ 245
21. 전설 ······ 275
22. 재회 ······ 292
23. 제의(祭儀) ······ 311
24. 신(神)의 자식 ······ 317
25. 요귀(妖鬼) ······ 333
26. 무녀의 무덤 ······ 360
27. 저승의 문 ······ 407
28. 무녀 ······ 417

에필로그 ······ 434

1. 본문 중 서체 등은 저자의 의도에 따라 다르게 사용되었습니다.
2. 이 책에 쓰인 본문 종이 E-light는 국내 기술로 개발된 최신 종이로, 기존에 쓰이던 모조지나 서적지보다 더욱 가볍고 안전하며 눈의 피로를 덜게끔 한 단계 품질을 높인 고급지입니다.

매드클럽 작가님들께 깊은 감사를 드립니다.
그리고 소중한 친구 용민과 재원에게도.

뱀들아 독사의 새끼들아
너희가 어떻게 지옥의 판결을 피하겠느냐!

― 마태복음 23장 33절

1. 사굴

2003년 7월 6일

   일곱 명의 산악자전거 동호회 팀 '매드맥스'는 세화에서 11.5km를 달려 오후 3시 30분쯤에 사굴 입구에 도착했다. 그들이 제주에 온 지 삼 일째 되는 날이다.
   오는 길에 비가 조금 내려 먼 길을 달려왔음에도 체온은 이미 많이 내려가 있었다. 매드맥스의 홍일점인 희진은 다른 동료와 함께 자전거를 동굴 입구 근처에 세워놓고서 등에 짊어진 배낭을 바닥에 내려놓았다. 그리고 나서 가져온 물을 마셨다. 라이딩 후에 마시는 물은 정말이지 꿀맛 같다.
   올해로 3년째 동호회 활동을 해오고 있다. MTB는 여자가 하기엔 너무 과격한 취미라며 친구들이 만류하는데도 불구하고 자전거가 좋아 도저히 이 일을 그만둘 수가 없었다. 자전거와 한 몸이 되어 달릴 때의 쾌감은 그 어느 것과도 비교할 수가 없다. 게다가 그녀에겐 이 모임에 절대로 빠질 수 없는 중요한 이유가 한 가지 또 있었다. 3년 동안 남모르게 짝사랑해 온 그 남자. 그가 있기에 어려운 일정도 꿋꿋이 소화해 낼 수 있었다.

이번 제주도 라이딩을 마치고 나서 그에게 고백하기로 결심했다. 그가 먼저 대시해 주기를 은근히 바라고 있었지만 3년 동안 곁에서 지켜본 바로는 절대 그런 말을 먼저 꺼낼 위인이 아니었기에 그녀가 직접 나서는 수밖엔 없었다.

'그래, 페달을 밟지 않으면 나아갈 수 없는 거야!'

그래서 이번 제주도 라이딩은 어느 때보다 그녀에게 중요한 의미가 있었다. 희진은 물을 마시는 동안에도 그의 옆모습을 힐끔거리며 훔쳐봤다. 고백할 것을 생각하니 벌써 가슴이 설렜다.

잠깐 내린 비로 동굴 입구 근처에 자라난 잡풀들이 촉촉이 젖어 있었다. 팀의 리더이자 제일 연장자인 상철이 스포츠 글라스를 쓴 채 동굴 안을 유심히 들여다보고 있었다. 동굴 입구는 173센티미터인 상철의 키보다 약간 높아 보였다.

희진도 옆으로 다가가 동굴 안을 함께 관찰했다. 두 사람은 각자 준비해 온 손전등으로 안을 비춰보았다. 입구에서부터 바닥의 경사는 급격히 밑으로 내려가 있었다. 손전등을 비추자 어둠의 장막에 싸여 있던 내부의 모습이 조금씩 눈에 들어왔다. 내부는 여기서 보더라도 상당히 널찍해 보였다. 아마 안으로 들어가면 훨씬 더 넓고 으스스할 거라고 희진은 생각했다. 손전등 불빛이 닿는 거리는 30미터 정도였다. 그 이상은 빛이 어둠에 먹혀 보이지 않았다. 동굴 안을 살펴보던 희진은 문득 상철이 손전등으로 어느 한 곳을 계속 가리키고 있는 것을 알아차렸다.
"왜요? 저기 뭐 있어요?"
희진이 물었다.
"뭔가 본 것 같긴 한데."
상철은 고개를 갸웃했다.
"뭔데요?"
"글쎄……"
상철은 선뜻 대답하지 못했다. 뭔가 진지하게 생각하는 것 같았다. 하지만 그는 곧 대수롭지 않은 듯 피식 웃으며 말했다.
"아냐, 아무래도 잘못 봤나봐."
희진은 얼버무리는 듯한 그의 대답이 왠지 좀 석연치 않았다.
정우가 허리춤에 찬 여행용 벨트 색 안에서 소형 캠코더를 꺼내 찍기 시작했다.
캠코더에 부착된 액정화면에 대원들의 모습이 보인다. 저마다 형형색색의 져지(jersey)와 몸에 착 달라붙는 쫄 반바지를 입고, 머리엔 MTB용 헬멧을 쓰고 있다. 먼 길을 와서 다들 피곤한 기색이지만 표정만은 밝다. 유명한 제주도 김녕사굴 안으로 발을 들여 놓는다는 사실에 다소 들떠 있는 모습들이다. 키가 큰 규태부터 돌아가면서 한마디씩 한다. "힘들지만 기분은 좋아요. 헤헤." "내가 먼저 들어갈 거야!" "피곤해 죽을 맛이네." "웃기지 마. 내가 먼저야!" "왠지 떨려요." "기대돼요. 동굴에 들어가 보는 건 처음이거든요." "보고 있어? 미정아! 사랑한다!" (다같이) "하하하—"……그리고 마침내 희진의 차례가 오자, 그녀는 잠깐 뜸을 들이고 나서 (그러자 얼른 말하라고 주위에서 아우성) 약간 수줍어하는 얼굴로 카메라를 보며 "이번 라이딩 이후로, 아마 제 인생에 커다란 변화가 생길 것 같아요. 정말…… 잘 됐으면 좋겠습니다."

희진의 말이 끝남과 동시에 짓궂은 남자들의 야유가 들려왔다. 그런 가운데 유독 한 사람만이 무뚝뚝하게 그녀를 바라보고 있었다.

잠시 후, 대원들은 미리 준비해 온 손전등을 하나씩 손에 들고 리더인 상철 주위에 빙 둘러서서 몇 가지 주의사항을 들었다. 김녕사굴 탐험은 제주도 라이딩에 포함된 코스 중 하나였다. 애초에 이번 라이딩을 계획한 것도 모두 그의 생각이었다.

"……동굴이 안으로 들어갈수록 경사가 심해지니까 내려갈 때 너무 서두르지 마. 게다가 바닥엔 크고 작은 돌멩이들이 널려 있어서 자칫 발을 헛디뎠다간 넘어질 수 있다고. 발목이라도 삐끗하면 일정에 큰 차질이 생기니까 다들 조심하도록. 알겠지?"

"네에—."

"한 50미터 정도 들어갔다가 나올 거야. 어디까지나 맛보기니까 너무 무리하진 말자고. 운이 좋으면 박쥐 똥이라도 볼 수 있겠지."

대원 몇 명이 쿡쿡 웃었다.

"혹시 굴 안으로 들어가기 싫은 사람 있어? 있으면 지금 말해."

"없습니다아—."

"좋아. 그럼 굴 안으로 들어가기 전에 각자 가지고 온 손전등부터 점검해 봐. 안에 들어갔을 때 이상이 생기면 곤란하니까. 여긴 만장굴이나 다른 굴처럼 조명 시설이 설치돼 있지 않으니까 말야. 이 안은 한마디로 완전한 암흑이라고."

상철은 손가락으로 사굴 안을 가리켰다.

그의 말대로 안은 칠흑같이 어두웠다. 사굴이라는 이름답게 굴의 입구는 마치 뱀이 아가리를 벌린 형상처럼 생겼고, 굴 안은 뱀의 목구멍을 보는 듯했다. 희진은 저 시커먼 뱀의 목구멍 속으로 걸어 들어갈 생각을 하니 벌써 다리가 후들거렸다. 그녀는 대원 중에서 유일하게 사굴 탐험을 겁내고 있었다. 아까 상철이 들어가기 싫은 사람은 미리 말하라고 했을 때도 손을 들고 싶은 마음이 간절했다. 그러나 다 같이 가는데 자기만 빠질 수도 없는 노릇이었다. 게다가 '그'가 보는 앞에선 더더욱 그럴 수가 없었다. 그렇더라도 이건 정말 내키지 않는 짓이다. 왜 여기까지 와서 귀신의 집 같은 유치한 공포 체험을 해야 하는 건지, 뭐가 좋다고 남자들은 저리도 들떠 있는 건지, 도저히 이해할 수가 없었다.

그녀는 생각했다.

'이건 단지 동굴일 뿐이야. 평범한 동굴이라고. 사굴이라는 것도 그저 꾸며낸 이야기에 불과해. 이상한 건 전혀 없다고. 전혀!'

사실 맞는 말이다. 여긴 그저 누군가 지어낸 이야기, 그 상상력의 산물에 불과했다. 어떻게 보면 상상이란 마치 병원균처럼 전염성이 있는 건지도 모르겠다. 최초의 누군가 가지고 있던 생각이 다른 누군가에게 입으로 전달되고, 다시 그것이 상상이라는 과정을 거쳐 또 다른 누군가에게 전달된다. 그리고 그 과정에서 상상은 더욱 심화된다. 이러다 보면 그것은 수십, 수백, 수천 명의 사람을 거치게 되고, 다시 몇 세대를 거쳐 후대 사람들에게까지 전해져 내려오게 된다. 그 몇 백 년 전 누군가 생각해 낸 아이디어가 현재의 사람들, 바로 지금처럼 희진과 매드맥스 회원들에게까지 전달되면서 그것이 그들의 상상력을 부추기는 것이다. 그래서 그들이 처음 이곳에 도착했을 때 제일 먼저 떠올린 이미지도 바로 '뱀'이었다. 이 용암 동굴의 입구가 마치 뱀의 아가리 같다고 했는데, 사실 따지고 보면 전혀 닮지 않았다. 그저 땅 밑으로 뻥 뚫린 공동(空洞), 그것을 굳이 뱀과 연관 지어 생각하려 하기 때문에 그들 눈에는 그렇게 보일 뿐이었다. 그렇게 본다면 지금 희진과 매드맥스 회원들은 과거 누군가 퍼뜨린 바이러스에 감염되어 있다고 할 수 있었다.

희진은 저 시커멓고 음산한 공동을 바라보며 최대한 상상을 자제하려고 노력했다. 그것이 이 알 수 없는 공포를 떨쳐낼 유일한 방법이기에. 하지만 그것은 무척이나 어려운 일이었다. 그저 바라보고만 있어도 무서운 상상이 계속해서 자신을 괴롭혔다. 공포만큼 상상력을 자극하는 것이 또 있을까? 그녀의 마음속에 도사린 공포는 마치 똬리를 틀고 앉은 뱀처럼 고개를 빳빳이 쳐든 채 쉭쉭 소리를 내며 위협을 가해왔다. 가까이 다가가기라도 하면 물어버릴 것처럼 잔뜩 겁을 주면서…… 희진은 지금 그런 곳으로 들어가려 하고 있었다.

그때, 상철이 모두를 향해 외쳤다.

"자, 출발!"

동시에 매드맥스 회원들은 일제히 함성을 지르며 사굴의 입 안으로 들어가기 시작했다.

동굴 안은 역시 희진의 예상대로 보기보다 넓었다. 일곱 개나 되는 불빛들이 어둠 속을 어지러이 비추면서 앞으로 나아갔다. 다른 대원들은 동굴 탐험에 몹시 들떠 있었다. 희진은 아까부터 계속 그의 곁에 바짝 붙어서 걸어갔다. 발밑에 굴러다니는 거친 돌덩이들 때문에 앞으로 나아가는 게 수월치 않았다. 동굴 안으로 들어갈수록 바깥에서는 맡을 수 없던 퀴퀴하고 음습한 냄새가 풍겨왔다. 간혹 손전등 불빛에 놀란 벌레들이 불빛 사이로 날아다니기도 했다.

희진은 동굴의 축축한 공기가 몹시 기분 나빴다. 마치 어둠이 끈적이며 달라붙는 것 같아 소름이 돋았다. 게다가 바깥보다 기온이 매우 낮아서 한여름인데도 입에서 입김이 뿜어져 나왔다. 그녀는 손전등을 번갈아 잡아가며 양팔을 문질러댔다.

안으로 들어갈수록 어둠은 짙어지고, 공간은 좁아졌다. 그럴수록 희진이 느끼는 압박감은 더욱 심해졌다. 손전등 불빛에 얼핏 드러나는 기괴한 용암 동굴의 벽면은 온갖 무서운 상상을 떠올리게 했다. 그녀는 최대한 상상하지 않으려고 노력했다. 그나마 어둠 속에서 대원들끼리 나누는 대화가 희진을 안심시켜 주었다. 누군가 큰 소리로 "야호!" 하고 소리치자, 그 소리가 동굴 벽에 부딪히면서 쩌렁쩌렁 울려 퍼졌다. 소리 때문에 귀가 먹먹해질 정도였다. 그러자 너도나도 한 번씩 "야호!" 하고 소리를 지르기 시작했다. 남자들은 이런 때일수록 일부러 더 장난을 치면서 자신의 남자다움을 과시하려 한다는 것을 그녀는 잘 알고 있었다. 매드맥스 회원 중에 그런 마초 성향의 사람들이 꽤 있다. MTB는 그들의 욕구를 충족시켜주는 최고의 레포츠인 것이다. 그렇더라도 지금 같은 상황에서 그런 남자들과 함께 있다는 사실이 여간 다행스러운 게 아니었다.

"이제 그만! 귀청 떨어지겠다."

상철이 말했다.

"히히히. 이거 되게 재밌는데."

"앞으로 20미터 정도 더 들어갔다가 돌아 나오는 거. 알았지?"

"에이~ 좀 더 들어가요. 힘들게 여기까지 왔는데."

"그래요. 언제 다시 이런 데 와 봐요. 좀 더 가 봅시다."

"지금도 꽤 많이 들어왔다고. 지금 우리가 입은 옷이 너무 얇아서 안으로 더 들어가기가 어렵겠어. 갈수록 기온이 낮아지는 데다, 더 깊숙이 들어갔다간 다칠 위험도 있으니까."

"에이~ 그래도."

"자자, 잔말 말고 앞으로 20미터 정도 더 갔다가 돌아온다. 괜히 무리해서 이번 라이딩에 지장을 주면 곤란하니까."

상철의 말에 몇 명이 투덜거렸지만 크게 이의를 제기하지는 않았다. 그들은 20미터 지점을 향해 계속 앞으로 나아갔다.

점점 좁아지는 굴의 내부로 들어가던 매드맥스 회원들은 갑자기 들려온 이상한 소리에 걸음을 멈췄다. 희진도 그 소리를 똑똑히 들었다. 주위에 있는 다른 대원들 모두 그 소리를 들은 듯했다. 조금 전까지 떠들면서 걷던 정우와 규태도 동시에 입을 다물었다.

동굴 안에 섬뜩한 침묵이 흘렀다.

"뭐지? 방금 그 소린?"

"그, 글쎄……"

"너도 들었지?"

"응. 분명히 들었어."

"아무래도 전부 들은 것 같은데. 뭐였을까요?"

"그냥 물 떨어지는 소리였겠지. 천장에 맺혀 있던 물방울이 고여 있는 물웅덩이에 떨어진 걸 거야."

"그게 물소리였다고?"

그 목소리엔 불신이 가득했다. 아무리 되새겨 봐도 그건 물소리가 아니다. 전혀 다른, 이곳에서는 들을 수 없는, 그러면서도 낯설지 않은 그런 소리였다.

희진은 불안한 듯 손전등 불빛으로 동굴 안쪽을 가만히 훑어보았다. 하지만 보이는 거라곤 끝을 알 수 없는 어둠뿐. 그녀는 고민했다. 이대로 더 가도 괜찮은 걸까? 여기서 그만 돌아가는 게 좋지 않을까? 어쩌면 이곳은 발을 들여놓아선 안 되는 곳이었는지도 모른다. 괜히 들어왔다는 생각이 강하게 들었다. 그럴더라도 이건 뭐지? 대체 이 느낌. 자신을 강하게 끌어당기는 듯한 이 괴이한 느낌. 누군가 저 안에서 자신을 부르는 것만 같았다. 그것은 애원도, 부탁도 아니다. 강한 염원. 거부할 수 없는 강렬한 명령이었다.

희진은 문득 상철을 쳐다보았다. 아까부터 이상할 정도로 말이 없는 그가 신경 쓰였다.

"상철 오빠?"

그는 대답이 없었다. 희진은 더 가까이 다가갔다. 왠지 그의 상태가 심상치 않아 보였다.

아니나 다를까. 이 사람…… 눈이…… 전혀 흔들림이 없다. 시선이 한 곳에 꽂힌 사람처럼 뚫어져라 바라보고 있다. 저 시커먼 동굴 안쪽을. 대체 무엇을 보고 있기에…….

"가, 갈까?"

그렇게 말한 사람은 아까부터 호기를 부리던 규태였다. 희진은 의외라는 듯 그를 돌아봤다. 가장 키도 크고 건장한 체구의 규태가 그렇게 말하자 불안감은 더욱 커졌다.

"이제 됐잖아. 더 가도 볼 것도 없겠네. 그만 갑시다. 상철이 형! 그만 나가자고요."

상철은 아무런 대꾸도 하지 않았다.

"형? 그만 가자니까요?"

정우는 그 와중에도 캠코더로 상철의 뒷모습을 찍었다. 그는 마치 돌하르방처럼 전혀 꿈쩍도 하지 않았다.

"상철 오빠······. 오빠?"

희진은 상철의 몸에 손을 대보았다. 팔을 만졌을 때 마치 따끔한 정전기에 놀란 듯 재빨리 손을 떼며 물러났다.

"왜, 왜 그래?"

대원 중 누군가 그녀에게 물었다.

"딱딱해. 몸이······ 굳은 것처럼."

"뭐라고?"

희진의 말대로 지금 상철의 몸은 마네킹처럼 딱딱하게 경직되어 있었다. 다른 동료가 다가가 상철의 몸을 만져보고는 곧 그녀의 말이 사실임을 알았다. 직접 눈으로 보고 만져 봐도 다들 믿을 수 없다는 표정이었다. 분명 이 안에서 이상한 일이 일어나고 있다. 한데 어떻게 설명해야 좋을지 아무도 알지 못했다.

리더가 저 지경이 되다 보니, 매드맥스는 순식간에 공황상태에 빠지고 말았다. 마치 망망대해를 표류하는 배처럼, 지금 희진의 기분이 딱 그러했다.

그때, 또다시 그 소리가 들렸다. 이번엔 잠깐 들리다 사라지는 것이 아니라 꽤 길게 들려왔다. 소리는 저 안쪽에서 들려오고 있었다. 희진은 이제 이 소리가 자연현상에 의한 것이 아님을 알았다. 그리고 동시에 무슨 소린지도 알게 되었다. 아마 다른 대원들 모두 같은 생각이리라.

이것은 방울 소리다. 그것도 한두 개가 아닌, 여러 개의 방울이 동시에 부딪치면서 내는 소리. 희진은 숨죽인 채 소리에 귀를 기울였다.

'혹시 저 안에 누군가 있는 걸까? 그래서 우리보고 들으라고 방울을 울리는 건 아닐까?' 희진은 생각했다. 하지만 그 생각은 너무도 터무니없었다. 누가 대체 이런 동굴 속에 들어와 방울 따위를 울리겠는가?

그러나 분명히 울. 리. 고. 있. 다.

이 두 귀로 똑똑히 듣고 있지 않은가. 그리고 다른 대원들도 모두 똑같은 소리를 듣고 있……. 희진은 갑자기 섬뜩한 느낌이 들어 재빨리 손전등으로 주변을 비춰보았다.

"헉!"

그녀는 크게 숨을 삼켰다.

자신을 제외한 나머지 대원 모두 돌처럼 굳어버린 채 가만히 서서 동굴 안쪽을 뚫어지게 바라보고 있었다.

"규태 씨……, 지상 씨……, 용민 씨……, 재원 씨……, 정우 씨……"

누구도 대답하지 않았다. 불빛에 비친 그들의 얼굴에서 표정이라

곧 찾아볼 수가 없었다. 모두 시체들 같았다.

희진은 당황한 나머지 그만 들고 있던 손전등을 바닥에 떨어뜨렸다. 손전등이 돌 위로 떨어지면서 꺼졌다. 그녀는 짙은 어둠으로 뒤덮인 동굴바닥을 정신없이 손으로 더듬었다. 바로 근처에 떨어진 것 같은데 어두워서 보이지가 않았다.

간신히 손전등을 다시 찾았지만 망가졌는지 스위치를 눌러도 불이 들어오지 않았다. 희진은 망가진 손전등을 손에 든 채 울고 싶은 기분에 휩싸였다. 어쩌면 지금 단체로 짜고 자신을 골탕 먹이려 하는지도 모른다고 생각했다.

"다들 지금 장난하는 거지? 그렇지? 그만해! 제발…… 나 너무 무섭단 말야. 제발 그만 하란 말야!"

희진은 망가진 손전등을 버리고 '그'에게 다가갔다. 그의 손에는 다른 동료와 마찬가지로 손전등이 들려 있었다. 그 불빛들은 전부 한 곳을 가리키고 있었다. 동굴 속 어둠 저편을.

희진은 '그'의 앞에 서서 애원하듯 말했다.

"상철 오빠! 제발 그만 좀 해. 나 너무 무섭단 말이야아. 이제 그만 가자. 제바알……"

장난이라면 이쯤에서 못이기는 척 그만둘 것이다. 다들 낄낄거리며 희진을 겁쟁이라고, 울보라고 놀려댈 것이다. 그녀는 그래도 좋으니 제발 무슨 말이라도 해주길 바랐다. 하지만 아무리 기다려도 대답은 돌아오지 않았다. 돌아오는 거라곤 오직 무서운 침묵뿐.

희진은 상철이 든 손전등으로 손을 뻗었다. 갑자기 살아야겠다는 생각이 번쩍 들었다. 혼자만이라도 이곳을 빠져나가야 한다. 나가서 사람들을 불러와야 한다. 머릿속에서 그렇게 외쳐댔다.

손을 뻗어 손전등을 잡으려는 순간, 갑자기 불이 꺼졌다. 상철은 손가락 하나 까닥하지 않았다. 손전등은 저절로 꺼진 것이다. 눈앞이 캄캄해지면서 그의 모습이 어둠 속으로 사라졌다. 당황한 희진은 뒤로 물러났다. 그 바람에 하마터면 돌덩이에 발이 걸려 넘어질 뻔했다. 그녀는 다시 조금 뒤쪽에 서 있는 재원한테로 다가갔다. 그러자 이번에도 재원의 손전등이 저절로 꺼졌다. 그의 모습도 어둠 속으로 사라졌다. 차례차례 다른 대원들의 손전등도 꺼지기 시작했다. 마지막 남은 불빛마저 사라지자, 동굴은 태초의 그 칠흑 같은 어둠으로 되돌아갔다. 이제 희진은 한 치 앞도 볼 수 없었다. 사방이 어둠으로 둘러싸였다. 눈앞이 캄캄해지니 덩달아 귀까지 먹먹해지는 기분이었다. 지금 자신이 어디에 서 있는지조차 알지 못했다. 자칫 한발 앞으로 내밀었다간 끝도 없는 어둠 속으로 추락해 버릴 것만 같아 두려웠다.

그때 방울 소리가 들렸다.

차르랑 ― 차르랑 ― 차르랑 ―

소리가 증폭되듯 점점 크게 들려왔다.

다가오고 있다!

마치 방울뱀이 꼬리를 흔들며 먹잇감을 향해 다가오는 것처럼.

희진은 도망치고 싶었다. 그러나 어디가 어딘지 도저히 분간할 수가 없었다. 앞은 그저 시커먼 어둠, 어둠, 어둠뿐…….

소리가 가까이 다가오고 있다. 이제 바로 코앞에서 들려오는 것 같다. 어둠 속에서 불쑥 손이 튀어나와 자신을 잡아챌 것만 같다.

'도망쳐야 해! 도망쳐야 해!' 하고 의식이 그녀에게 경고를 보내오고 있지만 어찌 된 일인지 두 다리가 꿈쩍도 하지 않는다. 뭔가가 밑에서부터 서서히 기어 올라오는 것만 같다. 마치 발아래 쪽에서부터 검고 칙칙한 물이 차오르는 그런 기분이었다. 말로는 도저히 형용할 수 없는 끔찍한 감각이 희진의 몸을 서서히 점령해가기 시작했다.

이제는 비명조차 지를 수 없었다. 희진의 몸 주위로 거대한 어둠이 몰려와 삼키듯 그녀를 순식간에 낚아챘다.

어둠이 모든 것을 먹어치웠다.

2. 부고

9개월 후.

　96년형 검은색 폰티액 파이어버드 한 대가 성북동 부자촌의 굽이진 길을 내려오고 있었다. 길을 따라 이어진 집들은 하나같이 호화스러웠다. 집마다 둘러쳐진 담벼락들은 서로 경쟁이라도 하듯 높게 올라가 있어 동네라기보다는 하나의 철옹성을 보는 것 같았다. 마치 자신들은 특권 계층이라는 것을 알리기라도 하듯 보는 이로 하여금 위화감을 심어주고 있었다.
　방금 이곳에서 일을 끝낸 터라 운전대를 잡은 진명은 조금 피곤한 상태였다. 그는 엄지와 검지로 눈 사이를 누르고 가볍게 한숨을 내쉬었다. 차는 그 길로 곧장 J대학 병원으로 향했다.
　병원에 도착한 진명은 주차장에 차를 세우고 나서 장례식장이 있는 별관으로 걸음을 옮겼다. 별관으로 걸어가면서 참으로 얄궂다는 생각을 했다. J대학은 바로 그의 모교였기 때문이다. 이곳 병원에서 짧지만 레지던트 생활을 한 적도 있었다. 다시는 여기 올 일이 없을 거로 생각했는데…… 그가 이곳을 다시 찾은 이유는 대학 시절 친형처럼 따랐던 선배를 만나기 위해서다.

별관에 들어서자 상복을 입은 사람들과 문상객들을 볼 수 있었다. 진명은 좌측에 있는 에스컬레이터를 타고 지하 2층으로 내려갔다. 장례식장 안은 죽음과 애도의 기운으로 가득했다.

칸칸이 나뉜 장례실 중에서 그는 좌측에 보이는 3호실로 향했다. 입구 앞에는 '故 김주열 씨'라고 씌어 있었다. 부조금이 든 봉투를 내고 안으로 들어갔다. 빈소 오른쪽엔 문상객들을 위한 접견실이 마련되어 있었다. 신발을 벗고 안으로 들어서자 우측에 상주로 보이는 젊은 남자와 그 옆에 소복을 입은 여자, 그리고 다섯 살 정도 돼 보이는 어린 여자아이가 함께 앉아 있었다. 진명이 들어서자 아이를 제외한 두 사람만이 자리에서 일어섰다. 귀여운 얼굴의 여자아이는 멀뚱멀뚱한 눈으로 그를 올려다볼 뿐이었다. 자신이 왜 여기 와 있는지도 모르는 것 같았다. 좌측에도 나이 든 여자 둘이 소복을 입고 앉아 있었는데 한 사람은 몸을 제대로 가누지도 못할 정도로 기운이 쏙 빠진 모습이었다. 그러면서도 연방 작은 소리로 뭐라고 중얼거렸다. 진명은 빈소 앞으로 다가가 분향을 한 후 두 번 절했다. 절을 하고 일어서면서 잠시 영정사진 속의 얼굴을 가슴에 새기듯 가만히 바라보았다.

사진 속 선배의 얼굴은 예전 그대로였다. 변한 게 하나도 없는 젊은 시절 그 모습. 아무래도 대학 졸업사진을 갖다 쓴 모양이다.

현재 모습은 저 사진보다 나이도 들고 살도 좀 쪘을 것이다. 그는 옆으로 돌아서서 상주와 맞절했다. 진명과 마주 앉은 상주는 그의 특이한 외모 때문에 잠시 당황한 눈치였다.

그럴 수밖에 없는 것이, 진명의 겉모습은 평범함과는 꽤 거리가 멀었다. 그는 마치 백혈병 환자 같은 창백한 피부에 병적인 우울함이 감도는 인상을 지니고 있었다. 옷은 넥타이를 매지 않은 검은색 투 버튼 정장에, 왼쪽 귓바퀴에는 펑크밴드들이 할 만한 금속 귀찌를 했고, 양 손가락에는 산스크리트어로 음자가 새겨진 반지가 하나씩 끼워져 있었다. 그러니 그를 이상하게 보는 것은 당연했다. 그것은 옆에 앉은 여자도 마찬가지였다. 하도 울어서 눈이 퉁퉁 붓긴 했지만 그래도 상당한 미인이다. 게다가 어딘지 모르게 묘한 느낌이 드는 구석이 있었다.

진명은 여자와 눈이 마주친 순간 이상한 기운을 감지했다. 보통 사람에게서는 느껴지지 않는 특별한 기운이 희미하게나마 그녀를 감싸고 있었다. 안광 또한 범상치 않았다. 여자는 의아한 얼굴로 진명을 바라보았다.

"실례지만 동생과는 어떤 사이신지요?"

상주가 물었다.

"대학 후배입니다."

"아, 그러시군요."

그 말이 좀 의외라는 식으로 들렸다.

"저는 형 김재열이라고 합니다. 옆에 계신 분은 저희 제수씨이고요."

"신진명이라고 합니다."

"이금주입니다."
두 사람은 가볍게 고개만 숙여 인사했다.
"제 딸 세연이에요. 세연아 아저씨께 인사드려야지?"
아이는 재빨리 엄마 등 뒤로 숨어버렸다.
"세연아, 그럼 못써."
"괜찮습니다. 그냥 두십쇼."
"그럼 옆에 가셔서 음식이라도 좀 드시면서 말씀을……"
상주가 말했다.
"알겠습니다."
진명이 상주와 함께 일어서려 할 때 다른 문상객들이 뒤이어 들어왔다. 그들은 상주와 잘 아는 사이 같았다.
"이거, 아무래도 저는 빈소를 지켜야 할 것 같네요. 제수씨가 대신."
금주는 고개를 끄덕이며 자리에서 일어섰다. 그녀가 일어서자 아이도 따라 일어섰다. 진명은 그들을 따라 접객실로 걸어갔다.
접객실 안에는 여러 친척과 주열의 학교 선후배들이 술과 음식을 먹으며 얘기를 나누고 있었다. 대학 선후배 중에 진명을 알아보는 이는 아무도 없었다. 금주가 종이컵에 든 음료수와 함께 음식과 과일을 접시에 담아 가지고 왔지만 그는 어느 것에도 손을 대지 않았다.
"저 때문에 좀 놀라셨죠?"
진명이 말했다.
금주는 속내를 들킨 듯 약간 당황한 목소리로 말했다.
"아, 아니에요."

"저를 보면 아시겠지만, 전 의사는 아닙니다. 의사가 될 뻔했죠. 하지만 지금 하는 일도 의사가 하는 일과 크게 다르진 않습니다. 다만, 관점의 차이라고나 할까요."

"그럼 하시는 일이?"

"퇴마사입니다."

"네?"

금주는 말뜻을 이해하지 못한 듯 보였다.

진명이 알기 쉽게 풀어서 말했다.

"귀신을 쫓거나 귀신 들린 사람들을 치료하는 일을 합니다."

그녀는 놀란 얼굴로 눈을 크게 떴다. 자기가 어떤 표정을 짓고 있는지 스스로도 자각하지 못하는 듯했다.

"본의 아니게 두 번이나 놀라게 해 드린 것 같군요."

진명은 지금 그녀가 자신을 어떻게 생각하고 있을지 얼굴만 봐도 알 수 있었다. 의대까지 나온 사람이 귀신 쫓는 일을 한다고 하면 누구든 저런 표정을 짓게 마련이다. 게다가 공교롭게도 이곳은 장례식장이다. 고인을 애도하는 자리에 퇴마사가 왔으니, 이 얼마나 해괴한 상황인가.

금주는 아무 말도 하지 않았다. 표정이 점점 부자연스럽게 굳어졌다.

"전 사실 레지던트 과정을 마치지 못했습니다. 중간에 그만두었죠. 그래서 전문의가 되진 못했습니다."

진명이 말했다.

"남편과는 친하셨나요?"

금주는 애써 불편한 기색을 덮으려는 것처럼 말했다.

"저한테는 특별한 분이셨습니다. 대학 내에서 저를 이해해 주시는 분이 딱 두 분 계셨죠. 한 분은 최순영 교수님이셨고, 다른 한 분이 바로 주열 선배였습니다."

"아, 최 교수님이라면 저도 잘 알아요. 아까도 다녀가셨고요."

"그러셨군요."

그녀는 최 교수님 얘기가 나오자 조금 안심이 된 모양이었다. 그것이 진명의 신분을 간접적으로 증명해 주는 셈이었다.

대화가 잠시 끊어졌다. 금주는 괜히 옆에 앉은 딸아이의 머리를 쓰다듬었다.

진명은 두 모녀의 모습을 가만히 지켜보다가 입을 열었다.

"사고 경위를 들을 수 있을까요?"

"네?"

금주는 고개를 들며 말했다.

"힘드시면 말씀하지 않으셔도 됩니다."

"아뇨. 그게 아니라, 죄송해요. 제가 잠깐 딴생각을 하느라."

"주열 선배의 사고에 관해서 좀 더 자세하게 들을 수 있을까 해서요."

"아……."

"제가 괜히 곤란한 질문을 한 것 같네요. 많이 힘드실 텐데."

"괜찮습니다. 이미 수십 번도 넘게 다른 분들에게 말씀 드렸는걸요."

금주는 말을 하기에 앞서 딸아이의 얼굴을 보았다. 약간 졸린 얼굴을 하고 있지만 꾸벅꾸벅 졸거나 하진 않았다. 단지 좀 지루해서 그런 것일 뿐. 그녀는 딸에게 작은 소리로 말했다.

"잠깐 큰아버지한테 가 있을래? 엄마 아저씨하고 할 얘기가 있으니까."

아이는 애원하는 눈빛으로 엄마를 바라보며 고개를 저었다. 한시라도 엄마와 떨어져 있기 싫은 눈치였다. 그렇다고 소리를 내어 칭얼거리거나 떼를 쓰진 않았다. 입은 그냥 굳게 다문 채 눈빛만으로 무언의 호소를 할 뿐이다. 그녀는 난처한 미소를 지어 보였다. 진명도 그 마음을 이해했다. 아이 앞에서 남편의 사고 상황을 설명하고 싶진 않을 것이다. 현재 아이가 아빠의 죽음을 이해하지 못한다 할지라도.

진명은 주머니 안에서 뭔가를 꺼내 그것을 왼손바닥 위에 올려놓고 아이에게 보여주었다. 그것은 커다란 외국 동전이었다. 처음에 세연은 고개를 살짝 뒤로 빼며 두려워하는 듯하다가 곧 호기심을 보이기 시작했다. 동전의 문양이 특이하고 예뻤다. 아이는 진명의 얼굴을 쳐다보았다. 그는 미소를 지으며 고개를 끄덕였다. 아이가 조심스레 손을 뻗어 진명의 왼손 위에 놓인 동전을 집으려고 하자 그가 손을 오므리며 동전을 꽉 움켜쥐었다. 동전을 집으려던 아이의 손이 당황하여 움찔했다. 진명은 손을 돌려 손등이 위를 향하도록 했다. 그러곤 오른손도 앞으로 내밀어 왼손과 똑같이 주먹을 쥐어 보였다. 두 주먹을 빠르게 몇 번 엇갈리게 하고서 멈췄다. 그리고 다시 왼손을 손바닥이 보이도록 돌린 다음 펴보았다. 손안에는 아무것도 없었다. 세연은 시키지도 않았는데 자기가 먼저 오른손을 가리켰다. 진명은 아이가 가리킨 오른손을 천천히 펴보았다. 오른손에도 동전은 없었다. 세연은 입을 헤벌린 채 놀란 표정으로 엄마를 쳐다보았다.

진명이 또 손을 움직이자 아이의 시선이 재빨리 그쪽으로 향했다. 그는 마술사처럼 아이의 눈앞에서 양손을 펴고 흐느적거리며 움직였다. 그러곤 갑자기 검지를 치켜세워 주위를 끌었다. 다시 그의 손이 간 곳은 자기 앞에 놓인 음료수가 든 종이컵이었다. 그가 종이컵을 살짝 들어 올리자 그 밑에서 동전이 나왔다. 아이는 유난히 까만 눈동자를 반짝이며 놀라움이 가득한 얼굴로 진명을 바라보았다. 그 모습이 어찌나 귀여운지 진명도 씩 웃었다. 그는 동전을 집어 아이 앞에 내밀며 말했다.

"아저씨가 이거 줄 테니까 엄마 말 들을래?"

세연은 곧바로 고개를 끄덕이며 손을 내밀었다. 동전을 받아든 아이는 신기한 듯 그것을 앞뒤로 돌려보며 자리에서 일어나 큰아버지한테 갔다.

"솜씨가 정말 좋으세요."

금주가 감탄한 듯 말했다.

"그냥 흉내만 내는 정도죠. 잘하지는 못합니다. 근데 아이가 참 예쁘군요."

진명은 음료수가 든 컵을 입에 대며 말했다. 포도 맛이 나는 탄산음료였다.

"아직 아빠의 죽음을 이해하지 못하는 것 같아요. 어떻게 설명을 해줘야 할지."

"몇 살이죠?"

"이제 여섯 살이에요."

"세연이는 말수가 좀 적은 편인가 보군요."

그 말에 금주의 표정이 금방 어두워졌다.

진명은 아이가 지금껏 한마디도 하지 않은 것을 눈여겨보고 있었다. 이 또래의 여자아이들은 한창 말을 많이 할 때인데 마술을 봤을 때도 그렇고, 심지어 엄마한테조차 한마디도 하지 않는 것을 보고 그는 조금 의아했다.
"세연이는 말을 하지 않아요. 할 수 있는데 하지 않는 거예요. 그런 걸 함구증이라고 부른다네요."
"그랬군요. 그럼 아무한테도 말을 하지 않는 건가요?"
"네, 저한테조차도."
진명도 함구증에 대해 알고 있었다. 의학도 시절 소아 자폐증에 대해서 공부할 때 '선택적 함구증'이란 것을 책에서 본 적이 있었다. 그것은 말 그대로 특정한 사람에게 또는 학교나 유치원 같은 어떤 특정 장소에서 말을 하지 않는 증상으로 낯가림이 무척 심하거나 주변 환경의 영향 등으로 발생하는 경우가 대부분이다. 하지만 세연이처럼 완전히 입을 닫는 경우는 드물었다.
"네 살 때 갑자기 열병을 앓고부터 그 후로 말을 하지 않게 됐어요. 청각이나 뇌에는 전혀 이상이 없다는데 무슨 이유에선지 말을 하지 않더군요. 그뿐이었어요. 별다른 자폐증 증상도 없었고. 아이가 심하게 낯을 가리게 된 것도 말을 하지 않게 되면서부터였어요. 그전엔 안 그랬거든요. 남편은 어떻게 해서든 아이를 치료해 보려고 노력했지만……"
"소아기 때의 함구증은 어느 순간 갑자기 증세가 호전될 수도 있습니다."
"남편도 자주 그런 말을 하더군요."
금주는 뭔가를 떠올린 듯 잠시 입을 다문 뒤, 이어서 말했다.

"남편의 사고에 대해서 듣고 싶다고 하셨죠?"
"네."
그녀는 작게 한숨을 내쉬었다. 그리고 말했다.
"그날, 남편은 병원 일을 마치고 집으로 돌아오는 길에 제게 전화를 했어요. 차 안이라며, 곧 집에 간다고. 그런데 왠지 느낌이 이상했어요. 평소의 남편 목소리 같지 않았거든요. 몹시 들뜨고 갈라져 있었어요. 전 어디 아프냐고 물었죠. 남편도 오늘따라 이상하게 컨디션이 좋지 않은 것 같다고 했어요. 그동안 병원일 때문에 너무 과로한 게 아닐까 생각했죠. 그리고 조금 이따가…… 남편의 신음소리가 들려왔어요. 뭐라고 말을 했던 것 같은데 잘 들리지 않아서 무슨 말인지는 모르겠어요. 그다음 쾅하는 소리가 났고, 그대로 전화가 끊어졌어요."

금주는 한 손으로 입을 가린 채 고개를 숙였다. 눈물을 참아보려는 듯했지만 하염없이 흐르는 눈물을 막기에는 이미 역부족이었다.

지금은 어떤 위로의 말도 도움이 될 것 같지 않았다. 진명은 잠자코 그녀가 다 울 때까지 기다려주었다.

"남편이 탄 차가 중앙선을 침범했다고 하더군요. 마주 오던 대형 트럭과 충돌했다는 거예요. 전 도저히 믿을 수가 없었죠. 왜 이런 일이 그이에게 일어나야 했는지 이해할 수 없었어요. 남편은 그 자리에서 죽었고, 트럭기사는 살아남았죠. 부서진 차를 봤는데…… 그 속에서 남편이 얼마나 고통스러웠을지 생각하니……"

금주는 끝내 말을 맺지 못했다.

그때 뒤에서 "금주 씨." 하고 부르는 소리가 들려 두 사람은 고개를 돌려 쳐다봤다. 한 무리의 사람들이 이쪽으로 다가오고 있었다. 남자 둘에 여자 셋. 그들은 금주가 다니는 출판사 동료였다. 그녀는 재빨리 눈물을 훔치며 자리에서 일어나 그들을 맞았다. 진명도 그만 자리에서 일어섰다. 다들 진심 어린 얼굴로 그녀에게 위로의 말을 건넸다. 여직원들은 눈물을 흘리기까지 했다. 키 크고 마른 체격의 준상이 그녀에게 말했다.
"기운 내세요. 금주 씨."
"다들 와줘서 고마워요."
준상은 금주의 두 손을 꼭 잡았다.
"용기 잃지 마세요. 아셨죠?"
"네, 그럴게요."
진명은 그의 눈빛에서 묘한 감정의 여운을 느낄 수 있었다. 그것은 오로지 이 남자에게서만 느껴지는 특별한 감정이었다.
"전 이만 가보겠습니다."
"아, 네. 와주셔서 정말 감사합니다."
금주가 허리 숙여 진명에게 인사했다.
"힘드시겠지만 장례 잘 치르세요."
"고맙습니다."
그가 지나가자 준상을 비롯한 다른 동료직원들이 이상한 눈으로 힐끔거렸다.
진명은 벗어놓은 신발을 신고서 장례실을 빠져나왔다.

3. 영안실

  이곳 지하 3층엔 시신을 보관하는 영안실이 있다. 여기에 누워 있는 자들이 바로 위에서 벌어지는 장례식의 주인공들이다. 그러나 주인공들은 말이 없다. 자기 키만 한 길이의 직사각형 냉동고 안에서 침묵을 지킬 뿐이다. 죽은 자는 말이 없다는 말이 새삼스럽게 느껴진다.
  진명은 지금 '김주열'이라 적힌 냉동고를 바라보고 있다. 그 옆에는 대학 동기였던 정훈도 함께 서 있다. 정훈은 현재 이 병원에서 외과의로 근무 중이다. 흰 가운에 무테안경을 쓰고 살이 찐 타입으로서, 예전엔 그를 종종 '너구리'라 부르곤 했다.
  정훈은 가운 주머니에 손을 찔러 넣고 진명을 보며 한탄하듯 말했다.
  "인생이란 건 참 허무한 거야. 제아무리 대단한 인간이라도 결국 죽으면 고기 짝처럼 냉동고 안에 처박히는 신세가 되니."
 진명은 피식 웃었다.
 "요즘도 그 일 하고 다니냐? 귀신 쫓는."
 "응."
 "너도 참 대단한 놈이야. 학교 다닐 때부터 괴짜인 건 알았지만…… 근데 정말 귀신을 보긴 보는 거냐? TV에서 귀신 본다는 사람들 보면 전부 구라쟁이들 같아서 말이지. 넌 좀 다른 거야? 왠지 네가 하면 진짜일 것 같거든. 뭐 그렇다고 백 프로 믿는 것은 아니지만. 의사가 그런 걸 믿는다는 게 영 그렇잖아."
 "지금 네 뒤에도 한 명 있어."
 진명은 그의 눈을 똑바로 보며 말했다.
 "뭐?"
 순간 정훈의 둔한 몸이 재빠르게 움직였다. 마치 살찐 너구리 한 마리를 보는 것 같아서 진명은 또다시 피식 웃고 말았다. 정훈은 방금 전 자기가 한 말 때문에 괜히 머쓱해졌다.
 "넌 역시 너구리야. 변한 게 없구나."
 "내가 변해봤자 얼마나 변했겠냐. 근데 넌 너무 많이 변했어. 지금 네 모습을 봐. 누가 널 신진명으로 보겠냐? 그 수재 소리 듣던 의대생으로."
 "내가 그렇게 대단했던가?"
 "아, 관두자 관둬. 얼른 끝내고 나와라. 난 위에서 기다리고 있을 테니까."
 "알았다."
 "아, 근데 있잖아."

"왜?"

"너 선배 얼굴 볼 거냐? 웬만하면 그냥……"

"안 보는 게 좋다고?"

"좀 심하게 망가지셨거든."

"나일론이긴 해도 의대생이었어."

"쳇, 누가 뭐랬나."

"얼굴은 안 볼 거야."

"알았다. 1층에서 기다리고 있을 테니까 그리로 와."

"그래."

정훈은 둔중한 몸을 이끌고 밖으로 나갔다.

그가 떠난 자리에 웬 할머니 한 분이 서 있었다. 아까 진명이 정훈의 등 뒤에서 봤던 바로 그 혼령이다. 할머니는 진명을 보며 빙그레 웃었다.

"할머니, 이제 좋은 곳으로 가셔야죠."

그가 말하자 할머니는 웃으면서 고개를 끄덕였다. 그러곤 금방 사라졌다.

진명은 주열 선배의 시신이 안치된 냉동고의 문에 손을 갖다 댔다. 차가운 냉기가 손바닥을 타고 올라왔다. 그대로 영력을 모은 상태에서 귀신을 불러들이는 진언[1](眞言)을 빠르게 읊기 시작했다.

잠시 후, 냉동고 문에서 손을 뗐다. 주열 선배의 혼이 느껴졌다.

---

1) 석가의 깨달음이나 서원(誓願)을 나타내는 말로서, 불교에서 진실하여 거짓이 없는 신주(神呪). 그 자체에 신성한 힘이 담겨 있기 때문에 번역하지 않고, 원어를 그대로 음사(音寫)한다.

진명은 영안실 안을 한번 휘둘러보다가 어느 한 곳에서 시선을 멈췄다. 오른편에 있는 또 다른 냉동고 옆에서 검은 형체가 흐느적거리며 움직이고 있었다. 진명이 그쪽을 향해 "형." 하고 부르자 그것이 느릿느릿 앞으로 걸어 나왔다. 주열이었다. 이제는 껍데기가 없는 존재가 되어버린.

주열의 얼굴은 눈뜨고 보기 어려울 정도로 흉하게 뭉개져 있었다. 영정사진 속의 모습과 비교했을 때 도저히 같은 사람이라 할 수 없을 정도로. 그것은 사고 당시 모습이었다. 당시 주열이 얼마나 처참하게 죽어갔는지 그의 몰골을 보고 충분히 짐작할 수 있었다. 선배를 보자 진명은 반가움과 연민을 동시에 느꼈다.

"오랜만이야, 형. 그동안 잘 지냈냐는 말은 못하겠지만."

주열은 가만히 서서 자신의 껍데기가 잠들어 있는 냉동고를 바라보았다. 그런 그의 얼굴에서 어떤 표정도 읽을 수가 없었다. 단지 체념만이 느껴질 뿐이었다.

"어쩌다 그런 사고를 당한 거야?"

주열은 여전히 그의 말에 반응하지 않고 냉동고만을 뚫어지게 바라보았다. 진명은 그런 모습이 안쓰러워 고개를 돌렸다.

그때 주열의 손이 다가와 자신의 어깨를 만졌다. 물리적인 촉감은 없다. 단지 그런 느낌만 들뿐. 진명은 다시 고개를 돌려 주열을 똑바로 바라보았다. 어느새 주열의 얼굴이 가까이 와 있었다. 흉측한 얼굴을 코앞에서 마주하고 있지만 진명은 조금도 두려워하거나 피하지 않았다. 주열의 혼령이 말을 하고 싶어 한다는 것을 느낄 수 있었다.

"얘기해 봐. 하고 싶은 말이 있으면."

그제야 주열의 너덜거리는 입술이 천천히 움직였다.
"바—아앙 부우—불."
"뭐? 다시 한 번 천천히 말해 봐."
"바아앙—부부우울"
"방? 불?"
주열은 고개를 저었다.
진명은 난감했다. 이대로는 그에게서 무슨 말을 듣는다 해도 알아듣지 못할 것이다. 지금 그의 혼령에는 사건 당시의 충격이 남아 있어 아직도 영향을 미치고 있었다. 죽은 지 얼마 안 된 혼령에게서 공통으로 나타나는 특징이었다. 자신의 죽음을 받아들이지 못하는 혼령일수록 사후세계에 대한 거부감이 크기 때문에 본래의 모습으로 나타나기 어려운 것이다.
진명은 하는 수 없이 영력을 이용해 주열의 사고 당시 기억을 들여다보기로 했다. 이곳에 오기 전에 이미 많은 영력을 소비한 터라 잘 될지 어떨지는 알 수 없었다. 진명은 자신의 어깨 위에 얹어진 주열의 손을 살며시 잡았다.
순간 눈앞이 번쩍하면서 빠른 빛줄기가 동공 안으로 쏟아져 들어왔다. 날카로운 빛줄기들이 폭포수처럼 쏟아져 들어와 머릿속에 휘몰아쳤다. 그 폭포수가 만들어낸 수증기 속에서 희뿌연 영상이 눈에 들어왔다. 그것은 마치 카메라가 초점을 맞추듯 서서히 또렷해지고 있었다. 그러곤 조금씩 그 안으로 진명의 몸이 빨려 들어가기 시작했다.

* * *

 지금 그가 보는 것은 주열의 뒷모습이다. 이곳은 차 안. 진명은 뒷좌석에 타고 있다. 주열은 오른손으로 휴대폰을 들고 누군가와 통화 중이다. 아마도 그의 아내, 금주일 것이다. 진명은 차 뒷좌석에 타고 있지만 마치 투명인간처럼 존재감이 없는 상태다. 차 안을 둘러본다. 이상한 점, 사고를 일으킬만한 요소가 있나 살핀다. 별다른 점은 없는 것 같다. 이번엔 차창 밖을 내다본다. 도시의 야경이 스쳐 지나가고, 차 옆으로 흰색 소나타 한대가 빠르게 달려간다. 왼쪽 중앙선 너머엔 반대쪽 차선의 차들이 헤드라이트를 번쩍이며 달려온다.
 지금 진명이 보는 이 모든 것은 주열의 영이 기억하는 세계이다. 사실 주열이 살아있었을 때에는 이 정도로 세세하게 기억하지 못했다. 하지만 원래 인간의 뇌는 우리가 아는 것보다 훨씬 더 자세한 부분까지도 기억의 저장고 속에 넣어둔다. 단지 그것을 끄집어내 사용하지 못할 뿐이다. 그런데 주열처럼 영이 육신에서 해방된 경우, 그런 제약이 완전히 사라져버린다. 그렇더라도 어느 정도의 왜곡은 피할 수 없다. 기억이라는 건 원래 자기가 받아들이고 싶은 쪽으로 왜곡되는 경향이 있기 때문이다.
 아직 별다른 이상은 없다. 다만, 주열의 모습이 어딘가 좀 초조해 보인다는 것만 빼고는. 정말로 몸이 좋지 않아서 사고가 난 것일까? 어쩌면 갑자기 심근경색이나 뇌졸중을 일으켰을 수도 있다. 그래서 도저히 운전을 할 수 없는 상태가 되어 중앙선을 침범한 것인지도 모른다. 과로한 업무가 결국 끔찍한 사고를 불러온 것인가?

그러나 아직 단정하긴 이르다. 곧 사고의 이유가 밝혀질 것이다. 그때까지 진명은 가만히 앉아서 기다려보기로 했다. 그 순간에도 죽음은 그들을 향해 빠르게 다가오고 있었다.

전화통화를 하던 주열이 갑자기 이상한 행동을 보이기 시작했다. 그는 고개를 돌려 주변을 두리번거렸다. 진명은 그가 하는 행동을 유심히 지켜보았다. 룸미러를 통해 보이는 그의 안색이 유난히 창백했다. 상당히 겁에 질려 있는 것을 알 수 있었다. 휴대폰 안에서 금주의 목소리가 들려왔다. 무슨 일이냐고 묻는 것 같았다. 주열은 대답 대신 작게 신음했다. 대체 무엇 때문에 저러는 걸까? 진명은 도무지 그 이유를 종잡을 수 없었다.

갑자기 이상한 소리가 들렸다. 진명은 처음에 그것이 라디오에서 흘러나오는 소리인 줄만 알았다. 한데 운전석을 보니 라디오는 꺼져 있었다. 소리는 분명히 차 안 어딘가에서 흘러나오고 있었다. 그것은 방울 소리였다. 그것도 한두 개가 아닌, 여러 개가 한데 묶인 방울 소리. 진명은 그제야 주열이 말하려던 게 '방울'이었다는 것을 알아차렸다.

그는 이 소리를 익히 들어 잘 알고 있었다.

'무령, 이건 무령의 소리가 틀림없어. 그런데 어째서?'

무령이란 무당이 굿을 할 때 쓰는 방울을 가리키는 말이다.

진명은 오싹한 기운을 느꼈다. 무령은 신성한 도구이긴 하나 그것이 난데없이 지금 이곳에서 울린다는 것은 별로 좋은 의미가 아니었다. 이것은 마치……

그 순간 주열의 입에서 고통스러운 신음이 흘러나왔다.

"으...... 으으......."

동시에 그의 눈에서도 검붉은 피가 흘러내렸다.

수화기 건너편에서 걱정하는 금주의 목소리가 들려왔다. 핸들이 좌우로 흔들리면서 차가 요동치기 시작했다. 아슬아슬한 곡예 운전이 계속되었다. 아무래도 피가 흘러나오는 순간 주열의 눈이 멀어 버린 것 같았다. 주열은 고통에 몸부림치면서도 운전대를 끝까지 놓지 않았다. 너무도 갑작스러운 일이라 진명도 사태 파악이 되지 않았다. 어째서 멀쩡하던 눈에서 피가 흘러나오는지 이해할 수 없었다. 도로 위의 다른 차들이 쉴 새 없이 경적을 울려대며 경고를 보냈지만 차는 계속해서 갈지자 주행을 했다. 하마터면 옆에서 달리던 소나타 한 대가 주열의 차와 부딪힐 뻔했다. 다행히 그 차가 속도를 줄이면서 간신히 충돌을 면할 수 있었다. 고통스러워하면서도 운전대를 놓지 못하는 주열의 모습은 너무도 처절했다. 차가 중앙선을 넘기 전에 주열의 눈이 멀어 버린 이유를 찾아야 했지만 이런 급박한 상황 속에서는 쉽지 않은 일이었다. 이대로 가다간 차가 그대로 중앙선을 넘어 마주 오는 트럭과 충돌하고 말 것이다. 그러면 진명이 보는 사고 당시의 잔상도 그 즉시 사라져버리게 된다. 갑자기 온몸이 정전기에 휩싸인 것처럼 찌릿찌릿한 느낌이 전해져 왔다. 그것은 여기에 주열 말고도 다른 존재가 또 있다는 것을 의미했다.

'영가?'

다급해진 그가 남은 영력을 모아 주열의 혼에게 외쳤다.

"말해줘! 그게 어디 있는지!"

그러자 주열이 오른손을 들어 룸미러를 가리켰다. 그 안을 들여다본 진명은 숨이 턱 막혔다. 룸미러에 비친 주열의 얼굴 위로 창백한 두 손이 보였다. 그 손이 주열의 양쪽 눈을 우악스럽게 움켜쥐고 있었다. 진명은 재빨리 고개를 돌려 자신의 옆자리를 보았으나 거기엔 아무도 없었다. 그것은 오로지 룸미러를 통해서만 볼 수 있었다. 다시 고개를 돌려 룸미러를 보았다. 붉은 소맷자락에서 튀어나온 두 손이 주열의 양쪽 눈을 마구 쥐어짰다. 그의 얼굴 뒤쪽으로 쪽진 머리를 한 여인이 어렴풋이 보였다. 그녀의 얼굴은 소름 끼치도록 새하앴다. 그러나 무엇보다 섬뜩한 것은 여인의 눈이었다. 붉은빛이 도는 두 개의 동공은 세로로 길쭉하게 찢어져 있어 마치 파충류의 눈을 보는 것 같았다. 이것이 과연 전에 사람의 육신을 가지고 있던 영혼이 맞나 싶을 정도로 엄청난 마(魔)의 기운이 흘러넘쳤다. 고통에 몸부림치던 주열이 핸들을 옆으로 꺾었고, 차는 플라스틱 중앙분리봉을 뚫고 넘어와 반대쪽 차선을 향해 달리기 시작했다. 그 순간 강한 빛이 차 안으로 쏟아져 들어왔다. 마주 오던 대형 트럭의 헤드라이트 불빛이었다. 그와 동시에 진명은 다시 빛 속으로 빨려 들어갔다.

***

진명은 허리를 굽힌 채 거친 숨을 몰아쉬었다. 이마엔 땀이 맺혔고 얼굴은 붉게 달아올랐다. 이미 많은 영력을 소비한 상태에서 시도한 일이라 지금 그의 몸은 극도로 지쳐 있었다.

"무녀였어……. 그 귀신……."

다시 그 섬뜩한 얼굴을 떠올리자 오한이 밀려오는 듯했다. 허리를 숙인 채로 잠시 숨을 고르던 그의 눈에 부러진 다리가 보였다. 진명은 숨을 한번 크게 들이쉬고 나서 허리를 펴고 주열을 바라보았다. 여전히 흉측하게 망가진 얼굴. 주열은 아직도 할 말이 남아있는 것 같았다.

"대체 어떻게 된 거야? 말해 봐. 그 귀신이 왜 형을 죽였는지."

그는 대답 대신 고개만 저을 뿐이었다.

그렇다면 선배는 자기도 모르는 사이 귀신의 저주를 받았단 말인가? 말도 안 되는 일이다. 그것은 보통 귀신이 아니다. 무당 귀신은 정말 흔치 않은 존재다. 그런 귀신이 선배를 저주할 리 없지 않은가? 아니…… 어쩌면 어딘가 다른 연결고리가 있는지도 모른다. 그것을 통해 저주가 선배에게 전해진 것인지도 모른다.

그래, 그럴 가능성도 충분히 있지.

주열이 무슨 말을 하고 싶은 듯 입술을 달싹거렸다.

"하고 싶은 말이 있으면 해."

"그으으음주— 세에에여니—"

"형수님과 세연이?"

주열은 고개를 끄덕였다.

"부우타악하게에에."

"두 사람을 내게 부탁한다고?"

"으응."

진명은 선뜻 대답하지 못했다. 하지만 선배를 죽음으로 몰고 간 귀신을 생각하니 이대로 가만히 보고만 있을 수도 없었다. 게다가 선배가 이런 부탁을 한다는 것은 그 저주가 어쩌면 자신의 가족에게도 영향을 끼칠지 모른다는 두려움 때문이리라. 진명도 그 점을 가장 걱정하고 있었다.

"알았어. 그렇게 할게."

주열의 얼굴에 희미하게나마 미소가 떠올랐다. 그는 그대로 뒤돌아 영안실 밖으로 걸어갔다. 진명은 그의 뒷모습을 말없이 바라보았다.

잠시 뒤, 진명도 영안실을 빠져나왔다.

복도를 따라 걸어가던 그는 다른 영안실 안에서 웬 어린 아이 하나를 발견하고는 우뚝 멈춰 섰다. 세연이와 비슷한 또래의 여자아이였다. 아이는 파르라니 깎은 머리를 하고서 자신을 쳐다보았다. 몹시 창백하고 수척해 보이는 아이는 이 병원 환자복을 입고 있었다. 아무래도 여기 입원해 있다가 사망한 아이 같았다. 창백한 얼굴 위로 귀여운 미소가 번졌다. 그 얼굴을 보고 있자니 문득 2년 전 일어난 끔찍한 연쇄살인사건이 떠올랐다. 그 참혹했던 모습이 아이의 얼굴 위로 오버랩 되자 진명은 그만 고개를 돌려버렸다. 그는 애써 아이를 외면한 채 복도를 걸어갔다.

4. 악몽의 시작

　수혜에게 전화를 받고 나서 진명은 곧장 그녀의 집으로 향했다. 수혜가 병원에서 퇴원한 지 나흘째 되는 날이었다. 증상이 많이 호전되긴 했어도 아직 안심할 단계는 아니었다. 앞으로도 꾸준히 약물을 복용하고 상담치료를 받으러 다녀야 했다.
　집 앞에 도착한 진명은 대문이 열린 것을 보고 안으로 들어갔다. 수혜의 집은 2층 양옥이었다. 작은 앞마당을 지나 현관으로 들어선 그는 현관문도 열려 있는 것을 보고 조금 의아했다. 진명은 신발을 벗고 집 안으로 들어섰다. 거실 불이 꺼져 있었지만 어둡지는 않았다. 왠지 야릇한 분위기가 감돌았다. "어머니." 하고 불러도 대답이 없다. 1층 거실엔 아무도 없는 것 같다. 아무래도 그녀의 부모님은 집을 비운 모양이다. 그렇다면 어째서 문을 모두 열어놓은 것일까? 진명은 불안한 마음에 그녀의 이름을 크게 불렀다.

"수혜야! 나 왔어. 위에 있니?"

그녀의 방은 위층에 있었다. 그는 계단을 밟고 위로 올라갔다. 이 집에 몇 번 와봤지만 이런 묘한 분위기는 처음이다. 얼굴과 손등이 괜히 따끔거렸고 머리털이 쭈뼛쭈뼛 서는 느낌이 들었다. 마치 대기 중에 정전기가 가득한 것처럼 자칫 어딘가를 잘못 만졌다간 스파크라도 튈 것 같아 불안했다. 목 안이 까끌까끌해 마른 침을 꿀꺽 삼켰다. 진명은 방문 앞에 서서 가볍게 두 번 노크했다.

"수혜야, 나야. 안에 있어?"

대답이 없다. 손잡이를 돌려 문을 열었다. 문이 비스듬히 열리면서 안에서 이상한 냄새가 흘러나왔다. 냄새에 대해 생각할 겨를도 없이 진명은 방 안 한가운데에 서서 자신을 등진 채 창가 쪽을 향해 있는 수혜를 발견했다. 그녀는 하늘색 슬리브리스 원피스를 입고 있었는데 머리부터 발끝까지 흠뻑 젖어 있었다. 순간 진명의 눈에 뭔가 들어왔다. 그는 다리가 후들거릴 정도로 강한 두려움에 사로잡혀 등을 돌리고 서 있는 그녀를 큰 소리로 불렀다.

"수혜야!"

침대 옆에는 차고에서 가져온 게 분명해 보이는 휘발유통이 하나 놓여 있었다. 통은 뚜껑이 열려 있었다.

수혜가 천천히 뒤돌아섰다. 그녀의 오른손에 초록색 일회용 라이터가 들려 있었다. 라이터를 손에 쥐고 진명을 바라보는 그녀의 얼굴은 어딘지 꿈을 꾸는 듯했다.

"내가 그랬지? 난 미치지 않았다고."
"그만둬. 제발!"
"자기는 내 말을 믿지 않았잖아."
"믿을게. 이제 믿을 테니까. 제발 그러지 마."
진명은 간절히 애원했다. 어떻게든 수혜를 막아야 한다는 생각밖에 들지 않았다.
"안 돼. 이젠…… 너무…… 늦었어."
그녀의 음성이 가늘게 떨렸다.
"아냐. 아직 늦지 않았어. 내가 도와줄게."
수혜는 고개를 저었다.
"제발 부탁이야. 그러지 마. 안 돼. 수혜야."
"자기야. 날 봐…… 아니, 우리를 봐."
"뭐?"
"우리 말야. 자기 눈엔 우리가 안 보여?"
진명은 그녀의 얼굴 옆으로 또 다른 얼굴 하나가 스윽 나타나는 것을 볼 수 있었다. 얼굴이 온통 피투성이인 어떤 여자가 수혜의 뒤에서 모습을 드러냈다. 그녀는 수혜의 귀에 대고 계속해서 무슨 말을 속삭였다. 라이터 부싯돌 위에 얹힌 수혜의 엄지손가락 위에 그 여자의 엄지손가락이 똑같이 포개져 있었다. 진명은 겁에 질려 뒤로 주춤주춤 물러나다가 그만 문턱에 걸려서 넘어지고 말았다. 눈으로 직접 보고도 도저히 믿을 수가 없었다. 엄청난 충격이 그에게서 이성을 송두리째 앗아가 버렸다.
"자기 눈에도 보이나 보네."
"나, 난 내체……"

"이제 됐어. 자기만 믿어주면 돼. 그걸로 충분해."

"수혜야."

"미안해. 하지만 나도 이제…… 멈출 수가 없어."

"안 돼! 그만둬!"

갑자기 수혜가 고개를 밑으로 툭 떨어뜨렸다.

잠시 후, 그녀의 입꼬리가 슬금슬금 위로 올라가더니 그 입에서 기분 나쁜 웃음소리가 흘러나왔다.

"흐흐흐…… 흐흐흐흐……"

"수, 수혜야?"

고개를 쳐든 수혜가 말했다.

"잘 봐. 불장난은 이렇게 하는 거야. 히히."

그녀의 눈빛이 광기로 번득였다.

다음 순간, 수혜의 손에 들려 있던 라이터에서 불꽃이 튀었고, 그 불꽃에서 점화된 라이터불이 그녀의 손을 타고 순식간에 온몸으로 번졌다. 화염이 수혜의 몸을 휘감았다. 뜨거운 열기 때문에 진명은 가까이 다가갈 엄두조차 내지 못했다. 불길은 쉴 새 없이 그녀의 옷과 머리카락, 피부를 먹어치웠다. 정신이 반쯤 나간 그는 불길에 휩싸인 수혜의 모습을 망연히 바라볼 뿐이었다. 소화기를 찾아야 한다는 단순한 생각조차 들지 않았다. 진명은 그 순간 완전히 바보가 되었다. 불이 번지고 나서 얼마 후에 수혜는 다시 원래의 정신으로 돌아온 듯 보였다. 그녀는 끔찍한 고통에 몸부림쳤고, 불길은 더욱 거세게 타올랐다. 진명은 괴로워하는 그녀를 위해 아무것도 해줄 수 없었다.

방 안은 온통 살이 타는 냄새로 진동했다.

ॐ

진명은 숨을 헐떡이며 잠에서 깨어났다. 온몸이 땀으로 샤워를 한 것처럼 흠뻑 젖어 있었다. 몸을 일으킨 그는 침대 끝에 걸터앉아 손으로 머리를 감싸 쥐었다. 실로 오랜만에 찾아온 그날의 악몽이었다. 아직도 환영처럼 코끝에 남아 있는 탄 내. 아무래도 그 냄새는 죽을 때까지 따라다닐 모양이다. 진명은 소리죽여 쿡쿡 웃었다. 퇴마사가 악몽에 시달린다고 생각하니 웃지 않고는 배길 수가 없었다.

자리에서 일어나 방문을 열고 밖으로 나갔다. 컴컴한 거실을 지나 화장실로 들어갔다. 세면대에 찬물을 틀어놓고 여러 번 얼굴을 씻었다. 마치 얼굴에 묻은 고통의 흔적을 억지로 지우려는 것처럼 씻고 또 씻었다. 그러던 중 갑자기 등 뒤에서 목소리가 들렸다.

"도망쳐, 자기야."

젖은 얼굴로 고개를 쳐들었다. 세면대 거울에 비친 그의 등 뒤에 새카맣게 타버린 수혜가 서 있었다. 재빨리 뒤를 돌아보았지만 환영은 이미 사라지고 없었다. 그의 얼굴에서 땀처럼 물기가 뚝뚝 떨어졌다. 잠시 집중해서 수혜의 영을 느껴보려 했지만 전혀 감이 잡히지 않았다. 진명은 손으로 얼굴에 묻은 물기를 대충 닦아냈다. 다시 그녀의 목소리가 들리기를, 그녀의 혼령이 느껴지기를 기다려봤지만 헛수고였다. 수혜는 끝내 나타나지 않았다.

'도망치라니? 대체 무엇으로부터?'

진명은 생각했다. 혹시 그녀의 혼령은 뭔가를 경고하려고 잠시 나타난 건 아닐까? 게다가 한동안 꾸지 않던 악몽이 다시 찾아온 것도 왠지 심상치 않다.

"왜 하필 지금 같은 때에……"

진명은 이 모든 징후가 왠지 주열 선배의 죽음과 연관이 있는 것처럼 느껴졌다. 그리고 그 생각은 자연스레 그 '무당 귀신'에까지 미쳤다. 어쩌면 그저 단순한 우연일지도 모른다. 하지만 그러기엔 타이밍이 썩 좋지 않다.

"빌어먹을!"

진명은 거울을 향해 세면대에 고여 있던 물을 한 손으로 휙 뿌렸다. 거울 표면의 물기가 만들어낸 굴곡이 그의 얼굴을 일그러뜨렸다.

5. 불귀(不歸)

 남편의 장례를 치르고 사흘이 지났다.
 금주는 아직도 어리둥절하기만 했다. 어떻게 자신이 그렇게 빨리 남편의 죽음을 받아들이고, 장례를 치르고, 남편의 시신을 땅속에 묻을 수 있었을까? 과연 그 모든 일을 정말 자신이 해낸 것일까? 그녀는 마치 자신이 아닌 다른 사람이 되어 그 일들을 척척 해낸 것만 같았다. 도저히 자신이 한 일이라고는 여겨지지 않았다. 금주는 남편이 없는 방 안에 홀로 누워 아직 그의 체취가 남아 있는 베개를 끌어안았다.
 그날의 악몽은 틈만 나면 찾아와 자신을 괴롭혔다. 마치 끔찍한 만성 편두통처럼 어느 순간 갑자기 덮쳐왔다. 심하게 훼손된 남편의 시신을 처음 본 순간 금주는 그만 그 자리에서 까무러칠 뻔했다. 이게 과연 그이가 맞나 싶었다. 얼굴은 처참하게 뭉개졌고, (에어백도 무용지물이었다.) 신체 각 마디마디는 부러져서 뒤틀려 있었다. 영안실 안에 서서 어떻게든 남편과 앞에 놓인 시신을 동일시하려고 노력했다. 입술 안쪽을 깨물며, 엄지손가락 관절이 뚝 소리가 날 정도로 주먹을 꼭 쥐고 숨을 참았는데도, 결국 5초 이상 견디지 못하고 고개를 돌리고 말았다. 눈물이 주르륵 흐르고, 입술 안쪽을 어찌나 세게 깨물었는지 입 안에 비릿한 피 냄새가 번졌다. 의사가 마지막으로 남편의 얼굴을 한 번 더 보겠느냐고 했을 때 금주는 아무 말도 못한 채 눈을 질끈 감아버렸다.

'남편 얼굴도 똑바로 못 보는 등신 같은 년!'

금주는 이런 자신이 너무도 싫었다. 같이 밥을 먹고, 잠을 자고, 사랑을 하고, 그의 아이까지 낳은 사람이 고작 그게 무서워서 고개를 돌려버리다니. 그동안 살아오면서 그의 모든 것을 사랑할 자신이 있다고 믿어왔건만…… 만약 그였다면 어땠을까? 아마 남편이었다면 자신이 아무리 흉하게 변했을지라도 결코 눈을 돌리거나 피하지는 않았을 것이다.

'결국 이 정도였어. 나란 여자는……'

금주는 얼굴을 베개에 묻고 낮게 신음했다.

그때 방문을 노크하는 소리가 들렸다. 금주는 침대에서 일어나 문으로 걸어갔다. 문을 열자, 세연이가 곰 인형을 가슴에 꼭 끌어안고 서 있었다.

"엄마하고 같이 잘래?"

아이는 고개를 끄덕였다.

금주는 아이를 데리고 침대로 갔다. 세연은 곰 인형을 끌어안고 엄마 품에서 금방 잠이 들었다. 그녀는 딸아이의 모습에서 조금 전 자신의 모습을 확인하는 것 같아 피식 웃음이 나왔다. 아이의 자는 얼굴을 물끄러미 바라보던 금주는 문득 이런 생각이 들었다.

'이제 이 세상엔 세연이와 나, 단 둘뿐이구나.'

간혹 남편의 지방 세미나 때문에 아이와 단둘이 남을 때도 있었지만 그때는 반드시 돌아온다는 기약이 있었다. 하지만 이제 그런 것은 없다. 남편은 절대로 돌아오지 않는 출장을 떠났다.

절대로 돌아오지 않는…….

금주는 이 말이 너무도 무섭게 와 닿았다. 그녀는 슬픔에 잠기기 전에 아이 곁에서 얼른 잠을 청했다.

아이를 유치원에 보내고 나서 금주는 아침부터 집 안을 열심히 쓸고 닦았다. 밀린 빨래도 한꺼번에 해치웠고, 평소에 잘 닦지 않던 창틀부터 싱크대 바닥까지 구석구석 먼지 하나 없이 닦고 또 닦았다. 점심때가 지나서야 비로소 일을 끝마칠 수 있었다. 금주는 깨끗하게 변한 집 안을 둘러보며 잠시 흐뭇해했지만 그런 기분도 오래가지는 못했다. 딱 한 군데 청소하지 않은 곳이 남아 있었기 때문이다. 바로 남편의 서재였다. 이제는 문을 여는 것조차 두려웠다. 저 안에는 남편을 떠올리게 하는 모든 것이 있었다. 그렇더라도 영원히 단아놓고 살 순 없을 터이다. 금주는 결심을 굳히고 나서 남편의 서재로 걸어갔다.

문을 열자 방 안에 고여 있던 특유의 냄새가 밀려왔다. 그리운 냄새. 얼마 전까지만 해도 자주 이곳에 들어와 청소하곤 했는데 남편이 죽은 뒤로는 처음 들어와 본다. 이곳만큼은 여전히 모든 것이 그대로다.

금주는 서재 안을 천천히 둘러보았다. 의학 서적들이 빼곡히 들어차 있는 책장, 남편의 유일한 취미였던 모형 범선, CD 장 안에는 클래식과 재즈 CD들이 분류별로 잘 정리되어 있었고, 그 옆에는 신혼 때 샀던 오디오가 (원래 거실에 있던 것이 홈 씨어터에게 자리를 내주고 여기로 옮겨왔다.) 자리를 잡고 있었다. 금주는 남편의 오래된 책상으로 다가갔다. 주인을 잃은 지 얼마나 됐다고 벌써 먼지가 뽀얗게 내려앉아 있었다. 손끝으로 얇은 먼지층을 스윽 닦아내자 괜스레 마음이 아려왔다. 블라인드 틈새로 비치는 햇살이 책상 위에 가로 줄무늬를 새겨놓았다. 자세히 보니 블라인드 뒤로 창문이 조금 열려 있었다. 아무래도 그 틈으로 계속해서 먼지가 들어왔던 것 같다. 남편은 한 가지 일에 집중하고 있으면 다른 일들은 곧잘 잊어버리는 버릇이 있었다. 그래서 그 뒤처리를 늘 금주가 하곤 했는데 사고가 일어난 뒤로는 이곳에 들어와 본 적이 없으니 창문이 열려 있어도 알 턱이 없었다. 금주는 창가로 다가가 블라인드를 위로 올리고 창문을 닫았다. 따뜻한 햇살이 서재 안으로 쏟아져 들어오자 답답했던 마음이 조금은 누그러졌다.

책상 위엔 데스크톱과 서류꽂이, 스탠드, 그리고 작은 액자가 놓여 있었다. 액자 속에는 행복했던 한때의 추억이 고스란히 담겨 있었다. 오래전 놀이공원에 함께 갔을 때 찍은 사진이다. 주열의 어깨 위에 목마를 탄 세연이가 환하게 웃고 있고, 그 옆엔 하늘색 리본이 달린 밀짚모자를 쓴 금주가 남편의 팔에 팔짱을 끼고 있다.

금주는 가죽으로 된 회전의자를 뒤로 빼서 앉았다. 언제나 이 자리에 앉아서 남편은 책을 읽고, 음악을 듣고, 모형 범선을 만들었다.

그녀는 아직 남편을 완전히 떠나보낼 준비가 되지 않았다. 그는 여전히 이곳에서 살아 숨 쉬는 것만 같았다. 이 방 안의 공기 속에도, 저 책장 안에 든 책 속에도, 그가 만들다 만 범선 속에도, 그가 자주 듣던 재즈 CD 속에도 아직 그가 남아 있었다. 그러니 아직, 그것들을 상자에 넣고 테이프로 봉하고 싶지 않았다. 조금이라도 길게 그를 느낄 수만 있다면 이대로 둬도 괜찮지 않을까? 그래도 언젠가는 이것들을 정리해야만 하는 날이 올 것이다. 언제가 됐든 간에. 그것은 이미 정해진 운명이다. 이대로 영원할 순 없으니. 언젠가는 반드시…….

금주는 문득 생각나는 것이 있어 남편의 책상 오른쪽 서랍을 열었다. 첫 번째 서랍을 열자 잘 정리된 노트와 프린트물이 나왔다. 그것은 남편이 작성한 의학 노트였다. 그중에 한 권을 꺼내 펼쳐보았다. 반듯한 글씨체로 깔끔하게 필기 된 어려운 의학 용어들이 흰 종이 위를 가득 메우고 있었다. 역시 고등학교 때 펜글씨부 부장다운 솜씨였다. 남편과 연애 시절 금주는 그의 손 글씨 매력에 홀딱 반해 있었다. 요즘에도 이렇게 예쁘고 정성스럽게 글씨를 쓰는 남자가 있다는 사실이 놀라웠다. 그래서 그녀는 이메일보단 손으로 직접 쓰는 편지를 더 좋아했다. 수열도 직접 쓰는 것을 좋아해서 데스크톱이 있는데도 굳이 노트로 작성하곤 했다. 가끔 그것들을 프린트로 뽑을 때나 병원 홈페이지에 올릴 때만 컴퓨터를 사용했다.

금주는 글씨 위를 손으로 문지르듯 매만졌다. 주열은 글씨를 쓸 때 힘을 줘 눌러쓰는 버릇이 있어서 손으로 만지면 마치 점자책처럼 입체감 있는 굴곡을 느낄 수 있었다. 한 장 한 장 넘기며 손으로 만져보던 금주는 노트를 덮고 길게 한숨을 내쉬었다. 마치 그의 손길이 느껴지는 것 같아 가슴이 울렁거렸다. 이것은 그녀가 찾던 것이 아니기에 노트를 다시 원래 자리에 놓고 서랍을 닫았다. 그리고 두 번째 서랍을 열었다. 거기엔 영어로 된 원서 몇 권과 의학 잡지들이 잔뜩 들어 있었다. 거기에도 역시 찾는 것은 없었다. 금주는 다시 책상 왼쪽 첫 번째 서랍을 열었다. 서랍을 열자마자 회색 양장본의 자그마한 세 권의 노트가 눈에 들어왔다. 보자마자 '이거다!' 하는 느낌이 들었다. 그녀는 노트를 꺼내 첫 장을 펼쳐보고서 자기도 모르게 숨을 삼켰다. 첫 장에 날짜가 적혀 있었다. 정확히 3년 전 오늘이다. 금주는 손끝이 찌릿찌릿 저려오는 느낌을 받았다. 마치 3년 후 바로 이 날에 그녀가 이것을 읽을 거라고 미리 예언이라도 한 것처럼…… 물론 그럴 리야 없겠지만 그래도 우연치고는 너무나 기막힌 우연이었다.

금주는 삐거덕거리는 가죽 의자 등받이에 기대앉아 남편의 일기장을 읽기 시작했다. 일기장 안에는 가족들 간의 이런저런 자잘한 사건들이 날짜순으로 차곡차곡 쌓여 있었다. 남들이 보면 참으로 시시껄렁한 내용이라 할 만한 이야기들이었지만 금주에겐 그 어떤 소설책보다 재미있고 감동적이었다. 그래서 그녀는 시간 가는 줄도 모르고 남편의 가죽 의자에 앉아 독서삼매경에 빠져들었다. 페이지를 한 장 한 장 넘길 때마다 어떨 때는 웃음이 나왔고, 어떨 때는 주체할 수 없을 정도로 눈물이 흐르기도 했다. 그렇게 웃다 울다를 반복하면서 두 시간 동안 꼼짝 않고 앉아서 읽었더니 어느새 일기장의 마지막 권까지 도달하게 되었다.

 마지막 일기장을 들고 죽 읽어 내려가던 금주는 갑자기 어느 순간부터 표정이 어두워졌다. 지금 자신이 읽는 페이지가 바로 남편이 죽기 얼마 전에 쓴 내용이기 때문이었다. 금주는 남편이 사고로 죽기 일주일 전부터 그의 상태가 심상치 않았음을 이 일기장을 통해 알 수 있었다. 이 부분만큼은 전에 썼던 글의 분위기랑 사뭇 달랐다. 글을 읽어 내려가면서 마치 화자가 누군가에게 감시를 당하거나 쫓기는 듯한 느낌마저 들었다. 대체 왜 그런 것일까? 금주는 도무지 이해가 가지 않았다. 남편이 죽기 얼마 전에 보였던 행동들을 떠올려보았지만 딱히 의심이 갈만한 부분은 없었다. 단지 평소보다 조금 피곤해 보였을 뿐. 게다가 이 글에서는 남편이 느끼는 불안감의 실체가 확연히 드러나지도 않았다. 그냥 모호하게 표현되었을 뿐이다. 그런데도 남편은 이때 뭔가에 단단히 겁을 먹고 있었던 것 같다. 그게 과연 무엇일까? 금주는 그런 의문을 품으며 결국 일기장의 마지막 페이지까지 오게 되었다. 이것은 남편이 사고 전날에 쓴 내용이다. 그가 남긴 최후의 손 글씨인 셈이다. 금주는 마지막 장을 넘기려다 말고 문득 페이지를 집은 자신의 손을 내려다보았다. 손바닥에 땀이 흥건히 배어 있었다. 그리고 지금에서야 느끼는 거지만 어깨와 목이 무척이나 뻐근하고 아팠다. 청소를 하고 나서도 느끼지 못했는데 어느덧 마지막 권을 읽기 시작한 무렵부터는 몸이 경직되고 통증이 밀려왔다. 금주는 자기도 모르는 사이 남편의 이야기 속에 빠져들었고, 지금은 그가 죽기 전에 느꼈던 정체 모를 두려움까지도 함께 공유하고 있었다. 마치 '그것'이 지금 이곳에서 자신을 훔쳐보고 있을 것만 같아 불안했다. 벽시계의 바늘이 어느덧 네 시 반에 가까워져 있었다. 조금 있으면 세연이를 데리러 유치원에 가야 한다. 금주는 조급하고 불안한 마음에 남편이 쓴 마지막 일기장을 재빨리 넘겨서 마저 읽었다.

2004년 4월 4일 일요일

몸에 열은 없는 것 같다. 혈압도 평소와 마찬가지다. 신체엔 아무런 이상도 없다. 그런데 왜일까? 마치 감기 몸살이라도 앓는 사람처럼 머리도 어지럽고, 으슬으슬 추운 느낌마저 든다. 또 가슴은 왜 이리 답답하고 두근거리는지. 이런 증상이 벌써 일주일째 계속되고 있다. 전에 한 번도 이런 적이 없어서 더 겁이 난다. 정밀 진단이라도 받아 봐야 하는 걸까? 그러다 혹시 큰 병이라도 걸렸으면 어쩌지? 의사인 내가 이런 걱정을 하다니…… 하지만 표면상으론 건강하다는 점이 왠지 모르게 더 두려움을 갖게 한다.

두려운 것은 그뿐만이 아니다. 요즘 들어 혼자 있을 때마다 종종 이상한 기분에 휩싸이곤 한다. 꼭 누군가 근처에 있는 것 같은 느낌. 말로는 정확히 표현하기 어렵지만 마치 나의 신경 한 부분이 어딘가로 쏠리는 듯한 그런 느낌 말이다. 자석에 끌리듯이. 그리고 그곳에 누군가 있는 것처럼 느껴진다. 그곳을 보지 않으려고 하면 할수록 그런 생각은 점점 확신처럼 굳어진다. 그래서 도저히 확인하지 않고는 견딜 수가 없게 된다. 결국 그곳을 보게 되면, 역시 아무것도 없다. 당연하게도. 정말 바보 같다. 하지만 이런 증세가 계속해서 반복되고 있다.

혹시 내가 미쳐가는 것은 아닐까? 병원 일이 너무 힘들어서? 아니, 그 정도는 아니다. 지금껏 더 힘든 일도 많이 겪어봤다. 그때도 이렇지는 않았다. 이건 아무래도 스트레스와는 별개의 문제인 것 같다. 뭔가 다른, 의학적으론 설명하기 힘든 현상……. 과연 그런 일이 존재할 수 있을까?

전에 케이블 TV에서 이런 프로를 본 적이 있다. 제목은 잘 모르겠고, 무속인이 한 명 나와 의뢰인의 문제를 해결해 주는 그런 내용이었다. 보면서 참 사기 같다는 생각을 많이 했는데 그중에 한 가지 에피소드가 불현듯 떠올랐다. 의뢰인은 20대 중반의 직장 여성이었다. 그녀는 혼자 있기 너무 무섭고 겁이 난다고 호소했다. 누군가 자신을 죽일 것처럼 바라보는 것만 같고, 보이지 않는 존재가 늘 곁에 있는 것 같아 두렵다고 했다. 무속인은 그녀를 보자 대번에 저주에 걸렸다고 말했다. 저주. 누군가 그녀를 저주하고 있다는 것이다. 알고 보니 그 여자는 직장 상사와 불륜관계였고, 확인해본 결과, 상사의 부인이 그것을 눈치 채고 무당을 찾아가 저주를 걸었다는 것이다. 결국 무속인이 그녀에게 씐 저주를 풀어주고 직장 상사와 헤어지면서 사건은 끝이 났다. 다소 황당하고 통속적인 결말이었는데 그 프로는 대부분 그런 식이다. 그런데 그때는 별생각 없이 본 장면이 지금에 와서 생각해 보니 나의 경우와 너무나 유사한 것이 아닌가. 그 여자가 겪었던 증상과 지금 내가 겪는 증상이 기분 나쁠 정도로 비슷하다. 그렇다면 혹시 나도 누군가에게 저주를 받은 것은 아닐까? 하지만 지금껏 살면서 누군가에게 원한을 살 만한 짓은 한 적이 없다……. 아, 그만두자. 의사가 이런 생각을 한다는 것 자체가 일단 머리에 이상이 있다는 증거겠지. 아무튼, 좀 더 두고 보다가 안 되면 그때는 최 교수님께 상담을 받아보도록 하자.

그보다 우리 공주님 생일이 이제 얼마 남지 않았다. 이번엔 무슨 선물을 해줄까? 아직 시간이 있으니 천천히 고민해 봐야겠다.

마지막 장까지 다 읽은 금주는 끝내 참았던 눈물을 흘리고 말았다. 그녀는 남편의 마지막 문장을 가만히 손끝으로 더듬었다.

그러고 보니 다음 주 토요일이 세연이의 여섯 번째 생일이다. 아빠 없는 생일을 어떻게 축하해 줘야 하나 생각하니 벌써 한숨이 나왔다. 금주는 일기장을 덮어 원래 있던 자리에 놓고 서랍 문을 닫았다. 눈물을 훔치며 서재에서 나온 그녀는 외출할 채비를 서둘렀다. 지금 가면 유치원이 막 끝나는 시간에 도착할 수 있을 것이다.

운전하는 와중에도 금주는 아까 보았던 일기장의 내용이 떠올라 마치 체한 듯 가슴이 답답했다. 그중에서도 유독 한 단어가 그녀의 마음을 심란하게 만들었다. 그것은 바로.

'저주'

그것이 찰거머리처럼 머릿속에 달라붙어 떨어지지 않았다.

6. 무령

 일주일 만에 금주는 다시 출판사에 나가기로 했다. 좀 더 쉬어도 된다는 편집장의 만류에도 끝내 출근을 하겠다고 고집을 부렸다. 일이라도 하지 않으면 도저히 견딜 수 없을 것 같았다. 하루하루가 죽지 못해 사는 식이었다. 마치 지붕이 없는 집에 살면서 언제 비가 올지 몰라 두려워하는 것과 별반 다를 바가 없었다. 남편은 자신에게 있어 지붕과도 같은 존재였다. 모든 비바람을 막아주고 안락함을 가져다주는 존재. 금주는 남편이 죽고 나서 자신이 얼마나 그에게 많은 것을 의지하며 살아왔는가를 새삼 깨닫게 되었다. 때론 그가 정말 미울 때도 있었지만 지금은 그런 것조차도 몹시 그리웠다. 그가 지금 지구 반대편에 있든, 전혀 다른 모습을 하고 있든 간에 살아 있기만 하다면 더 바랄 게 없을 것 같았다. 그럴 수만 있다면 자신의 두 눈이라도 빼주고 싶은 심정이었다.

금주는 출간될 책의 표지 디자인을 맡고 있었다. 그녀는 그동안 밀린 일거리를 점심까지 거르며 열심히 해치워나갔다. 일부러 더 바쁜 척해서 사람들로 하여금 자신은 괜찮다고, 이제 원래대로 돌아왔다는 걸 보여주고 싶었다. 그렇게 바쁘게 일을 하다 보니 남편에 대한 생각도 조금은 덜 할 수 있어서 좋았다. 지금은 일하는 것만이 유일한 위안이었다. 게다가 이제는 남편의 수입도 없어져서 자기가 벌어야 하는 상황이기도 했다. 물론 남편의 명의로 된 개인 병원이 있긴 했지만 그것은 그저 그림의 떡일 뿐이었다. 이미 시댁에서 남편의 개인 병원을 처분했고, 거기서 자신들에게 돌아오는 금전적 보상은 아무것도 없었다. 어차피 병원을 개업하기 위해 시댁 돈을 대부분 끌어다 썼기에 그런 처사에 크게 불만을 품을 수도 없는 노릇이었다. 다만, 자신에게 한마디 상의도 없이 그렇게 독단적으로 일을 처리했다는 것이 못마땅할 뿐이었다. 그렇더라도 금주는 그 일에 대해 시댁에 어떤 불만도 표하지 않았다. 어차피 그렇게 될 거라는 것을 이미 예상하고 있었다. 남편이 죽은 시점부터 두 모녀는 김씨 일가에서 멀어지기 시작한 것이나 다름없었다. 시어머니인 강정옥 여사는 금주를 처음부터 달가워하지 않았다. 어디 근본도 모르는 여자를 집안에 들이려 하느냐며 노발대발했다. 그렇기에 금주가 시댁을 얼마나 어려워하는지는 두말할 필요도 없을 것이다. 그녀는 명절날만 되면 위염이 도지다가, 신기하게도 명절이 끝남과 동시에 증세도 함께 사라졌다. 이것은 매년 반복되는 연례행사였다. 금주는 시어머니의 갖은 구박에도 꿋꿋이 참고 견뎌냈지만 세연이에게까지 그런 차가운 태도를 보이는 것은 도저히 견디기 힘든 일이었다. 정옥은 자기 어미를 쏙 빼닮은 세연을 별로 좋아하지 않았다.

결국, 며느리에 대한 정옥의 불만은 아들의 죽음으로 활화산처럼 폭발하고 말았다. 그녀는 금주를 향해 입에 담지 못할 욕설을 퍼부었다.

"내 끝까지 결혼을 시키지 말았어야 했는데. 어떻게 저런 화상을 집안에 들여 가지고는…… 이런 꼴을 당해야 하난 말이야!"

정옥은 아들의 죽음 때문에 이미 이성을 잃은 상태였다. 그런 줄 알면서도 금주는 정옥의 한 마디 한 마디가 비수가 되어 자신의 심장을 찌르는 기분이었다. 그러다 보니 금주 모녀는 지금 사는 집이라도 던져준 것에 감지덕지해야 할 판이었다.

금주는 어둠 속에서 홀로 깨어났다. 자리에서 일어나 앉아 멍하니 어둠 속을 바라보다가 문득 저도 모르게 "여보." 하면서 옆자리를 돌아보았다. 하지만 거기엔 빈자리뿐. 대신 그가 베고 자던 베개만이 덩그러니 남아 있었다. 금주는 허탈한 기분에 사로잡혔다. 정신이 몽롱했다.

거실에서 무슨 소리가 난 것 같다. 시계를 보니 아직 새벽 두 시다. 금주는 자리에서 일어나 문을 열고 밖으로 나갔다. 혹시 아이가 오줌이 마려 깬 것이 아닐까 하고 생각했다. 거실은 어두컴컴했다. "세연아." 하고 불렀지만 아무 대답이 없다. 화장실에는 없는 것 같다. 세연이의 방에 문을 열고 들어가 보았다. 아이는 침대 위에서 곤히 자고 있었다. 금주는 딸아이의 자는 모습을 물끄러미 바라보았다. 이마에 뽀뽀를 해주려다가 아이가 깰까 봐 그만두었다. 그때 거실 쪽에서 또 무슨 소리가 났다. 금주는 덜컥 겁이 났다. 혹시 도둑이라도 들어 온 건 아닐까 하는 생각에 가슴이 조마조마했다. 그녀는 잠시 머뭇거리다가 결국 문을 열고 밖으로 나갔다. 거실은 여전히 어두웠지만 불을 켤 엄두가 나지 않았다. 불을 켰다가 도둑을 발견하게 될까 봐 두려웠다. 그렇더라도 보이지도 않는 어둠 속에서 무언가를 찾는다는 것은 어리석은 짓이었다.

순간 주변을 살피던 금주의 시선이 어느 한 곳에서 멈췄다. 시선이 멈춘 곳은 현관 쪽. 현관문 틈새로 희미한 빛이 새어 들어왔다. 문이 비스듬히 열려 있었다.

심장이 무섭게 뛰기 시작했다. 역시 도둑이 들어온 걸까? 어쩌면 지금 집 안 어딘가에 숨어서 자신을 노려보고 있을지도 모른다. 그렇게 생각하자 오금이 저려왔다. 금주는 천천히 인터폰이 있는 쪽으로 다가갔다. 일단 수위실에 연락을 해야겠다고 생각했다. 그녀가 벽에 걸린 인터폰 수화기를 들고 수위실 연결 버튼을 누르려는 찰나, 갑자기 이상한 소리가 들려와 행동을 멈췄다.

그것은 방울 소리였다.

금주는 괴이한 기분에 사로잡혀 들고 있던 수화기를 다시 올려놓고서 가만히 귀를 기울였다. 소리는 밖에서 들려왔다. 빠끔히 열린 문 틈새로 방울 소리가 흘러들어왔다. 금주는 조심스레 거실을 지나 현관으로 걸어갔다. 현관 근처에 다다랐을 때 문 틈새로 누군가 복도를 지나가는 것이 보였다. 순간 심장이 멎을 뻔했다. 곧바로 문을 닫으려고 팔을 뻗었다. 그런데 손도 대지 않은 현관문이 스르르 열렸다. 금주는 한걸음 뒤로 물러났다. 또다시 방울 소리가 들려왔다. 마치 그 소리가 자신의 다리를 이끄는 것 같았다. 그녀는 몸이 가는 대로 밖으로 걸어나갔다. 아파트 복도에 등을 돌리고 서 있는 남자의 모습이 보였다. 그 모습이 무척이나 낯익었다. 이윽고 금주는 그가 누구인지 알아차렸다.

"여보!"

뒷모습만 보고도 남편임을 확신했다. 금주는 앞으로 다가갔다. 그러자 그도 천천히 복도를 걸어갔다. 남편을 놓칠세라 걸음을 빨리했다. 어느새 그는 복도 옆으로 사라졌다. 그곳엔 엘리베이터 홀과 계단실이 있었다. 금주가 갔을 때 남편은 이미 사라지고 없었다. 계단 아래쪽에서 발자국 소리가 들렸다.

곧바로 계단을 따라 밑으로 내려갔다.

"여보! 세연 아빠!"

애타게 남편을 부르며 맨발로 계단을 빠르게 뛰어 내려갔다. 한 층 한 층 내려갈 때마다 적외선 센서로 작동하는 조명등에 불이 들어왔다. 귀신이라도 상관없다. 남편을 다시 볼 수만 있다면 그것으로 충분했다. 정신없이 계단을 내려가던 중 그만 오른쪽 엄지발가락이 계단 끝 부분에 걸려 상처가 났다. 발톱 밑에서 피가 흘러나왔지만 그녀는 고통을 꾹 참고 계속해서 계단을 내려갔다.

그런데 또다시 그 괴상한 방울 소리가 들려와 금주는 계단 중간에서 우뚝 멈춰 서고 말았다. 갑자기 주위의 공기가 냉랭해졌다. 어디선가 한기가 흘러오는 것 같았다. 금주는 어깨를 움츠리며 손으로 팔을 감쌌다. 숨을 쉴 때마다 입에서 엷은 입김이 새어나왔다. 공기가 차갑게 식어가면서 주위에 습기가 생겼고, 벽을 만지자 물기가 묻어나왔다.

금주는 알 수 없는 두려움에 사로잡혀 더는 계단을 한발자국도 내려갈 수 없었다.

그때였다. 누군가 계단을 밟고 올라오는 소리가 들렸다. 금주는 난간에 몸을 기댄 채 계단 아래쪽을 내려다보았다. 바로 아래 층까지 위에서 내려오는 빛 때문에 희미하게나마 볼 수 있었지만 그 밑으로는 빛이 닿지 않아 어두웠다. 기분이 몹시 이상했다. 지금 계단을 따라 올라오는 것은 아무래도 남편이 아닌 것 같았다. 아래층에 누군가 올라오는 것이 보였다. 자세히 보니 그것은 쪽진 머리를 한 백발의 노파…… 아니, 노파가 아닌 것 같다. 처음에 그렇게 느낀 것은 단순히 머리가 백발이기 때문이었다. 게다가 옷도 이상한 한복을 입고 있어서 더욱 그렇게 보였던 것이다. 하지만 멀리서 풍겨오는 외모 그 이상의 어떤 느낌에서 그녀가 노인이 아니라는 사실을 어렴풋이 알 수 있었다. 갑자기 정체 모를 두려움이 등골을 타고 스멀스멀 기어 올라왔다. 금주는 재빨리 난간에서 떨어졌다. 그러곤 서둘러 계단을 올라갔다. 계단을 밟고 올라갈 때마다 오른쪽 엄지발가락에서 강한 통증이 전해져왔다. 엄지발가락을 어정쩡하게 들면서 올라가려다 보니 계단을 빠르게 올라갈 수가 없었다. 밑에서는 여전히 발자국 소리가 들려왔다. 방울 소리도 그 뒤를 따랐다. 금주가 한 층씩 올라갈 때마다 아래 계단실의 조명등이 차례로 꺼졌다. 마치 어둠이 자신의 뒤를 쫓는 것 같았다. 아래를 내려다보고 싶은 마음을 애써 참으며 금주는 계속해서 위로 올라갔다. 발자국 소리는 점점 더 가깝게 들렸다. 심장이 미친 듯이 뛴다. 자기가 무엇에 쫓기는지도 모르면서 금주는 몹시 겁에 질려 있었다. 18층까지 쉬지 않고 올라오자 숨이 턱에 찼다. 아직 세 층을 더 올라가야 한다. 발까지 다쳐서 안 그래도 더 힘들다. 간신히 한 발씩 떼며 계단을 올라갔다. 난간을 짚으며 올라가던 금주는 문득 아래쪽 계단을 보고야 말았다.

쪽진 머리를 한 여자가, 고개를 숙이고, **빠르게 걸어 올라오고 있다.**

금주는 있는 힘을 다해 계단을 뛰어올라갔다. 다리가 후들거리고 오른쪽 엄지발가락에서 강한 통증이 느껴졌지만 절대로 멈출 수가 없었다. 그녀는 맹수에게 쫓기는 먹잇감처럼 필사적으로 달아났다. 그런데도 밑에서 들려오던 발소리는 오히려 점점 더 가까워지고 있었다. 이제는 한 층 아래가 아닌, 바로 뒤에서 들려오는 것 같았다. 너무 무서웠지만 본능은 그만 그녀를 뒤돌아보게 했다. **그것**이 바로 등 뒤에 있었다. 고개를 숙인 채 자신을 향해 한쪽 팔을 쭉 뻗고서……

"꺄악!"

비명은 방 안에서 울렸다.

금주는 침대 위에서 깨어났다. 어느덧 창밖엔 어슴푸레한 새벽빛이 감돌고 있었다. 그것이 악몽이었다는 것을 알고 나서도 두려움은 좀체 가시지 않았다. 그녀는 일어나 앉아 조금 전에 꾼 악몽에 대해 가만히 생각해 보았다. 그것은 꿈이라고 하기엔 너무나도 사실적이었다. 금주는 평생 그런 꿈을 꿔본 적이 없었다. 등 뒤에서 그것이 쫓아올 때는 정말이지 심장이 멎는 줄만 알았다. 대체 꿈속에서 본 그 정체불명의 여인은 누구일까? 그 모습을 다시 떠올리는 것만으로도 소름이 돋을 지경이었다.
 나이트 테이블 위의 탁상시계가 5시 47분을 가리켰다. 이럴 때 커피라도 한잔 마셔야 진정이 될 것 같았다. 금주는 부엌으로 나가려고 침대 아래로 발을 내려놓았다. 그런데 발가락 끝이 너무 아팠다. 통증의 진원지는 오른쪽 엄지발가락이었다. 그녀는 오른발을 들어 자세히 살폈다. 엄지발가락 발톱 부위가 피로 엉겨 붙어 있었다. 발톱 안쪽에서 피가 흘러나온 것이다. 꿈에서 다쳤던 그대로. 게다가 양 발바닥은 모두 맨발로 다닌 것처럼 더러웠다. 금주는 충격에 휩싸여 한동안 침대 위를 벗어나지 못했다.

7. 접근

혜인은 명함 뒷면에 적힌 주소를 보고 퇴마사 신진명의 법당에 찾아갔다. 보문동에 있는 낡은 6층짜리 상가건물 맨 꼭대기에 그의 법당이 있었다. 건물 어디에도 이곳이 법당이라는 것을 알려주는 간판은 없었다. 그래도 혜인은 여기가 맞을 거라는 확신이 들었다.
 그녀는 오늘 몸에 딱 맞는 세련된 세미 정장을 차려입었다. 특히 그 옷은 늘씬한 허리라인과 볼륨 있는 가슴을 더욱 도드라져 보이게 했다. 또한 반들거리는 세틴 실크 블라우스와 입술에 바른 옅은 분홍색 립스틱은 자신의 성적매력을 은근히 드러나게 해주는 중요한 포인트였다.
 문을 열고 들어서자마자 책상에 앉아 사무를 보던 젊은 여자와 눈이 마주쳤다. 여자는 하던 일을 멈추고 놀란 토끼 눈으로 자신을 쳐다보았다.

"여기가 신진명 법사님의 법당이 맞나요?"

혜인은 미소를 띠며 물었다.

"무슨 일이시죠?"

여자는 자신을 아래위로 훑어보며 떨떠름한 얼굴로 말했다.

혜인은 묻는 말엔 대답하지 않고 오히려 쌀쌀맞게 되묻는 이 건방진 여자의 태도가 무척이나 불쾌했다. 평범한 외모에 걸맞은 평범한 차림으로 머리는 뒤로 질끈 동여맸고, 얼굴엔 화장기도 거의 없었다. 이런 여자들은 으레 자기 같은 여자를 경계하거나 질투하기 마련이었다. 그래도 상황이 상황이니만큼 혜인은 최대한 가식적인 미소를 머금고 상냥하게 대답해주었다.

"전 Q-TV의 박혜인 PD인데요. 신진명 법사님을 좀 만나 뵈러 왔는데. 지금 안에 계신가요?"

여자는 방송국 PD라는 말에 약간 주눅이 든 모습을 보였으나, 그것도 잠깐이었다. 그녀는 다시 꼿꼿한 자세로 대답했다.

"안에 안 계신데요."

"어디 가셨나요?"

"네."

"어디 가셨는데요?"

"몰라요."

"......"

"......"

"언제쯤 오실까요?"

"글쎄요."

여자의 성의 없는 대답에 혜인은 슬슬 열이 받기 시작했다.
"법사님 비서인 것 같은데 그런 것도 몰라요?"
"저 비서 아니거든요?"
"그럼 뭐죠? 경리?"
"저도 법사거든요? 법사님 밑에서 수련 중인."
"아, 견습생이었구나. 난 또."
혜인은 은근히 무시하는 투로 말했다.
여자는 그 말에 반박하려는 듯 무슨 말인가 하려다가 그냥 입을 다물었다.
"법사님 휴대폰 번호 알아요? 그 정돈 가르쳐 줄 수 있죠?"
"안 되겠는데요."
여자는 딱 잘라 말했다.
"아, 뭐 됐어요. 어차피 별 기대도 안 했으니까. 대신 이거나 좀 전해주세요. 제 명함이에요."
혜인은 떠넘기다시피 자기 명함을 여자에게 건네주었다. 여자는 떨리는 손으로 명함을 손에 쥐었다.
밖으로 나가려던 혜인은 안으로 들어오는 누군가와 마주쳤다. 그는 창백한 얼굴에 검은 양복을 입었고, 귀에는 피어싱을 했다. 혜인은 이상한 분위기의 이 남자를 잠시 빤히 쳐다봤다. 아마도 자기처럼 법사님을 만나러온 손님일 거라고 생각하면서.
혜인은 그냥 지나치려고 했다. 그런데 왠지 낌새가 이상했다. 피어싱 남자가 가만히 서서 누군가와 눈빛을 주고받고 있었다. 누군가라고 해봤자 뒤에는 저 싸가지 없는 여 법사밖에 없다. 혜인은 재빨리 여자 쪽으로 고개를 돌렸다. 당황한 여자가 얼른 손을 밑으로 내리며 딴청을 부렸다. 분명 피어싱 남자에게 사인을 보낸 것이리라.

그 순간 눈치 빠른 혜인은 바로 이 남자가 신진명 법사라는 사실을 알아차렸다. 조금 의외이긴 했지만 혜인은 이곳을 찾아올 때처럼 본능적으로 그것을 알 수 있었다. 그녀는 여 법사를 향해 알려줘서 고맙다는 뜻으로 살짝 윙크를 했다. 그러곤 뒤돌아서 진명에게 정식으로 인사를 건넸다.

"안녕하세요. 신 법사님. 저는 Q-TV 방송국에서 나온 박혜인이라고 합니다."

혜인이 먼저 손을 내밀어 악수를 청했지만 그는 외면해 버렸다.

"용건이 뭐죠?"

혜인은 무안해진 얼굴로 손을 내렸다.

"괜찮으시면 저에게 시간 좀 내주실 수 있을까요? 법사님 만나려고 일부러 찾아왔는데."

진명은 작게 한숨을 내쉬고서 말했다.

"알겠습니다. 그럼 안으로 들어가서 말씀하시죠."

"감사합니다."

혜인은 여 법사 옆을 지나면서 약 올리듯 그녀를 향해 싱긋 웃어 보였다.

법당 안으로 들어온 혜인은 자신이 기대했던 것과 사뭇 다른 분위기에 놀라고 말았다. 이런 곳에서 흔히 볼 수 있는 무속 풍의 그림 한 점 벽에 걸려 있지 않았다. 향냄새도 나지 않았고, 양초도 없었다. 대신 한쪽 벽면을 차지한 책장엔 각종 서적이 빼곡히 들어차 있었다. 그중엔 전문 의학 서적들도 섞여 있었다. 심리 치료를 할 때 쓰이는 카우치(침대와 소파의 중간쯤에 해당하는 의자) 도 보였다. 초록 잎사귀가 생기 있게 자라난 화분 옆에는 오래된 턴테이블과 LP판들이 진열되어 있었다. 창문을 등지고 놓여 있는 원목 책상과 그 위에 놓인 녹색 스탠드는 보는 사람으로 하여금 심리적인 안정감을 가져다주었다. 전체적으로 실내 장식은 고풍스러운 느낌이 강했다. 이런 곳을 과연 법당이라고 부를 수 있을지 의문이 들었다. 법당이라기보단 무슨 정신과 클리닉에 와 있는 기분마저 들었다. 그렇더라도 이곳의 분위기는 진명이라는 법사와 이상하리만큼 잘 어울렸다. 그가 뿜어내는 아우라는 보통의 무속인들에게선 느껴보지 못한 것이었다. 여러 무속인을 따라다니며 취재를 했지만 이런 느낌이 드는 것은 진명이 처음이었다. 그는 너무도 괴상하고 독특했다. 그래서 혜인의 눈에는 그가 더욱 신비스러워보였다. 이국적인 분위기를 풍기면서 동양적인 주술을 쓰는 퇴마사. 혜인은 벌써부터 조바심이 나기 시작했다. 그를 따라다니면 뭔가 대단한 것을 볼 수 있을 것만 같았다. 그는 절대로 자신의 기대를 저버리지 않을 거라는 확신이 들었다.

하지만 그런 자신과는 달리 진명의 태도는 여전히 무심하기만 했다. 혜인은 커다란 사무용 책상을 사이에 두고 마주 앉은 이 남자의 눈에서 어떤 감정도 읽어낼 수가 없었다. 자신에 대한 일말의 호기심조차 없는 것 같았다.

"취향이 좀 특이하신 것 같네요."

혜인이 먼저 말을 꺼냈다.

"스타일도 독특하시고, 처음에 봤을 때 전 법사님이 아니신 줄……"

"무슨 일로 찾아오셨죠?"

진명은 단도직입적으로 물었다.

"알겠습니다. 그럼 본론부터 말씀드릴게요. 제가 이번에 심령 프로그램을 하나 기획하고 있거든요. 케이블 방송사긴 하지만 그래도 저희 Q-TV는 시청률도 꽤 높은 곳이에요."

혜인은 명함 한 장을 꺼내 진명에게 건넸다. 그는 건네받은 명함을 잠시 들여다보고 나서 책상 위에 내려놓았다.

"오해하실까 봐 미리 말씀드릴게요. 제가 현재 만들려는 프로그램은 다른 심령 프로그램들과는 차별된 것이에요. 그저 자극적이고 신비롭기만 한 내용이 아니라 좀 더 본질적인 문제에 대해 깊이 있는 고찰을 하고……."

"귀신이 있는지 없는지 알고 싶다는 거겠죠."

"네? ……아니, 뭐 그렇다기보단."

"전에 몇 번 그런 제의를 받은 적이 있습니다. 당신 같은 부류의 사람들이었죠. 그들은 귀신의 존재 여부를 과학적으로 밝히고 싶어 했어요. 그래서 첨단 장비다 뭐다 해서 그것들로 귀신의 실체를 카메라에 담으려 했죠. 그런 걸 시청자들이 원한다면서."

"아뇨. 제 말은 그러니까."

"케이블 TV라고 하셨나요? 그렇다면 더욱 시청률에 목을 매겠군요."

혜인은 반박할 말이 떠오르지 않아 답답했다. 그의 말대로 실은 자기도 귀신을 보고 싶었고, 그것을 카메라에 담길 원했다. 한데 그것이 뭐가 나쁜가? 매스컴은 시청자들한테 진실을 보도할 권리가 있다. 귀신의 실체를 알리는 것도 그와 같은 맥락이다. 나뿐 것은 그것들을 과대 포장해서 오도하는 것에 있다. 자신은 결코 그런 일을 하려는 것이 아니다. 단지 진실을 밝혀서 그것을 보여주고 싶을 뿐이다. 여기까지 와서 꽁무니 빼고 돌아설 순 없다. 이왕 이렇게 된 거 그녀는 솔직하고 과감하게 밀고 나가기로 했다. 그것이 또한 가장 박혜인다운 전략이기도 했다.
"좋아요. 부인하진 않을게요. 사실 저도 귀신을 보고 싶어요. 하지만 그것이 잘못됐다고 생각하진 않아요."
"그럼 당신은 누구나 귀신을 볼 권리가 있다고 생각하십니까?"
"네, 그렇다고 생각해요."
그의 얼굴이 싸늘히 굳어졌다.
"돌아가세요."
"네?"
"그런 부탁은 들어 드릴 수가 없습니다."
"잠깐만요!"
"저 같은 사이비 말고 다른 유능한 분들을 찾아가 보세요."
"전 법사님이 아니면 안 돼요!"
혜인은 방금 한 말에 얼굴이 화끈거렸다. 순간 저도 모르게 튀어나온 말이었다. 진명도 기가 찬 모양이었다.
"왜죠?"
그가 물었다
"2년 전 일어났던 연쇄살인 사건 기억하시죠?"
순간 진명의 표정이 미세하게 변하는 것을 혜인은 놓치지 않았다.
"당시에 경찰은 사건을 해결할 만한 능력이 없었어요. 그런데 그때 누군가 나타나 경찰에게 도움을 주었고, 보름 만에 범인이 밝혀졌죠. 결정적인 도움을 준 그 배후 인물은 끝내 자신을 드러내지 않았어요. 나중에 어느 신문사 기자 한 명이 끈질긴 추적 끝에 간신히 그를 찾을 수 있었죠. 그 기자가 바로 제 대학 선배라면 믿으시겠어요?"

"전 그런 것엔 관심 없습니다."

진명은 덤덤하게 말했다.

"법사님이라면 제가 원하는 프로그램을 만들 수 있어요. 부탁드립니다."

"돌아가세요."

"그러지 마시고 한 번만 생각을……"

"같은 말 두 번 하지 않겠습니다."

돌부처 같은 그의 태도에 혜인은 화가 치밀었다.

"알겠습니다. 오늘은 이만 돌아가 볼게요."

그녀는 자리에서 일어섰다.

"하지만 내일 또 찾아올 거예요. 모레도, 그 다음 날도. 법사님 마음이 돌아설 때까지 계속 찾아올 겁니다."

"괜한 시간 낭비예요."

"상관없어요. 전 제가 원하는 건 반드시 얻어야 직성이 풀리거든요. 그럼 안녕히 계세요."

혜인은 문을 열고 밖으로 나갔다.

밖으로 나온 혜인은 여 법사가 부산스럽게 자리에 앉는 것을 볼 수 있었다. 행동을 보아하니 아무래도 문에다 귀를 대고 몰래 엿들은 모양이다. 혜인이 옆을 지나가자 그녀가 혼자 웃는다. 속이 다 후련하다는 얼굴로.

문을 열고 나가려던 혜인은 갑자기 생각난 듯 돌아서서 여자를 보며 말했다.

"아, 그러고 보니 미처 성함도 못 물어봤네요."

여자는 못 들은 척하려다가 혜인이 재차 묻는 바람에 마지못해 이름을 말해주었다.

"엄지선이요."

"엄지선 씨?"

혜인은 쿡쿡 웃었다.

"왜 웃는 거죠?"

지선이 따지듯 물었다.

"법사님들은 역시 패션 감각도 남다르시네요. 그 정도면 총각귀신도 무서워서 접근 못 하겠어요. 그럼 내일 또 봬요. 엄지선 씨."

혜인은 웃으면서 유유히 걸어 나갔다.

8. 징조

 그런 기이한 일을 겪은 후로, 금주는 자꾸만 이상한 기분에 시달렸다. 밤에 자려고 누워 있으면 누군가 방 안으로 뛰어들어올 것만 같아 괜히 불안했다. 길을 걷다가 어깨나 등을 누군가 손으로 탁 치는 느낌을 받기도 했고, 회사에서 일하는 와중에는 종종 등 뒤에서 자신을 노려보는 듯한 섬뜩한 시선을 느끼곤 했다. 그때마다 뒤를 돌아보면 거기엔 늘 아무도 없었다. 그럴 때면 자기도 무안하고 민망해져서 얼른 고개를 돌려버렸다. 회사 사람들도 그런 금주를 이상하게 쳐다보곤 했다. 사실 그녀는 이 문제를 누군가에게 털어놓고 싶었다. 하지만 그랬다간 자신을 미친 사람 취급할 것 같아 도저히 그럴 수가 없었다. 온종일 그런 일에 시달리다 보니 회사 일이 제대로 될 턱이 없었다. 이번 주까지 끝내기로 했던 소설 '욕망'의 표지 디자인은 여전히 지지부진한 상태였고,

결국 책의 출간 일도 늦춰지고 말았다.
 금주는 우울한 마음을 끌어안고 퇴근길에 지하철역으로 향했다. 오늘은 승용차 10부제라 지하철로 출퇴근을 해야 했다. 꼭 그것 때문만은 아니더라도 이제는 필요할 때가 아니면 가급적 차를 끌고 다니지 않으려고 했다. 쓸데없는 지출을 줄일 필요가 있었다. 남편이 없는 현재, 또 한 가지 달라진 점이라 할 수 있었다.
 지하철역으로 걸어가는 길에 누군가 자신을 부르는 소리가 들려 돌아보니, 이준상 차장이 이쪽을 향해 뛰어오고 있었다. 이윽고 그가 가까이 다가왔다.
 "무슨 일이세요?"
 금주는 의아한 얼굴로 물었다.
 "잠깐 차 한 잔 마실 시간 있으세요?"
 "차요?"
 "네, 드릴 말씀이 있어서요."
 준상은 웃으며 말했다.
 금주는 세연이를 데리러 유치원에 가봐야 했지만 아직은 여유가 좀 있었다. 게다가 일부러 여기까지 뛰어와서 부탁하니 거절하기도 어려웠다. 그녀는 잠깐 시간을 내기로 하고 준상과 함께 찻집 '사계'로 향했다. 사계는 건물 2층에 있는 복고풍의 찻집으로 분위기가 좋아서 가끔 회사 사람들과 찾는 곳이기도 했다. 두 사람은 커다란 통유리로 된 창가 구석자리에 앉았다. 금주는 단둘이 마주 앉아있는 게 어색해서 일부러 창가 쪽에 시선을 두었다.
 "요즘 많이 힘드시죠?"
 준상이 먼저 말을 꺼냈다.

"아니라고 하면 거짓말이겠죠. 하지만 괜찮아요. 견딜만해요."
"회사 사람들도 다들 걱정하고 있어요. 저도 그렇고요."
"걱정 끼쳐서 죄송해요."
"아뇨. 금주 씨가 죄송할 건 없고요. 단지, 조금 쉬셔도 될 텐데 너무 무리해서 나오시는 것 같아 그게 걱정이 되는 거예요."
"저도 그러려고 했는데 오히려 집에만 있는 게 더 견디기 힘들더라고요. 일이라도 하면 조금 잊을까 해서……"
"그러셨군요."
잠시 뒤, 종업원이 주문 한 차를 가지고 왔다.
얼마 동안 두 사람은 차를 마시며 몇 가지 사소한 대화를 나누었다.
"요즘 어디 아픈 건 아니죠?"
준상은 찻잔을 내려놓으며 말했다.
"아뇨. 그런 건 아니에요."
하지만 금주는 그 말의 저의를 이미 알고 있었다.
"그럼 다행이지만……"
준상은 뭔가 말하려다 말고 다시 찻잔을 입으로 가져갔다.
"사실은…… 요즘 제게 이상한 일이 일어나는 것 같아서요."
금주는 시선을 내리깐 채 조심스럽게 입을 열었다. 여태껏 아무한테도 하지 않은 얘기를 그에게 처음 꺼내놓았다. 이렇게라도 말하지 않으면 답답해서 미쳐버릴 것만 같았다.
"이상한 일이요?"
"모르겠어요. 가끔 그런 기분이 들 때가 있어요."
"좀 자세히 말씀해 보세요."

금주는 망설였다. 이런 얘기를 회사 상사에게 해도 되는지, 아니 그보단 지금 자신이 그에게 기대려 하는 것 같아 말하기가 꺼려졌다.
"금주 씨, 괜찮으니까 말씀해 보세요."
"제가 괜한 얘기를 꺼냈나 보네요."
"금주 씨가 절 어려워하는 거 잘 알아요. 하지만…… 그냥 친구처럼 대해줬으면 좋겠어요. 편하게."
금주는 '친구'라는 말이 너무나 그립게 와 닿았다. 이런 얘기를 터놓고 할 수 있는 상대가 남편밖에 없었는데, 남편이 없는 지금 금주는 외톨이처럼 고립되어 하루가 다르게 시들어가고 있었다. 그녀는 대화가 필요했고, 친구가 필요했다.
"……가끔 그럴 때가 있어요. 누군가 등 뒤에서 나를 보는 것 같은 기분이 들 때가. 그럴 때면 괜히 무섭기도 하고."
"그랬군요. 그래서 가끔 일하다 말고 뒤를……."
"알아요. 사람들이 절 이상하게 생각한다는 거."
"아뇨. 그렇지 않아요. 그냥 걱정이 돼서 그러는 거죠. 아무래도 금주 씨가 그런 일을 겪었으니까. 혹시 심리적인 문제가 아닐까 해서."
"정신과 상담을 받으러 가볼까도 생각했어요. 한데 왠지 두렵기도 하고."
"곧 괜찮아 질 겁니다. 저도 전에 그런 적이 있었거든요. 신경이 극도로 예민해질 때 그런다더군요. 일시적인 현상이니까 너무 걱정하지 마세요. 무엇보다 빨리 안정을 되찾는 게 중요해요. 물을 많이 마시고, 조용한 음악을 들으면 한결 나아질 겁니다."

"정말 그럴까요?"

"그럼요."

그 말을 들으니 금주도 조금은 안심이 되었다.

준상이 테이블 위에 깍지를 낀 금주의 손 위로 살며시 자신의 손을 얹었다.

"힘든 일 있으면 언제든 말씀하세요. 혼자서만 괴로워하지 마시고요."

손이 무척 따듯했다. 마치 살아있을 때 남편의 손이 그러했던 것처럼…… 갑자기 눈시울이 뜨거워졌다. 금주는 슬그머니 자신의 손을 뺐다.

준상은 주머니에서 손수건을 꺼내 금주에게 내밀었다. 그녀는 괜찮다고 사양했지만 계속 권하는 바람에 거절할 수가 없었다.

"죄송해요. 손으로 닦아도 되는데. 제가 깨끗이 빨아서 다시 돌려 드릴게요."

"그냥 가지세요. 전 또 있으니까요."

"아뇨. 그래도."

"괜찮습니다."

금주는 손수건을 든 채 난처한 표정을 지었다.

"참, 그러고 보니 아까 아이 데리러 가야 한다고 하셨죠?"

"어머, 내 정신 좀 봐."

"제가 너무 시간이 뺏었나 보네요."

"아뇨. 덕분에 마음이 좀 안정되었어요. 고마워요."

준상은 머쓱해하며 웃었다.

"서둘러야겠네요. 그만 일어나죠."

"네."

두 사람은 찻집을 나와 지하철역까지 함께 걸었다.

길을 걸으며 이런저런 대화를 나누던 중, 문득 준상이 이런 말을 꺼냈다.

"아, 맞다! 혹시 이번 주 토요일에 시간 있으세요?"

"토요일이요?"

"네, 제가 아는 후배 녀석이 오페라 공연 티켓을 줬거든요. 근데 민망하게도 같이 보러 갈 사람이 없어서. 하하…… 이번 주 토요일이 마지막 공연이라서요. 괜찮으시면 같이 보러 가실래요?"

"죄송해요. 그날은 제 딸애 생일이라."

"아, 따님 생일이구나. 그럼 더 잘 됐네요! 따님도 함께 데리고 나오세요. 이름이 세연이라고 그랬죠? 그날 공연도 보고 맛있는 것도 먹으면 되겠네요."

"아뇨. 일부러 그러실 필요까진."

"괜찮아요. 그럼 그날 만나는 걸로 알겠습니다! 전 여기서 버스를 타야 해서…… 어! 버스 왔네요. 그럼 안녕히 가세요."

준상은 서둘러 버스 정류장 쪽으로 뛰어갔다.

금주는 멀어져가는 준상을 보며 제대로 거절하지 못한 자신을 탓했다.

9. 해무

올해로 쉰다섯인 고현국 씨는 제주 고씨로 제주도에서 낳고 자란 그야말로 제주 토박이다. 그는 태어나서 지금껏 제주를 떠나 본 적이 단 세 번밖에 없을 정도로 고향을 무척 사랑하는 사람이다. 1남 2녀를 낳아 모두 육지로 보내고 지금은 아내와 단둘이 조촐하게 살고 있다. 적지 않은 나이임에도 여전히 생업인 보일러 수리 일을 하면서 부지런히 몸을 움직인다. 낡은 96년형 1톤 포터 더블캡을 타고 다니며 어디든 부름이 있으면 마다하지 않고 달려간다. 지금은 연락을 받고 서둘러 구좌읍에 있는 숙박용 펜션으로 수리하러 가는 길이다. 날도 구질구질한데 보일러까지 고장 났으니 고씨를 급하게 찾는 것은 당연지사. 구좌읍에는 김녕해수욕장과 세화해수욕장이 있어서 근처에 숙박시설들이 몰려 있었다. 그 외에도 제주엔 크고 작은 해수욕장만 열 군데가 넘어서 숙박

업소 간의 경쟁이 치열했다. 고씨는 기술도 좋고 단골이 많아 멀리서도 그를 부르는 경우가 종종 있었다. 초창기 석유 보일러가 많이 보급되지 않은 시절에는 기계 기술자라 하면 굉장히 귀한 직업군이어서 대우도 무척 좋았다. 당시 몇 안 되는 보일러 기술자 중의 한 사람이던 고씨는 하루에 용달차를 타고 섬을 무려 세 바퀴나 돈 적도 있었다. 그때는 벌이도 괜찮았다. 하지만 지금은 다른 업체들이 많이 들어서 있어서 멀리서라도 자신을 불러주는 것을 고마워해야 했다.

그는 무료함을 달래고자 라디오를 켰다. 마침 제주 1라디오에서 '58분 기상정보'를 보내주고 있었다.

"오늘은 점차 기압골의 영향으로 중부지방과 제주도는 차차 흐려져 오후 늦게나 밤에 비가 오는 곳이 있겠으며, 곳에 따라 안개가 짙게 끼는 곳도 있겠습니다. 현재시각 3시 58분, 기온은 영상 3도이며 제주 북쪽에서는 바다로부터 밀려오는 해무로 인해 습도가 높고 시야 확보가 어려울 수 있으니 운전하실 때 각별히 주의하시기 바랍니다. 바다의 물결은 오후부터 서해중부전해상과 제주 남쪽 먼 바다에서 1.5~2.5미터로 점차 높아지겠고, 그 밖의 전 해상에서 0.5~2미터로 일겠습니다. 이상 58분 기상정보였습니다."

예보대로 도로 위에는 아까부터 짙은 해무(海霧)가 흘러오고 있었다. 해무란 바다에서 생기는 안개를 말한다. 주로 서해안 일대나 섬 지방에서 볼 수 있는 특이현상인데 이것은 보통 육지에서 발생하는 안개와 달리 밀도가 높고 두꺼워 짙은 덩어리 형태로 움직인다. 그 모습은 마치 구름이 땅 밑으로 내려와 흘러가는 것 같다. 그래서 해무가 짙게 끼는 날은 시야 확보가 어렵다. 고씨는 헤드라이트와 와이퍼를 켰다. 펜션까지의 길이 멀고, 또 급하다 보니 속도를 줄일 수는 없었다. 그에겐 이골이 날만큼 익숙한 길이라 야생 동물이 갑자기 튀어나오지 않는 이상 위험할 일은 없었다.

곧이어 CM이 끝나고 라디오에서 오후 4시 뉴스가 시작됐다. 뉴스는 늘 그렇듯 육지에서 일어나는 일들이 주를 이뤘다. 지겨운 정치스캔들, 남북문제, 유가 상승, 주가 하락, 부동산 문제 등등. 어떨 때는 그런 뉴스가 자신과는 전혀 무관한 이야기처럼 들릴 때도 있었다. 해무는 조금 전보다 훨씬 더 짙어져 있었다. 헤드라이트를 켰는데도 시야는 흐리기만 했다. 이런 날에 비까지 내리면 상황은 더 최악이 된다. 라디오에서 오후 늦게나 밤에 비가 내린다고 했으니 언제고 쏟아질지 모르는 상황이었다. 제주 날씨는 하루에도 수십 번씩 바뀌기에 날씨가 괜찮다고 해서 안심할 수는 없다. 고씨는 이놈의 변덕스러운 날씨를 질리도록 겪어 봐서 적응이 됐지만 그래도 여전히 짜증이 나긴 마찬가지였다. 라디오는 지긋지긋한 정치 경제 뉴스를 끝내고 다른 소식을 전해주었다.

'평생 한 번 보기 어려울 정도의 우주 쇼가 한 달 내내 계속됩니다. 올해는 유독 그 어느 때보다 우주 천문분야에서 희귀한 현상들이 많이 일어나는데요. 지난 3월 23일에서 4월 2일 사이엔 수성, 금성, 화성, 토성, 목성이 일렬로 늘어서는 장관이 연출됐습니다. 과학자들은 이 같은 장관을 육안으로 볼 기회는 앞으로 32년간 오지 않는다고 합니다. 이번 어린이날에는 태양과 지구, 달이 일직선에 놓이면서 지구의 그림자에 의해 달이 가려지는 개기월식 현상이 3년 만에 나타납니다. 개기월식은 어린이날인 5월 5일 오후 8시 50분부터 시작돼 밤 10시 52분에는 달의 모습이 완전히 가려지게 됩니다. 또 다음 달 초까지 한 달여 동안은 화려한……'

그때였다. 라디오에 귀를 기울이고 있던 고씨는 소스라치게 놀라고 말았다. 갑자기 시야 안으로 사람의 형체가 확 들어왔기 때문이다. 순간적으로 핸들을 90도로 꺾었다. 차는 도로 위를 불안하게 미끄러지면서 간신히 갓길에 멈춰 섰다. 고씨는 핸들에 머리를 박은 채 숨을 몰아쉬었다. 정말 아슬아슬한 순간이었다. 조금만 늦게 발견했거나 핸들을 1초만 늦게 틀었어도 아마 그대로 들이받았을 것이다. 아직도 심장이 벌렁거렸다. 30년 무사고 경력이 날아가는 건 물론이거니와 하마터면 사람까지 죽일 뻔한 것이다. 떨리는 마음을 진정시키고 나서 비상등을 켜놓고 차에서 내렸다. 차는 갓길에 머리를 두고 45도 정도 틀어진 상태로 멈춰 서 있었다. 뒤를 돌아보니 도로 위에 스키드 마크가 선명하게 나 있었다. 한숨이 절로 나왔다. 대략 15미터 정도는 미끄러져 온 듯했다. 사방이 온통 해무로 둘러싸여 5미터 이상은 보이지 않았다. 이런 날에는 들고양이가 튀어나와도 간이 콩알만 해지는데 하물며 사람이…… 고씨는 보이지 않는 곳에다 대고 소리쳤다.

"여보쇼! 거기 다치지 않았소!"

공허한 울림이 해무로 뒤덮인 도로 위로 퍼져 나갔다. 하지만 되돌아오는 목소리는 없었다. 몇 번을 더 불러도 대답이 없자, 그는 덜컥 겁이 났다. 혹시 핸들을 틀었을 때 살짝 부딪힌 것은 아닐까? 워낙 순식간에 일어난 일이라 그럴 가능성도 충분했다. 그는 불안한 마음을 억누르며 앞으로 나아갔다. 등에선 식은땀이 솟아났다. 해무 때문에 습도가 높아 목에 닿는 칼라가 금방 눅눅해졌다. 스키드 마크를 따라 걸어가는 그의 머릿속은 온통 불안과 공포로 가득 찼다. 대답을 안 하는 거 보면 정말로 다친 게 아닐까? 혹시 심하게 다쳤으면 어쩌지? 어떻게 이런 일이! 젠장! 젠장! 도로 위에는 정적만이 흐르고 있었다. 족히 15미터 이상은 걸어왔다는 생각이 들었다. 그런데 사람은커녕 개미 새끼 한 마리도 눈에 들어오지 않았다. 어느덧 고씨는 스키드 마크가 시작된 곳까지 걸어왔다. 이 지점이다. 그가 사람을 발견한 곳이. 한데 주위엔 아무도 없었다. 이게 대체 어떻게 된 일일까? 그는 다시 한번 큰 소리로 외쳐 보았다.

"여보쇼! 거 아무도 없소?"

역시 대답은 돌아오지 않았다. 혹시 잘못 본 것은 아닐까 하고 생각했다. 해무 때문에 시야가 흐려 정말 헛것을 본 것인지도 모른다. 하지만 아무리 생각해 봐도 그럴 리는 없었다. 분명 그것은 사람의 형체였다. 두 눈으로 똑똑히 보고 핸들을 틀었다. 그렇다면 대체 그 사람은 어디로 사라졌다는 말인가? 고씨는 갑자기 불길한 기분에 사로잡혔다. 어쩌면 산 사람을 본 것이 아닌지도 모른다는 생각이 든 것은 그때였다.

"이런 제길! 날도 궂은데 귀신을 다 보고…… 불길하구만. 에잇!"

그는 침을 뱉으며 투덜거렸다. 하마터면 귀신의 농간에 휘말려 큰 사고가 날 뻔했다. 귀신이 무섭기도 했지만 그보단 괘씸하다는 생각이 더 컸다. 얼른 이곳을 벗어나야겠다고 생각했다. 이런 곳에 오래 있어봤자 좋을 것이 없었다. 그는 다시 차로 돌아가려고 몸을 돌렸다.

그런데 등 뒤에 사람의 형체가 우뚝 서 있었다. 고씨는 아까 보다 몇 배는 더 놀란 얼굴로 "으악!" 소리를 지르며 벌러덩 뒤로 자빠졌다.

"뭐, 뭐야!"

그는 뒤로 물러나며 소리쳤다. 해무에 휩싸인 여인은 귀신같은 몰골이었지만 분명 귀신이 아닌 산 사람이었다. 고씨도 그것을 금방 알아차렸다. 그렇다고 해서 두려움이 사라진 것은 아니었다. 이 정체불명의 여인은 대체 어디서 나타난 것일까? 옷은 누더기나 다름이 없었는데 위아래로 착 달라붙은 차림이 어디선가 본 듯했다. 상의는 심하게 찢어져서 한쪽 가슴이 그대로 드러나 있었다. 머리는 완전히 산발을 했고 퀭한 두 눈엔 초점이 없었다. 여인은 고씨를 향해 천천히 다가왔다.

"저리 안 꺼져! 얼른!"

그는 위협하듯 팔을 마구 휘둘렀다. 여인은 알아들을 수 없는 이상한 말로 중얼거리더니 갑자기 그에게로 폭 쓰러지고 말았다. 당황한 고씨는 여자를 얼른 옆으로 밀쳐냈다. 여자의 몸에서 고약한 악취가 풍겨왔다. 쓰러진 여자는 곧바로 기절을 했는지 미동조차 없었다. 고씨는 놀란 가슴을 진정시키고 나서 여자한테로 다가갔다. 손대고 싶지 않았지만 이런 곳에 그냥 내버려둘 순 없었다. 다른 차가 지나가기라도 하면 큰일이었다. 그는 여자의 어깨를 잡고 흔들어보았다. 아무 반응도 없었다.

"이봐, 아가씨! 정신 좀 차려 봐! 내 말 안 들려? 어이! 눈 좀 떠

보라고! ……나 이거 참!"

그는 잠시 망설이다가 안 되겠다 싶어 여자를 들춰 업기로 했다. 고씨는 자신의 차까지 여자를 업고 뛰었다. 용달차지만 더블캡이라 뒷좌석에 여자를 눕힐 수 있었다. 그는 여자를 시트 위에 눕히고 나서 곧바로 운전석으로 돌아와 차에 시동을 걸었다. 차는 한번 후진을 한 뒤 그대로 도로 위를 유턴해서 왔던 길을 되돌아가기 시작했다.

고씨는 운전하는 내내 룸미러로 여자의 모습을 확인했다. 자세히 보니 상당히 젊은 여자였다. 그런데 대체 무슨 일을 겪었기에 저런 몰골이 된 걸까? 아무래도 여자는 이곳 사람 같지가 않았다. 타지에서 온 관광객일 게다. 여행 와서 이런 봉변을 당하다니. 쯧쯧, 딱도 하지. 혀를 차며 안타까워하던 그는 문득 전에 있었던 한 사건이 떠올라 눈이 번쩍 뜨였다.

그러니까 작년 이맘때쯤, 이곳에 여행을 온 자전거 동호회 사람들이 흔적도 없이 사라지는 사건이 발생했다. 그때 일로 섬이 한번 발칵 뒤집혔었다. 실종자 수색에 제주 경찰력이 총동원됐지만 결국 아무런 흔적도 발견하지 못하고 사건은 미궁 속으로 빠지고 말았다. 한때 그 일로 방송국이나 신문사에서 기자들이 몰려와 여기저기 들쑤시고 다니기도 했지만 몇 개월이 지나자 그런 열기도 차츰 수그러들었다. 그리고 수개월이 지난 현재, 온갖 추측이 난무한 가운데도 그들의 생존을 긍정적으로 바라보는 이는 아무도 없었다. 그런데 지금 이 여자를 보니 갑자기 그 사건이 번뜩 떠오른 것이다. 게다가 지금 입은 저 누더기 같은 옷도 당시 사진으로 본 실종자들의 옷차림과 매우 유사했다. 고씨는 이 여자가 그때 실종됐던 동호회 사람 중의 하나일 거라고 직감했다. 실종자 중에 유일하게 여자가 하나 끼어 있었다는 것도 그런 확신을 갖게 만들었다. 그렇다면 대체 그동안 어디서 무엇을 하다가 지금에서야 나타난 것일까? 운전대를 잡은 그의 마음은 두렵고 혼란스럽기만 했다. 이대로 속도를 줄이지 않고 달리면 읍내 보건소까지 10분 안에 도착할 수 있을 것이다. 고씨는 문득 잊고 있던 출장 수리 일이 생각나 휴대폰으로 전화를 걸었다. 전화를 걸자마자 기다렸다는 듯이 펜션 여주인이 전화를 받았다.

"아직 도착 안 하셨어요? 금방 오신다고 하시더니."

"아, 이거 죄송합니다. 갑자기 급한 일이 생겨서요. 아무래도 시간이 좀 걸릴 것 같네요. 죄송합니다."

고씨는 연거푸 죄송하다는 말을 전했다.

"무슨 일이신데요?"

여주인이 언짢은 목소리로 물었다.

"그게 좀……"

그는 뭐라고 말해야 좋을지 몰라 난감했다.

"지금 손님들이 난리에요. 다른 곳으로 가겠다는 거 금방 수리 기사 와서 고친다고 잡아놨는데."

"정말 면목이 없습니다."

"얼마나 걸리는데요?"

"글쎄요. 한 30분쯤?"

"아, 몰라요! 딴 사람 부를 거예요!"

여주인은 성질을 내며 그대로 전화를 끊어버렸다. 고씨도 혀를 끌끌 차며 휴대폰 폴더를 닫았다. 이왕 이렇게 된 일, 이 여자를 병원으로 데려가는 일에만 전념하기로 했다. 그는 룸미러로 뒷좌석을 한번 힐끔 보고 나서 차의 속도를 내기 시작했다. 그렇게 고씨가 모는 청색 포터는 짙은 해무를 가르며 빠르게 도로 위를 달려나갔다.

10. 생일

준상은 자신의 차로 금주 모녀를 태우고 시간에 맞춰 공연장으로 향했다. 간신히 이틀 전에 뮤지컬 티켓을 석 장 예매할 수 있었다. 충무 아트홀에서 오후 6시 반에 공연하는 '찰리 브라운'이라는 뮤지컬이었는데 아이들에게 친숙한 캐릭터라 가족과 함께 온 관객들이 상당히 많았다. 세연이도 공연 내내 눈을 떼지 않고 지켜보며 즐거워했다. 공연을 보고 나서 미리 예약해 놓은 패밀리 레스토랑으로 갔다. 준비한 대로 직원들이 생일 축하 이벤트를 열어주었다. 머리에 고깔을 쓰고 폭죽을 터트리고 생일 축하 노래도 불러주었다. 천사같이 웃는 세연이를 보자 준상도 기분이 좋았다. 고인에겐 미안한 얘기지만 준상은 이들 모녀가 자신의 아내와 딸이었으면 하는 은밀한 상상을 해보았다. 마주 앉은 금주도 즐거워하는 세연이를 보며 웃고 있었다. 하지만 그 웃음이 어단지 슬퍼 보이는 것은 어쩔 수가 없었다.

금주는 식사 중간에 참았던 눈물을 흘리고야 말았다. 세연이 음식을 입에 넣은 채 걱정스러운 얼굴로 엄마를 올려다보았다. 금주는 냅킨으로 눈물을 닦아보려 했지만 한번 터진 눈물은 멈출 줄을 몰랐다. 결국 그녀는 잠깐 화장실에 다녀오겠다며 자리를 떠났다.

준상이 걱정하는 아이에게 말했다.

"괜찮아. 엄마 곧 올 거야. 걱정하지 말고 어서 먹어."

하지만 세연은 아까 보다 식욕이 많이 떨어진 모습이었다. 준상은 그런 아이의 머리를 가만히 쓰다듬어 주었다.

집으로 돌아오는 길에 세연은 피곤했는지 어느새 뒷좌석에서 잠들어 있었다. 준상은 룸미러로 뒤를 힐끔 보더니 피식 웃었다.

"세연이가 많이 피곤했나 봐요."

"어머! 얘 좀 봐 어느새. 세연아 일어나. 집에 가야지."

금주는 아이를 깨우려고 앞좌석에서 몸을 뒤로 돌렸다.

"그냥 두세요. 집 앞까지 모셔다 드릴게요."

"아니에요. 피곤하실 텐데. 근처까지만 데려다 주세요."

"어차피 거기서 거긴데요. 뭘."

준상은 웃으며 말했다.

"오늘 정말 고마웠어요. 뭐라고 감사를 드려야 할지."

"감사는 오히려 제가 드려야죠. 오늘 두 분 아니었으면 하루 종일 집에서 영화나 보며 빈둥거렸을 텐데요. 덕분에 정말 즐거웠습니다."

"그렇게 말씀하시면 제가 너무 미안하죠."

"에이, 괜찮아요…… 뭐, 정 그러시면 다음에 술 한 잔 사시던가요."
"네, 그럴게요."
두 사람은 웃고 나서 잠시 아무 말도 없었다. 대화가 끊기자 차 안에 어색한 분위기가 감돌았다. 준상은 분위기를 바꿔보려고 라디오를 켰다. 도시의 야경과 어울리는 발라드 음악이 흘러나왔다.
"아이가 참 예쁘네요. 엄마를 쏙 빼닮아서 그런가 봐요."
준상이 말했다.
금주는 말없이 웃기만 했다.
"뮤지컬 어땠어요? 세연이는 무척 좋아하던데."
"저도 재미있게 봤어요. 근데 후배 분이 준 티켓이 오페라 공연이라고 하지 않으셨나요?"
"네?"
준상은 살짝 당황했다. 그러고 보니 그날 거짓말로 둘러댈 때 오페라 공연이라고 말했던 것을 깜빡 잊고 있었다. 어린이 뮤지컬로 바뀐 것은 순전히 세연이 때문이었다.
"아, 그, 그랬나요? 하하. 아무래도 제가 착각을 했나 보네요."
금주는 당황하는 그의 모습이 재미있는지 그저 웃기만 했다.
차는 아파트 단지에 들어서 금주가 사는 동 앞까지 도착했다. 그녀는 아이를 등에 업고 차에서 내렸다. 세연이는 정말 세상 모르게 잠들어 있었다.
"오늘 정말 고마웠습니다."
금주는 아이를 업은 채로 아파트 입구 계단 아래에 서서 말했다.

"덕분에 저도 즐거웠는걸요."
"이제 그만 가보세요."
"네, 알았어요. 어서 들어가세요."
금주는 안으로 들여가려다 말고 멈춰 섰다. 잠깐 망설이다가 돌아서서 말했다.
"저어, 괜찮으시면 차라도 한잔하고 가실래요?"
"아, 그래도 될까요?"
"네, 그럼요. 들어오세요."
준상도 내심 기대하고 있던 터라 마다하지 않았다. 그는 쑥스러운 듯 미소 지으며 금주와 함께 안으로 걸어갔다.
그때 멀리서 "금주 씨!" 하고 부르는 남자의 목소리가 들려왔다. 두 사람은 동시에 뒤를 돌아다봤다. 저쪽에서 검은 정장을 입은 남자 하나가 이쪽으로 걸어오고 있었다. 준상은 금주를 쳐다봤다. 그녀는 조금 당황한 듯 보였다.
"아는 분이세요?"
준상은 물었다.
"네, 남편 대학 후배예요. 그런데 어째서 여길……"
"금주 씨."
남자는 가까이 다가와 다시 한 번 그녀를 불렀다.
금주는 어리둥절한 얼굴로 그에게 인사를 건넸다.
"아, 안녕하세요. 진명 씨."
준상은 갑자기 나타난 이 낯선 남자를 경계하는 눈빛으로 보았다.
"이 시간에 여긴 웬일이세요?"

금주가 물었다.

"이렇게 불쑥 찾아와서 정말 죄송합니다. 휴대폰 번호를 몰라서 집으로 전화를 드렸는데 부재중이시더군요."

"아, 죄송해요. 오늘 딸 아이 생일이라서 외출하고 돌아오는 길이었어요. 그 사이 전화를 하셨나 보네요."

"그랬군요. 미리 알았으면 선물이라도 사왔을 텐데."

"뭘요…… 근데 무슨 일이시죠?"

"잠시 드릴 말씀이 있습니다."

"이 시간에 하셔야 할 만큼 급한 일인가요?"

"네. 그렇습니다."

"대체 무슨 일이신지? 혹시 저희 애 아빠와 관계된 일인가요?"

진명은 대답 대신 준상을 힐끔 쳐다봤다.

"아, 이거 아무래도 제가 자리를 비켜 드려야 할 것 같네요."

준상은 마지못해 그렇게 말했다. 금주의 얼굴에 미안한 기색이 역력했다.

"죄송해요."

"아뇨. 괜찮습니다. 그럼 낼모레 회사에서 뵙도록 하죠."

"조심히 가세요."

준상은 진명에게도 가볍게 인사하고 나서 차가 주차된 곳으로 돌아갔다. 차에 올라타서 시동을 걸 때까지도 그는 진명을 기억해 내지 못했다. 어디선가 본 것 같은데 도통 기억이 나지 않았다. 차는 아파트 단지를 빠져나가 도로 위를 달렸다. 갑자기 나타난 불청객 때문에 쫓겨나듯 떠나는 것 같아 조금 불쾌했다. 하지만 오늘 하루 즐겁게 보낸 것을 생각하니 금방 다시 기분이 나아졌다. 차가 잠시 신호대기에 걸려 기다리고 있었다. 신호등의 빨간 불을 쳐다보며 생각에 잠겨 있던 준상은 불현듯 그를 어디서 봤는지 기억해 냈다.

"아, 맞다! 그때 장례식장에서 봤구나."

그때는 스치듯 만났을 뿐이라 기억이 희미했는데, 그 특이한 스타일만은 머릿속에 각인되었던 모양이다.

준상은 아까 들은 얘기를 토대로 그가 금주의 남편과 학연 또는 지연 등의 친분관계로 얽혀 있는 사람일 거로 짐작했다. 그런데 아무래도 이상한 것은 그의 외모였다. 어딜 봐도 의사와 어울릴만한 사람 같지는 않아 보였다. 대체 뭐 하는 사람일까? 몹시 당황해 하는 금주의 태도로 봤을 때 여간 신경 쓰이는 인물이 아니었다. 게다가 이렇게 밤늦은 시간에 집으로 찾아오다니. 그 정도로 친한 사이 같진 않은데.

그때 신호가 바뀌어 준상은 다시 차를 출발시켰다. 집까지 운전하는 동안 그는 그 의문의 남자에 대한 생각을 떨쳐버릴 수가 없었다.

"여긴 어떻게 찾아오셨어요?"

금주는 찻잔을 손에 들고 마주 앉은 진명을 보며 물었다.

준상이 가고 나서 두 사람은 아파트로 올라갔다. 금주는 아이를 재워두고 커피숍에 가는 것이 내키지 않아 그냥 집에서 이야기하기로 했다. 그렇더라도 진명 같은 이상한 남자를 집안에 들이는 것은 조금 꺼림칙한 일이었다. 사실 금주는 그를 다시 보는 게 별로 달갑지 않았다. 어딘지 어둡고 음침한 구석이 느껴지는 탓도 있었지만 그의 직업이 퇴마사라는 것도 거부감이 드는 이유 중에 하나였다. 퇴마사라는 직업은 일반인들에게 두 가지 형태로 받아들여진다. 미신을 믿는 사람에게는 신비로운 인물로, 그렇지 않은 사람에게는 사기꾼으로. 금주는 후자 쪽에 가까운 사람이었다. 그래도 그는 어디까지나 남편의 대학 후배이고, 좀 특이할 뿐이지 나쁜 사람 같지는 않았다.

"대학 동기였던 정훈이한테 물었습니다. 집 전화도 그 친구가 알려줬고요."

"아, 그러셨군요. 정훈 씨라면 저도 몇 번 본적이 있어서 알고 있어요. 근데 무슨 일로? 이 시간에 일부러 찾아오신 걸 보면 굉장히 급한 용무이신 것 같은데. 역시 저희 애 아빠와……"

"네, 주열 선배와 관계된 일입니다."

진명은 잠시 찻잔 속에 담긴 커피를 물끄러미 바라보다가 고개를 들었다.

"요즘 들어 이상한 일을 겪거나 하진 않았습니까?"

"네? ……그게 무슨 말씀이세요?"

"가령 이유도 없이 불안해진다거나 누군가 자신을 쳐다보는 것 같은 기분 말입니다."

심장이 덜컥 내려앉는 것 같았다. 최근에 자신이 느낀 이상한 증상을 그가 대체 어떻게 아는 것일까? 금주는 굳은 얼굴로 어색하게 웃으며 고개를 지었다.

"그, 글쎄요."

"최근에 잠을 잘 때 가위에 눌리거나 악몽을 꾸는 일은 없었나요?"

"모르겠어요. 깨고 나면 잘 기억이 안 나서."

"환청을 듣거나 환영 같은 걸 보신 적은 없습니까? 또는 자신이 한 일을 기억하지 못한다거나."

금주는 고개를 절레절레 흔들었다. 찻잔을 든 손끝이 미세하게 떨렸다.

"대체 그게 저희 남편과 무슨 관계가 있다는 거죠?"

금주는 집요한 추궁에서 벗어나고 싶었다.

진명은 곧바로 대답하지 않고 잠시 고민하듯 뜸을 들이다가 입을 열었다.

"저는 그날 장례식장을 나와 영안실로 향했습니다. 주열 선배의 시신이 안치된 곳으로요. 그리고 거기서 선배의 혼을 불러냈습니다."

"네? 뭐라고요?"

금주는 놀라서 입을 다물지 못했다.

"선배의 혼은 아직 사고 당시의 충격에서 벗어나지 못한 상태였고, 그래서 대화를 하기가 어려웠습니다. 하는 수 없이 전 선배의 혼을 제 몸에 실어 사고 당시의 기억 속으로 들어갔습니다."

"잠깐만요! 전 대체 무슨 얘긴지."

"일단 제 얘기를 끝까지 들어주세요."

"하지만……"

"부탁드립니다."

금주는 이 말도 안 되는 얘기를 너무도 진지하게 말하는 진명의 기세에 눌려 할 수 없이 입을 다물고 말았다.

진명은 다시 말을 이어나갔다.

"전 사고 당시 선배의 차 안에 타고 있었습니다. 금주 씨와 마지막으로 전화 통화를 하던 것도 보았고요. 그리고 그때, 주열 선배한테 끔찍한 일이 일어났습니다. 그 순간 선배는 시력을 잃었어요."

"뭐라고요?"

"눈이 보이지 않았던 겁니다. 눈에서 피가 흘러나왔어요."

금주는 경악한 얼굴로 진명을 바라봤다.

"그것이 사고의 결정적인 원인이긴 하지만 선배를 죽음으로 몰고 간 근본적인 원인은 아니었습니다. 선배의 눈을 멀게 만든 것. 그것이 바로 죽음의 원인이죠. 그리고 전 그것을 보았습니다."

"……?"

"강한 원한을 품은 귀신이었습니다."

금주는 손으로 입을 가린 채 충격으로 잠시 할 말을 잊었다.

진명은 이어서 말했다.

"그것이 선배의 눈을 멀게 만들었고, 결국 눈이 먼 선배는 중앙선을 넘어 마주 오던 트럭과 충돌하게 된 겁니다."

"어떻게 그런……."

"압니다. 믿기 어려우시겠죠. 하지만 아셔야 해요. 금주 씨와 세연이를 위해서."

"네?"

"그때 제가 본 귀신은 결코 평범한 원귀(冤鬼)가 아니었어요. 넝

장히 사악한 기운이 흘러넘쳤습니다. 그렇게 강한 원귀는 저도 처음 봅니다. 그것이 무슨 이유 때문인지는 모르겠지만 주열 선배를 죽게 했어요. 그렇다는 건 주열 선배와 어떤 연관이 있을 거라는 뜻입니다. 단순히 흘러들어온 영가가 아니에요. 원한에 사무친 저주입니다."

"원한에 사무친…… 저주?"

불현듯 금주는 남편의 일기장이 떠올랐다. 그가 쓴 마지막 일기에도 저주에 대한 내용이 언급되어 있었다. 자신이 혹시 TV에 나오는 사람처럼 저주에 씐 것은 아닐까 하고 몹시 불안해했다. 금주는 진명이 말하는 '저주'와 남편의 일기장에서 본 '저주'라는 단어가 서로 강하게 공명하는 것을 느낄 수 있었다. 과연 남편의 죽음은 원한을 품은 귀신의 저주란 말인가? 금주는 믿고 싶지 않았다. 그런 일은 결코 있을 수 없다고 생각했다. 그러나 부정하려 하면 할수록 몸속 깊은 곳에서부터 솟아오른 뾰족한 두려움이 자꾸만 심장을 찌르는 것 같아 무섭고 혼란스러웠다.

"마지막으로 주열 선배의 혼이 저에게 금주 씨와 세연이를 부탁한다고 했습니다. 그 말은 아직 저주가 끝나지 않았다는 뜻이에요. 또 그것이 금주 씨와 세연이에게도……."

"제발 그만 하세요!"

금주는 버럭 소리를 지르며 자리에서 일어섰다. 그녀는 눈물이 그렁그렁한 눈으로 진명을 노려보았다.

"너무 하시는 거 아니에요? 갑자기 찾아와서는 남편이 귀신 때문에 죽었다니! 저보고 지금 그 말을 믿으라고요? 정말 너무 하시네요!"

금주는 파르르 떨리는 입술을 꼭 깨물었다.
"금주 씨."
"됐어요! 더는 듣고 싶지 않아요. 당신 같은 사람들이 어떤 부류인지 저도 잘 알아요. 그런 말로 현혹해서 돈 뜯어낼 궁리만 하잖아요!"
"제가 그런 사람으로 보이십니까?"
진명이 굳은 얼굴로 말했다.
금주는 순간 주춤했다. 그제야 자신의 말이 너무 심했다는 것을 깨달았다. 그의 눈을 똑바로 볼 수가 없었다.
"나가주세요."
금주는 말했다.
"금주 씨, 이해하셔야 합니다. 지금 상황이 몹시 위험하다는 것을."
"그만! 됐으니까 그만 하세요. 더는 듣고 싶지 않아요. 조용히 가주세요."
"금주 씨도 이미 알고 계실 텐데요?"
"몰라요. 전 그런 거. 알고 싶지도 않고요!"
"왜 자꾸 부인하려고만 하죠?"
"그만 가주세요. 안 그러면……"
"금주 씨만으로 끝나는 게 아니에요. 그 저주는. 무슨 뜻인지 아시겠어요?"
금주는 하얗게 질린 얼굴로 그를 노려봤다.
그때 방문을 열고 안에서 세연이가 걸어 나왔다. 아이는 눈을 비비며 거실에 서 있는 두 사람을 쳐다보았다.

"안 자고 왜 나왔어?"

당황한 금주가 얼른 아이한테로 다가갔다.

"오줌 마려워서 깬 거야?"

아이는 고개를 끄덕이며 엄마 품에 안겼다.

두 모녀를 바라보는 진명의 얼굴에 씁쓸함이 묻어났다.

"늦었으니 그만 가주세요."

금주는 돌아보며 냉랭한 목소리로 말했다.

"알겠습니다."

진명은 현관으로 가 신발을 신었다. 그는 나가기 전에 마지막으로 금주에게 말했다.

"밤늦게 불쑥 찾아와서 정말 죄송했습니다. 다음엔 낮에 뵙도록 하죠."

"낮엔 일해야 되요."

"강남에 있는 D 출판사에서 일하신다죠? 제가 나중에 그쪽으로 찾아가겠습니다."

금주는 차갑게 그를 노려봤다.

"그럼 실례 많았습니다. 세연이도 잘 있으렴."

진명은 문을 열고 밖으로 나갔다.

금주는 그가 나가자마자 거칠게 문을 걸어 잠갔다.

11. 외다리

전날 금주 모녀와 헤어지고 나서 집으로 돌아온 준상은 피로 때문인지 갑자기 머리가 무겁고 가슴이 답답해 평소보다 일찍 잠자리에 들었다. 하지만 깊은 잠에 들지 못하고 이불 속에서 뒤척이다 깨곤 했다. 다시 잠이 들었을 땐 무서운 악몽에 시달렸다. 꿈속에서 그는 어느 해안가 포구 위에 서 있었다. 바다에는 짙은 안개가 드리워졌고, 파도는 잔잔했다. 준상은 나룻배 한 척이 떠가는 것을 보았다. 배 위에는 금주 모녀가 나란히 타고 있었고, 배는 사공도 없이 바다를 향해 천천히 흘러갔다. 준상이 두 사람을 향해 소리쳐 불러보았지만 아무도 그를 돌아보지 않았다. 결국 배는 안개 속으로 사라졌다. 꿈은 거기서 끝나고, 다시 다른 꿈으로 이어졌다. 이번엔 작은 화실 안에 들어와 있었다. 유화 몇 점이 보였는데 전부 금주 모녀를 그려놓은 것이다. 화실 한쪽에서 그림을 그리는 남자가 보였다. 남자는 검은 옷을 입고 있었다. 다가가서 보니 그는 어제 봤던 바로 그 남자(진명)였다. 그가 그리는 것은 금주 모녀의 유화였다. 그림 안에 두 모녀는 모두 눈이 없었다. 일부러 눈을 그려 넣지 않은 것이다. 준상은 이상해서 눈을 그리지 않은 이유를 물었다. 그러자 그가 "차라리 없는 편이 낫지."라고 대답했다. 준상은 그 말을 이해할 수 없었다. 그리고 또 다시 다른 꿈으로 이어졌다. 이번엔 준상이 현실에서처럼 자기 방 침대 위에 누워 있었다. 갑자기 문이 열리더니 무언가 안으로 들어왔다. 그것은 스윽 스윽 소리를 내며 바닥을 기어왔다. 준상은 침대 위에서 일어나려 했으나 그럴 수가 없었다. 가위에 눌린 것처럼 몸이 말을 듣지 않았다. 그것은 바닥을 기어 침대 발치 쪽으로 향했다. 이불이 스르르 벗겨지자 알몸인 상태로 붉은 실에 감겨 있는 자신의 모습이 드러났다. 침대 발치에서 그것이 천천히 머리를 곧추세웠다. 그러곤 두 갈래로 갈라진 혀를 날름거리며 자신을 노려보았다. 그것은 사람 크기 정도 되는 커다랗고 무시무시한 뱀이었다. 이윽고 뱀이 아가리를 쩍 벌리더니 준상을 발끝부터 먹기 시작했다. 자신의 몸이 뱀의 목구멍 속으로 빨려 들어갔다. 무릎을 지나 허벅지, 배, 가슴까지 미끄러지듯 안으로 들어갔다. 마지막으로 머리까지 들어갔을 때, 준상은 뱀에게 통째로 먹히고 말았다. 뱀은 아주 천천히 그를 소화시켰다.

 그런 불길한 꿈을 꿔서 그런지 준상은 일요일인 다음 날에도 컨디션이 좋지 않았다. 춥지 않은데도 자꾸만 몸이 떨려왔다. 가만히 앉아 있으면 괜히 불안해지면서 가슴이 두근거렸다. 몸에 열은 없었지만 머리는 조금 어지러웠다. 지금의 승상으로 봐선 단순히 감기나 두통은 아닌 것 같았다.
 이상한 것은 비단 그뿐만이 아니었다. 그가 사는 오피스텔은 그리 크진 않지만 혼자 살기엔 넉넉한 편이었다. 그런데 이상하게도 오늘따라 이 집이 좁고 답답하게 느껴졌다. 전엔 한 번도 그런 생각을 가져본 적이 없었는데. 이것도 컨디션의 여파란 말인가? 준상은 너무 답답해서 폐소공포증이라도 일으킬 것만 같았다. 결국 참다못한 그는 현관을 제외한 모든 문을 활짝 열어놓았다. 문을 열어놓자 기분이 한결 나아졌지만 그 효과도 그리 오래가진 못했다. 또다시 불안감이 엄습했다.
 밤이 되자 두려움은 한층 더 커졌다. 마치 이 집 안에 자기 말고 다른 누군가가 있는 것만 같았다. 준상은 그런 섬뜩한 기분을 떨쳐버릴 수가 없어서 당장에라도 집을 뛰쳐나가고 싶었다. 하지만 이 밤중에 대체 어딜 간단 말인가? 집을 놔두고 여관에서 자는 것은 싫었다. 게다가 내일은 월요일이라 아침 일찍 출근을 해야만 한다. 그런 곳에서 잘 수는 없다. 준상은 이런 고민에 빠진 자신이 너무나도 우스웠다. 무언가에 의해 괴롭힘을 당하는 것 같아 화가 치밀었다. 게다가 그 대상의 정체도 모르니 미칠 지경이었다. 밤새 이유를 알 수 없는 압박감에 시달리던 그는 결국 한숨도 못 자고 다음날 아침 일찍 출근해야 했다.
 회사에 출근한 준상은 잠을 못 자서 피곤하기도 했고, 집에 있을 때와 마찬가지로 이상한 불안감을 느끼기도 했다. 도저히 업무에 집중할 수 없을 정도로 정신이 피폐해져 있었다.
 대체 무엇 때문에 이런 고통에 시달려야 하는 걸까? 준상은 생각하지 않으려 했지만 자꾸만 그날 밤의 악몽이 떠올렸다. 맴에게 먹히는 꿈. 그런 끔찍한 악몽은 난생처음이었다. 뱀의 목구멍 안으로 빨려 들어갈 때의 그 느낌은 결코 말로는 설명할 수 없었다. 너무도 생생한 사실 같은 그 느낌. 깨고 나서도 한동안은 정신을 차릴 수 없을 정도였다. 다시는 그런 악몽을 꾸고 싶지 않았다. 다시는.

잠시 딴생각에 빠져 있는 사이, 금주가 옆으로 다가와 있었다.

"차장님, 식사하러 안 가세요?"

준상은 고개를 돌려 금주를 쳐다봤다.

"다들 점심 드시러 가셨는데."

"아, 벌써 시간이."

"아까부터 무슨 생각을 그렇게 하세요?"

"네? ……아, 아니에요. 아무것도."

준상은 애써 태연한 척 말했다.

"그날 정말 죄송했어요. 갑자기 손님이 오시는 바람에 차 대접도 못하고."

"아니에요. 신경 쓰지 마세요. 근데 금주 씨는 식사하러 안 가셨어요?"

"일이 좀 남아 있어서요."

"다 끝냈나요?"

"네, 방금 다 끝냈어요."

"그럼 같이 식사하러 가죠."

"네."

금주는 웃으며 대답했다.

준상은 자리에서 일어나 옷걸이에 걸어둔 재킷을 입었다.

두 사람은 사무실을 나와 엘리베이터를 타고 1층으로 내려갔다. 출판사 사무실은 건물 5층에 자리하고 있었다.
"차장님, 혹시 어디 아프세요?"
금주는 엘리베이터 안에서 준상에게 물었다.
"아뇨. 왜요?"
"그냥 좀 안색이 안 좋아 보여서요."
"그래요?"
준상은 엘리베이터 벽에 붙은 거울을 보았다. 거울에 비친 자신의 얼굴에서 생기라곤 전혀 찾아볼 수가 없었다. 피부는 까칠해 보였고 눈 밑도 거뭇거뭇했다.
"다른 직원들도 어디 아프신 거 아니냐고 걱정이에요. 정말 괜찮으신 거죠?"
금주는 걱정스런 눈으로 준상을 쳐다봤다.
"네, 괜찮아요. 어젯밤에 잠을 좀 설쳤더니 이러네요. 별일 아니니까 걱정하지 마세요."
하지만 그런 말과는 달리 준상의 마음속에는 알 수 없는 불안감이 싹트고 있었다.

ॐ

최초 발견자인 55세 보일러 수리공 고현국 씨는 발견 당일인 4월 24일 토요일 오후 4시 10분경에 유희진을 차에 태워 김녕리 보건소로 데려갔다. 연락을 받고 달려온 제주 경찰서의 전기태 형사는 문제의 여성을 보자마자 그녀가 실종자 유희진임을 확신했다. 그는 제주 실종사건 담당형사이기에 누구보다도 실종자들의 얼굴을 잘 알았다. 전 형사는 곧바로 여자에게서 지문을 떠 유희진의 주민등록증 지문과 대조했다. 두 지문이 정확히 일치하는 것을 확인할 수 있었다.

지문 뜬 종이를 보며 전 형사는 흥분해서 소리쳤다. 그가 그토록 흥분하는 것은 당연했다. 9개월 동안의 수사는 실종자 가족들에게도 그렇지만 담당 형사인 자신에게도 가혹할 정도로 고통스러운 시간이었다. 세간의 이목이 집중된 큰 사건이다 보니 외부에서 받는 압력도 무시할 수 없었다. 실종자 수색이 한창이던 작년 11월 말까지만 해도 집에 들어가서 잠을 자본 적이 다섯 손가락으로 꼽을 정도였다. 그마저도 새벽에 들어가서 선잠을 자고 나오는 게 고작이었다. 추석 같은 명절은 아예 꿈도 꿀 수 없었다. 아내에게 미안한 마음이야 이루 다 말할 수 없겠지만 그보다 실종자 가족들을 볼 면목이 없었다. 경찰의 초기 대응이 미흡했던 점도 문제가 되었다. 언론은 연일 경찰을 씹어대기에 바빴다. 전 형사의 가슴 위에는 언제나 커다란 돌덩이가 내리누르고 있었다. 실종자 수색이 소강상태에 접어든 현재까지도 그런 기분은 사라지지 않았다.

그런데 그렇게 찾아 헤매던 실종자 중 한 사람이 너무도 어이없게 나타난 것이다. 9개월이 지난 현재, 누구도 실종자들의 생존에 희망을 갖는 사람은 없었다. 심지어 그 가족들마저도 살아 돌아오는 쪽에 희망을 걸기보단 그저 어떻게든 시신이라도 찾았으면 하는 바람이었다.

전 형사는 애써 흥분을 가라앉히고 서에 연락을 취했다. 그러고 나서 발견자인 고현국 씨에게 발견 경위에 대해 차근차근 질문을 했다.

보건의는 간단한 검사 결과 희진의 현재 상태가 약간의 탈수 증상만 보일 뿐 건강엔 별다른 이상이 없는 것 같다고 했다. 그래도 경찰은 더욱 정밀한 진단과 수사의 편의를 위해 그녀를 육지에 있는 큰 병원으로 옮기기로 했다. 전 형사는 그녀에게 묻고 싶은 말이 너무나 많았지만 현재는 그럴 만한 상황이 아니었다. 그는 질문을 나중으로 미뤄야만 하는 것이 안타까울 따름이었다.

다음 날 아침 일찍 경찰은 해군에 도움을 요청해 희진을 수송 헬기에 태워 서울로 이송했다. 전 형사는 3시간 뒤 제주 국제공항에서 서울행 비행기에 몸을 실었다. 또한 이 사건을 담당한 제주지검 이장석 검사도 동행했다. 그동안의 여론을 의식해서인지 검찰도 마냥 손 놓고 기다리진 않겠다는 태도였다.

제주에서 출발한 비행기는 1시간 5분 만에 김포공항에 도착했다. 두 사람은 공항에서 택시를 잡아타고 곧장 유희진이 입원해 있는 J대학 병원으로 향했다. 이동하는 차 안에서 전 형사가 이 검사에게 그동안 참았던 질문을 던졌다. 서울로 가는 비행기 안에서도 두 사람은 별다른 대화가 없었다. 이 검사는 사법연수원을 수료한 지 얼마 안 된 신출내기 검사로 제주에 부임한 지 1년여 만에 이런 큰 사건을 맡게 되었다. 올해로 13년째 형사 생활을 해온 그에 비하면 아직 애송이에 불과했지만 그렇더라도 어린 나이에 흔들림 없이 자기 할 일을 해나가는 모습이 역시 검사는 다르구나 라는 생각을 하게 했다.

"검사님, 왜 하고많은 병원 중에 J대학 병원을 택한 겁니까?"
전 형사는 물었다.
이 검사는 그 질문을 할 줄 알았다는 듯 입을 열었다.
"물론 서울에는 큰 병원들이 많죠. 하지만 큰 병원이다 보니 그만큼 기자들의 출입을 통제하기 어려운 것도 사실입니다."
"하긴, 그렇겠군요."
전 형사는 불과 몇 개월 전 육지에서 몰려온 기자들에게 호되게 당했던 기억을 떠올리며 진저리를 쳤다.
"뭐 굳이 비공개로 진행할 만한 수사는 아니지만 작년 상황을 돌이켜보면 위에서 그런 지시를 내린 것도 이해할 만합니다."
듣고 있던 전 형사의 얼굴이 일순간 굳어졌다. 그 말은 꼭 경찰이 무능했기에 이렇게밖에 할 수 없지 않으냐 라는 말처럼 들렸다. 수사의 중심에 서 있는 그에게 경찰의 무능함은 곧 자신의 무능함이나 마찬가지였다. 이 검사는 화제를 다른 곳으로 돌렸다.
"물론 그런 이유도 있지만 또 한 가지 중요한 이유가 있습니다."
"다른 이유가 또 있습니까?"
"네, 그 병원에 아주 중요한 분이 계시거든요. 최순영 박사님이라고, 현재 국내 정신의학계에서 가장 권위 있는 분이시죠. 그분이 지금 J대학에 교수로 계십니다."
"정신의학이라면…… 정신과 의사란 말입니까?"
"네, 그렇죠."
전 형사는 이해할 수 없다는 표정을 지었다.
"현재 유희진의 정신상태가 온전하다고 볼 순 없으니까요. 9개월 동안이나 실종되었다가 돌아왔습니다. 그것도 혼자서만. 그동안 무슨 일을 겪었을지 누가 알겠습니까?"

"정신이상을 의심하는 겁니까?"

"그러지 않길 바라지만 지금 상태로 봐선 그럴 확률이 크다고 봐야겠죠. 저희가 굳이 최순영 박사님이 계신 J대학 병원을 택한 것도 그런 이유 때문입니다. 게다가 최 박사님은 전에 경찰수사에 참여하신 경험도 있고요. 아무래도 그런 점이 크게 작용했다고 봐야죠."

전 형사는 검찰의 발 빠른 대응에 혀를 내둘렀다.

"그렇다면 혹시…… 성폭행의 가능성도 있다고 보십니까?"

앞에서 운전하는 택시기사를 의식해서 전 형사는 얼굴을 가까이 한 채 목소리를 낮춰 물었다.

"그럴 가능성도 있죠. 아무래도 여자 혼자였으니까요. 전 형사님이 보시기엔 유희진의 상태가 어떻던가요?"

"저도 같은 생각입니다. 처음 봤을 때 몰골이 말이 아니었으니까요. 충분히 의심해 볼 만합니다…… 그럼 혹시 매드맥스 회원들이?"

"그랬을 거라 보긴 어렵죠. 그들은 3년간 동호회 활동을 하면서 알고 지낸 사이였으니까요. 만약 성폭행의 흔적이 있다면 그것은 그들과 관계없는 제삼자일 가능성이 큽니다."

"제삼자라……."

"그렇다는 건 곧 매드맥스 회원들이 다른 누군가에 의해 납치 감금되었을 가능성도 있다는 겁니다."

"남자 여섯 명을 제압할 정도면 다수의 공범이 존재한다는 뜻인데. 과연 그게 가능한 얘긴지."

"막가파나 지존파처럼 조직을 이룬 범죄일 가능성도 배제할 수 없죠."

"유희진이 제대로 증언만 해준다면야 더 바랄 게 없을 텐데. 참……"

전 형사는 말하고 나서 씁쓸한 웃음을 흘렸다.

"최악의 사태를 염두에 둬야죠. 그녀가 정상적인 상태라곤 보기 어려우니까요. 저희로선 최대한 빨리 유희진에게서 사건의 경위를 들을 수 있도록 배려한 것입니다. 그 역할을 최 박사님이 해주실 거라 믿고 있고요."

"흐음, 그렇군요."

차는 어느덧 양화대교를 지나 성산대교로 진입하고 있었다.

집으로 돌아오는 차 안에서 준상은 오늘 금주 씨한테서 들은 이야기를 떠올렸다. 그날 갑자기 나타난 진명이라는 남자. 그녀의 말로는 남편의 대학 후배라고 하는데 겉모습만 봐선 그런 엘리트적인 인물로는 보이지 않았다. 게다가 직업이 퇴마사라니. 기가 막혀서 웃음밖에 안 나온다. 보나 마나 말도 안 되는 주술 어쩌고 하면서 순진한 사람들을 꼬드겨 돈이나 뜯어내는 놈일 것이다. 남편 상을 당해 슬픔에 잠겨 있는 여인에게 접근해서 어떻게든 해보려고 수작을 떠는 게 분명하다. 괘씸한 놈! 준상은 다음번에 그를 만나면 다시는 금주 씨 주변에 얼씬도 못하도록 혼쭐을 내주리라 다짐했다.

"아셨죠? 또 그놈이 나타나면 그땐 꼭 저를 부르세요. 바로 달려갈 테니까. 그런 놈은 말로 해선 안 들어요. 매운맛을 봐야 정신을 차리지."

"저 때문에 괜히 차장님한테까지 피해가 갈까봐……"

"피해는요. 무슨. 저한테 저주라도 건답니까? 하하."

"그런 건 아니지만."

"그거 다 미신이에요. 전 그런 것에 빠지는 사람들이 제일 한심하더라고요. 금주 씨도 믿지 않죠?"

"저야 뭐…… 안 믿는 편이죠."

"그럼 됐어요. 신경 쓰지 마세요."

준상은 낮에 금주와 찻집에서 나눴던 대화가 생각났다. 그런데 마지막에 했던 말의 의미는 무엇이었을까? 어째서 그녀는 '안 믿는다.'란 말 대신 '안 믿는 편이다.'라는 표현을 썼을까? 준상은 자신이 너무 과민하게 받아들이는 것이 아닐까 생각했지만 그래도 역시 그 말을 할 때 보인 금주의 태도는 어딘가 좀 이상했다. 그것은 마치…… 확신이 서지 않는 자의 태도 같았다. 확신이 서지 않는다니. 대체 뭘 확신할 수 없단 말인가? 준상은 괜한 생각일 뿐이라며 애써 생각의 고리를 끊으려고 했다.

전방의 신호가 주황색으로 바뀌었다. 준상은 안전선 뒤에 차를 세웠다. 신호등 불빛이 초록색으로 바뀌자 횡단보도 양끝에서 기다리던 한 무리의 사람들이 일제히 움직이기 시작했다. 준상은 핸들 위에 손을 얹은 채 신호가 바뀌길 기다렸다. 어린 딸의 손을 꼭 붙잡고 횡단보도를 건너는 여인의 모습에서 그는 금주를 떠올렸다. 신호등 불빛이 깜빡이자 행인들은 걸음을 재촉했다. 뒤늦게 온 사람들은 뛰다시피 보도 위를 건너갔다. 사람들이 거의 다 건너갔을 즈음 준상은 차를 출발시킬 준비를 했다. 그런데 횡단보도 좌측에서 이상한 복장을 한 여인이 느릿느릿 걸어오고 있었다. 이제 곧 신호가 빨간색으로 바뀔 텐데 여자는 그런 것에 개의치 않는 듯 매우 느린 걸음으로 걸어갔다. 가만 보니 일부러 천천히 걷는 것 같았다. 준상은 여자의 몰상식한 행동에 순간 짜증이 치솟았다. 불안하게 깜빡이던 횡단보도 신호가 드디어 빨간색으로 바뀌고 말았다. 반대쪽 차선의 차들은 달리기 시작하는데 준상은 차를 출발시킬 수가 없었다. 그의 차 바로 앞에서 여자가 굼벵이처럼 걸어가고 있었기 때문이다. 성질 급한 운전자들이 경적을 울려댔다. 준상도 여자를 향해 경적을 울렸지만 느린 걸음에는 아무런 변화도 주지 못했다. 참다못한 그가 창밖으로 고개를 내밀고 소리쳤다.

"이봐요! 뭐 하는 겁니까? 빨리 지나가지 않고!"

그러자, 여자는 아예 걸음을 멈췄다.

"내 말 안 들려? 얼른 비키라고!"

준상은 점점 더 화가 치밀었다.

하얀 백발에 쪽진 머리를 한 여자는 소매가 허리 아래까지 내려오는 붉은색 한복 저고리를 입고 있었다. 여자를 바라보던 준상은 갑자기 기분이 묘해졌다. 그러더니 어느 순간 귀가 먹먹해지면서 주위 소음들이 차츰 사라지기 시작했다. 상점에서 틀어놓은 음악 소리, 지나가는 사람들의 말소리, 자동차 엔진소음, 누군가의 휴대폰 벨소리…… 급기야 뒤에서 들리던 경적소리마저도 들리지 않게 되었다. 마치 누군가 세상의 볼륨을 하나씩 줄여나가는 것만 같았다.

"이, 이게 대체?"

더욱 이상한 것은, 주위의 소리는 다 죽었는데 유독 자기 목소리만큼은 똑똑히 들린다는 것이었다. 준상은 당황한 얼굴로 창밖으로 내민 머리를 다시 안으로 집어넣었다. 횡단보도 위의 여인은 한 치의 움직임도 없이 가만히 서서 길 건너편을 향해 있었다. 뭔가 잘못 돼가고 있었다. 엊그제부터 그런 징조를 느꼈지만 그냥 무시해 버리고 말았다. 어쩌면 그러지 말았어야 했는지도 모른다. 그러지 말았어야 했는지도……

"말도 안 돼. 이건……."

준상은 고개를 숙인 채 중얼거렸다.

소리가 사라진 세상에서 유일하게 자기 목소리만이 소리를 전달해 주고 있었다. 어젯밤에 느꼈던 그 알 수 없는 불안감이 또다시 그를 덮쳐왔다. 하지만 지금의 이 느낌은 그때의 것과는 비교도 할 수 없었다. 미지의 공포. 그것이 지금 준상이 느끼는 두려움의 정체였다. 그의 이마에 식은땀이 맺혔다. 도저히 고개를 들어 여자를 볼 자신이 없었다.

그때 정적을 깨뜨리는 어떤 소리가 있었다. 자신의 목소리 외에 들리는 또 다른 소리가.

그것은 방울 소리였다.

'어째서?'

준상은 자신의 두 귀를 의심하지 않을 수 없었다.

여러 개의 묵직한 방울들이 흔들리며 내는 소리.

일정한 템포를 갖고 서서히 그의 귓속을 파고들었다. 그 소리에 이끌려 준상은 저도 모르게 고개를 들고 말았다. 횡단보도 위에 서 있는 여자가 눈에 들어왔다.

그녀의 고개가 돌아갔다. 마치 고정된 축을 중심으로 녹슨 회전판이 삐걱거리며 돌아가듯 머리가 움직였다.

그녀가…… 이쪽을…… 본다.

준상은 눈을 감을 수도, 고개를 돌릴 수도 없었다. 몸이 말을 듣지 않았다. 부릅뜬 눈에서 흘러나온 한줄기 눈물이 뺨을 타고 흘러내렸다. 여자의 얼굴을 바라보는 준상은 말할 수 없는 공포에 사로잡혔다.

그 순간, 왼쪽에서 손이 불쑥 튀어나와 그의 어깨를 덥석 잡아챘다.

"으악!"

준상은 비명을 지르며 옆을 돌아봤다. 손이 어깨를 잡음과 동시에 몸을 움직일 수 있게 되었다. 창가에서 튀어나온 손은 어떤 중년 남성의 것이었다. 그는 잔뜩 화가 난 얼굴로 준상에게 말했다.

"당신 미쳤어? 뒤에서 기다리는 차들 안 보여? 어!"

남자의 목소리가 준상의 두 귀에 똑똑히 들렸다. 뒤에서 울리는 경적소리는 귀청이 찢어질 듯 시끄러웠다. 뒤를 돌아보자 길게 늘어선 다른 차들이 눈에 들어왔다.

"아…… 죄송합니다."

"죄송이고 나발이고, 빨리 차나 빼. 이 사람아!"

"하, 하지만 앞에……"

"앞에 뭐?"

준상은 다시 앞을 바라보았다. 조금 전까지 횡단보도 위에 서 있던 여자는 온데간데없이 사라지고 없었다.

"아까 이 앞에 서 있던 여자 못 보셨어요?"

"뭐요?"

"빨간 저고리를 입고 있던 이상한 여자 말입니다."

"이 양반이 술을 자셨나! 누가 있었다고 그래? 아까부터 아무도 없었구만!"

"……."

"아, 뭐해! 빨랑 차 빼지 않고!"

준상은 서둘러 차를 출발시켰다. 곧이어 뒤에 서 있던 다른 차들도 움직이기 시작했다. 운전대를 잡은 손은 여전히 떨림이 멈추지 않았다. 좀 전에 보았던 그 여자는 대체 누구란 말인가? 어째서 그것은 내 눈에만 보였던 것일까? 그런 의문이 자꾸만 그를 두려움에 떨게 했다. 그리고 그와 동시에 떠오른 한 가지 기억. 그것은 오늘 점심때 금주 씨와 나눈 대화였다. 준상은 마른 침을 꿀꺽 삼켰다. '어쩌면'이란 단어가 계속해서 머릿속을 맴돌았다.

12. 접신

　J대학 병원에서 시행한 정밀 진단 결과 유희진은 9개월 동안 실종되었던 사람치고는 상당히 건강한 것으로 밝혀졌다. 그녀의 건강을 누구보다 걱정하던 가족들에겐 그야말로 희소식이 아닐 수 없었다. 하지만 나쁜 소식도 있었다. 걱정했던 대로 희진에게서 성폭행으로 의심되는 상처가 질 입구에서 발견된 것이다. 소식을 전해들은 전 형사와 이 검사는 착잡한 심정을 금할 길이 없었다.
　이로써 이번 실종사건은 집단 납치일 가능성이 설득력을 얻게 되었다. 두 사람의 마음은 조급해졌다. 만약 제삼자에 의한 범행이 사실이라면 하루라도 빨리 나머지 실종자들을 찾아야만 한다. 희진이 발견된 시점에서 이미 그들의 생사는 장담할 수 없게 되었기 때문이다.

그런데 문제는 희진이 아직도 의식을 회복하지 못하고 있다는 점이었다. 그녀는 처음 발견된 후로 줄곧 의식을 차리지 못했다. 뇌파나 뇌 MRI 검사에서도 이상 증후는 발견되지 않았다. 최순영 박사는 좀 더 기다려보자고 했다.

"환자가 어떤 정신적인 충격 상태에 놓여 있을 때 그것으로부터 달아나려는 심리가 의식의 각성을 방해할 수도 있습니다. 희진 양의 경우는 건강 상태도 양호한 편이니 곧 깨어날 수 있을 겁니다."

노 의사가 차분한 목소리로 알기 쉽게 설명해 줬지만 두 사람은 전혀 안심이 되지 않았다. 제주 경찰은 유희진의 의식 회복만을 기다리고 있을 수 없어 그녀가 발견된 지점을 중심으로 다시 대대적인 수색작업에 돌입했다. 희진의 발견으로 다른 매드맥스 회원들의 가족들도 실종자들의 생환에 실낱 같은 희망을 품기 시작했고, 세간의 이목도 다시 제주로 쏠리고 있어 경찰로서도 마냥 기다리고 있을 수만은 없는 노릇이었다. 그러다 보니 J대학 병원에 가 있는 두 사람의 어깨가 다분히 무거워질 수밖에 없었다. 그들은 언제쯤 유희진이 깨어날까 노심초사하면서 그녀의 병실 주변을 서성였다.

"큰일이네. 이러다 또 물먹는 거 아닙니까?"

이 검사는 웃으며 농단 조로 툭 던졌다. 하지만 전 형사의 눈엔 오히려 그런 행동이 일부러 초조함을 감추려는 것처럼 보였다.

"곧 깨어나겠죠. 깨어난다고 했으니."

"일곱 난쟁이 기분을 이제야 알겠네요."

"네?"

"백설공주가 깨어나길 바라는 일곱 난쟁이 말예요. 우리가 꼭 그 꼴 아닙니까."

전 형사는 검사의 엉뚱한 농담에 피식 웃었다.

이 검사는 피곤한 듯 양쪽 눈 사이를 지그시 눌렀다.

"아무래도 오늘은 틀린 것 같네요. 어디 가서 눈 좀 붙이고 오시죠. 여긴 제가 맡고 있을 테니. 깨어나면 즉시 호출하도록 하겠습니다."

전 형사는 말했다.

"아뇨. 괜찮습니다."

"그러지 마시고 어디 찜질방이라도 가서 주무시고 오세요. 어차피 유희진이 오늘 깨어날지 모레 깨어날지는 알 수 없지 않습니까? 이러다간 둘 다 쓰러져서 같이 병원 신세를 질지도 몰라요."

이 검사는 재미있는지 콧소리를 내며 웃었다.

"그러면 정말 볼만하겠는데요?"

"교대로 몇 시간씩 자고 오기로 하죠. 일단 검사님부터 다녀오세요."

전 형사는 말했다.

"알겠습니다. 그럼 염치 불고하고 다녀오겠습니다."

"가시는 김에 아예 식사도 하고 오세요."

"네, 그러죠."

이 검사는 구겨진 몸을 펴듯 자리에서 일어나 병원 휴게실을 걸어 나갔다.

이 건물 남동쪽에 있는 607호 개인병실은 관계자를 제외한 외부인의 출입이 철저히 차단됐다. 다섯 평 남짓한 공간 안에는 환자용 침대와 보호자용 간이침대가 하나씩 놓여 있었다. 남쪽으로 난 커다란 창문엔 연분홍색 커튼이 드리워져 있었고, 그 밑으로 전기 라디에이터가 조용히 돌아가고 있었다. 병원이라는 공간이 주는 차가운 이미지를 상쇄시키려고 일부러 그런 커튼을 걸어놓은 듯한데 어딘지 억지스럽다는 인상만 잔뜩 심어줄 뿐이었다. 희진이 누워 있는 침대 머리맡에는 나무로 만든 십자가가 벽에 걸려 있었다. 독실한 기독교 신자인 경숙이 직접 걸어놓은 것이다. 경숙은 딸이 돌아온 것도 모두 하나님의 은총이라 여겼다. 그녀는 온종일 딸아이 옆에 꼭 붙어서 지극 정성으로 기도를 드리다가 조금 전에 눈을 붙였다. 하지만 접이식 간이침대가 불편했는지 계속 몸을 뒤척이다가 결국 잠에서 깨고 말았다. 경숙은 딸아이의 자는 모습을 지켜보며 깊은 한숨을 내쉬었다. 제주로 떠난 매드맥스 회원 전원이 실종되었다는 소식을 들었을 때 그녀는 하늘이 무너지는 것만 같았다. 제발 어떻게든 우리 딸만이라도 살아 돌아오게 해달라고 하나님께 빌고 또 빌었다. 비가 오나 눈이 오나 매일같이 새벽기도를 다니면서 그분께 매달렸다. 그런 간절한 소망이 전해진 것일까? 일곱 명의 실종자 중에서 유일하게 자신의 딸만이 기적적으로 살아 돌아온 것이다. 경숙은 딸이 발견되었다는 소식을 접했을 때도 제일 먼저 하나님부터 찾았다. 그것은 의심할 수 없는 그분의 기적이었다. 이번 일을 계기로 그녀의 신앙심은 더욱 깊고 확고해졌다.

한데 그런 기쁨도 잠시, 검사 결과 희진이 성폭행을 당한 것 같다는 의사의 말을 들었을 때 그녀는 숨이 멎을 뻔했다. 이 여린 것이 그동안 얼마나 고통스러웠을지 생각하니 경숙은 눈물이 앞을 가렸다.
"그래도 다 하나님이 보살펴주신 덕 아니겠니? 엄만 네가 살아 돌아온 것만으로도 족하단다."
경숙은 딸의 머리를 어루만지며 어두운 병실 안에서 조용히 흐느꼈다.
희진의 입에서 신음이 흘러나온 건 그때였다.
"희, 희진아?"
딸의 감은 두 눈이 파르르 떨렸다. 드디어 정신이 돌아오는 모양이다.
"……으으 ……흐으윽 ……으으으."
"아가, 괜찮니? 정신이 들어? 엄마야. 엄마 여기 있어!"
메마른 입술이 조금씩 벌어지면서 뜻 모를 말들이 새어나왔다.
"간호사! 이봐요. 간호사!"
경숙은 흥분한 나머지 침대 머리맡에 호출기가 있다는 사실도 까맣게 잊은 채 문에다 대고 소리를 질렀다.
"조금만 참아. 엄마가 금방 의사 선생님 모셔올게."
"……으으윽 ……으흐흐."
희진의 목소리가 점점 높아졌다.
안에서 나는 소리를 들었는지, 때마침 간호사가 들어왔다.
"무슨 일이세요?"
"우리 딸이 정신을 차린 것 같아요!"
경숙은 상기된 목소리로 말했다.
곧바로 간호사가 딸에게 다가가 상태를 살폈다.

"희진 씨, 제 말 들려요? 들리면 한번 대답해 보세요."

하지만 희진은 계속해서 알아들을 수 없는 이상한 말만 되풀이할 뿐이었다.

"의사 선생님을 불러올게요. 잠깐만 계세요."

간호사는 뒤돌아서 방을 나가려고 했다. 그런데 그 순간 희진의 손이 간호사의 손목을 덥석 잡아챘다. 나가려던 간호사는 움찔하며 뒤를 돌아보았다. 갑자기 희진의 눈이 번쩍 뜨였다.

"희진아! 이제 정신이 드니?"

눈을 뜬 딸을 보자 경숙은 비로소 마음이 놓였다. 손목이 잡힌 간호사도 정신이 드느냐고 재차 물었다.

그런데.

딸의 두 눈이 이상했다. 두 개의 동공이 서서히 뒤로 넘어가고 있었다. 이윽고 허연 흰자위만 드러낸 눈으로 희진은 이상한 말을 내뱉었다.

"……치이이이……치이일……서어엉……니이임."

"희, 희진 씨?"

갑자기 희진이 경련을 일으키며 몸을 비틀었다.

"희진아!"

두 여인이 말려보려 했지만 헛수고였다. 희진은 침대 위에서 미쳐 날뛰기 시작했다.

"희진아! 정신 차려! 희진아!"

경숙은 소리쳤다.

"희진 씨!"

간호사는 딸의 손을 풀어보려 했지만 꽉 잡힌 손목은 좀체 풀어지지 않았다. 오히려 손목에 가해지는 악력은 점점 세지는 듯했다.
"제발 좀 놔요! 아파 죽겠어요!"
"희진아, 착하지? 손에 힘 빼. 어서!"
경숙도 간호사를 도와 희진의 손을 풀어보려 했으나 도저히 불가능했다. 어찌나 힘이 센지 손가락 하나 펴지 못했다.
"아악! ……그만! ……제발 그만!"
간호사는 고통스런 얼굴로 털썩 주저앉았다.
"호출기…… 호출기를 누르세요. 어서!"
간호사가 말했다.
"호출기?"
"거기 머리맡에 있잖아요. 어서요! 다른 간호사를 부르세요!"
"아, 알았어요."
경숙은 서둘러 호출기를 찾아 버튼을 눌렀다.
"희진 씨! 그만……"
간호사는 울면서 애원했다. 그녀의 얼굴이 고통으로 일그러졌다. 간호사의 손은 피가 통하지 않아 빨갛게 부풀어 올랐다.
딸아이는 계속해서 경련을 일으키며 이상한 말들을 토해냈다.
"치일성니이임…… 내 모오옴…… 안으로…… **들.어.오.신**……"
그 순간, 간호사의 손목이 옆으로 툭 꺾였다.
"꺄아악!"
생뼈가 부러지는 소리가 들렸다. 간호사는 눈꺼풀을 파르르 떨며 경련을 일으켰다. 이윽고 충격으로 정신을 잃고 말았다. 경숙은 혼이 빠져나갈 만큼 비명을 질러댔다. 간호사의 부러진 손목을 쥐고 광인처럼 소리를 지르는 딸의 모습은 마치 인간이 아닌 '마귀'를 보는 것 같았다.

잠시 후, 문이 벌컥 열리면서 한 무리의 사람들이 일제히 병실 안으로 들어왔다. 들어오자마자 간호사 한 명이 비명을 질러댔다. 의사는 재빨리 환자와 쓰러진 간호사의 상태를 살폈다. 병실은 갑자기 분주해졌다. 그러나 정작 경숙의 귀에는 아무 소리도 들리지 않았다.

형사라는 사람이 자초지종을 물었지만 경숙은 넋이 나간 얼굴로 오로지 한곳만을 뚫어지게 바라보고 있을 뿐이었다. 그녀의 시선이 향한 곳은 벽에 걸린 나무 십자가였다. 경숙은 양손을 꼭 맞잡고 부들부들 떨며 하염없이 '하나님 아버지.'라는 말만 되풀이했다.

13. 제물

　세연이를 일찍 재우고 나서 금주는 밤늦도록 표지 작업에 몰두했다. 침대에 누워 있어도 잠은 오지 않고, 자꾸 마음만 심란해져 뭐라도 하지 않으면 견딜 수가 없었다. 정말이지 오늘 밤은 이상할 정도로 기분이 좋지 않았다.
　뜻밖의 전화가 걸려온 것은 자정을 막 넘긴 무렵이었다. 금주의 휴대폰 액정에 '이 차장님'이라는 글자가 떠올랐다. 금주는 이 늦은 시간에 무슨 일일까 궁금해 하며 전화를 받았다.
　"여보세요?"
　"금주 씨, 저예요."
　"네, 차장님."
　"아직 안 주무시고 계셨네요."
　"잠이 안 와서요. 일 좀 하다가 자려고요."

수화기를 통해 들려오는 준상의 목소리는 기운이 없고, 어딘지 음울하게 느껴지기까지 했다.
"혹시 무슨 일 있으세요?"
"……."
대답이 없자 금주는 더 불안해졌다. 오늘 밤 이상하게 기분이 좋지 않은 이유가 어쩌면 이것 때문인지도 모르겠다는 생각이 문득 들었다.
"물어볼 게 있습니다."
준상은 말했다.
"네, 말씀하세요."
"오늘 낮에 말예요. 진명이라는 남자에 대해 했던 말 기억나세요?"
"갑자기 그건 왜요?"
준상은 대답하지 않았다.
"기억나요."
"그때 제가 이런 말을 했었죠? 그런 건 다 미신이라고. 그런 거 믿는 사람들이 제일 한심하다고."
"네, 그렇게 말씀하셨죠. 그런데 차장님?"
"전 단순히 그가…… 금주 씨에게 다른 마음이 있어서 그런 거로 생각했어요."
준상의 자조 섞인 웃음소리가 수화기를 통해 들려왔다.
"그게 무슨 말씀이세요?"
"그를 오해했었나 봅니다."
"저, 차장님?"

"죄송해요. 금주 씨. 하지만 제 마음은 진심이었어요."
"전 대체……. 무슨 말씀이신지……."
"왠지 말해 둬야 후회하지 않을 것 같아서요."
그의 목소리가 무겁게 울렸다.
"혹시 무슨 일 있으신 건 아니죠?"
"금주 씨, 한 가지 부탁이 있습니다. 그 진명이라는 남자를 꼭 찾아가세요."
금주는 준상의 입에서 그런 말이 나오리라곤 예상도 못 했기에 무척 당황했다.
"반드시 그를 다시 만나야 해요. 반드시."
"차장님?"
"그래야만 금주 씨가 이것에서……"
"네?"
"아, 아니에요. 아무튼 꼭 그를 찾아가세요. 아셨죠?"
준상은 급하게 말을 얼버무렸다.
"내일 출근하게 되면 그때 다시 말씀드릴게요. 밤늦게 전화 걸어서 죄송해요."
"차장님, 정말 아무 일 없으신 거죠?"
"네, 전 괜찮습니다. 그럼 늦었으니 이만 끊을게요."
"저, 잠깐만요!"
준상은 곧바로 전화를 끊었다.
금주는 한동안 책상 앞에 앉아 통화가 끊어진 휴대폰을 바라보고 있었다. 목소리에서 느껴지는 준상은 낮에 본 모습과 전혀 딴판이었다. 아니, 생각해 보니 꼭 그런 것만도 아니다. 오늘 회사에 출근한 그는 어딘지 평소와는 달라 보였다. 혹시 그것과도 관계가 있는 건 아닐까? 그러고 보니 준상과 함께 엘리베이터를 탔을 때도 그에게서 어떤 불길함이 느껴졌다. 그것은 그녀가 남편에게서 느꼈던 것과 비슷한 종류의 감각이었다. 그런 생각에 빠져 있을 때, 금주는 불현듯 남편과의 마지막 통화가 떠올랐다.

그때의 상황과 너무도 유사하지 않은가.

순간, 오싹한 소름이 돋아 들고 있던 휴대폰을 얼른 책상 위에 내려놓았다.

"아냐. 그럴 리 없어. 절대……"

하지만 부정하면 할수록 자꾸만 두려움이 밀려왔다.

금주는 하던 작업을 중단하고 노트북 전원을 껐다. 그러곤 불을 끄고 쫓기듯 이불 속으로 파고들었다. 내일 아침 눈을 떴을 때 사실은 별일 아니었길 바라면서 그녀는 눈을 감았다.

그렇게 얼마 동안 누워 있었지만 뜻대로 잠은 오지 않았다. 대신 금주의 머릿속에 선명하게 떠오르는 누군가의 얼굴이 있었다. 그것은 죽은 남편도, 준상도, 또 진명도 아니었다.

그녀와 매우 밀접한 관계가 있는 사람. 자신을 죽은 사람으로 여기며 살라고 했던 사람. 그렇게 15년간이나 떨어져 지낸 사람의 얼굴이었다.

금주는 자기도 모르게 그 사람을 부르고 말았다.

"엄마……"

ॐ

준상은 전화를 끊고 나서 서둘러 옷을 갈아입었다. 어디로 갈지는 아직 정하지 않았다. 다만 이 집에서 멀리 벗어나고 싶을 뿐이다. 여기만 아니면 어디든 상관없다. 아니, 정말 그럴까? 이곳을 나간다고 해서 그것에게서 벗어날 수 있을까? 하지만 지금 당장 그가 할 수 있는 일이라곤 이 오피스텔을 나가는 것밖엔 없었다. 준상은 옷을 입으면서도 계속 주위를 두리번거리며 살폈다. 아주 작은 소리에도 그는 매우 민감하게 반응했다.

작은 배낭 안에 옷가지 몇 개만 챙겨 넣고 방을 나왔다. 현관문을 나서려는 순간 문득 뒤를 돌아보았다. 불 꺼진 거실 한가운데에 누군가 서서 자신을 노려보고 있다. 준상은 심장이 덜컥 내려앉는 줄 알았다. 그것이 착각이라는 걸 알면서도 놀란 가슴은 좀체 진정되지 않았다. 괜한 생각이라고 치부해 버리기엔 예감이 좋지 않다. 그는 서둘러 집을 빠져나왔다.

오늘따라 엘리베이터마저 더디게 올라오는 것 같다. 준상은 엘리베이터 표시등을 보며 초조한 마음을 애써 억눌렀다.

엘리베이터 문이 천천히 열렸다.

그는 재빨리 안으로 들어가 버튼을 눌렀다. 문이 닫히고 나서 엘리베이터는 1층으로 내려가기 시작했다. 표시등의 층수가 차례대로 바뀌었다.

10······ 9······ 8······

7층에 와서 갑자기 엘리베이터가 멈춰 섰다.

자동문이 스르르······ 열린다.

밖은 어두컴컴하다. 근처엔 아무도 없다.

누군가 버튼을 눌러놓고 그냥 간 걸까?

하지만 조금 전까지 누군가 있었다면 센서로 작동하는 전등에 불이 들어왔을 것이다.

준상은 불길한 생각이 들어 닫힘 버튼을 마구 눌러댔다.

문이 닫힌다. 스르르…… 순간, 문틈으로 차갑고 건조한 바람이 불어와 얼굴에 닿았다. 그 차가움에 준상은 진저리를 쳤다.

다시 엘리베이터가 움직이기 시작했다.

6…… 5……

쿠쿵.

엘리베이터가 멈췄다. 이번엔 누군가 밖에서 버튼을 누른 것이 아니다. 기계가 정지해 버린 것이다.

불이 꺼지지 않은 걸 보면 정전은 아닌 것 같다. 그렇다면 단순 고장일까?

준상은 관리실 호출 버튼을 눌러 도움을 청하기로 했다. 한데 아무리 버튼을 눌러대도 관리실에서는 대답이 없었다.

"거기 아무도 안 계세요? 여기 사람이 갇혔다고요! 이봐요! 아무도 없어요? ……빌어먹을, 대체 어딜 간 거야!"

준상은 다시 1층 버튼을 눌러댔다. 정전은 아니니까 어쩌면 다시 작동할지도 모른다고 생각했다.

그때 스피커에서 소리가 났다. 경비원이 다시 자리로 돌아온 모양이다. 준상은 호출버튼을 누르고 소리쳤다.

"아저씨! 여기 사람이 갇혔어요! 빨리 와주세요!"

이번엔 그쪽에서 대답이 돌아왔다.

〈거기…… 아무도 안 계세요?〉

스피커에서 들리는 목소리는 잡음이 심하게 섞여 있었다.

"예? 그게 무슨 말이에요? 여기 사람이 갇혔다니까! 아저씨? 제 말 안 들려요? 여보세요?"

이번에도 잡음 섞인 목소리가 대답했다.

〈여기…… 사람이…… 갇혔다고요!〉

준상은 할 말을 잃은 채 얼어붙었다.

〈이봐요!…… 아무도…… 없어요?〉

스피커에서 들리는 목소리는 분명 자신의 목소리였다. 조금 전 자신이 했던 말들이 스피커를 통해 되돌아오고 있었다.

〈빌어먹을, 대체 어딜 간 거야?〉

준상은 주춤거리며 뒤로 물러났다. 누군가 자신의 목소리를 흉내 내는 것이 아니라면, 조금 전 자신이 했던 말을 녹음해서 틀어 주는 것이 아니라면, 지금 들리는 저 목소리는 대체 뭐란 말인가.

춥다. 갑자기 기온이 뚝 떨어진 것처럼. 그냥 기분 탓이 아니다. 다리가 오들오들 떨릴 정도로, 팔에 소름이 돋을 정도로 진짜 춥다.

준상은 몸을 웅크리고 구석에 바짝 붙어 섰다.

어디선가 이상한 소리가 들려왔다. 소리는 꽤 멀리서 들려오는 것 같았다. 준상은 그 소리에 가만히 귀를 기울였다. 소리가 조금씩 크고 선명하게 들려온다. 그것이 머리 위쪽에서 들려오는 소리라는 것을 그는 알아차렸다. 엘리베이터 천장, 그보다 훨씬 더 위쪽에서, 소리가, 점점 가깝게, 밑으로, 밑으로. 밑으로.

무언가 내려오고 있다.

쿵!

그것이 엘리베이터 천장 위로 떨어졌다.

준상은 몸을 낮추고 천장을 주시했다. 조용하다. 아무런 움직임도 없다.

그는 재빨리 앞으로 다가가 주먹으로 문을 두드리며 소리쳤다.

"밖에 아무도 없어요? 사람이 갇혔어요! 엘리베이터 안에 사람이 갇혔다고요! 내 말 안 들려요? 이 안에 사람이 갇혔다니까! 이런 씨……"

준상은 행동을 멈추고 고개를 들어 다시 위를 올려다보았다.

그것이 슬금슬금 천장 위에서 움직이고 있었다.

무슨 수를 써서라도 여기서 나가야 한다. 위험하다는 것은 알고 있지만 그래도 이 안에 있는 것보단 낫다.

준상은 양손으로 엘리베이터 안쪽 문을 힘껏 잡아당겨 열었다. 반쯤 문이 열리자, 엘리베이터가 4층 아래로 3분의 1 정도 내려오다가 멈춘 것을 알 수 있었다. 바로 앞에 바깥문이 보였다. 그것도 손으로 열어젖혔다. 그러곤 어두컴컴한 아래쪽으로 시선을 던졌다. 엘리베이터 홀 바닥까지는 그리 높지 않았다. 내려갈 때 중심만 잘 잡으면 된다. 그는 용기를 내서 밑으로 내려갈 준비를 했다.

한데 문득 이상한 느낌이 들었다. 준상은 보지 않으려 했지만 결국 고개를 들어 위를 올려다보고 말았다. 문 위쪽으로 하얀 얼굴이 하나 내려와 있었다. 준상은 숨을 삼키며 뒤로 물러났다.

쪽진 머리에, 뱀처럼 눈동자가 길게 찢어진 여인이 거꾸로 고개를 내민 채 자신을 내려다보고 있었다.

사람이 너무 놀라면 비명조차 나오지 않는 법이다. 준상은 호흡곤란을 일으킨 환자처럼 눈을 한껏 뜨고 거칠게 숨을 몰아쉬었다. 전류가 몸을 관통한 것처럼 전신이 부들부들 떨렸다.

여인은 엘리베이터 안으로 팔을 쭉 뻗었다. 하얀 손에 뾰족이 자라난 손톱이 그의 눈에 들어왔다. 그녀는 뱀처럼 구물구물 기어서 엘리베이터 안으로 미끄러지듯 들어오고 있었다.

준상은 하얗게 질린 얼굴로 그 무시무시한 광경을 그저 쳐다보기만 할 뿐이었다. 이대로 있으면 꼼짝없이 잡아먹히고 만다. 그는 정신을 차리려고 안간힘을 썼다. 이제 여인의 몸이 거의 다 안으로 들어왔다.

준상은 배낭을 먼저 던져놓고 나서 다리부터 틈 안으로 밀어 넣었다. 엘리베이터에 매달린 채 몸을 흔들어 홀 바닥으로 착지할 생각이었다. 엘리베이터 홀 바닥과 4층 천장의 간격은 성인 한 사람이 간신히 빠져나갈 수 있을 만한 크기였다. 준상은 허벅지에서 엉덩이까지 빼내고 나서 바닥을 손으로 짚어 몸을 지탱했다. 밑으로 추락하지 않으려면 신중하게 움직여야 했지만 지금은 그럴 만한 정신적 여유가 없었다. 준상은 조심스럽게 상체를 내려 보냈다.

그 순간 여인의 손이 자신의 팔을 덥석 잡아챘다. 어느새 여인은 바로 코앞에 와 있었다. 그녀는 뱀처럼 바닥을 기어서 다가왔다. 준상은 덜덜 떨며 자신에게 다가오는 여인의 얼굴을 마주 보았다. 마치 그때 꿈속에서 자신을 산채로 잡아먹던 거대한 뱀처럼, 그녀의 입이 쩍 벌어졌다. 그 시커먼 공동에서 기다랗고 붉은 혀가 꿈틀거리며 기어 나왔다.

준상은 도망칠 수도 없었다. 손을 놓으면 밑으로 추락하고 만다. 그녀의 혀가 슬금슬금 다가와 볼에 닿았다. 그 차갑고 미끈거리는 감촉에 머리칼이 쭈뼛 섰다. 혀끝이 볼을 타고 미끄러지듯 오른쪽 눈으로 올라왔다. 준상은 눈을 질끈 감았다. 축축한 혀가 눈꺼풀을 애무하듯이 핥았다. 아주 집요하고 끈질기게.

그리고 갑자기.

혀끝이 눈 안으로 쏙 파고들어 왔다.

"끄아악!"

오른쪽 안구가 터지면서 피가 줄줄 흘러나왔다. 그 붉고 축축한 혀는 계속해서 준상의 눈구멍 속을 파고들며 농락했다. 혀가 안으로 미끄러져 들어올 때마다 그는 저항 한번 못해 보고 그 끔찍한 고통을 고스란히 느껴야만 했다.

준상은 고통에 못 이겨 그만 손을 놓고 말았다. 그의 몸은 순식간에 무저갱 같은 어둠 속으로 곤두박질 쳤다. 묵직한 충격음이 밑에서부터 올라왔다.

엘리베이터는 거대한 뱀처럼 아가리를 벌린 채 준상을 삼켜버렸다.

14. 마귀

　소름끼치는 비명이 병실 안에서 흘러나왔다. 벌써 한 시간째, 희진은 침대 위에서 몸을 뒤틀며 괴성을 질러댔다. 어찌나 심하게 요동을 치는지 환자용 침대가 부서질 것처럼 삐걱거렸다. 희진은 정신질환자 중에서도 성질이 난폭한 자들만 입는다는 억압복을 착용하고 있었다. 또다시 그녀가 무슨 짓을 저지를지 알 수 없어서 내린 특단의 조치였다. 엑스자로 엇갈린 두 팔이 양쪽 겨드랑이 밑으로 들어가 소매에 연결된 끈으로 단단히 묶여 있었다. 그런 상태인데도 불구하고 누구도 그녀에게 쉽게 다가가지 못했다. 까뒤집힌 두 눈만 봐도 소름이 끼칠 지경이었다. 간호사들은 겁에 질려 607호실 안으로 들어오는 것조차 꺼렸다.
　희진은 계속해서 이상한 말들을 토해내고 있었다.
　최순영 박사는 진정제를 투여하려고 젊은 레시던트들을 시켜 그녀의 몸을 붙들게 했지만 남자 세 명의 힘으로도 당해내기가 어려웠다. 몇 번의 실랑이 끝에 간신히 희진을 움직이지 못하게 했다. 최 박사는 재빨리 진정제가 든 주사기 바늘을 그녀의 팔뚝에 꽂았다. 한데 어찌 된 일인지 살을 파고들어야 할 주삿바늘이 맥없이 꺾여버리고 말았다. 최 박사는 당황한 얼굴로 구부러진 주삿바늘을 바라보았다.
"다른 주사기 가져와. 얼른!"
최 박사의 명령에 간호사 한 명이 재빨리 주사기를 가지러 밖으로 뛰어나갔다.
그런데 그때, 최 박사가 손에 쥔 주사기 안의 약물이 부글부글 끓기 시작했다.
"이럴 수가……"
두 눈으로 직접 보고도 도저히 믿기 어려웠다. 끓기 시작한 주사기 안은 금방 뿌옇게 흐려졌다. 최 박사는 희진의 날카로운 시선을 느꼈다. 그는 주사기와 희진을 번갈아 보며 입을 다물지 못했다.
갑자기 펑! 하는 소리와 함께 주사기가 그의 손 안에서 폭발했다.
"악!"
폭발한 주사기가 손에서 떨어져 나갔고, 동시에 최 박사의 몸이 크게 휘청했다. 놀란 레지던트들이 희진을 놔두고 재빨리 다가가 그를 부축했다.
"괜찮으세요, 교수님?"
"교수님, 얼굴에서 피가……"

폭발의 충격으로 최 박사의 오른쪽 뺨에 작은 상처가 났다.
"방금 뭐가 터진 거죠?"
레지던트들은 희진을 잡고 있느라 조금 전 상황을 보지 못했다.
"주사기가…… 손에서 폭발해 버렸네."
"네? 주사기가요?"
다들 믿지 못하겠다는 반응이었다.
최 박사는 낮게 신음했다.
"아무래도 이건 보통 일이 아닌 것 같구먼."
그 사이 주사기를 가지러 간 간호사가 병실로 돌아왔다.
"새 주사기 가져 왔…… 어머, 선생님?"
최 박사의 상태를 본 간호사의 눈이 휘둥그레졌다.
"이제 됐으니 그만 놔 주게."
그가 제자들의 팔을 툭툭 치며 말했다.
"아직 얼굴에 피가."
"글쎄, 괜찮대도. 이 정도로 뭘 그리 호들갑을 떠나?"
레지던트들은 하는 수 없이 최 박사의 팔을 놓아주었다.
"저, 주사기……"
간호사가 새 주사기를 내밀며 말했다.
"이젠 됐네. 벌써 잠든 것 같으니."
어느새 희진은 침대 위에서 조용히 잠들어 있었다. 편안한 얼굴로 잠이 든 그녀를 보자 레지던트들은 어이가 없었다.
"이런 비슷한 일을 전에도 겪은 적이 있지."
최 박사는 제자들을 향해 말했다.

"비슷한 일이라뇨?"

"아마 자네들은 처음 봤을 테지만."

주름 진 노 의사의 얼굴에 씁쓸한 웃음이 번졌다.

"주사를 놓고, 약을 먹이고, 모든 방법을 다 동원해도 병이 나아지기는커녕 점점 악화만 될 때가 있지. 환자는 계속해서 고통을 호소하는데 더는 방법이 없는 거야. 병의 원인도, 치료 방법도 모르는 상황에서 의사는 스스로 한계를 깨닫게 되지. 결국 의사도 인간이니까. 한데 그런 절망적인 상황에서도 유일하게 듣는 치료 방법이 딱 한 가지 있다네. 그게 뭔지 아나?"

레지던트들 누구도 그 질문에 답하지 못했다.

"바로 미신일세."

"예?"

최 박사의 입에서 '미신'이라는 단어가 나오자 다들 놀라는 눈치였다.

"그래, 놀라는 것도 당연하겠지. 하지만 의사라는 직업도 거슬러 올라가 보면 미신과 깊은 연관이 있다네. 세계 어느 나라건 미신은 병을 치료하는 중요한 역할을 해왔어. 특히 빙의 현상 이라 부르는 특수한 정신질환을 치료하는 과정에선 현대 의학도 감히 무시할 수 없는 일들을 그들이 해냈다고 볼 수 있지."

"하지만 교수님."

"아, 됐네. 자네가 무슨 말 하려는지 나도 알아."

그들은 자신들의 두 귀로 똑똑히 듣고도 도저히 믿을 수 없다는 얼굴이었다. 한국의 권위 있는 정신의학 박사의 입에서 설마 그런 말이 나올 줄이야. 다들 아무 말이 없었다.

"더 이상 내가 할 수 있는 일은 없는 것 같구먼. 이제는 적합한 사람이 나서야지."

그렇게 말하는 최 박사의 얼굴에서 의사로서의 안타까움이 묻어났다.

ॐ

금주가 늦잠을 자는 바람에 모녀는 아침부터 부산스러웠다. 서둘러 화장을 하고 옷을 입고 세연이를 챙겨줬다. 한바탕 소동을 벌이고 나서야 모녀는 집을 나설 수 있었다. 금주는 차로 아이를 유치원 앞까지 데려다 주었다.

"선생님 말씀 잘 들어야 해. 알았지?"

딸아이의 통통한 볼에다 뽀뽀를 해주었다. 금주는 아이가 유치원 입구로 들어가는 것을 보고 나서야 차를 출발시켰다.

다행히 차가 덜 막혀서 회사에 도착했을 때는 그리 늦은 시간이 아니었다. 금주는 가슴을 쓸어내리며 사무실 안으로 들어갔다.

"죄송해요. 제가 좀……"

순간 사무실 안의 공기가 심상치 않음을 느낀 금주는 말하다 말고 분위기를 살폈다. 여직원 한 명은 울고 있었고, 편집장을 비롯한 다른 직원들도 모두 심각한 표정을 지으며 한데 모여 있었다.

"왜 그래요? 무슨 일 있어요?"

"사고가 났어요."

배불뚝이 편집장이 다가와 말했다.

"예?"

금주는 '사고'라는 말에 가슴이 철렁 내려앉았다. 그것은 너무도 무서운 말이었다. 다시는 듣지 않길 바랐는데.

"무, 무슨 사고요? 누가 다치기라도 했어요?"

금주는 자기도 모르게 주먹을 꽉 쥐었다.

"이 차장이 그만……"

하마터면 비명을 지를 뻔했다. 설마 했는데 진짜 이준상 차장일 줄이야. 금주는 정신이 멍해지는 것 같았다.

편집장은 이 차장의 사고 경위에 대해 말해주었다. 그의 죽음은 엘리베이터 안에 설치된 폐쇄회로 카메라에 고스란히 찍혀 있었다.

"죽었…… 나요? 이 차장님이?"

편집장은 차마 말하지 못하고 고개만 끄덕였다.

금주의 머릿속에 어젯밤 준상과 통화했던 내용이 떠올랐다.

"사고가 난 게 언제래요?"

"저도 자세한 시간은 몰라요. 대충 어제 자정 넘어서라는 것 같던데."

설마!

금주는 경악을 금치 못했다. 그 시간대라면 자기와 통화하고 나서 몇 분 후가 아닌가. 게다가 어제 전화상으로 봤을 때 금주는 그의 신상에 무슨 안 좋은 일이 일어나고 있음을 느낄 수 있었다. 그런데 오늘 아침 그가 죽었다는 소식을 듣게 되다니. 어떻게 이런 일이!

"금주 씨, 괜찮아요?"

갑자기 창백해진 그녀를 보고 편집장이 물었다.

"네? 아…… 네, 괜찮아요. 너무 충격을 받아서 그만."

"오늘은 일찍 일을 마치고 다들 가볼 생각입니다. 저는 오전 중에 먼저 들렀다가 오후에 또 가보려고요. 금주 씨도 가실 거죠?"

"네, 물론 가야죠."

"어쩌다 이런 일……"

금주는 자기 자리로 가서 앉았다. 컴퓨터를 켜고 오늘 해야 할 작업을 위해 창을 띄웠지만 도저히 일을 할 수가 없었다. 몇 분이 지났는데도 손의 떨림이 멈추지 않았다. 주변에 있는 다른 직원들도 충격과 슬픔으로 일이 손에 잡히지 않는 것 같았다. 하지만 지금 금주가 느끼는 감정은 비단 그런 것만은 아니었다. 그녀의 떨림이 멈추지 않는 이유는, 바로 두려움 때문이었다. 어젯밤 준상이 전화로 했던 말들이 생각났다. 어째서 그는 그런 말을 했던 것일까? 그것도 하필 사고가 나기 바로 전에. 단순한 우연이라고 보기엔 석연치 않은 구석이 너무 많았다. 전화를 받을 때 느꼈던 불안한 심리 상태며, 또 회사에서 본 그의 어두운 안색까지. 설마 이런 것들이 모두 그의 죽음과 어떤 관계가 있는 것은 아닐까?

"반드시 그를 다시 만나셔야 해요. 반드시…… 그래야만 금주 씨가 이것에서……"

'아냐, 말도 안 돼! 그럴 리 없어.'

하지만 금주는 도저히 그런 생각을 마음속에서 털어낼 수가 없었다. 가장 마음에 걸리는 것은 역시 그날 회사 엘리베이터 안에서 느낀 불길한 기운이었다. 금주는 죽은 남편한테서도 그와 비슷한 기운을 느낀 적이 있었다. 그런 기운이 느껴지는 사람들은 모두 얼마 후 사고로 죽고 말았다.
'그때 왜 알리지 못했을까. 왜!'
금주는 자책했다. 하지만 대체 뭘 할 수 있었을까? 그들은 모두 예측할 수 없는 사고로 죽음을 맞았다. 애초에 그것을 알았다 하더라도 그녀가 할 수 있는 일은 아무것도 없었을 것이다.
'혹시 그 사람이라면……'
금주는 진명을 떠올렸다.
준상도 반드시 그를 만나보라고 했다. 그리고 이런 말을 했다.

"그래야만 금주 씨가 '이것'에서……"

준상이 지적했던 '이것'이 그를 그토록 두려움에 떨게 했는지도 모른다. 어쩌면 죽은 남편까지도…… 한데 이제 와서 어떻게 그 사람을 다시 볼 수 있을까?
금주는 고개를 들어 준상의 자리를 바라보았다. 주인 없는 자리를 보고 있자니 가슴이 아려왔다.
그날 밤, 준상이 자신에게 고백했던 것이 떠올랐다. 그땐 정말 당혹스러웠지만 지금은 그저 미안한 마음뿐이었다. 어쩌면 그는 나 같은 여자를 좋아해서 그런 사고를 당한 것인지도 모른다. 준상이 접근하는 것을 막았어야 했다. 이제 와서 후회한들 소용없는 일이라는 걸 알면서도, 금주는 그렇게 하지 못한 자기 자신에게 화가 났다. 사실 그녀는 외롭고 겁이 났다. 누군가에게 기대고 싶은 충동도 있었다. 남편 말고는 주위에 아무도 없기에 그녀가 느끼는 상실감은 너무나 컸다. 그래서 어쩌면 준상이 더욱 고마웠는지도 모른다. 물론 그에게서 느껴지는 감정이 특별하다는 것을 모르는 바는 아니었다. 그런데도 금주는 그것을 무시하려고만 했다. 결코 그럴 리가 없다고, 딴생각이 있어서가 아니라고, 그저 좋은 분이니까……. 아니, 그것은 거짓말이다. 사실 금주는 준상에게서 남편의 그림자를 찾으려 했던 것이다.

'거절해야 했는데 싫다고, 가까이 오지 말라고 해야 했는데. 그러지 못했어. 내가 바보라서…….'

금주는 눈물을 참을 수 없었다. 하염없이 눈물을 흘리면서도 그녀는 진명을 다시 만나겠다고 다짐했다. 그것은 비단 준상과의 약속 때문만은 아니었다. 지금 그녀에겐 반드시 지켜야만 하는 존재가 있었다. 자기 목숨보다 더 소중한 딸 세연이. 그 아이에게 이같은 불행이 닥치도록 내버려둘 수는 없었다. 그것만은 무슨 일이 있어도 막아야 한다.

15. 진실

 준상의 장례식에 다녀온 다음 날, 금주는 일부러 회사를 하루 쉬기로 했다. 세연이를 유치원에 보내고 나서 금주는 진명에게 전화를 걸었다. 진명의 휴대폰 번호는 남편의 대학 후배이자 진명과 동기인 정훈에게 전화로 물어서 알게 되었다. 정훈은 기다렸다는 듯 그의 연락처를 알려주었다.
 "저한테 전화가 올 거라면서 그때 꼭 알려 드리라고 하더군요. 참 징그러운 녀석이죠?"
 금주는 놀라지 않을 수 없었다. 그리고 동시에 두려움마저 느꼈다. 그는 이미 모든 상황을 꿰뚫어보고 있었던 것이다. 금주는 종이에 적힌 전화번호를 보며 몇 번 망설이다가 결국 전화를 걸었다.
 "네, 여보세요?"

진명의 목소리가 들리자 금주는 가슴이 옥죄는 것 같았다.
"진명 씨? 저 이금주예요."
"아…… 네, 금주 씨."
"죄송해요. 이렇게 전화를 드려서."
"아뇨. 괜찮습니다. 그보다 지금 괜찮으신 거죠? 무슨 일 있는 건?"
"전 괜찮아요. 아무 일도 없어요. 근데……"
금주는 차마 말을 잇지 못하고 흐느껴 울기 시작했다.
"여보세요? 금주 씨?"
그녀는 울먹이면서 겨우 입을 열었다.
"……저 이제 어쩌면 좋죠……. 너무…… 무서워요."
"진정하고 제 말 잘 들으세요. 지금 당장 만나야 합니다. 어디 계세요? 제가 그쪽으로 가겠습니다."
"지금 집이에요."
"알겠습니다. 바로 출발할게요."
"괜찮으시면 집에서 뵙고 싶어요. 보여 드릴 것도 있고요."
"네, 알았어요."
통화를 끝낸 지 30여 분 만에 진명이 집으로 찾아왔다. 굉장히 급하게 차를 몰고 왔음을 짐작할 수 있었다. 금주는 그때 일이 마음에 걸려 진명의 얼굴을 똑바로 볼 수가 없었다. 하지만 정작 본인은 그런 것에 전혀 개의치 않는 모습이었다. 금주는 그를 보자 그동안의 오해가 풀리면서, 그에게 고맙기도 하고 미안하기도 했다. 그녀는 진명에게 남편이 쓴 일기장을 보여주었고, 준상이 죽기 전에 전화로 했던 말도 전했다.

이야기를 듣는 진명의 표정이 어두웠다.

"상황이 심각하군요."

"다 제 잘못이에요. 저만 아니었으면 차장님이 그런 끔찍한 사고를……."

"금주 씨, 곤란한 질문인 걸 알지만 솔직하게 대답해 주셨으면 합니다. 어디까지나 조사차원에서 묻는 거니까요."

"네, 말씀하세요."

"이준상 씨라는 분하고는 어떤 사이셨습니까?"

"그분은 그냥 저의 직장 상사일 뿐이에요. 결코 어떤 관계도 아니었어요. 다만, 그분이 저를 좋아했었다는 걸…… 그날 전화 통화로 알게 됐어요."

"흠, 그렇군요."

진명은 잠시 고민하는 듯 보였다.

"근데 왜 그런 질문을 하셨는지 여쭈어 봐도 될까요?"

금주는 그가 왜 자신과 준상의 관계를 오해했는지 그 이유를 알고 싶었다. 물론 그렇게 의심이 갈만한 상황에 진명이 나타난 것도 있지만 그렇더라도 진명처럼 신중한 사람이 그런 말을 함부로 내뱉은 것은 쉽게 이해할 수 없는 일이었다.

"저주가 그 사람한테로 옮겨갔다면 그럴 만한 근거가 있어야 합니다. 제가 이곳에서 그를 봤을 때, 미약하지만 어떤 불길한 기운이 감도는 것을 느낄 수 있었어요. 그때는 금주 씨한테만 신경을 쓰고 있어서 그것이 저주의 전조라는 것을 알아차리지 못했죠."

"실은 저도 마지막으로 차장님을 본 날 그런 걸 느꼈어요."

"금주 씨도요?"

"네, 말로는 설명하기 어렵지만, 아무튼 전에 남편한테서도 그와 비슷한 느낌을 받은 적이 있거든요."

"흐음."

갑자기 진명의 눈빛이 달라졌다.

"혹시 전에도 그런 경험을 해 본 적이 있었습니까? 가령, 남들 눈엔 보이지 않는 것이 보인다거나."

"아뇨. 그런 적은 없었어요."

"그렇군요."

"왜요? 뭐가 잘못됐나요?"

"아닙니다. 신경 쓰지 마세요."

진명은 별일 아니라는 듯 웃으며 말했다.

금주는 그에게서 뭔가 숨기는 듯한 인상을 받았지만 더는 캐묻지 않다.

"아까 말씀하신 대로라면 저와 이 차장님이 그런 관계여야만 저주가 옮겨간다는 뜻인가요?"

"꼭 그렇다고 할 수는 없지만 아무래도 전혀 상관없는 사람에게 저주가 옮겨가기는 어려우니까요. 저주가 옮겨가려면 어떤 가교역할을 할 수 있는 것이 필요합니다. 우선, 저주라는 것은 크게 두 가지로 형태로 나눌 수 있습니다. 하나는 산 자가 산 자에게 주술 같은 것을 이용해 저주를 거는 것이죠. 흔히 말하는 저주가 다 여기에 속한다고 보시면 돼요. 이 경우엔 저주의 대상이 타인으로 옮겨가는 일은 매우 드물어요. 어차피 그 대상만을 위한 저주였으니까요. 두 번째가 바로 죽은 자에 의한 저주입니다. 이 경우는 굉장히 위험해요. 대개 억울하게 죽은 영혼이 원귀가 되어 산 자에게 복수하려는 것인데 죽어서도 한을 품은 귀신은 쉽게 떼어낼 수도 없을뿐더러, 그것이 다른 사람에게까지 옮겨 붙을 수도 있거든요. 그럴 때 대체로 그의 가족이나 친밀한 관계에 있는 사람들에게 옮겨가게 됩니다. 그와 관계된 모든 이가 다 저주의 대상이 되는 셈이죠. 유감스럽게도 지금 금주 씨가 겪는 저주가 바로 이거예요."

설명을 듣던 금주는 '관계된 모든 이가 다 저주의 대상'이라는 말에 몸을 떨었다.

"그래서 제가 금주 씨와 그분의 관계를 오해했던 겁니다. 한데 그런 관계가 아니라고 하니……. 어떻게 저주가 옮겨간 건지 궁금하군요. 단순히 좋아하는 감정만으로는 저주가 옮겨 붙기 힘들어요. 어떤 직접적인 계기가 있지 않고는……"

진명은 문득 금주를 똑바로 바라보았다.

"혹시 그 사람한테서 어떤 물건을 주거나 받은 적이 있습니까?"

"물건이요?"

"네, 가능하면 의미가 담긴 거로요."

"그, 글쎄요."

"선물 같은 거라도 받은 적 없습니까?"

"전혀요. 그런 걸 주고 받을 만한 사이도 아니고."

"흠, 이것도 아닌 건가? 그렇다면 어떻게 해서 옮겨 간 거지?"

진명은 혼자 중얼거렸다.

"……앗! 잠깐만요. 그러고 보니까 하나 있긴 있어요."

"뭐죠?"

"근데 그건 선물이 아니라……"

"뭡니까? 말씀해 보세요."

"손수건이요."

"손수건? 그걸 왜 금주 씨한테 준 거죠?"

"전에 제가 고민 상담을 하다가 갑자기 눈물이 나서…… 그때 이 차장님이 저에게 닦으라고 건네준 거예요. 제가 다시 드리려고 하니까, 괜찮다고, 그냥 가지라고 해서 할 수 없이…… 설마 그거 때문은 아니겠죠?"

"그 손수건 좀 볼 수 있을까요?"

"네."

금주는 곧바로 손수건을 가지러 방으로 들어갔다. 잠시 뒤에 그녀가 감색 바탕에 문양이 그려진 손수건을 들고 나왔다.

"이거예요."

진명은 손수건을 건네받아 오른손에 들고 그것에 집중했다. 눈을 감은 채 말이 없는 그를 보고 있자니 금주도 괜스레 긴장이 됐다.

얼마 지나지 않아 그의 이마에서 땀이 솟아났고, 가끔씩 몸을 떨기까지 했다.

"괜찮으세요?"

금주가 물었다.

하지만 그의 귀엔 들리지 않는 듯했다. 진명은 숨을 삼키며 더욱 크게 몸을 떨었다.

갑자기 그가 손수건을 꽉 움켜쥐더니 그것을 테이블 위에 던져

버렸다. 그의 얼굴이 벌겋게 달아올랐다.
"이거였어요. 다리 역할을 했던 것이. 이 손수건이 바로 저주의 매개체였던 겁니다."
진명은 숨을 가라앉히며 말했다.
"이것 때문에 이 차장님한테 저주가 옮겨갔단 말씀인가요?"
"네, 그래요."
"그럴 수가……."
금주는 믿기지 않는 얼굴로 테이블 위에 던져진 손수건을 내려다보았다.
"금주 씨한테 건네준 이 손수건 안에는 그분의 마음도 함께 담겨 있었던 것 같아요. 그리고 그것을 금주 씨가 가지게 됨으로써 두 사람 사이에 다리가 놓이게 된 거고요. 결국 저주는 그 다리를 건너서 그에게 옮겨간 겁니다."
단지 손수건 하나 때문에 그런 끔찍한 죽음을 당하다니. 금주는 그 무서운 사실을 온전히 받아들이기 어려웠다. 그리고 자신을 원망하지 않을 수 없었다.
"결국 저 때문에 그렇게 된 거였군요. 제가 이것만 받지 않았어도."
"금주 씨 잘못이 아니에요. 손수건을 억지로 건넨 건 그분이었으니까요. 게다가 이런 일이 생길 거라는 걸 누가 알았겠습니까. 그러니 너무 자책하지 마세요."
"그치만……."
"마음은 알지만 지금은 그런 감상에 빠져 있을 때가 아닙니다. 한시라도 빨리 저주의 근원을 찾아내야 해요. 그렇지 않으면 이보다 더 무서운 일을 겪게 될 겁니다."
"그럼 이제 어떻게 해야 하는 거죠?"
"먼저 우리가 해야 할 일은 이 저주가 어디서 온 것인지부터 알아내는 겁니다. 앞서 말씀드렸듯 죽은 자가 한을 품고 복수를 할 정도가 되려면 엄청나게 강한 원한에 사로잡혀 있어야 해요. 그런 원한 관계에 놓인 사람이 주변에 있는지부터 조사해 봐야 합니다. 그리고 무엇보다 가장 중요한 것은, 그 원한 관계에 있던 사람이 무속인이어야 한다는 거고요."
"무, 무속인이요?"
금주는 심장이 얼어붙는 것 같았다.
"네, 아무래도 그때 제가 본 귀신은 무녀 같아요. 귀신들도 여러 종류가 있는데 그 중 귀신을 부리던 무녀가 죽어 악귀가 되면 그 어떤 귀신들보다도 무섭고 강한 힘을 지니게 됩니다. 하지만 무당이 죽어서 악귀가 되는 경우는 극히 드물어요. 무당 또한 타 종교의 사제와 같은 역할을 하기에 악한 길로 빠지는 일은 거의 없거든요. 한데 아주 간혹 그런 경우가 생기기도 합니다. 그런 귀신은 퇴마사들도 꺼릴 정도로 두려움의 대상이죠."
설명을 하던 진명은 갑자기 금주의 얼굴을 유심히 쳐다봤다.
"괜찮으세요?"
진명이 묻는 말에도 그녀는 정신을 차리지 못하고, 마치 죄지은 사람처럼 잔뜩 주눅이 든 표정을 짓고 있었다.
"진명 씨."
"네, 말씀하세요."
금주는 힘겹게 입을 열었다.

"아무래도 그 저주…… 저한테서 온 것 같아요."

그녀의 목소리가 가늘게 떨렸다.

"그렇다면 가족 중에 무속인과 원한 관계에 놓인 사람이 있다는 겁니까?"

"아뇨."

"그럼?"

금주는 터져 나오려는 울음을 간신히 억누르고서 한 마디씩 또박또박 내뱉었다.

"제…… 어머니가…… 무당이셨어요."

"금주 씨 어머님이?"

진명의 얼굴에 언뜻 당혹감이 스쳤다.

"어머님께선 언제 돌아가셨습니까?"

금주는 고개를 저으며 말했다.

"돌아가시지 않았어요."

"살아 계신다고요?"

"네."

진명은 약간 안도하는 모습이었다. 그가 말했다.

"어머니께선 지금 어디 계신가요?

"조금 멀리 가계세요."

"외국에 사십니까?"

"아뇨. 그게 아니라, 섬에서 살고 계세요."

"어디죠. 그 섬이?"

금주는 잠깐 망설이다가 입을 열었다.

"소록도요."

"소록도?"

진명은 소록도라는 단어가 갖는 의미를 잠시 곱씹어 보는 듯했다.

"소록도에서 지금껏 15년 동안 살고 계세요. 저하곤 연락을 끊은 채로…… 어머닌 한센병 환자시거든요."

그 말을 하는 금주의 얼굴이 괴로움으로 일그러졌다.

16. 계략

진명은 떠나기 전에 금주에게 늘 몸에 지니고 다니라며 자신이 직접 그린 부적을 전해주었다. 돌아오는 차 안에서 그의 마음은 이루 말할 수 없이 무거웠다. 아무 잘못도 없는 사람에게 이렇게 끔찍한 저주가 씌다니. 귀신에 의한 해코지를 한두 번 봐온 게 아니지만 이번 경우처럼 지독히도 강한 원한을 품은 영가는 그도 처음이었다. 너무나 집요하고, 또 강력하기까지 하다. 세상에 이렇게 강한 원귀가 있을까 하는 생각마저 들 정도였다. 아마도 귀신을 부리던 무녀였기에 그러지 않을까란 추측을 해보았지만 그렇더라도 이건 정말 상식을 뛰어넘는 일이다.

사제나 무녀가 원귀가 되었을 때, 그것은 단순한 하급 귀신으로 끝나지 않을 수도 있다. 때에 따라선 악신(惡神)이 되어버리기도 한다. 이런 경우엔 일반적인 천도의식도 통하지 않게 된다. 천도란 말 그대로 귀신을 달래서 저승세계로 돌려보내는 것인데 악신일 경우엔 저승으로 곱게 돌려보낼 수가 없다. 악신을 달래서 선한 신으로 만들어 직접 모시거나 최악의 경우엔 악신을 강제로 소멸시켜야만 한다. 그럴 땐 의식을 행하는 퇴마사마저 생명의 위협을 받게 된다.

그래도 진명은 속으로 한숨을 내쉬었다. 금주 씨 어머니가 무당 귀신이었다면 그녀가 받을 충격은 상상도 할 수 없으리라. 그나마 불행 중 다행이었다. 그렇더라도 가족 중에 무속인이 있다는 사실은 이유야 어떻든 이 저주가 그녀에게서 왔다고 볼 수 있기에 당사자로서는 적잖은 충격이 아닐 수 없을 것이다. 그렇다면 좀 전에 느낀 의문도 자연스럽게 풀리게 된다. 진명은 금주가 준상에게서 이상한 기운을 느꼈다고 했을 때 의문을 품었다. 일반 사람에게는 그런 것을 감지할 수 있는 능력이 없기 때문이다. 그런데 그녀의 어머니가 무속인이었다고 하니, 그렇다면 충분히 이해가 간다. 아마 그녀도 유전적으로 그런 능력을 타고났을 것이다. 어쩌면 지금껏 잠자고 있던 능력이 이번 일을 계기로 깨어난 것인지도 모른다. 하지만 본인에게 그런 말은 하지 않기로 했다. 신기가 있다는 말은 자칫 일반사람들에게 충격으로 와 닿을 수도 있기 때문이다. 특히 지금처럼 좋지 않은 시기에는 그런 말을 더욱 삼갈 필요가 있었다. 일단 금주 씨 어머니부터 만나보는 게 순서일 것이다. 어머니를 만나서 얘기를 나눠보면 의외로 쉽게 사건의 실마리가 풀릴지도 모른다.

진명은 그런 생각을 하면서도 한편으론 최근 자신에게 나타난 불길한 징조가 마치 이번 일을 계기로 일어날지 모를 어떤 불행을 암시하는 것 같아 자꾸만 신경이 쓰였다.
　무거운 마음을 끌고 법당 사무실 안으로 들어선 진명은 이번에도 자신을 기다리는 혜인을 보게 되었다. 벌써 일주일째. 하루도 거르지 않고 자신의 법당으로 찾아와 출근도장을 찍고 있다.
　책상 앞에 앉아 있는 지선이 난감해하는 얼굴로 자신을 쳐다봤다.
　"어디 다녀오시는 길이세요? 요즘 많이 바쁘신가 봐요?"
　혜인은 자리에서 일어서며 말했다. 한결같은 그녀에게 유일하게 달라지는 것이 있다면 그것은 갈수록 야해지는 옷차림이었다. 어제는 아예 망사스타킹까지 신고 와서 다리를 꼬고 앉아 있었다. 가슴이 살짝 패인 옷이나 몸의 굴곡이 훤히 드러나는 그런 옷은 기본이었다. 진명은 그런 것에 아예 관심도 없고, 신경조차 쓰지 않았다. 한데 문제는 그것이 지선에게 미치는 영향이었다. 평소 얌전하게 옷을 입고 다니던 지선마저 최근엔 눈에 띄게 옷 입는 스타일이 과감해지기 시작했다. 옷뿐만이 아니라 화장이나 헤어스타일에도 각별히 신경을 쓰는 것 같았다. 누가 봐도 그것이 혜인을 의식한 행동이라는 것을 알 수 있었다. 이 두 여자의 쓸데없는 신경전에 진명은 머리가 다 지끈거렸다.
　"법당 안에 향수 냄새가 진동하는군요."
　진명은 혜인을 무시한 채 지선을 향해 나무라듯 말했다.
　"죄송합니다."
　지선은 재빨리 가서 창문을 활짝 열었다.
　"법사님, 잠깐 시간 좀 내주시죠?"
　혜인이 말했다.

"미안한데 그럴 시간이 없습니다."

진명은 매번 이런 식으로 혜인을 무시했다.

"그럼 대체 언제 시간이 나는 거죠? 예약이라도 해야 하나요?"

혜인이 비꼬듯 말했다.

"댁하고 입씨름할 기분이 아닙니다. 그만 가주세요."

"정말 너무 하시네요! 사람이 이렇게까지 하면 최소한 말이라도 들어줘야 하는 거 아니에요?"

"얘긴 충분히 들었다고 생각합니다만."

"왜 그렇게 사람이 꽉 막히셨어요? 저 벌써 일주일째 여기 와서 법사님만 기다렸어요. 그런데도 법사님은 눈길 한번 주지 않으셨죠. 뭐 좋아요. 저한테 관심이 없다면 할 수 없죠. 하지만 지금까지의 성의를 봐서라도 얘기 정도는 들어주실 수 있잖아요? 그마저도 힘들다는 건가요?"

"제 생각은 변함없습니다. 그러니 다음부턴 찾아오지 마세요. 괜한 헛수고일 뿐이니까."

"죽은 사람 말은 들어주면서 산 사람 말은 못 듣겠다는 거군요. 정말 대단하시네요, 법사님. 만약 제가 죽으면 그땐 제 얘길 들어주실 건가요?"

"의뢰가 들어온다면 한번 생각해 보죠."

"허! 그래요? 살아있는 저는 법사님에게 아무 의미도 없다는 거군요. 이거 좀 자존심이 상하는데요? 알겠습니다. 별 볼일 없는 저는 이만 물러가 볼게요. 대신 이것 한 가지만 아세요. 당신이 아무리 대단한 능력을 지녔어도 사람을 업신여기는 능력만큼 대단하진 않을 거예요. 그렇다고 너무 자만하진 마세요. 언젠간 큰

코 다칠 날이 올지도 모르니까. 그럼 안녕히 계세요. 인연이 되면 언젠간 또 보겠죠."

혜인은 나가려다 말고 생각이 난 듯 지선을 돌아보며 말했다.

"아, 그리고 지선 씨. 그동안 많이 귀찮았죠? 미안해요. 무례하게 대한 점 사과할게요."

"아뇨. 저야 말로……"

"그 옷 정말 잘 어울려요. 진심이에요. 앞으론 그렇게 입고 다녀요."

지선은 얼굴을 붉힌 채 말이 없었다.

"그럼 가볼게요."

혜인은 문을 열고 나갔고, 그녀가 떠난 사무실 안에는 잠시 침묵이 흘렀다.

진명도 자신이 너무 매정하다는 것쯤은 알고 있다. 하지만 이런 일로 낭비할 시간도 없거니와 하물며 매스컴에 얼굴을 들이밀 마음은 추호도 없었다. 그는 유독 매스컴과 관련된 모든 것을 싫어했다. 자신의 얼굴에 카메라를 들이대고 이것저것 질문하는 것은 도저히 참을 수 없는 일이었다. 이렇게 자존심에 상처라도 주지 않으면 혜인이란 여자는 끈질기게 들러붙어 자신을 귀찮게 할 것이 뻔하다. 가끔은 귀신보다 사람 다루기가 더 힘들다는 것을 느낀다.

진명은 무심한 얼굴로 돌아서서 법당 안으로 들어갔다.

그렇게 태풍이 지나간 자리가 잠잠해질 무렵, 지선이 차를 가지고 법당 안으로 들어왔다.

"차 드세요."

지선은 홍차가 든 잔을 책상 위에 조심스럽게 내려놓았다. 그녀는 자기가 좋아서 시키지도 않은 차 심부름을 매일 했다.
"고마워요. 잘 마실게요."
진명은 책상 앞에 앉아 말했다.
"오늘은 일찍 퇴근하세요. 여긴 제가 정리하고 갈 테니까."
"네? ……아, 네. 알겠습니다."
"오늘 하루 수고하셨어요. 그럼 내일 봬요."
지선은 잠시 망설이다가 입을 열었다.
"저, 법사님. 혜인 씨 말인데요. 사실 저도 처음엔 안 좋게 봤는데 꾸준히 찾아오는 거 보니까 그렇게 나쁜 사람 같지는 않더라고요. 그것도 다 법사님을 존경해서……"
"지선 씨는 자기 일에만 신경 쓰세요."
진명은 차분하면서도 냉정함이 깃든 말투로 말했다.
지선의 눈이 금방 촉촉해졌다.
"죄송해요. 제가 괜히 주제넘은 말을 했나 보네요. 이만 가보겠습니다."
진명은 그녀가 법사로서 정이 너무 많고 냉정하지 못한 것을 늘 안타깝게 생각했다.
지선이 문을 열고 나가려고 할 때, 뒤에서 진명이 그녀를 불러 세웠다.
"지선 씨."
"네?"
지선이 돌아서서 자신을 바라보았다.
진명은 오른손에 찻잔을 들고 말했다.

"차 잘 마실게요. 그리고 그 옷, 잘 어울리네요."
"아...... 네."
지선은 서둘러 문을 열고 밖으로 나갔다.
진명은 홍차를 한 모금 마시고서 길게 숨을 내뱉었다. 생각할 것도, 걱정할 것도 너무 많았다. 머릿속이 그런 것들로 심하게 엉켜 있는 기분이었다.
블라인드의 그림자가 그를 포함한 주변의 사물에 우울한 음영을 드리우고 있었다.

형규한테서 전화가 걸려온 것은 혜인이 방송국에 도착하고 나서 한 시간쯤 지난 뒤였다. 혜인은 법당을 나와서도 한동안 모멸감에 치를 떨어야 했다. 자신에게 이런 수모를 안겨준 남자는 지금껏 그가 처음이었다. 그동안 자신이 했던 유치한 짓거리를 생각하니 너무 창피해서 죽고 싶은 심정이었다. 일은 둘째 치고라도 여자로서의 자존심에 큰 상처를 입고 말았다. 그렇기에 혜인은 더더욱 그를 용서할 수 없었다.
그런 찰나에 형규로부터 전화가 걸려온 것이다. 그는 혜인의 대학 선배로 이름만 대면 다 아는 유명 신문사 사회부 기자다. 진명에 관한 정보를 알려준 이도 바로 그였다. 휴대폰 액정화면에 형규 선배의 이름이 뜬 것을 보자마자, 혜인은 이것이 진명과 관련된 전화라는 것을 직감적으로 알아차렸다. 그 외에 다른 이유는 생각할 수 없었다. 그녀는 제발 도움이 되는 전화였으면 하고 속으로 빌었다.

"응, 선배 웬일이야?"

"야, 요즘도 그 사람 쫓아다니냐?"

혜인은 인사도 없이 대뜸 그렇게 말하는 형규가 몹시 얄미웠다.

"소득은 좀 있는 거야?"

"뭐, 그저 그래."

"그런 말이 어디 있어. 있으면 있고, 없으면 없는 거지."

"아직 설득하는 중이야."

"보나 마나 차였겠지. 하하. 내가 그랬잖아. 그 사람 쉽게 안 넘어올 거라고."

"왜 갑자기 전화해서 사람 염장을 뒤집어 놓는 건데? 대체 용건이 뭐야!"

화가 나서 자기도 모르게 언성을 높이고 말았다.

"흐흐, 녀석 까칠하긴. 그래, 그렇게 말하는 게 너답지. 목소리 들어보니 아직은 살 만한가 보다?"

"쓸데없는 소리 할 거면 전화 끊어. 나 바쁘단 말야!"

"그래? 흠, 그럼 뭐 할 수 없지. 너한테 기막힌 소식을 하나 전해줄까 했는데. 바쁘시다니. 이거 유감이군."

순간 혜인의 눈이 번쩍 뜨였다.

"호, 혹시 그거 그 사람하고 관련된 일이야?"

"바쁘다며? 그만 일 봐라. 나중에 통화하자."

"아, 아냐. 잠깐 선배! 나 시간 있으니까 빨랑 얘기해 봐. 어서."

수화기 너머로 형규의 장난기 어린 웃음소리가 들려왔다.

"언제는 바쁘시다면서요?"
"자꾸 그럴 거야? 짜증나게!"
혜인은 전화기에다 대고 소리쳤다.
"하하. 알았어. 얘기해 줄게. 대신 이 얘긴 내가 했다고 하지 마."
"알았으니까 얼른 말해 봐."
결국 소문 앞에서 철통 보안도 소용없었다. 여기저기 기웃거리며 냄새를 맡고 다니던 기자들은 최근 J대학 병원에서 들리는 수상한 소문에 관심을 기울이기 시작했다. 그리고 얼마 안 가 그곳에 유희진이 입원해 있음을 알아냈다. 형규는 제일 먼저 그곳에 근무하는 간호사와 접촉을 시도했고, 여러 번의 설득 끝에 간신히 비공개 인터뷰에 성공할 수 있었다. 그는 간호사한테서 직접 들은 이야기를 전해주었다. 혜인은 전화기를 든 손에 땀이 배어나는 것도 모르고 이야기에 푹 빠져 있었다.
"그거 정말이야?"
혜인은 흥분한 목소리로 물었다.
"모르지. 나도 들은 얘기니까. 다만, 최 박사가 거론되는 걸 봐선 내 예감엔 거의 90퍼센트는 맞지 않을까 생각해."
그녀는 잠시 생각에 빠져 있느라 말이 없었다.
"내가 알려줄 수 있는 정보는 여기까지야."
형규가 말했다.
"고마워. 선배."
"이제 어쩔 셈이야? 계속 그 사람 쫓아다닐 거야?"
"알면서 뭘 물어? 그러니까 선배가 나한테 이런 정보를 흘리는 거잖아."
"흐흐, 내가 널 어떻게 말리겠냐."
"근데 그 유희진이라는 여자의 어머니 말야. 정말 열성 기독교 신자인 거 맞지?"
"뭐 그렇다고 하니까. 사실이겠지."
"음, 그렇단 말이지? ……그럼 나 한 가지 부탁 좀 들어줘."
"부탁?"
"별건 아니고. 유희진의 부모가 사는 집 주소 좀 알아봐 줄 수 있어? 아니면 전화번호라도."
"그건 왜?"
"그 어머니 좀 만나보게."
"뭐야. 대체 무슨 꿍꿍인데?"
"지금은 말해 줄 수 없고. 해줄 수 있어 없어?"
형규는 잠깐 뜸을 들이다가 입을 열었다.
"알았다. 대신 나한테 기삿거리는 줘야 해. 알았지?"
"오케이!"
"주소나 전화번호 알게 되면 문자로 보내 줄게. 그럼 이만 끊자."
"응."
전화를 끊고 나서도 혜인은 들뜬 마음을 가라앉힐 수가 없었다. 그녀의 머릿속에는 이미 어떤 계획의 밑그림이 그려지고 있었다. 그것만 생각하면 자기도 모르게 웃음이 나왔다. 조금 전까지 모멸감에 치를 떨던 모습은 온데간데없고, 어느새 그녀는 본래의 활기찬 모습으로 돌아와 있었다.

ॐ

지선을 보내고 난 뒤, 홀로 법당 안을 지키고 있던 진명은 오후 다섯 시가 지나서 최 박사로부터 전화를 받았다. 자초지종을 전해들은 그는 처음에 은사의 부탁을 거절하려 했다. 지금은 다른 무엇보다 금주 씨의 일이 우선이기 때문이었다. 그만큼 중요하고 또 위험하기에 그 일에만 모든 신경을 집중하고 싶었다. 하지만 최 박사가 던진 말 한마디가 그의 생각을 바꿔놓았다.
"아무래도 이 환자에게 빙의된 귀신은 무당인 것 같네."
"무당이요?"
"음. 확실치는 않네만, 예전에 내가 빙의 현상과 다중인격에 관한 논문을 쓸 때 무속에 대해 조사한 적이 있었지. 자네도 그 강의를 들었던가?"
"네, 기억하고 있습니다."
진명은 대학시절 스승의 옛 모습을 어렴풋이 떠올렸다. 그땐 교수님의 흰머리가 지금보단 훨씬 적었다.
"아무튼 이 환자가 하는 말이 꼭 무당이 굿을 할 때 하는 말 같아서 내가 직접 무속학을 연구하는 교수님에게 전화로 물어보았지. 그랬더니 그분도 그 의견에 동의하시더군."
단순한 우연으로 보고 넘기기엔 석연치 않은 구석이 있었다. 어째서 이 서로 다른 두 종류의 사건에 무당의 원혼이라는 공통분모가 존재하는 것일까? 왜 하필 지금 이런 일들이 연속적으로 일어나는 것일까? 마치 현재 주위에서 일어나는 모든 일들이 하나의 소용돌이 속으로 빨려 들어가듯 어느 한 곳으로 집중되고 있는 것만 같았다.

"상황이 이렇다 보니 최대한 빠른 도움이 필요하네. 어때, 도와줄 수 있겠나?"

진명은 잠시 고민한 뒤에 입을 열었다.

"알겠습니다. 도와드리죠."

"고맙네. 그럼 바로 내일 날을 잡도록 하지. 괜찮겠나?"

"네, 괜찮습니다. 그런데…… 의식은 그곳에서 할 건가요?"

"아무래도 그래야 할 것 같네. 환자가 이곳을 나갈 수 없는 상황이라."

"그렇군요."

"왜? 병원이라서 부담이 되나?"

"아뇨. 그런 것보다 교수님이 걱정돼서요. 저에게 이런 부탁을 하셨다는 걸 주변 사람들이 알아서 좋을 게 없을 테니까요."

"하하. 내 걱정은 하지 말게나. 안 그래도 요즘 학계에서 눈 밖에 났으니까."

"알겠습니다. 그럼 내일 뵙도록 하죠."

"그래. 알았네."

진명은 전화를 끊고 나서 잠시 생각에 잠겼다. 다시는 J대학 병원에 가지 않으려 했건만. 갑자기 이런 사정이 생겨버리다니. 그는 씁쓸한 마음을 금할 길이 없었다.

곧바로 자리에서 일어나 내일 있을 의식에 필요한 준비를 시작했다. 법당 바닥 한가운데에 복잡한 문양의 만다라가 그려진 천을 깐 후 양옆에 초를 세워 불을 붙였다. 또 한쪽에는 향을 피워 주변을 깨끗이 정화했다. 그러고 나서 윗옷을 벗은 뒤 정갈한 마음으로 가부좌를 틀고 앉아 눈을 감고 진언을 읊었다.

옴 스와브하바 슛다사르바다르마 스와브하바 슛도함
(나와 일체의 현상계 모두 청정한 공성으로 돌아가게 하소서.)
옴 순야따 꺄냐 바즈라 스와브하바뜨마꼬 함
(공성의 지혜를 갖춘 금강의 자성으로 돌아가게 하소서.)

한동안 그런 식으로 기도를 드리고 나서 눈을 떴다. 그러곤 옆에 놓아둔 노란색 한지 위에 경면주사를 묻힌 붓으로 마음속에 떠오른 형상을 그리기 시작했다.

17. 신(神)과 귀(鬼)

 진명의 파이어버드가 J대학 병원 정문에 들어선 것은 오후 4시를 조금 넘긴 시각이었다. 진명은 차 안에서 투박하게 생긴 검정 서류가방을 들고 내렸다. 그 안에는 의식에 필요한 도구들이 들어 있었다. 병원대기실을 지나 엘리베이터를 타고 6층으로 올라갔다.
 병실로 향하는 복도 중간에 문이 닫혀 있었고, 그 앞에 의경 두 명이 지키고 서 있었다. 진명이 다가오자 의경 한 명이 앞을 가로막았다.
 "여긴 관계자 외엔 출입금지구역입니다."
 젊은 의경이 의심스러운 눈초리로 그를 보며 말했다.
 "신진명이라고 합니다. 유희진이라는 환자를 만나러 왔습니다."
 진명이 말했다.
 "잠시 기다리십시오. 확인해 보겠습니다."

의경은 무전기로 연락을 취했다.

"신진명이라는 사람이 환자를 만나러 왔답니다."

'치이익 —' 거리는 소음 뒤로 목소리가 들려왔다.

"606호실로 오시라 그래."

"네, 알겠습니다."

의경은 상관의 말을 그대로 전한 뒤 진명을 안으로 들여보냈다.

소독약 냄새가 물씬 풍기는 병원 복도는 그야말로 쥐죽은 듯 조용했다. 왼쪽 모퉁이를 돌자 저 앞에 606호실 문이 보였다.

진명은 문을 열고 안으로 들어섰다.

"어서 오게."

제일 먼저 그를 맞이한 사람은 최 박사였다. 은사의 얼굴에 왠지 미안한 감정이 드러나 있었다. 진명은 고개 숙여 인사했다. 최 박사 너머로 보이는 606호실 안에는 몇 명의 사람들이 마치 무슨 음모를 꾸미려고 작당한 사람들처럼 모여 있었다. 그들 중에는 무척 낯익은 인물도 포함되어 있었다. 그녀를 보자 진명은 눈살을 찌푸렸다.

606호실 안은 마치 작은 방송실을 연상케 했다. 침대를 한쪽 벽에 바짝 밀어붙여 놓고, 대신 간이책상을 그곳에 놓았다. 그 위에 19인치짜리 모니터 두 대와 방송용 데크, 탁상용 마이크 한 대, 노트북, 그 외에 알 수 없는 전자기기와 복잡하게 엉킨 선들, 그리고 환자의 심장박동과 뇌파의 상태를 체크하는 의료용 장비가 놓여 있었다. 그것들은 모두 607호실 환자에게 연결되어 있었다.

진명은 어떻게 된 일인지 묻고자 최 박사를 돌아보았다.

"일이 이렇게 돼서 정말 미안하게 됐네. 미리 말을 해줬어야 했는데. 변명 같지만 나도 오늘에서야 알았다네. 불쾌했다면 내 사과하지. 돌아간다고 해도 말리진 않겠네."

최 박사는 말했다.

진명은 뒤쪽에서 의미심장한 미소를 짓는 혜인을 보았다. 이 모든 게 다 그녀가 꾸민 짓이라는 것을 한눈에 봐도 알 수 있었다.

"박사님? 실례가 되지 않는다면 제가 대신 설명해도 될까요?"

혜인이 말했다.

최 박사는 그렇게 하라며 고개를 끄덕였다.

"먼저 여기 계신 분들부터 소개해 드릴게요."

혜인은 정중하게 손으로 창가 쪽에 서 있는 두 사람 중 한 명을 가리켰다.

"저분은 이번 제주 실종사건을 담당하고 계시는 제주 경찰서의 전기태 형사님이세요."

전 형사는 심드렁한 얼굴로 진명을 보며 가볍게 인사했다.

"그 옆에 계신 분은 제주 지방검찰청의 이장석 검사님이시고요."

"만나 뵙게 돼서 반갑습니다. 퇴마사 일을 하신다고요?"

이 검사는 호기심 어린 눈으로 진명을 바라보았다.

"신진명이라고 합니다."

"법사님에 대해선 이미 들어서 알고 있습니다. 무척 용하시다던데."

그 말엔 은근히 상대를 얕잡아 보는 듯한 뉘앙스가 있었다.

다시 혜인이 말했다.

"그리고 이쪽은 제 일을 도와줄 저희 스태프이고요."

"장영호라고 합니다."

얼굴이 긴 청년이 고개 숙여 인사했다.

"간단히 설명을 드리자면, 저희는 지금 유희진 씨의 빙의 치료를 위해 여기 모였습니다. 물론 경찰 관계자분들께서는 이런 저희 생각이 탐탁지 않으시겠지만요."

혜인이 말했다.

전 형사는 괜히 헛기침을 해댔다.

옆에 서 있는 이 검사가 차분한 목소리로 말했다.

"저희는 무엇보다 우선으로 사건 해결을 원하고 있습니다. 유희진 씨의 치료방식은 전적으로 가족들의 결정이지요. 저희가 관여할 사항은 아닙니다. 다만, 한 가지 부탁이 있습니다. 이번 실종 사건의 해결을 위해 유희진 씨한테서 도움이 될 만한 정보를 이끌어내 주십사 하는 것입니다. 부디 협조를 부탁드립니다."

이 검사의 태도는 지극히 사무적이고 정중했다.

반면, 전 형사는 영 마뜩찮은 얼굴로 창밖만 내다볼 뿐이었다.

"그건 걱정하지 마세요. 한 목사님께는 잘 말씀 드렸으니까요. 물론 법사님께서도 도와주시겠죠?"

혜인이 말했다.

"한 목사라니, 그건 또 누굽니까?"

진명이 물었다.

"오늘 퇴마 의식을 행하실 분은 법사님뿐만이 아니에요."

"그런 소린 처음 듣는군요."

진명은 불쾌한 얼굴로 혜인을 노려보았다.

"죄송해요. 사선에 말씀을 못 드린 것은 제 불찰입니다. 하지만 희진 씨 어머님을 설득하기 위해선 이 방법밖에 없었습니다."

혜인은 은근히 최 박사 쪽으로 시선을 던졌다.

최 박사는 마지못해 고개를 끄덕이며 말했다.

"어쩔 수 없었네. 환자의 어머니께서 독실한 기독교 신자라 절대 미신은 안 된다며 펄쩍 뛰시더군. 그런데 갑자기 허락을 하기에…… 난 이런 조건이 포함된 줄은 미처 몰랐네."

혜인이 덧붙여 말했다.

"희진 씨 어머니께서 극구 반대하시는 것을 제가 집까지 찾아가서 간신히 설득했어요. 제가 한 목사님도 참여할 거라고 하니까 그때서야 어머님도 고집을 꺾으시더군요. 법사님께는 죄송한 말씀이지만, 그래도 한 목사님 덕분에 희진 씨를 치료할 수 있게 됐으니까 오히려 다행스러운 일이죠."

유희진이 있는 607호실에는 3대의 카메라가 다각도로 설치되어 있었다. 그 중 한 대는 천장 모서리에 부착해서 병실 전체를 내려다볼 수 있게 했고, 나머지 두 대는 유희진이 누워 있는 침대를 중심으로 왼쪽과 침대 끝 쪽에 각각 설치해 환자의 시술 장면을 가까이서 볼 수 있도록 했다.

이런 방송촬영이 가능했던 것도 다 한 목사를 믿는 희진 모 덕분이었다. 한 목사는 타 기독교 케이블 방송의 유명 목사였다. 다행히 그녀도 한 목사가 나오는 케이블 방송을 평소 즐겨 시청하고 있어서 혜인은 한결 편하게 그녀를 설득할 수 있었다.

남은 건 경찰을 설득하는 일이었다. 혜인은 수사에 협조하는 대가로 자신들이 퇴마의식을 촬영할 수 있게 허락해 달라고 부탁했다. 대신 방송은 사건이 해결되고 난 후에 내보내겠다고 경찰과

서면으로 약속했다. 경찰은 사건 해결이 시급한 상황에서 Q-TV의 그런 제안을 쉽게 뿌리칠 수가 없었다. 그들은 방영 시기와 경찰의 통제에 철저히 따르겠다는 조건만 지킨다면 허락하겠다고 답했고, 결국 그렇게 해서 이번 일이 성사될 수 있었던 것이다.

"한 목사님은 조금 전에 607호실 안으로 들어가셨어요. 워낙 바쁘신 분이라 마냥 기다리게 할 수 없었거든요. 이해해 주셨으면 합니다. 여기 화면에 나오시는 분이 바로 한 목사님이세요."

혜인은 말했다.

그녀가 가리킨 모니터 화면에는 50대 중반으로 보이는 남자가 정장 차림으로 침대 옆에 서서 왼손에 성경책을 들고, 오른손은 환자의 머리 위에 얹고 있었다. 침대에 누운 여인은 억압복을 입고서 멍한 얼굴로 꼼짝도 하지 않았다.

진명은 지금 그가 하려는 의식이 개신교에서 흔히 행하는 안수기도라는 것을 알고 있었다.

혜인이 이어서 말했다.

"방 안에는 모두 세 대의 카메라가 설치되어 있습니다. 그중에 한 대는 열 감지 카메라로 미세한 온도 변화를 감지해서 색으로 표현해 주죠. 여기를 보시면……"

혜인이 가리킨 다른 모니터에 열 감지 카메라로 찍힌 607호실의 모습이 나오고 있었다.

"색깔이 울긋불긋하죠? 카메라는 온도의 차이에 따라 온도가 가장 낮은 파란색부터 가장 높은 붉은색까지 표시하고 있어요. 주변에 노란색이 많은 이유는 현재 병실 안이 상온상태라는 뜻이에요. 사람의 신체는 열을 빌산하기 때문에 한 목사님과 희진 씨는 대체로 붉은색을 띠는 거고요."

"이걸로 정말 귀신을 찍겠다는 겁니까?"

전 형사가 미간을 찡그리며 말했다.

"확률은 반반이죠. 이론적으로 보면 영체는 저온인 상태니까 온도로 감지할 수 있지 않을까 추측해 본 거예요. 왜 귀신이 나타나면 서늘한 느낌이 들잖아요."

"말씀 중에 죄송한데 궁금한 게 있어서요. 아까 지나오면서 봤는데 근처 다른 병실들은 무척 조용하던데요?"

이 검사가 물었다.

그것에 대해 최 박사가 대신 설명했다.

"현재 607호를 제외한 나머지 서쪽 개인병실들은 모두 텅 빈 상태입니다. 그동안 환자 측에서 꾸준히 병실을 옮겨달라는 항의가 있어 와서 어쩔 수 없이 이틀 전에 모두 옮겼다는군요. 다행히 빈 병실이 남아 있어서 그리로 옮길 수 있었답니다. 그런 일들이 있었으니 무리도 아니겠죠."

최 박사가 말한 '그런 일'이란 간호사의 팔이 부러진 사건을 뜻하는 것이었다.

"그랬군요."

이 검사가 고개를 살짝 끄덕이며 말했다.

혜인이 말했다.

"저희로선 잘 된 일이죠. 굳이 병실을 옮겨달라고 부탁하지 않아도 됐으니까요. 덕분에 편하게 장비들을 설치할 수 있었어요."

그녀는 덧붙여 말했다.

"열 감지 카메라 말고도 전자파 측정기도 함께 설치했어요. 영이 출현할 때 일어나는 미세한 전기적 파동을 이 측정기가 탐지해 낼 거예요. 외국에서는 고스트 헌터들이 이런 장비를 주로 사용하죠. 마찬가지로 그것도 여기 있는 노트북에 연결되어 있습니다. 여기 그래프 보이시죠?"

혜인이 가리킨 그래프는 자잘한 잡음만 빼면 거의 일직선에 가까웠다.

"지금은 정상적인 상태에요. 만약 대기 중에 전기적 현상이 일어난다면 그래프의 파형이 급격히 올라가겠죠."

"준비가 철저하시군요."

이 검사는 감탄한 듯 말했다.

"이렇게라도 하지 않으면 귀신의 존재를 증명할 수 없으니까요. 하지만 이런 것 없이 귀신을 직접 볼 수 있는 사람들도 있죠. 법사님 같은 사람들 말예요."

혜인은 진명 쪽으로 고개를 돌렸다.

진명은 아까부터 팔짱을 낀 채 벽에 등을 기대고 서서 눈을 감고 있었다.

"그렇더라도 역시 확률은 반반이에요. 가능하면 제가 바라는 절반에 적중했으면 하는 바람이지만요."

혜인은 말했다.

한 목사가 희진의 이마에 손을 얹고서 성경구절을 낭독했다.

또 가라사대 너희는 온 천하에 다니며 만민에게 복음을 전파하라.

믿고 세례를 받는 사람은 구원을 얻을 것이요 믿지 않는 사람은
정죄를 받으리라.

희진의 몸이 움찔움찔 거렸다.

믿는 자들에게는 이런 표적이 따르리니 곧 저희가 내 이름으로
귀신을 쫓아내며 새 방언을 말하며.

606호실 안에서도 TV를 통해 한 목사의 음성이 흘러나왔다.
  한 목사가 희진의 머리 위에 손을 얹고 성경을 낭독하는 순간
부터 그녀의 심장박동이 급격히 상승하는 것을 모니터로 확인할
수 있었다.
  하지만 진명은 화면을 통해서가 아닌 특별한 감각으로 조금 전
부터 전해져 오는 불길한 기운을 몸으로 직접 느끼고 있었다.

뱀을 집으며 무슨 독을 마실지라도 해를 받지 아니하며 병든 사
람에게 손을 얹은즉 나으리라 하시더라.

"으으……."
희진의 입에서 신음이 흘러나왔다.

주 예수께서 말씀을 마치신 후에 하늘로 올리우사 하나님 우편
에 앉으시니라.

희진의 음성이 한층 높아졌고, 동시에 몸에서 경련이 일어났다.
한 목사는 더욱 큰 소리로 성경 구절을 읽어 내려갔다.

제자들이 나가 두루 전파할새 주께서 함께 역사하사 그 따르는 표적으로 말씀을 확실히 증거하시니라.

20절까지 다 읽은 한 목사는 희진의 머리 위에 얹은 손으로 양쪽 관자놀이를 꾹 누른 채 큰 소리로 외쳤다.
"하나님의 이름으로 명하노니, 사탄아 물러가라!"
갑자기 희진이 몸을 활처럼 휘면서 끔찍한 비명을 쏟아냈다.
한 목사는 더 크게 소리쳤다.
"주 예수님의 이름으로 사탄아 물러가라!"

진명은 희진의 반응에도 계속 같은 자세로 일관했다. 그러다 최 박사가 가까이 다가오는 걸 느끼고 살며시 눈을 떴다.
"환자가 걱정돼서 그러나?"
최 박사가 물었다.
진명은 고개를 저었다.
"아뇨. 오히려 그 반대입니다."
"반대?"
"제가 지금 걱정하는 건 유희진이 아니라, 바로 저 목사입니다. 보통 사람은 느끼지 못하겠지만 지금 이 주변엔 대단히 강한 귀기(鬼氣)가 감돌고 있어요. 이 정도 귀기는 저도 처음입니다. 예감이 좋지 않아요."

진명은 아무래도 이 영가가 자신이 찾는 그 '무당귀신'인 것 같다고 생각했다.

최 박사는 그의 말을 확인이라도 하듯 다시 TV 모니터로 시선을 돌렸다.

"여기 좀 보세요!"

스태프 영호가 열 감지 카메라로 찍힌 화면을 가리키며 말했다.

"왜 그래?"

혜인이 물었다.

"여기에 이상한 것이 잡혔어요. 보세요."

노랑과 파랑이 뒤섞인 색채가 화면을 가득 메웠다. 모니터를 본 혜인의 눈이 휘둥그레졌다. 상온상태라 노란색이 대부분인 화면에서 저온을 나타내는 파란색의 형체가 흐물거리며 움직이는 것이 보였다.

"몸은 죽여도 영혼은 능히 죽이지 못하는 자들을 두려워하지 말고⋯⋯ 오직 몸과 영혼을 능히 지옥에 멸하시는 자를 두려워하라."

성경구절을 암송하는 한 목사의 목소리가 조금씩 떨렸다.

열 감지 카메라에 나타난 파란 형체는 이제 희진이 누워 있는 침대 옆까지 다가왔다.

파란 형체가 몸을 숙여 희진을 내려다보는 듯한 자세를 취했다. 희진은 여전히 몸을 뒤틀며 신음을 토해냈다.

파란 형체가 희진의 몸에 가까워지더니, 서서히 몸 안으로 들어가기 시작했다.

전자파 측정기의 그래프는 아까부터 미친 듯이 큰 폭의 파형을 그리고 있었다. 희진의 심장박동과 뇌파도 매우 불안정했다. 열 감지 카메라로 찍힌 화면 안에는 붉은색으로 나타난 희진과 파란 형체가 마치 물감처럼 한데 뒤섞이고 있었다. 희진의 붉은색이 차츰 푸르스름하게 변해갔다. 지금 607호실 안에서는 귀신이 살아있는 인간의 몸속으로 들어가려 하고 있었다.

이제 모니터 화면에 보이던 파란 형체는 완전히 희진의 몸 안으로 들어갔다. 그리고 그 순간 침대 위에서 몸을 비틀던 희진도 함께 멈췄다. 그녀는 더 이상 앓는 소리도 내지 않았고, 고통스러워하던 표정도 얼굴에서 차츰 사라져갔다.

한 목사는 기세 좋게 소리쳤다. 그의 목소리엔 거만함이 가득했다.

"어디 감히 마귀 따위가 하나님의 자식을 넘보려 드느냐! 다시는 얼씬도 하지 말거라!"

그는 어른 손바닥 크기만 한 금속 십자가를 오른손에 쥐고, 왼손은 희진의 이마 위에 얹고서 기도를 드렸다.

"하나님 아버지, 참으로 감사드립니다. 이 불쌍한 어린 양을 보살펴주시고, 이 땅에 마귀가 설치지 못하도록······."

잠잠하던 희진이 눈을 떴다. 그녀는 멍한 얼굴로 한 목사를 올려다보았다.

"희진 양, 이제 정신이 듭니까?"

한 목사가 물었다.

희진은 입을 다물고 가만히 있었다.

"제가 하나님의 권능으로 당신 몸 안에 들어 있던 마귀를 쫓아내……"

그의 말이 채 끝나기도 전에 희진이 목을 쭉 내밀어 한 목사의 손등을 덥석 물었다.

"끄악!"

고통에 찬 비명이 병실 안에 울려 퍼졌다. 희진은 성난 짐승처럼 목사의 손등을 우악스럽게 물고 늘어졌다. 한 목사는 어떻게든 손을 빼내려고 안간힘을 썼다. 간신히 그녀의 입에서 손을 빼냈지만 이미 손등의 살점이 뜯겨나간 상태였다. 검붉은 피가 침대 시트와 바닥으로 주르륵 흘러내렸고, 한 목사의 얼굴은 충격과 고통으로 일그러졌다.

606호실 안에서 모니터로 이 장면을 지켜보던 사람들은 모두 경악을 금치 못했다.

혜인은 다급하게 탁상용 마이크로 손을 뻗었다. 원래는 옷에 착용하는 무선 마이크로 송수신할 수 있게 하려고 했으나 의식을 행할 때 방해가 될 것 같아 유선 마이크로 바꾼 것이다. 스피커는 607호실 한쪽 구석에 설치되어 있었다.

"한 목사님, 괜찮으세요? 한 목사님!"

보다 못한 이 검사가 마이크를 빼앗았다.

"촬영은 이것으로 중단하겠습니다……. 한 목사님? 제 말 들리십니까? 어서 거기서 나오세요!"

한 목사는 고통스런 얼굴로 다친 손을 붙잡고 벌벌 떨기만 할 뿐이었다.

"안 되겠어요. 우리가 들어가서 끄집어냅시다!"

전 형사가 말했다.

곧바로 한 무리의 사람들이 옆 병실로 우르르 몰려갔다. 진명도 함께 갔다. 606호실에는 혜인과 영호만이 남았다. 혜인은 마이크에 대고 수차례 한 목사를 불렀지만 헛수고였다. 그는 지금 스피커에서 울리는 소리도 듣지 못할 정도로 완전히 패닉상태에 빠져 있었다.

"어? 이거 왜 이래?"

전 형사가 607호실 문손잡이를 흔들며 말했다. 어찌 된 일인지 손잡이는 꿈쩍도 하지 않았다.

"왜요? 안 열립니까?"

이 검사가 물었다.

"손잡이가 안 돌아가네. 문이 잠겼나 본데요."

"그럴 리가요. 뭐 하러 안에서 문을 잠그겠어요."

"이봐요! 목사님! 문 좀 열어보세요! 어서요!"

전 형사가 문을 두드리며 소리쳤다.

그러나 안에선 아무런 반응도 없었다.

"미치겠네. 정말!"

"안 되겠어요. 부수고 들어갑시다!"

이 검사가 말했다.

그때 진명이 옆으로 다가와 말했다.

"잠깐 비켜보세요."

전 형사는 영문도 모른 채 떨떠름한 얼굴로 문 앞에서 비켜주었다.

신녕이 오른손으로 손잡이를 잡자, 손끝에서 씨릿씨릿한 느낌

신(神)과 귀(鬼) 185

이 전해져 왔다. 역시 예상대로였다.

"법사님, 지금 이러고 있을 시간이 없습니다. 빨리 비키세요. 문을 부수고 들어가는 수밖에……"

"안에서 잠근 게 아니에요."

진명이 전 형사의 말을 자르며 말했다.

"뭐요?"

"귀의 힘으로 이 문이 닫혔어요. 그러니 물리적인 힘으로는 절대 이 문을 열 수 없습니다."

진명은 들고 온 검정 서류가방을 열어 그 안에서 금강저[2]와 금강령,[3] 부적을 꺼내 들었다. 부적은 구겨지지 않게 상의 옆 주머니에 잘 넣어두었다.

"지금 그런 걸로 문을 열겠다는 말씀입니까?"

전 형사가 어이없어하며 말했다.

진명은 오른손에 금강저를, 왼손에는 금강령을 들고서 영력을 끌어 올렸다. 진명이 가진 금강저는 양쪽 끝이 다섯 개로 갈라진 오고저(五鈷杵)였다. 먼저 금강령을 흔들어 주변을 깨끗이 정화한 다음 금강저를 이마 위까지 들어 올려 영력을 최대한 한곳에 집중시켰다. 그러고 나서 문손잡이 위에 금강저를 대고 항마진언을

---

2) 금강저는 부처님을 수호하던 제석천(帝釋天: 불교의 수호신 중 하나로, 고대 인도의 신 인드라(Indra)를 뜻한다.)이 사용하던 무기로 주로 밀교에서 의식과 수행의 도구로 사용된다. 『열반경』에는 금강역사가 부처님의 위신력을 받들어 금강저로 모든 악마를 티끌같이 쳐부수는 것으로 묘사되어 있다. 금강저는 양쪽 끝이 갈라진 모양에 따라 독고, 삼고, 오고 등으로 나뉜다.

3) 금강령은 금강저와 함께 의식과 수행에 사용되는 불구로 손잡이 끝이 금강저 모양으로 된 종을 말한다.

읊었다.

옴 소마니 소마니 훔 하리한나 하리한나 훔 하리한나 바나야훔 아나야혹 바아밤 바아라 훔바탁……

문 안쪽에서, 희진은 한 목사의 손등에서 뜯어낸 살점을 피가 뚝뚝 듣는 입으로 오물거리며 씹어댔다. 인육을 먹는 그녀의 얼굴은 천진스러워 보이기까지 했다. 한 목사는 뒤로 물러나 벽에 등을 기대고 서서 다친 손을 감쌌다. 살점이 뜯겨나간 손등에는 하얀 뼈가 드러나 보였다.

희진이 침대 위에서 허리를 일으켜 세웠다. 억압복 등 뒤로 단단히 묶여 있던 끈이 저절로 풀리면서 그녀의 두 팔이 자유로워졌다.

그때 어디선가 방울 소리가 울렸다.

차르랑—

희진의 머리가 춤을 추듯 움직인다.

차르랑—

마치 뼈가 없는 연체동물처럼 머리가 몸통 위에서 자유자재로 움직인다. 목이 등 뒤로 완전히 접힌 상태에서 희진은 한 목사를 흘겨보며 웃는다.

차르랑—

빙의 된 희진은 침대 옆으로 몸을 낮게 숙여 미끄러지듯 상체를 침대 밑으로 내려 보냈다. 그 모습이 마치 한 마리 뱀 같다. 그러면서도 머리는 몸과 따로 놀 듯 이리저리 움직이며 한 목사를 주시했다.

한 목사는 겁에 질린 얼굴로 벽에 바짝 붙어 슬금슬금 문 쪽으로 다가갔다. 체면이고 뭐고 지금은 그런 것을 따질 때가 아니었다.

희진은 오른손을 뻗어 한 목사를 향해 쥐어짜는 시늉을 해보였다. 그 순간 한 목사가 쓴 안경의 렌즈에 금이 가기 시작했다. 당황한 그는 재빨리 안경을 벗어 던졌다. 그러자 이번에는 안구로 피가 몰리면서 흰자위가 붉게 충혈 됐다. 그의 무릎이 툭 꺾였다.

"으으…… 그, 그만……."

한쪽 눈이 튀어나올 것처럼 밖으로 돌출하면서 피가 흘러나왔다.

"안 돼……"

한 목사는 최후의 수단으로 오른손에 든 십자가를 희진 앞에 내보이며 소리쳤다.

"악마야, 물러가라!"

하지만 희진이 팔을 한번 휘두르자 십자가는 한 목사의 손에서 맥없이 튕겨 날아갔다.

그때였다. 병실 문이 벌컥 열리면서 진명이 안으로 들어왔다. 그 뒤로 전 형사와 이 검사, 최 박사도 함께 따라 들어왔다. 세 사람은 쓰러진 한 목사를 부축해 일으켜 세웠다.

빙의 된 희진은 진명을 매섭게 노려보았다. 그녀에게서 사악한 기운이 흘러넘쳤다.

진명은 사람들을 향해 소리쳤다.

"목사님을 밖으로 옮기세요! 어서!"

세 사람은 진명의 말대로 한 목사를 부축해 병실 밖으로 옮겼다.

그들이 나가자마자 진명은 문을 잠갔다. 밖에서 전 형사가 문을 쾅쾅 두드리며 소리쳤다.

"법사님!"

진명은 대답했다.

"문은 제가 잠갔습니다. 지금부터는 절대 안으로 들어오시면 안 됩니다. 무슨 일이 있어도!"

"아니, 하지만……"

진명은 더 이상 대꾸하지 않았다. 전 형사도 별수 없는지 거기서 물러섰다.

이제 607호실 안에는 희진과 진명, 두 사람만 남게 되었다.

방 안은 귀기로 숨이 막힐 지경이었다. 희진은 독기 가득한 눈으로 진명을 노려보았다. 진명이 앞으로 다가가자 그녀는 포악한 이빨을 드러내며 그를 위협했다. 곧바로 진명이 손에 든 금강령을 흔들었다. 그 소리에 희진은 귀를 틀어막으며 비명을 질러댔다. 쇳소리 같은 여인의 비명이 병실 안을 뒤흔들었다.

금강령을 멈추자 그제야 희진의 비명도 함께 그쳤다.

진명은 말했다.

"그 여자의 몸 안에 들어간 영가에게 묻겠다. 너는 누구며, 어디서 왔나?"

침대 위에 걸터앉은 희진은 피 묻은 이를 드러내며 히죽 웃었다.

"다시 묻겠다. 너는 누구며……"

희진은 깔깔거리며 침대 밑으로 내려놓은 두 다리를 장난스럽게 앞뒤로 움직였다.
진명은 이어서 말했다.
"왜 그 사람 몸 안에 들어간 거지?"
그러자 느닷없이 희진이 자신의 머리카락을 한 움큼 잡아 뜯었다. 두피에서 피가 흘러나왔지만 그녀는 그저 실실 웃기만 했다. 뭉텅 뽑혀 나온 머리카락을 보란 듯이 바닥에 떨어뜨렸다. 그러더니 이번엔 미친 듯이 머리카락을 쥐어뜯기 시작했다.
"그만하지 못해!"
진명이 소리쳤다.
그래도 멈추지 않자, 진명은 손등으로 그녀의 뺨을 세게 후려쳤다. 그제야 희진도 행동을 멈췄다. 희진은 볼을 어루만지며 진명을 쳐다봤다.
하지만 그것도 잠시, 이번엔 손톱을 세워 자기 뺨을 긁어 내렸다. 금세 살갗이 파이면서 진득한 피가 배어 나왔다.
진명은 들고 있던 금강저를 그녀의 가슴팍에 갖다 댔다. 금강저가 닿자마자 희진은 고통으로 몸부림쳤다. 거기서 그치지 않고 진명은 금강령 소리에 맞춰 지옥, 아귀, 축생 등의 나쁜 세계를 없앤다는 멸악취진언을 읊기 시작했다.

옴 아모가 미로자나 마하 모나라 마니바나나마 아바라바라 밋다야 훔

"……그만 ……그만 해……."

옴 아모가 미로자나 마하 모나라……

진명은 진언을 멈추고 희진을 바라보았다. 그녀는 땀으로 범벅이 된 채 거친 숨을 몰아쉬었다. 진명을 흘겨보는 그녀의 눈빛엔 증오심과 두려움이 한데 뒤섞여 있었다.

그가 다시 물었다.

"너는 누구지?"

희진은 그저 실실 웃기만 했다.

"좋아. 그럼 질문을 바꿔보지. 너는 전에 무당이었나?"

그 말에 희진의 표정이 굳어지는 것을 볼 수 있었다.

"대답하기 곤란한가?"

그녀는 대답 대신 진명에게 피가 섞인 침을 뱉었다.

하지만 진명은 신경 쓰지 않았다.

"왜지? 어째서 무당이 이런 짓을 하는 거냐? 너는 생전에 사람들을 위해 좋은 일을 했을 텐데. 나처럼 죽은 영혼을 천도하는……"

"병신새끼!"

희진은 버럭 소리를 질렀다.

그는 다른 질문을 던졌다.

"네가 빙의한 그 여자, 유희진과 함께 있던 동료는 지금 어디 있나?"

희진은 이번에도 대답하지 않고 히죽거리기만 했다.

신명이 또다시 금강령을 울리며 진언을 읊자, 그녀는 몸을 틀며 괴로워하기 시작했다.

"다시 묻겠다. 다른 사람들은 지금 어디 있지?"
"나를 고문한다고 가르쳐 줄 것 같아? 히히히 —"
"이렇게까지 타락해 버리다니, 안타깝군."
진명은 고개를 저었다. 그녀는 말했다.
"귀신이 왜 사람 몸에 들러붙는지 알아? 그건, 다시 사람의 몸을 갖고 싶기 때문이야."
"그래서 그 여자 몸에 들어간 건가?"
"여긴 그냥 임시 숙소라고 해둘게."
희진은 손가락 끝으로 자신의 가슴팍을 톡톡 쳤다.
"그런다고 가질 수 있는 게 아니라는 걸 너도 잘 알 텐데?"
"알아. 하지만 그래도 너무 갖고 싶은 걸?"
"어리석군."
"한 가지 더 가르쳐 줄까? 내가 진짜 원하는 건……"
희진은 속삭이듯 작은 소리로 말했다.
"이 여자가 아냐."
그녀는 묘한 미소를 띠며 진명을 올려다보았다.
"속셈이 뭐야?"
진명이 말했다.
"나를 방해하면 누구든 가만 안 둬. 그게 너라도……. 아, 잊을 뻔했네. **금주**한테는 내가 곧 찾아간다고 전해줄래?"
그녀는 실실 웃었다. 진명은 머리를 얻어맞은 기분이었다. 같은 영가일 거라 예상은 했지만, 이렇게 직접 그녀의 이름을 듣게 될 줄이야.
"왜 하필 그 사람이지? 말해. 대체 무슨 관계야!"

진명은 말했다.
"하하하—"
"그 여자한테 접근하기만 해."
"어쩔 건데?"
진명은 상의 옆 주머니에서 부적 두 장을 꺼냈다. 그것을 본 희진의 표정이 싸늘하게 변했다.
"그렇게 하도록 놔둘 순 없지."
희진은 코웃음을 쳤다.
"그래? 그런 놈이 어째서 사랑하던 여자의 혼령은 천도하지 않은 거지? 응? 설마 아직도 그년한테 미련이 남은 거야?"
진명은 몸속의 혈관이 꿈틀대는 것을 느꼈다. 그녀의 말에 동요하지 않으려고 노력했다.
"그런 주제에 나를 벌하시겠다? 하하하—"
희진은 그의 유일한 아킬레스건을 집요하게 물고 늘어졌다.
"내가 그랬지? 난 미치지 않았다고."
그녀가 목소리를 바꿔 말했다. 그 목소리를 들은 순간, 진명은 마치 심장이 얼어붙는 것 같았다. 그것은 분명 수혜의 목소리였다. 부적을 쥔 그의 손에서 땀이 배어 나왔다. 눈앞에 과거의 악몽이 되살아나고 있었다. 또다시 코끝에서 탄내가 느껴지는 것 같았다. 수혜의 살과 머리카락이 타면서 나던 그 냄새가.
"자기야. 날 봐. 아니, 우리를 봐."
"그만……."
"자기 눈엔 우리가 안 보여?"
"그만 하라고 했지!"

진명은 버럭 소리를 질렀다.

희진은 재미있는지 깔깔거리며 웃어댔다.

진명은 곧바로 지포 라이터를 꺼내 부적 한 장에 불을 붙였다. 그러곤 그 안에 강한 염원을 담아 위로 던졌다. 불이 붙은 부적은 재가 되어 공중으로 흩어졌다. 갑자기 희진이 목을 붙잡고 심하게 기침을 해댔다. 숨이 막히는 지 얼굴이 금세 벌겋게 달아올랐다. 희진은 죽일 듯이 그를 노려보았다.

진명은 나머지 부적을 수인(手印)[4]을 맺은 손가락 사이에 끼우고서 축귀 주문을 외웠다.

아옴 푸차라 가미나리야 훔치림 아옴 파사라 다냐야훔 아바 마로기대 새바리야 사바하 나모사만따 바즈라남 짠다

진언을 읊자 마치 보이지 않는 끈으로 한데 묶인 것처럼 희진은 침대 위에 누운 채로 움직일 수 없게 되었다. 진명이 그 앞으로 다가갔다. 희진은 침대 위에서 손가락 하나 움직이지 않고 가만히 부동자세를 취했다. 그가 마지막 남은 부적을 오른손 검지와 중지 사이에 끼우고서 희진의 몸 위를 훑듯이 지나자, 갑자기 그녀가 경련을 일으켰다. 눈이 뒤집히고 입에선 거품이 흘러나왔다. 진명은 해원결진언을 세 번 읊으며 금강령을 흔들었다.

---

4) 모든 불보살의 깨달음과 서원(誓願)을 상징적으로 나타내는 손의 모양, 또는 수행자가 손이나 손가락으로 맺는 인(印).

옴 삼다라 가닥 사바하 옴 삼다라 가닥 사바하 옴 삼다라 가닥 사바하

희진이 양손으로 자신의 목을 꽉 조였다. 그만하지 않으면 이 여자를 죽여 버리겠다는 항의의 표시였다.

하지만 진명은 귀신의 협박에도 아랑곳하지 않고 의식을 계속해 나갔다. 그는 부적을 그녀의 명치 위에다 올려놓았다. 얇은 한지인데도 그것을 올려놓는 순간 마치 실제로 무거운 돌을 올려놓은 것처럼 희진의 가슴이 밑으로 크게 눌렸다. 희진은 크게 숨을 내뱉었다. 진명은 금강령을 옆 테이블 위에 올려놓고 나서 금강저를 손에 쥔 채 수인을 만들었다. 그러곤 부동명왕진언을 읊었다.

나모 사만따 바즈라남 짠다 마하 로사나 스파따야 훔 뜨라까 함맘

진명은 금강저를 머리 위로 번쩍 치켜들었다. 희진이 숨을 헐떡이며 겁에 질린 얼굴로 그를 올려다보았다.

진명은 팔을 밑으로 내려 금강저를 그녀의 명치 위에 놓인 부적에다 대고 지그시 눌렀다.

금강저가 부적 위에 닿자 희진이 크게 숨을 삼켰다. 진명은 그대로 항마진언을 읊었다.

희진의 허리가 점점 위로 솟아오르더니 몸이 활처럼 휘어지기 시작했다. 마치 무언가 그녀의 몸 안에서 빠져나가려는 듯 허리가 자꾸만 위로 솟아올랐다. 척추에서 으드득 소리가 났다.

진명은 뭔가 일이 잘못됐음을 깨닫고 진언을 중단했다. 곧바로 금강저를 그녀의 몸에서 떼어냈지만 허리는 계속해서 위로 솟아올랐다. 이제는 아예 양발과 머리만으로 몸을 지탱해 아치 형태를 이루고 있었다.

그 무렵, 한 목사를 데리고 밑으로 내려갔던 전 형사와 이 검사가 다시 606호실로 돌아왔다. 그들 뒤로 복도에서 근무를 서던 젊은 의경 두 명도 함께 따라 들어왔다.
이 검사는 들어서자마자 혜인에게 물었다.
"안에 상황은요?"
"지금 법사님이 의식을 행하고 계세요."
혜인은 모니터에서 눈을 떼지 않고 대답했다.
가까이 다가와 모니터를 본 전 형사와 이 검사는 입을 다물지 못했다.
"이거 너무 심한 거 아뇨? 사람을 아주 잡는구만, 잡아!"
전 형사는 말했다.
참다못한 이 검사가 탁상용 마이크를 집어 들고 말했다.
"법사님? 제 말 들립니까?"
화면 안의 진명이 고개를 돌려 천장 위에 설치된 카메라를 올려다봤다.
"지금 당장 의식을 중단하세요."
하지만 진명은 카메라를 향해 고개를 저었다.
"뭐야, 저 친구 지금 반항하겠다는 거야?"
전 형사가 말했다.

"법사님, 이건 부탁이 아니라 명령입니다. 당장 중단하세요!"
이 검사는 강한 어조로 말했다. 진명은 대답했다.
〈이건 지금 제가 하는 게 아닙니다. 전 이미 의식을 중단했어요.〉
"뭐라고요?"
〈저도 어떻게 된 건지 모르겠습니다. 분명한 것은 뭔가가 의식을 방해하고 있다는 거예요.〉
혜인은 이 검사한테서 마이크를 빼앗아 말했다.
"그게 대체 뭐죠?"
〈모릅니다. 아직은.〉
이 검사가 다시 마이크를 가로챘다.
"법사님, 이제 됐으니까 그만 나오세요. 이제부턴 경찰이 알아서 하겠습니다. 그만 밖으로 나오세요."
〈그럴 수 없습니다. 희진 씨를 이대로 두고 나갈 순 없어요.〉
"제 말을 이해 못 하시나 본데 방송은 중단됐습니다. 법사님의 역할도 끝났다고요."
〈이건 방송하고 상관없는 일입니다.〉
"계속 그렇게 고집 피우실 겁니까! 저희가 들어가서 강제로 끌어내기 전에 어서 나오세요!"
이 검사는 소리쳤다.
진명은 대답하지 않았다.
"아니, 저 자식이 그런데!"
전 형사가 말했다.
이 검사는 마이크를 끄고 전 형사를 돌아보며 말했다.

"가죠."

"네."

그들은 의경 두 명과 함께 방을 나섰다.

혜인은 길게 한숨을 내쉬며 손으로 머리를 감쌌다. 이런 상황이 벌어지리라곤 전혀 예상하지 못한 것이다.

희진의 허리는 금방이라도 두 동강이 날 것처럼 최대로 휘어졌다. 이러다가 척추가 부러지는 것은 아닐까 지켜보는 진명도 무척 불안했다. 대체 어쩌다 이렇게 됐을까? 진명 자신도 사태 파악이 되지 않아 진땀을 흘렸다. 분명히 조금 전까진 귀신을 제압했다고 생각했다. 그런데 무슨 이유에서인지 주술과는 다른 반응을 보이기 시작한 것이다. 주위에 다른 영향은 없는 것 같다. 현재 느껴지는 것은 희진의 몸에 빙의된 영 하나뿐이다.

허리가 휘어질 때마다 희진의 입에서 고통스러운 신음이 흘러나왔다.

"으그그…… 으그그극……"

진명이 얼굴을 가까이 들이대고 말했다.

"희진 씨, 내 말 들려요?"

그녀는 눈동자만 굴려 진명을 보았다.

"사…… 살려…… 주세요……."

진명은 진언을 읊으려다가 곧 그만두었다. 여기서 더 귀신을 자극하는 것은 위험한 짓이었다. 조금 전처럼 주술의 위력이 먹혀들지 않으면 그때는 희진의 목숨도 장담할 수 없게 된다. 목숨을 가지고 도박을 할 순 없다. 그렇다고 이대로 놔둘 수도 없는 노릇이다. 언제 허리가 부러질지 모를 일이었다. 그야말로 진퇴양난이다.

그때 뒤에서 요란하게 문을 두드리는 소리가 들렸다.
"법사님, 이 문 여세요. 어서요!"
진명은 돌아서서 문을 향해 소리쳤다.
"지금 제가 나가면 희진 씨가 위험해집니다!"
하지만 그들의 태도는 단호했다.
"지금 당장 열지 않으면 이 문을 부수고 들어가겠습니다. 어서 여세요!"
진명에겐 지금 그들을 설득하고 있을 시간이 없었다. 하는 수 없이 경찰의 경고를 무시하고 그는 직접 귀신과 대화를 시도했다.
"영가에게 명한다. 지금 당장 멈추지 않으면⋯⋯"
"꺄아아악!"
희진이 고통스러운 비명을 내질렀다.
"희진 씨!"
진명이 아무리 불러대도 소용없었다. 그녀의 두 눈은 이미 완전히 뒤집힌 상태였다.
비명을 듣고 문밖에서도 난리가 났다.
"어서 이 문 열지 못해! 열란 말야. 이 새끼야!"
전 형사가 소리쳤다.
그들은 금방이라도 문을 부수고 들어올 기세였다.
그런 와중에 희진의 환자복 바지가 축축이 젖어들고 있었다. 엉덩이 쪽이 점점 검붉게 물들어갔다. 하혈을 하기 시작한 것이다. 피는 엉덩이에서 허벅지까지 금세 번져나가 침대 시트 위로 뚝뚝 떨어졌다. 이제는 걷잡을 수 없을 정도로 그녀의 사타구니 사이에서 쏟아져 나오고 있었다.

당황한 진명이 금강저를 손에 들었지만 이내 포기하고 말았다. 금강저엔 강한 영력이 응축되어 있어서 지금 상황에서 섣불리 사용했다간 희진까지 위험에 빠뜨릴 수 있었다.

"으그그극······. 살려······ 줘······ 제발······"

희진은 절규했다.

진명은 눈을 질끈 감고 최대한 정신을 집중해서 마음속의 형상을 떠올렸다.

하지만 이런 급박한 상황 속에서 정신을 집중하기란 결코 쉬운 일이 아니었다. 그래도 이것밖에는 방법이 없었다. 그의 이마에 어느새 땀이 송골송골 맺혔다. 진명은 쥐어짜듯 마음속의 형상을 떠올렸다. 드디어 의식의 수면 위로 상형문자 하나가 모습을 드러냈다. 진명은 그것을 머릿속에 새기고 나서 눈을 떴다. 그러곤 주머니에서 지포 라이터를 꺼내 불을 켰다. 부싯돌에 불꽃이 튀면서 휘발성 냄새와 함께 심지에 불이 붙었다. 그는 일말의 주저함도 없이 왼손을 타오르는 불 위에 올려놓았다. 곧바로 살이 타들어가는 고통이 전해져왔다. 진명은 어금니를 꽉 깨문 채 지포 라이터를 움직여 손바닥에 상형문자를 불로 지지기 시작했다. 불이 손바닥을 지날 때마다 약간씩 몸을 떨었다. 살이 타는 냄새가 코끝에 전해져 왔다. 그는 라이터 불에서 손을 떼 문자가 다 그려졌는지 눈으로 확인했다. 왼손바닥에 불로 그을린 화상 자국이 선명하게 나 있었다. 상형문자는 완벽하게 그려졌다. 그는 라이터를 끄고 그을린 손바닥을 보며 진언을 빠르게 읊었다.

문밖의 경찰들은 지금 당장 문을 부수고 들어가겠다는 최후통첩을 보내왔다.

희진의 사타구니 사이에서 쏟아져 나오는 피는 멈출 기미가 보이지 않았다. 환자복 바지 한쪽은 이미 검붉은 피로 물들어 있었다. 진명은 비로소 마지막 진언을 끝내고, 불로 지진 왼손바닥을 희진의 이마 위에 얹었다.

지금껏 들어본 것 중에 가장 끔찍하고 처절한 비명이 희진의 목구멍에서 터져 나왔다.

진명은 최후의 수단으로 자신의 손을 부적화하여 마의 기운을 억눌렀다. 자신에게 있는 영력과 부적의 기운이 하나가 돼서 순간적으로 마의 기운만 억누를 수 있도록 힘을 증폭시킨 것이다. 그야말로 시술자 자신의 희생이 따르지 않으면 행할 수 없는 극한의 주술이었다.

주술이 먹혀들었는지 희진의 비명이 잦아들었다. 진명은 왼손을 희진의 이마 위에 대고 귀신의 힘과 직접 대결했다. 두 개의 힘이 한 치의 양보도 없이 팽팽한 싸움을 벌였다.

그런데 그 순간, 진명의 감은 눈 안으로 어떤 형상이 확 뛰어들어왔다. 그것은 '쉬익' 소리를 내며 입을 벌린 채 달려들었다. 그 바람에 팽팽하던 힘의 균형도 깨어지고 말았다. 아차! 하는 순간 희진의 팔이 그를 밀쳐냈다. 믿을 수 없을 정도로 강한 힘에 떠밀려 진명은 고무공처럼 튕겨나가 벽에 부딪혔다. 그러곤 충격으로 정신을 잃었다. 손에 들고 있던 금강저도 바닥으로 떨어져 나뒹굴었다.

쾅앙—!

병실 문이 강하게 열어젖혀졌다. 전 형사가 발로 차서 강제로 문을 연 것이다. 그와 함께 이 검사도 안으로 들어왔다. 두 사람은 한쪽에 쓰러져 있는 진명을 발견했다.

　의경들이 뒤따라 안으로 들어오려 할 때, 갑자기 문이 닫혔다. 당황한 이 검사가 문을 열려고 부서진 손잡이를 잡아당겼다. 하지만 잠금장치가 완전히 망가졌는데도 문은 열리지 않았다. 의경들이 밖에서 문을 두드리며 소리쳤다.

　갑작스럽게 방 안에 갇히게 된 전 형사와 이 검사는 예사롭지 않은 분위기에 바짝 긴장했다. 침대 위에는 희진이 허리가 꺾인 기이한 자세를 취하고 있었고, 진명은 바닥에 쓰러져 정신을 잃은 듯 보였다. 지금 이곳은 설명할 수 없는 비현실적인 기괴함으로 뒤틀려 있었다.

　이 검사는 문 열기를 포기하고 정신을 잃은 진명한테로 다가갔다. 그는 진명을 부축해서 일으켜 앉혔다.

　"법사님, 정신 차리세요! 법사님!"

　몇 번 몸을 흔들자 진명이 간신히 눈을 떴다. 조금 전 벽에 부딪힐 때 머리를 다쳐서 아직도 의식이 흐렸다. 그의 눈에 이 검사의 모습이 흐릿하게 보였다. 진명은 정신을 차리려고 안간힘을 썼다.

　전 형사는 꼿꼿이 얼어붙은 자세로 서서 희진을 바라보았다. 그녀의 몸에서 이상한 변화를 눈치 챈 것은 바로 그때였다. 희진의 목이 점점 부풀더니 안에서 꿈틀대기 시작했다. 무언가 식도를 타고 밖으로 기어 나오려는 것 같았다.

　희진이 입을 크게 벌렸다.

　전 형사는 당황하여 뒤로 한 발짝 물러섰다.

　신체 아래쪽에서도 변화가 일어나고 있었다. 아랫배가 꿈틀대며 요동을 치기 시작했다.

"이, 이것 좀 보세요. 빨리요!"

전 형사가 말했다.

"왜요?"

이 검사는 고개를 돌려 전 형사를 쳐다봤다. 희진을 가리키는 그의 손가락이 덜덜 떨렸다. 이 검사도 곧 희진의 몸에서 일어나는 변화를 알아차렸다.

"대체 왜 저러죠?"

"모르겠어요. 하지만…… 좋지 않은 일인 것만은……"

전 형사는 몸서리치며 조금씩 더 뒤로 물러났다.

형광등 불빛이 불안하게 깜빡이자 두 사람은 동시에 천장을 올려다봤다.

606호실 안에서도 혜인과 영호가 고개를 들어 깜빡이는 형광등을 쳐다보고 있었다.

그러다 갑자기 모니터 화면에 스노 노이즈가 생기면서 영상이 일그러졌다.

"어? 이거 왜 이래?"

영호가 서둘러 장비를 점검하기 시작했다.

급기야 '팟!' 하는 소리와 함께 화면이 나가버렸고, 덩달아 심장박동과 뇌파를 체크하던 의료장비도 동시에 작동을 멈췄다.

전 형사와 이 검사는 도저히 믿을 수 없다는 표정이었다. 희진의 입 밖으로 작은 머리 하나가 슬금슬금 기어 나오고 있었기 때문이다. 녀석이 길고 가는 혀를 날름거리는 것을 보고 나서야 비로소 그것이 뱀이라는 사실을 알 수 있었다. 그것도 몸 전체가 하얀 작은 백사였다.

두 사람은 아연실색했다.

기절해 있던 진명이 갑자기 팔을 덥석 잡는 바람에 이 검사는 심장이 멎을 뻔했다.

"그, 금강저를…… 어서……"

진명이 말했다.

"금강저요?"

진명은 손가락으로 바닥에 떨어져 있는 금강저를 가리켰다.

"아, 알았어요."

이 검사는 진명을 조심스럽게 바닥에 눕히고 나서 금강저가 있는 곳으로 다가갔다. 허리를 숙여 금강저를 주우려는 순간, 갑자기 그가 몸을 살짝 떨더니 움직임을 멈췄다. 마치 시간이 정지하기라도 한 것처럼.

진명은 직감적으로 이 검사에게 무슨 일이 일어났음을 깨달았다. 그는 몸을 일으키려 했지만 마음처럼 되지 않았다. 아직도 눈앞이 어질어질해서 몸을 가눌 수가 없었다.

이 검사는 금강저를 줍지 않고, 대신 근처에 떨어져 있는 금속 십자가를 주워들었다. 그것은 한 목사가 떨어뜨린 것이었다.

십자가를 손에 든 이 검사의 얼굴에 서늘한 그림자가 드리워졌다.

전 형사는 넋 나간 얼굴로 희진의 입에서 나온 백사를 망연히 바라보고 있었다. 백사의 몸뚱이는 이미 입에서 반쯤 빠져나온 상태였다. 두 개의 붉은 눈이 그를 노려보고 있었다.

"역시…… 들어오는 게 아니었어."

전 형사는 혼자 중얼거렸다.

희진의 왼쪽 바짓가랑이가 불룩하게 솟아올랐고, 아치 형태로 버티던 다리가 경련을 일으켰다. 이번엔 다른 한 마리가 나오는 중이었다. 놈은 다리를 타고 미끄러지듯 빠져나와 바짓단 아래로 머리를 내밀었다. 백사보다 조금 큰 놈이다. 검붉은 빛을 띤 녀석은 자궁에서 묻어나온 피로 흠뻑 젖어 있었다.

그 광경을 지켜보던 전 형사는 어쩌면 희진의 질 입구에 난 상처가 성폭행의 흔적이 아닐 수도 있겠다는 생각을 했다. 하지만 지금에 와서 그런 것은 별로 중요하지 않았다. 어차피 이런 것을 논리적으로 설명할 방법은 어디에도 없기 때문이다.

누군가 뒤에서 전 형사의 어깨를 잡았다. 돌아보니 이 검사가 무표정한 얼굴로 서 있었다.

"검사님?"

전 형사는 식은땀이 흐르는 얼굴로 이 검사를 바라보았다. 그런데 검사의 모습이 어딘가 좀 이상했다. 눈에는 초점이 없고, 표정도 부자연스럽게 굳어 있었다. 전 형사가 '괜찮으세요?'라고 물으려는 찰나, 이 검사가 들고 있던 금속 십자가를 그의 왼쪽 눈에 정확히 찔러 넣었다. 너무 순식간에 일어난 일이라 전 형사는 비명조차 지르지 못하고, 다만 헉! 하고 숨만 삼켰을 뿐이다. 눈 속을 파고든 십자가의 길쭉한 아랫부분이 각막과 수정체를 터트렸고, 그 안에서 투명한 유리체액이 흘러나왔다. 이 검사가 십자가로 눈구멍 안쪽을 마구 휘젓자, 전 형사는 몸을 떨며 크게 헐떡였다. 십자가로 눈구멍을 후빌 때마다 이 검사의 얼굴로 피가 튀었다. 피 칠한 그의 얼굴에 차가운 미소가 번졌다. 전 형사는 가슴을 움켜쥐고서 털썩 무릎을 꿇었다. 고통으로 그의 얼굴이 심하게 일그러졌다. 이 검사가 손을 놓자 그는 무너지는 건물처럼 힘없이 쓰러졌다. 십자가가 박힌 왼쪽 눈에선 농밀한 색채의 피가 줄줄 흘러나왔다. 쓰러진 전 형사는 미동조차 없었다. 이 검사는 그 모습을 가만히 서서 지켜보았다.

그때, 느닷없이 뒤에서 진명이 이 검사를 덮쳤다. 그는 왼팔로 이 검사의 목을 휘감은 채 오른손에 든 금강저를 치켜들었다. 그러곤 빠르게 항마진언을 읊었다.

옴 소마니 소마니 훔…….

이 검사는 성난 황소처럼 마구 날뛰기 시작했다. 진명은 안간힘을 쓰며 끝까지 매달렸고, 그런 와중에도 계속해서 진언을 읊었다.

……하리한나 하리한나 훔……. 하리한나 바나야훔……

이 검사는 비명을 지르며 더욱 미친 듯이 날뛰었다. 하지만 아무리 몸을 흔들어대도 진명은 그를 놓아주지 않았다. 이 검사의 눈은 완전히 뒤집어져 허연 흰자위만 드러냈다. 그는 진명을 등에 달고서 벽을 향해 빠르게 뒷걸음질쳤다.

쿵 하는 소리와 함께 진명은 또 한 번 벽에 부딪혔다. 충격으로 하마터면 정신을 잃고 손을 놓을 뻔했다.

쿵!
쿵!
쿵!
또다시 벽에 부딪히려는 순간, 진명이 한쪽 다리를 구부려 벽을 밟고 지탱해 간신히 충돌을 막았다. 그러곤 재빨리 다리를 걸어서 그를 앞으로 넘어뜨렸다. 넘어진 상태에서도 저항은 만만치 않았다. 이 검사는 진명이 진언을 끝내지 못하도록 손을 뒤로 뻗어 계속해서 방해했다.

옴 소마니 소마니 훔 하리한나 하리한나 훔 하리한나 바나야훔 아나야훅······.

진언이 거의 끝날 즈음, 이 검사가 자신의 목에 두른 진명의 왼팔을 덥석 물었다.
어찌나 우악스럽게 깨무는지 살점이 그대로 뜯겨나갈 것만 같았다.
그래도 진명은 끝까지 고통을 참고 마지막 진언을 소리 내어 읊었다.

······바아밤 바아라 훔바탁!

진명이 금강저를 그의 이마에 대고 누르자, 불에 달군 쇠를 댄 것처럼 타들어가는 고통이 밀려왔다 이 검사의 입에서 새된 여자의 비명이 터져 나왔다. 아주 예리한 칼로 고막을 긁는 것 같은 날카로운 소음이 계속됐다. 급기야 병실 유리창이 박살나면서 안으로 거센 바람이 불어 닥쳤다. 연분홍 커튼이 미친 듯이 흩날렸다. 잠시 후, 이 검사의 몸이 축 늘어지면서 바람도 금세 잠잠해졌다. 진명은 귀신이 빠져나간 것을 알고 금강저를 떼어냈다.

빙의 되었던 희진도 어느새 원래의 모습으로 돌아와 있었다. 그녀는 침대 위에 웅크리고 앉아 벌벌 떨었다.

진명은 곧바로 전 형사에게 다가가 상태를 살폈다. 하지만 이미 숨이 끊어진 뒤였다. 맥도 잡히지 않고 오른쪽 눈의 동공도 풀려 있었다. 진명은 안타까움에 고개를 돌렸다. 이번엔 이 검사의 맥을 짚어보았다. 다행히 맥박은 정상적이었다. 진명은 한숨을 내쉬며 벽에 등을 기댔다. 긴장이 풀리자 통증이 한꺼번에 밀려왔다.

잠깐 쉴 틈도 없이 누군가 밖에서 문을 두드렸다.

"법사님! 괜찮으세요?"

혜인의 목소리였다.

진명은 문을 열어주려고 지친 몸을 일으켜 세웠다.

그런데 그 순간, 망가진 손잡이가 눈에 들어왔다. 자물쇠가 망가졌는데도 문이 열리지 않는다. 그렇다는 것은?

진명은 정신을 집중해 주위를 살폈다.

저쪽에서 스슥 소리를 내며 빠르게 움직이는 것이 보였다. 뱀이었다. 희진의 자궁에서 나온 검붉은 뱀. 그것이 쓰러져 있는 이 검사한테로 다가가고 있었다.

"안 돼!"

진명은 소리쳤다.

하지만 그가 막을 새도 없이 뱀은 아가리를 벌려 이 검사의 목을 물었다. 진명은 재빨리 뱀의 몸통을 잡아 벽을 향해 힘껏 내던졌다. 벽에 부딪혀 바닥으로 떨어진 뱀은 충격으로 몸을 비비 꼬았다. 진명은 금강저로 놈의 머리를 내리쩍었다. 마구 요동치던 뱀의 몸에서 갑자기 불길이 치솟았다. 그는 양복 상의를 뱀에게 덮어씌우고서 발로 밟아 불을 껐다.

뱀이 죽자 귀의 힘이 사라지면서 닫혔던 문이 저절로 열렸다. 동시에 혜인과 영호, 의경 두 명이 급하게 안으로 뛰어들어 왔다.

병실 안은 그야말로 아수라장이었다. 그러나 무엇보다 그들을 경악케 한 것은 한쪽 눈에 십자가가 박혀 죽은 전 형사의 끔찍한 모습이었다. 혜인은 비명을 지르고 나서 손으로 입을 가렸다. 그녀의 눈빛이 충격을 말해주고 있었다. 젊은 두 의경은 하얗게 질린 얼굴로 서 있기만 할 뿐, 어떤 대처도 하지 못했다.

진명은 이 검사의 상태를 살폈다. 뱀에게 물린 목 부위가 빠르게 부어올랐고, 호흡도 점점 가빠졌다. 넥타이와 셔츠 단추를 풀러 호흡할 수 있게 도와주었지만 별 효과는 없어 보였다. 하필이면 뱀이 목을 무는 바람에 독이 퍼지는 것을 막을 방법이 없었다. 게다가 심장과 가까워서 상황은 더 최악이었다. 급기야 이 검사의 코와 입, 귀에서 피가 흘러나오기 시작했다.

진명이 의경들을 향해 소리쳤다.

"뭐 하고 있어! 빨리 이 사람들을 옮겨!"

그 소리에 정신을 차린 의경 두 명이 재빨리 다가와 이 검사와 전 형사를 등에 업었다. 진명과 영호가 옆에서 그들을 도왔다. 진명은 의경들과 함께 두 사람을 데리고 607호실을 빠져나갔다.

혜인은 여전히 충격이 가시지 않은 모습이었다. 그녀는 바닥에 흥건한 피를 보더니 갑자기 현기증이 난 듯 크게 휘청거렸다.
"박 PD 님, 괜찮으세요?"
영호가 그녀를 부축했다.
"그만…… 여기서 그만 나가자."
혜인이 말했다.
"그러는 게 좋겠어요."
혜인은 영호의 부축을 받아 문으로 걸어갔다.
그때, 들릴 듯 말 듯 작은 소리로 희진이 말했다.
"사굴."
뜻밖의 목소리에 두 사람은 걸음을 멈추고 뒤돌아봤다.
"방금 뭐라고 했죠? 다시 한 번 말해 볼래요?"
혜인이 말했다.
"사굴이야…… 우리가 들어간 곳은……."
희진은 다리를 바짝 오므린 자세로 무릎 사이에 고개를 파묻고 있었다. 그 바람에 피로 물든 환자복 바지가 확연히 드러났다.
"사굴?"
"어."
"그곳에 다른 동료도 살아있다는 건가요?"
"아니."
"그러면?"
희진은 입을 다문 채 잠시 불안한 얼굴로 시선을 이리저리 굴리기만 했다. 그러다 다시 입을 열었다.
"그들은 죽었어…… 왜냐면…… 내가 다…… 먹어버렸거든."

"뭐라고요?"

"내가 먹었어. 모두를 말이야. 맛있게 먹었어. 나, 난 먹고 싶지 않았는데. 어쩔 수 없었어. 그 여자가, 그 여자가 그렇게 시켰거든. 먹으라고. 그래서 먹었어. 냠냠. 이렇게."

희진은 먹는 시늉을 해보였다.

"배고팠어. 아냐. 그래도 먹지 말았어야 했어. 그런데 배고팠어. 죽기 싫었거든. 히히. 나, 난 몰라. 다 그녀가 시킨 일이야. 난 아무 잘못도 없어. 난 안 죽였어. 정말이야! 하나님께 맹세해! 난 그들을 죽이지 않았어. 다만 그냥…… 먹었을 뿐이야…… 그래 먹었어. 먹었다고. 모두 다…… 거기엔 내가 사랑했던 사람도 있었어. 결국 그 사람도 먹었지…… 맛있었어. 무척이나…… 무척이나…… 내, 내가 사람을 먹다니. 히히히…… 누가 나 좀 죽여줄래? 제발 부탁해. 날 죽여줘. 응? 제발 좀. 날 죽여. 날 죽이라고! 날 죽여 달란 말야! 죽여! 죽이라고!"

희진은 말을 하는 중간에 발작적으로 웃다가 울다가, 화를 내기도 하는 등 매우 불안정한 심리 상태를 보였다.

혜인과 영호는 9개월 동안 그녀가 겪었을 끔찍한 고통이 어떤 것인지 감히 상상조차 할 수가 없었다. 혜인은 치밀어 오르는 구토를 참지 못하고 도망치듯 607호실을 나왔다.

18. 빙의

독은 이미 심장까지 퍼진 상태였다. 이장석 검사는 응급실로 옮겨지고 나서 10분 만에 숨을 거뒀다. 그는 전신에 출혈을 일으키며 사망했다. 심지어 안구와 피부의 땀샘에서도 피가 흘러나와 도저히 눈 뜨고 볼 수 없을 지경이었다. 눈앞에서 허무하게 두 사람이나 잃고 말았다. 진명은 자신의 무기력함에 화가 났다.

기진맥진한 상태로 응급실을 나온 진명은 밖에서 기다리는 혜인을 발견하고 그녀한테로 다가갔다. 혜인은 그의 얼굴을 똑바로 보지 못했다.

"검사님은요?"

혜인이 물었다.

진명은 대답 대신 고개를 저었다.

"이런 일이 일어날 거라곤……"

차가운 마찰음이 그녀의 말을 집어삼켰다. 혜인은 왼쪽 뺨을 손으로 감쌌다. 그녀는 조금 놀란 얼굴로 진명을 쳐다봤다. 무슨 말인가 하려는 듯하다가 다시 고개를 떨어뜨렸다. 그러곤 아무 말도 하지 않았다.
"이제 만족하나?"
진명은 그 말만 하고서 고개 숙인 혜인을 뒤로 하고 걸어갔다.

경찰은 그날 사망 사건과 관련된 모든 사람을 소환해 사건의 정황에 대해 자세히 들었다. 진명도 일단은 용의자가 아닌 중요 참고인 신분으로 조사를 받아야 했다. 여섯 시간 동안의 끈질긴 조사 끝에 결국 진명은 무혐의로 풀려나게 되었다. 최 박사를 비롯한 다른 증인들의 진술이 모두 동일했고, 정황상 그가 살인을 저질렀을 거라곤 보기 어려웠기 때문이다. 또한 전 형사를 살해한 직접적인 살해흉기가 된 금속 십자가에서 진명의 지문이 발견되지 않았던 점도 크게 작용했다.

경찰은 진명이 증언한, '이 검사가 귀신에 의해 빙의되어 본의 아니게 전 형사를 해치고 말았다.'라는 주장을 그대로 받아들일 수가 없었다. 그러나 경찰은 사건의 정황증거와 지문감식을 바탕으로 이 검사에게 전 형사의 살해 혐의가 있음을 일부 인정했다. 경찰은 참고인의 증언 외에도 Q-TV에서 촬영한 테이프를 모두 수거해서 확인했지만 정작 살해 당시의 장면만 찍히지 않아 사건 해결에는 별 도움이 되지 못했다. 대신 그 전 부분에 나타난 진명의 퇴미의식 장면과 희진의 이상행동 등이 경찰 관계자들을 몹시 당혹케 했다. 그들도 직접 눈으로 보고도 믿기지 않는다는 반응이었다.

한편, 이 검사를 사망에 이르게 한 독사는 흔히 '불독사'라고도 불리는 쇠살무사인 것으로 밝혀졌다. 쇠살무사는 한국에서 가장 흔한 살무사의 일종으로 특히 제주도에 많이 분포된 독사다. 출혈독이라는 맹독을 지닌 이 뱀은 한번 물리면 전신에 출혈을 일으켜 사망에 이르게 한다. 이 검사가 그렇게 피를 많이 흘렸던 이유도 바로 그 출혈독 때문이었다. 그 뱀이 어떻게 607호실에 나타났는지는 여전히 풀리지 않는 미스터리였다.

경찰은 이번 사건을 한 공무원의 업무 스트레스로 인한 우발적인 살해사건으로 보고 있었다. 그동안 제주 실종사건으로 외부의 압박에 시달려오던 담당 형사와 검사가 최근에 실종자 중 한 명이 발견됐음에도 여전히 사건해결에 미진한 모습을 보이자, 이에 대한 언론과 상부의 질책에 못 이겨 그만 한쪽이 이성을 잃고 우발적인 범죄를 저지른 것으로 추정했다. 이에 따라 경찰은 두 사람 사이에 실종사건 수사를 놓고 어떤 마찰이 있었는지 주위 관계자들을 상대로 내부 조사에 들어갔다.

혜인은 자신이 유희진한테서 직접 들은 증언을 경찰에게 전했다. 하지만 뜻밖에도 그들의 반응은 냉담했다. 제주경찰은 이미 김녕사굴뿐만 아니라 근처에 있는 만장굴까지도 수색을 마친 상태였고, 거기서 단서가 될 만한 어떠한 흔적도 발견하지 못했다. 그러니 경찰이 그녀의 말을 신뢰하지 않는 것은 당연했다. 게다가 희진의 정신상태가 정상이 아니라는 점도 그런 불신을 갖게 하는 요인이었다. 결국 혜인은 자신의 힘만으로는 아무것도 할 수 없음을 깨달아야 했다.

ॐ

진명은 조사를 받은 다음 날 금주에게 전화를 걸어 집으로 찾아가겠다고 전했다.

오후 여섯 시 반쯤에 그가 아파트로 찾아왔다. 세연이는 진명을 보더니 수줍어하며 엄마 뒤로 숨어버렸다. 금주는 진명의 왼손이 하얀 거즈로 감겨 있는 것을 발견하고 물었다.

"손 다치셨어요?"

"아, 네…… 별거 아니니까 신경 쓰지 마세요. 그 보다…… 긴히 할 얘기가 있습니다."

"네, 알았어요. 그럼 잠깐만 앉아 계세요."

분위기를 눈치 챈 금주가 아이를 방으로 들여보내고 나서 곧 차를 준비했다.

진명은 거실 소파에 앉아서 건너편에 있는 방문을 바라보았다. 거기서 낯익은 영의 기운이 느껴졌기 때문이다. 방문을 바라보며 영의 기운에 집중하던 그는 갑자기 누군가 자신의 팔을 잡아끄는 바람에 집중력이 흐트러지고 말았다. 팔을 잡아끈 것은 세연이였다. 어느새 자기 방에서 나와 그의 옆에 서 있었다. 아이는 작은 수정구슬 같은 눈을 반짝이며 진명을 바라보았다. 언제 봐도 귀여운 아이였다. 특히 엄마를 쏙 빼닮은 아이의 저 다정한 눈매는 보는 이로 하여금 절로 행복한 미소를 짓게 만든다. 이런 아이가 소아 함구증으로 말을 하지 못하다니. 그는 어쩌면 이것도 귀신의 저주인지 모르겠다고 생각했다. 그토록 강한 원한을 품은 영가라면 충분히 그러고도 남으리라. 벌써 그녀 주변의 사람들만

두 명이나 허무하게 목숨을 잃었다. 세연이도 결코 안전하다고 볼 수 없었다. 진명은 이번 일이 잘 해결돼서 아이의 말문도 함께 트였으면 하고 바랐다.

아이는 마냥 진명을 바라보기만 했다. 그가 다정하게 아이의 손을 잡으며 말했다.

"아저씨한테 하고 싶은 말이라도 있니?"

세연은 기다렸다는 듯 고개를 끄덕였다.

진명은 아이의 손 안에 뭔가 쥐어져 있음을 깨달았다. 그는 손을 살짝 펴보았다. 고사리 같은 손안에서 동전 하나가 나왔다. 그것은 전에 진명이 세연에게 마술을 보여줄 때 사용했던 외국 주화였다. 그 동전을 보자 자기도 모르게 웃음이 나왔다.

"또 마술 보여 달라고?"

세연은 연방 고개를 끄덕였다.

진명은 아이의 손에서 동전을 집었다. 그러곤 자기 손을 뒤집어 그것을 손가락 위에 올려놓았다. 손가락이 움직일 때마다 동전이 그 사이로 왔다갔다 춤을 췄다. 아이는 입을 헤벌린 채 진명의 묘기에 푹 빠져 있었다. 그는 동전을 다시 한 손에 쥐고서 전에 했던 것처럼 두 손을 몇 번씩 교차시켰다. 그런 다음 두 주먹을 내밀어 어느 손에 동전이 들어 있는지 맞춰보라고 했다. 아이는 당연히 처음 동전이 있던 오른손을 지목했다. 하지만 오른손에는 동전이 없었다. 이번엔 거즈로 싸인 왼손을 펴보았지만 거기에도 동전은 없었다. 진명이 아이의 귀 뒤에서 동전을 꺼냈다.

"어때? 신기하지?"

세연은 고개를 끄덕이더니, 이번엔 자신이 직접 해보려는지 한 차가운 마찰음이 그녀의 말을 집어삼켰다. 혜인은 왼쪽 뺨을 손으로 감쌌다. 그녀는 조금 놀란 얼굴로 진명을 쳐다봤다. 무슨 말인가 하려는 듯하다가 다시 고개를 떨어뜨렸다. 그러곤 아무 말도 하지 않았다.
"이제 만족하나?"
진명은 그 말만 하고서 고개 숙인 혜인을 뒤로 하고 걸어갔다.

경찰은 그날 사망 사건과 관련된 모든 사람을 소환해 사건의 정황에 대해 자세히 들었다. 진명도 일단은 용의자가 아닌 중요 참고인 신분으로 조사를 받아야 했다. 여섯 시간 동안의 끈질긴 조사 끝에 결국 진명은 무혐의로 풀려나게 되었다. 최 박사를 비롯한 다른 증인들의 진술이 모두 동일했고, 정황상 그가 살인을 저질렀을 거라곤 보기 어려웠기 때문이다. 또한 전 형사를 살해한 직접적인 살해흉기가 된 금속 십자가에서 진명의 지문이 발견되지 않았던 점도 크게 작용했다.
경찰은 진명이 증언한, '이 검사가 귀신에 의해 빙의되어 본의 아니게 전 형사를 해치고 말았다.'라는 주장을 그대로 받아들일 수가 없었다. 그러나 경찰은 사건의 정황증거와 지문감식을 바탕으로 이 검사에게 전 형사의 살해 혐의가 있음을 일부 인정했다. 경찰은 참고인의 증언 외에도 Q-TV에서 촬영한 테이프를 모두 수거해서 확인했지만 정작 살해 당시의 장면만 찍히지 않아 사건 해결에는 별 도움이 되지 못했다. 대신 그 전 부분에 나타난 진명의 퇴마의식 장면과 희진의 이상행동 등이 경찰 관계자를 몹시 당혹케 했다. 그들도 직접 눈으로 보고도 믿기지 않는다는 반응이었다.

한편, 이 검사를 사망에 이르게 한 독사는 흔히 '불독사'라고도 불리는 쇠살무사인 것으로 밝혀졌다. 쇠살무사는 한국에서 가장 흔한 살무사의 일종으로 특히 제주도에 많이 분포된 독사다. 출혈독이라는 맹독을 지닌 이 뱀은 한번 물리면 전신에 출혈을 일으켜 사망에 이르게 한다. 이 검사가 그렇게 피를 많이 흘렸던 이유도 바로 그 출혈독 때문이었다. 그 뱀이 어떻게 607호실에 나타났는지는 여전히 풀리지 않는 미스터리였다.

경찰은 이번 사건을 한 공무원의 업무 스트레스로 인한 우발적인 살해사건으로 보고 있었다. 그동안 제주 실종사건으로 외부의 압박에 시달려오던 담당 형사와 검사가 최근에 실종자 중 한 명이 발견됐음에도 여전히 사건해결에 미진한 모습을 보이자, 이에 대한 언론과 상부의 질책에 못 이겨 그만 한쪽이 이성을 잃고 우발적인 범죄를 저지른 것으로 추정했다. 이에 따라 경찰은 두 사람 사이에 실종사건 수사를 놓고 어떤 마찰이 있었는지 주위 관계자들을 상대로 내부 조사에 들어갔다.

혜인은 자신이 유희진한테서 직접 들은 증언을 경찰에게 전했다. 하지만 뜻밖에도 그들의 반응은 냉담했다. 제주경찰은 이미 김녕사굴뿐만 아니라 근처에 있는 만장굴까지도 수색을 마친 상태였고, 거기서 단서가 될 만한 어떠한 흔적도 발견하지 못했다. 그러니 경찰이 그녀의 말을 신뢰하지 않는 것은 당연했다. 게다가 희진의 정신상태가 정상이 아니라는 점도 그런 불신을 갖게 하는 요인이었다. 결국 혜인은 자신의 힘만으로는 아무것도 할 수 없음을 깨달아야 했다.

ॐ

진명은 조사를 받은 다음 날 금주에게 전화를 걸어 집으로 찾아가겠다고 전했다.

오후 여섯 시 반쯤에 그가 아파트로 찾아왔다. 세연이는 진명을 보더니 수줍어하며 엄마 뒤로 숨어버렸다. 금주는 진명의 왼손이 하얀 거즈로 감겨 있는 것을 발견하고 물었다.

"손 다치셨어요?"

"아, 네…… 별거 아니니까 신경 쓰지 마세요. 그 보다…… 긴히 할 얘기가 있습니다."

"네, 알았어요. 그럼 잠깐만 앉아 계세요."

분위기를 눈치 챈 금주가 아이를 방으로 들여보내고 나서 곧 차를 준비했다.

진명은 거실 소파에 앉아서 건너편에 있는 방문을 바라보았다. 거기서 낯익은 영의 기운이 느껴졌기 때문이다. 방문을 바라보며 영의 기운에 집중하던 그는 갑자기 누군가 자신의 팔을 잡아끄는 바람에 집중력이 흐트러지고 말았다. 팔을 잡아끈 것은 세연이였다. 어느새 자기 방에서 나와 그의 옆에 서 있었다. 아이는 작은 수정구슬 같은 눈을 반짝이며 진명을 바라보았다. 언제 봐도 귀여운 아이였다. 특히 엄마를 쏙 빼닮은 아이의 저 다정한 눈매는 보는 이로 하여금 절로 행복한 미소를 짓게 만든다. 이런 아이가 소아 함구증으로 말을 하지 못하다니. 그는 어쩌면 이것도 귀신의 저주인지 모르겠다고 생각했다. 그토록 강한 원한을 품은 영가라면 충분히 그러고도 남으리라. 벌써 그녀 주변의 사람들만

두 명이나 허무하게 목숨을 잃었다. 세연이도 결코 안전하다고 볼 수 없었다. 진명은 이번 일이 잘 해결돼서 아이의 말문도 함께 트였으면 하고 바랐다.

아이는 마냥 진명을 바라보기만 했다. 그가 다정하게 아이의 손을 잡으며 말했다.

"아저씨한테 하고 싶은 말이라도 있니?"

세연은 기다렸다는 듯 고개를 끄덕였다.

진명은 아이의 손 안에 뭔가 쥐어져 있음을 깨달았다. 그는 손을 살짝 펴보았다. 고사리 같은 손안에서 동전 하나가 나왔다. 그것은 전에 진명이 세연에게 마술을 보여줄 때 사용했던 외국 주화였다. 그 동전을 보자 자기도 모르게 웃음이 나왔다.

"또 마술 보여 달라고?"

세연은 연방 고개를 끄덕였다.

진명은 아이의 손에서 동전을 집었다. 그러곤 자기 손을 뒤집어 그것을 손가락 위에 올려놓았다. 손가락이 움직일 때마다 동전이 그 사이로 왔다갔다 춤을 췄다. 아이는 입을 헤벌린 채 진명의 묘기에 푹 빠져 있었다. 그는 동전을 다시 한 손에 쥐고서 전에 했던 것처럼 두 손을 몇 번씩 교차시켰다. 그런 다음 두 주먹을 내밀어 어느 손에 동전이 들어 있는지 맞춰보라고 했다. 아이는 당연히 처음 동전이 있던 오른손을 지목했다. 하지만 오른손에는 동전이 없었다. 이번엔 거즈로 싸인 왼손을 펴보았지만 거기에도 동전은 없었다. 진명이 아이의 귀 뒤에서 동전을 꺼냈다.

"어때? 신기하지?"

세연은 고개를 끄덕이더니, 이번엔 자신이 직접 해보려는지 한 손에 동전을 쥐고서 진명처럼 손을 엇갈렸다. 몇 번 어설프게 흉내 내고 나서 그에게 맞춰보라고 두 주먹을 앞으로 내밀었다. 진명은 심각하게 고민하는 척하다가 당연히 동전을 쥐고 있을 오른손을 가리켰다.
"혹시…… 여기 들었나?"
아이는 시치미를 떼며 고개를 절레절레 흔들었다.
"흠, 그래도 아저씬 여기 들어 있을 것 같은데?"
그러자 세연이 재빨리 동전을 바닥에 버리고 나서 빈손을 당당하게 내보였다. 진명은 아이가 하는 짓이 하도 귀여워 껄껄 웃으며 머리를 쓰다듬어 주었다.
"그래, 네가 진짜 마술사구나."
아이는 바닥에 떨어진 동전을 얼른 주웠다.
때마침 금주가 부엌에서 쟁반을 들고 거실로 돌아왔다. 그녀는 두 사람이 마실 커피를 테이블 위에 내려놓고서, 금방 갈아 만든 딸기 셰이크를 아이에게 건네주었다.
"이거 방으로 가져가서 먹으렴. 엄마는 잠깐 아저씨랑 할 얘기가 있으니까. 착하지?"
아이는 커다란 유리컵에 가득 담긴 딸기 셰이크를 손에 들고서 방으로 들어갔다.
"조그만 녀석이 꽤 많이 먹는군요."
진명이 말했다.
"딸기 셰이크를 제일 좋아하거든요. 아마 밥 대신 저것만 먹으라고 해도 먹을 거예요."
진명은 기분 좋게 웃으며 자기 앞에 놓인 커피 잔을 들어 입으로 가져갔다. 금주도 함께 커피를 들었다. 잠시 대화가 끊긴 거실 안에는 그윽한 커피 향만이 감돌았다. 금주는 그가 먼저 말을 꺼내길 기다리고 있었다.

이윽고 진명이 커피 잔을 내려놓고 금주를 바라봤다. 그의 얼굴에서 아까와 같은 웃음은 사라지고 없었다.

"지금부터 제가 하는 얘길 잘 들으세요."

진명이 말했다.

금주는 긴장한 얼굴로 찻잔을 내려놓았다.

"어제 J대학 병원에 다시 갔었습니다."

"네? 왜요?"

금주는 조금 놀란 얼굴로 물었다.

"귀신 들린 환자가 있었어요. 사정이 좀 있어서 병원에서 제마의식을 해야 했습니다."

"그랬군요. 근데…… 그게 저와 무슨 관련이 있는 건가요?"

"단도직입적으로 말하자면, 그렇습니다."

"그래요?"

"제주 실종 사건에 대해선 들어보셨겠죠? 자전거 동호회 회원들이 제주도에 갔다가 실종된 사건 말입니다."

"아, 네. 저도 알아요."

"그렇다면 이번에 발견된 실종사에 대해서도 아시겠군요. 유희진이라는."

"얼마 전에 TV에서 봤어요. 근데 그게 왜요?"

"그 여자에게 어제 제마의식을 해줬습니다. 굉장히 강한 원귀였고, 의식을 행하는 과정에서 그 사건의 담당 형사와 검사가 목숨을 잃었어요."

"어머, 세상에!"

"그 귀신이 금주 씨를 알고 있었습니다."

"네? 아니, 어째서……"

그녀는 어리둥절해하면서도 표정엔 두려움이 서려 있었다.

"금주 씨를 괴롭히는 그 무녀의 원혼이 바로 유희진이란 여자에게 빙의되었던 영가였습니다."

"뭐라고요?"

금주는 경악했다.

"믿기지 않으시겠지만 사실이에요."

"전 도무지…… 이해를 못 하겠어요. 유희진이란 여자에 대해서 아는 게 전혀 없는데."

"그 여자와는 관계가 없어요. 금주 씨와 관계있는 건 실종자 유희진이 아니라, 그녀와 매드맥스 회원들이 실종됐던 제주도입니다."

"제주도요?"

그녀의 눈이 휘둥그레졌다.

"그것에 대해 짐작 가는 거라도 있습니까?"

"제주도는…… 저희 어머니 고향이에요."

"역시 관계가 있었군요. 금주 씨, 내일 당장 어머니가 계신 소록도로 가야겠어요."

"내, 내일요?"

"지체할 수 없습니다. 한시가 급해요."

그녀는 잠시 망설이다가 입을 열었다.

"알았어요. 그렇게 할게요. 회사에는 몸이 아프다고 해둬야겠네요."

"어머님을 만나보면 실마리를 풀 수 있겠죠."

"정말 그럴까요?"

"그러길 바라야죠. 지금으로선 그것밖에 없으니까."

진명은 찻잔을 바라보는 금주의 얼굴에서 혼란스러운 마음을 애써 추스르려는 모습을 엿볼 수 있었다.

19. 소록도

전라남도 고흥군 도양읍 녹동에 위치한 이 섬은 위에서 내려다봤을 때 작은 사슴을 연상시킨다 하여 소록도(小鹿島)란 이름이 붙여지게 되었다. 하지만 그런 이름과는 달리 이곳엔 일제강점기 때부터 한센병 환자들의 집단 수용시설이 운영되었고, 1988년 이후 섬이 개방되기 전까지 일반인들의 출입이 철저히 통제되었다.

진명과 금주는 녹동항에서 아구리배(차량도선: 특정한 항로로 화물을 실은 채 차량을 운반하는 배)를 타고 소록도로 향했다. 항구에서 섬까지 거리는 불과 500여 미터밖에 되지 않아 5분 정도면 도착할 수 있었다.

금주는 이곳에 오기 선에 세연이를 잠시 시댁에 맡겼다. 시댁 말고는 아이를 종일 맡길 만한 곳이 없었다.

남편의 장례를 치르고 나서 처음 찾아간 시댁은 그 어느 때보다 두렵고 떨렸다. 이제는 자신을 감싸줄 남편도 없었고, 게다가 시어머니인 정옥은 아들의 죽음을 자신의 탓으로 여기는 듯했다. 물론 자신에 대한 악감정 때문에 그러하겠지만 이유야 어찌 됐든 틀린 말은 아니기에 그것을 아는 금주는 세연이를 맡기면서도 여간 마음이 불편한 게 아니었다. 시어머니는 현재 큰아들 내외가 모시고 있었다. 집안의 맏며느리인 차혜순만이 금주 모녀를 따듯하게 맞았다. 정옥은 안방에 있으면서도 얼굴 한 번 내비치지 않았다.

"동서, 기분 나쁘겠지만 그래도 자기가 참아. 어머님도 막내 서방님 사고 때문에 충격을 받으셔서 저러는 거니까."

"전 괜찮아요."

금주는 말했다.

"세연이는 내가 잘 데리고 있을 테니까 걱정하지 말고 볼일 봐. 에그, 우리 애들이 집에 있었으면 좋았을 텐데."

"성희하고 성진이는 어디 갔어요?"

"응, 외삼촌 댁에 잠깐 놀러 갔어. 내일 오후쯤에 돌아올 거야. 우리 세연이 심심해서 어째? 언니 오빠가 있었으면 같이 놀아줬을 텐데."

"걱정하지 마세요. 얌전해서 혼자서도 잘 노니까요."

"근데…… 세연이는 아직도 말을 안 하는 거야?"

"네, 아직 그래요."

"에휴, 도대체 애들 속을 알 수가 있어야지. 쯧쯧."

"곧 하겠죠. 시간이 지나면…… 아무튼 죄송해요. 이렇게 염치

없이 아이를 맡겨서."

"무슨 그런 소릴 해. 섭섭하게."

"고마워요. 형님."

섬에 가까워질수록 금주의 마음은 무겁게 가라앉았다. 15년 만에 만나는 어머니에 대한 기대감보다는 어쩌면 이 모든 원흉이 어머니로부터 시작된 것인지도 모른다는 무서운 생각이 그녀로 하여금 이곳에서 도망치고 싶게 만들었다.

녹동항까지 오는 차 안에서 금주는 진명에게 자신과 어머니에 관한 이야기를 털어놓았다.

"어머니에 대해 기억나는 건 많지 않아요. 열일곱 살 때 헤어지기 전까지 어머니는 늘 밖에서 살다시피 하셨으니까요. 어머닌 절대로 저를 굿판에 데려가지 않으셨어요. 그래서 한 번도 어머니가 굿을 하는 모습을 본 적이 없어요. 사람들은 어머니가 굿을 잘한다고 입이 닳도록 칭찬을 하곤 했었죠. 어머니는 혹시라도 제가 남들에게 무당의 자식이라는 소리를 들을까 봐 늘 신경을 곤두세우셨어요. 그게 몹시 싫으셨나 봐요. 실은 저도 어머니가 그런 일을 하는 게 달갑지만은 않았어요. 그 일이 부끄러워서가 아니라, 평생 벗어날 수 없는 족쇄에 묶여 사시는 것 같아서요. 다른 일을 할 수도 없고, 싫어도 해야만 하고…… 제가 미신에 대해 강한 거부감을 느끼는 것도 그런 어머니의 영향 탓이겠죠."

"그랬군요…… 그럼 아버님은 안 계셨나요?"

진명은 물었다.

"아버지는 제가 태어나기도 전에 돌아가셨어요. 사진 한 장 없어서 서는 아버지 얼굴이 이렇게 생겼는지도 몰라요. 어머닌 아버지에 대해 얘기하는 걸 별로 좋아하지 않으셨어요. 어쩌면 기억하고 싶지 않으셨던 건지도 모르죠. 어머니는 홀몸으로 저를 낳으시고, 자신의 호적에 저를 올리셨어요. 그래서 어머니와 성(姓)이 같아요."

"어머니를 만나러 가는 게 두려우세요?"

"사실…… 그래요. 그 후로 15년 동안 한 번도 어머니를 만나 뵌 적이 없거든요. 편지를 보내도 답장도 없고, 면회를 가도 만나주지 않으셨죠. 나중엔 저도 지쳐서 찾아가지 않았지만요. 굉장히 완고한 분이세요. 저희 어머니는."

"그렇군요."

진명은 말했다.

이윽고 배가 선착장에 닿았다. 진명은 차에 시동을 걸었다. 앞차가 먼저 빠져나가고 진명의 차가 뒤를 이었다. 오늘은 날씨가 좋아서 그런지 선착장 앞에 관광객들이 붐볐다. 한데 아이러니하게도 눈앞에 보이는 선간판에는 '소록도는 관광지가 아니다.'라는 문구가 번듯하게 쓰어 있었다.

섬의 경치는 낙원이 부럽지 않을 정도였다. 울창한 산림과 해안 절경, 따뜻한 기후, 고운 모래사장은 어느 곳과도 비교할 수 없을 정도로 매우 아름다웠다.

차는 얼마 가지 않아 제2검문소 앞에 멈춰 섰다. 여기부터는 차량통제구역이라 차를 타고 들어갈 수 없다. 신명은 옆 주차장에 차를 세웠다. 검문소 안쪽에 '병사지대'라는 안내문이 보였다. 이 지점부터는 한센병 환자들이 투병생활을 하는 곳이다.

두 사람은 나란히 길을 걸어갔다. 차량통제구역 안쪽은 곰솔

이 늘어서 있는 숲길이었고, 그 옆으로 해안선이 길게 뻗어 있었다. 짭조름한 바닷바람을 맞으며 십여 분쯤 걷다 보니 국립소록도병원 본관 건물이 나타났다. 직사각형 모양의 투박하게 생긴 건물의 입구 앞에는 야자수 나무들이 방문객들을 반기고 있었다. 두 사람은 병원 현관 안으로 들어갔다.

금주는 접수계 여직원에게 어머니를 면회하러 왔다고 말했다. 30대 중반으로 보이는 여직원이 약간 쉰 목소리로 물었다.

"어머니 성함이 어떻게 되시죠?"

"이영례 씨요."

금주는 자신 없는 목소리로 말했다.

여직원은 미심쩍은 눈빛으로 슬쩍 두 사람을 쳐다봤다. 그러고 나서 컴퓨터 자판을 두들겼다. 환자 명부에 이영례란 이름을 검색하는 것 같았다. 그녀는 잠시 얼굴을 찡그리더니 금주를 올려다보며 말했다.

"미리 면회 약속을 하고 오신 게 아닌가요? 면회 신청이 되어 있지 않네요."

"그게 저……"

이곳에서는 환자를 면회하려면 원장의 허락을 받아야 한다. 금주는 면회 신청을 하면 어머니가 만나주지 않을 거라는 것을 잘 알기에 일부러 신청을 하지 않고 무작정 찾아온 것이다. 일단 찾아가서 사정을 설명하면 어머니도 어쩔 수 없이 만나주실 거로 생각했다.

"아주 급한 일이라서요. 어머니를 꼭 좀 만나야 해요. 가족…… 문제거든요. 부탁합니다."

"죄송하지만 원장님 허락 없이는 환자를 면회할 수가 없거든요."

여직원은 냉랭한 태도로 LCD 모니터를 들여다보며 말했다.

"어떻게 안 될까요? 멀리서 여기까지 찾아왔는데."

"……."

"부탁할게요."

여직원은 또다시 자판을 두들기며 무심한 얼굴로 뭔가를 하고 있었다. 금주는 무척 초조했다. 잠깐 침묵이 흘렀고, 마침내 여직원이 고개를 들며 말했다.

"원래 활동성 양성 환자는 원장님 허락 없이는 면회가 안 됩니다. 한데 운이 좋으시네요. 원장님이 지금 자리에 안 계시거든요. 그리고 어머님도 활동성 양성 환자가 아니시고요. 일단 담당 간호사에게 연락해 볼게요. 잠깐만 기다리세요."

"네, 감사합니다."

"아, 그리고 한 가지 더, 아주 중요한 일로 여쭤볼 게 있다고 전해주십쇼."

진명이 말했다.

"그러죠."

여직원이 내선으로 간호사에게 연락을 취했다.

금주는 아까보다 훨씬 더 긴장이 됐다. 혹시 어머니가 거절하지 않을까 라는 걱정과 한편으론 어머니를 만나는 것에 대한 두려움 때문에 그녀는 어느 쪽이든 마음이 편할 수가 없었다.

"……네, 네, 알겠습니다……."

여직원이 귀에서 수화기를 때고 금주를 쳐다보며 말했다.

"간호사가 어머니께 여쭤보겠답니다."

"아, 네."

조금 뒤에 여직원이 다시 자리로 돌아온 간호사와 통화를 했다. 짧은 통화를 끝내고서 그녀가 금주에게 말했다.

"여기서 잠깐 기다리세요. 간호사가 금방 내려올 겁니다."

"면회를 허락하신 건가요?"

"그렇다고 하네요. 담당 간호사가 병실까지 안내해 드릴 거예요."

금주는 안도의 한숨을 내쉬었다.

"떨려요. 15년 만에 어머니를 만나는 거라."

그녀는 진명을 보며 말했다.

"그렇게 오랫동안 딸을 만나려 하지 않다니. 믿기지가 않는군요."

"어머니가 떠나기 전에 저한테 그러셨어요. 자기는 이제 죽은 사람으로 여기라고. 우습죠? 이렇게 멀쩡히 살아계시는데 말예요. 그런데 그렇게 세월이 지나니까…… 차츰 저도 모르게 그 말을 받아들이게 되더라고요. 어느덧 제 마음속에 어머니는 이미 죽은 사람이 되어 있었어요. 이런 일이 일어나기 전까지 말예요."

말하는 동안 그녀의 눈가가 촉촉이 젖어들었다.

잠시 후, 젊은 여 간호사 한 명이 내려와 그들을 데리고 제2병동으로 향했다. 간호사는 그들을 무척 친절하게 대해 주었다.

"이렇게 직접 내려오지 않으셔도 되는데."

금주가 미안해하는 얼굴로 말했다.

"여긴 병원 특성상 일반인들이 함부로 돌아다닐 수가 없거는요."
 "아, 그렇군요."
 "여긴 처음이신가요?"
 "이렇게 병원 안으로 들어와 보기는 처음이에요. 그동안 어머님이 면회를 거절하셔서 만날 기회가 없었거든요."
 "저런…… 이곳에서는 흔한 일이죠. 오히려 가족 측에서 찾아오지 않는 쪽이 더 많긴 하지만요."
 그들은 엘리베이터를 타고 2층으로 올라갔다.
 병원 복도를 지나가면서 몇몇 한센인들과 마주쳤다. 그들 중엔 정도가 심한 사람도 있었고, 일반인처럼 생긴 사람도 있었다. 하지만 외부인에 대해 경계하는 모습은 모두 똑같았다. 금주는 그들과 눈을 마주치지 않으려고 조심스럽게 행동했다.
 간호사가 앞서 걸으며 말했다.
 "어머님은 이 병원에서도 상당히 유명하세요. 사람들에게 점도 봐주시고, 고민 상담도 해주시거든요. 그래서 다들 어머님을 좋아해요. 어머님께선 이미 수년 전에 병이 완치되셨어요. 다만, 치료가 늦어서 외모는 그대로지만요. 그런 분들이 상당히 많으세요. 그래서 병이 다 나았는데도 섬을 떠나지 못하는 거죠. 어머님은 얼마 전까지 병사지대에 있는 한센인 거주촌에서 지내셨답니다. 그러다 최근에 심장에 이상이 생겨서 이곳에서 치료를 받고 계세요. 요즘은 폐도 좀 안 좋으세요. 담배를 너무 자주 피우시거든요."
 "그러셨군요. 저는 그런 줄도 모르고……"
 금주는 간호사 앞에서 자신의 모습이 부끄럽게 느껴졌다.

"실은 저도 따님이 계시다는 걸 오늘 처음 알고 깜짝 놀랐어요. 가족에 대해선 전혀 말씀을 안 하셔서…….."

간호사가 문이 닫힌 병실 앞에 멈춰 섰다.

"다 왔어요. 여기에요."

문에는 다른 환자들의 이름과 함께 어머니의 이름이 세 번째 줄에 적혀 있었다.

'이영례'

그 이름을 보자 금주는 가슴이 울렁거렸다. 바로 지금 이 문 안쪽에 어머니가 계신다는 생각만으로도 벅차오르는 감정을 주체하기 힘들었다.

간호사가 웃으며 말했다.

"원래는 면회실에서 만나셔야 하는데 현재 어머님께서 거동이 불편하셔서요. 이해해 주세요. 마침 다른 환자들은 모두 점심을 먹고 산책하러 나갔어요. 대화 나누실 시간은 충분하니까 천천히 말씀 나누세요. 그럼 전 이만."

"고맙습니다."

간호사는 그들을 남겨두고 떠났다.

금주는 선뜻 문을 열지 못했다.

"이제 그만 들어가죠."

진명이 그녀의 어깨 위에 살며시 손을 얹었다.

금주는 숨을 한번 들이쉬고 나서 천천히 문을 열었다. 짧은 순간이지만 만감이 교차했다. 눈물이 쏟아질 것만 같았다.

영례는 침대 위에 앉아 창밖을 내다보고 있었다. 병실 안에는 여덟 개의 침대가 양쪽으로 네 개씩 나뉘어 있었다. 영례의 침대는 왼쪽 창가 끝 자리였다. 따스한 햇살이 창문을 통해 들어와 그녀의 작고 야윈 몸을 휘감았다.

금주가 가까이 다가가 그녀를 "엄마."라고 불렀다.

"왜 온 거니?"

영례는 고개조차 돌리지 않고 대꾸했다.

그녀의 첫마디는 병실 안을 떠도는 음울한 그림자보다도 더 차갑고 소름끼쳤다. 15년 만에 만난 딸에게 왜 왔느냐고 묻는 어머니라니. 그러나 금주는 그런 어머니라도 도저히 미워할 수 없었다.

"묻고 싶은 게 있어서 왔어요."

"다시는 찾아오지 말라고 일렀을 텐데?"

"알아요. 하지만 중요한 일이에요."

"죽은 사람이 더 이상 무슨 말을 하겠니?"

"제 남편이요. 그 사람 얼마 전에 죽었어요. 차 사고로. 근데 단순한 사고가 아니었어요."

"그래서? 그게 나하고 무슨 상관이지?"

어머니의 비정한 태도에 금주는 순간 울컥했다.

"그래도 엄마 사위였어요. 제 남편이었다고요! 어떻게 그렇게 말씀하실 수 있죠? 사진을 보내드렸으니 사위 얼굴 정도는 아실 것 아녜요?"

"난 모른다 그런 건 다 태워버렸으니까."

금주는 기가 막혀서 말이 안 나왔다.

"돌아가거라. 나하곤 상관없는 일이야."

"엄마. 그러지 말고 날 좀 봐요. 나 엄마 딸이잖아."

금주는 눈물을 흘리며 애원했지만 영례는 꿈쩍도 하지 않았다. 결국 참았던 울분이 폭발하면서 금주가 버럭 소리를 질렀다.
"날 좀 보라고요!"
그제야 마지못해 영례가 고개를 돌렸다.
나균에 감염된 피부는 인간의 얼굴을 흉측하게 바꿔놓는다. 그녀는 한센인 중에서도 정도가 심한 부류에 속했다. 얼굴의 생김새는 마치 도마뱀을 떠올리게 했다. 코와 한쪽 눈은 균에 의해 침식당해 이미 예전에 그 형태를 잃어버렸다. 손발도 퉁퉁 붓고 기형이 심했다. 그런데도 그녀의 남아있는 한쪽 눈만은 또렷이 빛나고 있었다. 흉측한 외모 때문인지 그것이 더욱 도드라져 보이기까지 했다. 그 모습이 실로 기묘하게 와 닿았다.
"신(神)이라는 게 뭔지 아니? 신을 받아본 여자만이 신의 존재를 알 수 있는 거야. 그들은 늘 우리 주변에 머물러 있지. 우릴 지켜보면서 말이야. 아마 옆에 계신 분도 그걸 이해하실 거다."
그녀는 진명한테로 시선을 돌렸다.
금주는 미리 말하지 않았는데도 진명을 알아본 어머니한테서 약간의 두려움을 느꼈다.
"신진명이라고 합니다."
그가 말했다.
"무당은 아닌 것 같고, 법사님이신가요?"
"맞습니다."
"쯧쯧, 힘든 일을 하시는구먼."
"어머님, 지금 금주 씨는 매우 위험한 상황에 처해 있습니다. 저는 그 이유를 알고 계시리라 생각합니다. 어머님께서도 전에는 무당이셨으니까요."

무당이라는 말에 영례는 오른손을 살짝 떨었다.

"법사님도 그걸 아시겠죠? 신의 뜻을 거스르는 자는 무서운 벌을 받게 된다는 것을."

"네, 저도 압니다."

"지금 내 모습을 보세요. 누가 절 사람으로 생각하겠어요. 흐흐…… 그래, 법사님 말대로 나도 예전엔 무당이었죠. 고운 한복을 입고, 머리엔 고깔을 쓰고, 버선발로 맴을 돌던. 하지만 무당의 길은 고된 길이었어요. 전 자식에게까지 그걸 물려주고 싶지 않았어요. 허나 무당의 피까지는 속일 수가 없는 노릇이었죠. 금주, 너는 모르겠지만 네게도 신기가 있었어."

"예? 뭐라고요?"

충격이었다. 금주는 여태껏 그런 것을 생각해 본 적이 없었다.

"네가 너무 어려서 몰랐을 뿐이지. 내가 그걸 발견하고 얼마나 겁이 난 줄 아니? 이 짓을 딸에게도 시켜야 하는 어미의 마음을 누가 알겠어. 그래서 결심한 거야. 내가 죽는 한이 있어도 자식한테는 이 일을 물려주지 않기로. 결국 인다리[5] 때문에 이 지경이 되었지만…… 그래도 후회하진 않는다."

"그게 정말 사실이에요?"

금주는 믿기지 않는 듯 어머니를 보며 말했다. 그러나 영례는 더 이상 말하지 않았다

---

[5] 사람으로 다리를 놓는다는 뜻으로, 무속에서 신의 뜻을 거스를 경우 본인뿐만 아니라 집안 식구들, 나아가 후대에까지 신의 벌이 미치는 것을 말함.

"혹시 전에 다른 무당에게 원한을 산적이 있습니까?"

진명이 단도직입적으로 물었다.

"원한? 그런 적은 없습니다."

영례의 목소리에는 흔들림이 없었다.

이번엔 좀 더 구체적인 질문으로 넘어갔다.

"그렇다면 머리가 백발인 무당에 대해선 알고 계십니까?"

"……뭐라 하셨죠?"

흉측한 얼굴 속에 파묻힌 눈동자에서 두려워하는 기색이 엿보였다.

금주는 어머니가 백발의 무당에 대해 알고 있음을 확신했다.

"백발을 한 무당 말입니다. 알고 계시죠?"

진명이 재차 물었다. 영례는 낮게 신음했다.

"엄마, 제발 말씀해 주세요. 대체 무슨 일이 있었던 거죠?"

금주는 애원했다.

"그 무당의 원혼이 지금 금주 씨 주변 사람들을 해치고 있습니다. 심지어 전혀 관계가 없는 사람들까지도요. 무슨 일이 있어도 막아야 합니다. 안 그러면 다음 희생자는 금주 씨 본인이 될 겁니다. 말씀해 주십시오. 대체 그 무당은 누굽니까?"

영례는 외면하듯 고개를 돌려 창밖을 내다봤다.

"엄마!"

금주가 소리쳤다.

그러나 목소리가 닿기에는 어머니의 모습이 너무도 멀게만 느껴졌다. 소리는 공허한 메아리가 되어 되돌아올 뿐이었다. 이대로 돌아간다면 더 이상 희망은 없다. 무당의 원혼은 하나씩 주변 사람들을 저승의 문턱으로 보내고 나서 나에게 올 것이다. 아주 여유 있고 느긋하게. 결국 나도 다른 사람들과 마찬가지로 끔찍한 죽음을 맞겠지. 그 원혼이 노리는 것, 복수의 종착역은 바로 나니까. 진명이 아무리 뛰어난 퇴마사라 할지라도 그것까진 막지 못할 거야. 이제 남은 건 절망 속에서 몸부림치는 것인가? 그런 생각을 하자 금주는 눈물이 솟구쳤다.

"제발 부탁이에요. 이대로 죽고 싶지 않아요. 저한테는 세연이가 있다고요. 그 애를 놔두고 죽을 순 없어요. 제발요. 엄마."

"금주 씨."

진명은 안타까운 얼굴로 금주를 바라보았다.

"아이가 몇 살이니?"

영례가 물었다.

"네?"

뜻밖의 질문에 금주는 순간 당황했다.

"세연이 말이다. 몇 살이지?"

금주는 대답했다.

"올해로 여섯 살이 됐어요."

"그래? 많이 컸구나. 아마도 널 쏙 빼닮았겠지?"

"……."

"너도 여섯 살 때는 참 귀여웠는데. 어미의 마음은 다 똑같은 거야. 자식을 위해서리면 목숨 바서노 내던질 수 있지."

그녀는 잠시 자조 섞인 웃음을 지었다.

"아까 말한 그 백발의 무당은…… 돌아가신 너의 외할머니와 관계가 있단다."

"외할머니요?"

금주는 외할머니에 대해 아는 바가 거의 없었다.

"오래된 얘기지. 내가 태어나기도 전의 일이니까. 나도 너의 외할머니한테 들은 얘기란다."

"말씀해 주세요. 그 무당이 누군지. 왜 우릴 괴롭히는지 말예요."

"후우—"

영례는 길게 한숨을 내쉬고 나서 장롱 속에 넣어둔 케케묵은 옷을 꺼내듯 오래전 이야기를 꺼내놓았다.

"너의 외할머니는 제주도에서 유명한 심방이었단다."

"심방이요?"

"제주에선 무당을 그렇게 부르지. 어머니는 김녕리 마을의 당매인 심방이었다. 마을 굿을 책임지는 큰 무당이란 뜻이야. 어느 날, 마을에 출산을 앞둔 산모가 있어서 어머니가 그 집을 찾아갔단다. 그 집은 어머니의 오래된 당골이었으니까. 다행히 산모는 순산했고, 아기는 딸이었단다. 그런데 아기를 낳고 보니 이상했어. 아기의 외모가 범상치 않았거든……"

아기는 석회가루를 뒤집어쓴 것처럼 눈부시게 하얬다. 머리카락도, 몸에 난 솜털들도 모두 다 백색이었다. 게다가 사람들을 더욱 놀라게 한 것은 아기의 눈이었다. 검은색이어야 할 눈동자가 피처럼 붉은색을 띠고 있었기 때문이다.

소녀의 어머니는 딸을 낳기 전에 김녕사굴에서 기다린 뱀 한 마리가 기어 나오는 태몽을 꾸었다고 했다. 어머니는 사굴에 사는 칠성님이 아기를 점지해 주신 거라고 철썩 같이 믿었다. 하지만 그와는 상관없이 마을 사람들은 하나같이 그 소녀를 불길한 징조라고 생각했다.

소녀가 첫 달거리를 하던 날, 섬에 갑작스런 태풍이 불어 닥쳤다. 어부였던 아버지는 바다에 나갔다가 끝내 돌아오지 못했다.

마을에선 죽은 어부들의 넋을 달래고자 용왕제가 열렸다.

당매인 심방인 이춘애가 그 굿을 맡아서 했다. 굿이 벌어지는 중간에 갑자기 소녀가 굿판 한가운데로 걸어 나왔다. 굿은 중단되었고, 사람들이 웅성거리기 시작했다. 춘애는 아이를 혼내려다가 그만두었다. 아이의 상태가 예사롭지 않았기 때문이다. 소녀는 마을 사람들의 얼굴을 하나하나 쳐다보며 말했다.

"너…… 너…… 그리고 너…… 모두 죽는다. 혼날 혼시에(같은 날 같은 시간에)……"

지목된 사람들이 얼굴을 붉히며 화를 냈다. 춘애는 사람들을 달래고 나서 소녀에게 물었다.

"그게 무슨 말이꽈? 마을에 큰 재앙이라도 닥친단 말이꽈?"

"엄청나게 많은 사람이 죽을 거여. 수백, 수천 명도 넘어. 다들 죽어서 구덩이 속에 처박힐 거여. 누구도 피할 수 어서."

구경꾼 중에 누군가 소리쳤다.

"헛소리 집어 쳐! 어찌 그리 많은 사람이 죽는단 말이꽈! 어데 화산이라도 폭발한데미님?"

그 말에 맞장구치듯 사람들이 깔깔거리며 웃어댔다.

그러나 춘애만은 진지하게 소녀의 말을 들어주었다. 그녀도 신을 모시는 사제이기에 그 말을 그냥 흘려버릴 수가 없었다.

"가만히들 계셔봅서게…… 그 재앙이 대체 어데서 오는 거란 말이꽈?"

"그건 재앙이 아니라게."

소녀는 덤덤하게 대답했다.

"그럼 뭐꽈?"

소녀는 시뻘건 눈으로 먼 곳을 응시하며 말했다.

"사람들이 사람들을 죽여. 이디서 엄청난 살육이 일어날 거여. 곧……"

소녀의 대답은 깔깔거리며 웃던 구경꾼들에게 찬물을 끼얹기 충분했다. 그러나 당시 누구도 소녀의 말을 믿으려 하지 않았다. 이춘애마저도 그 말을 곧이곧대로 믿진 않았지만 마음 한편엔 늘 불안함이 가시지 않았다. 아무리 봐도 아이가 거짓말을 하는 것 같지는 않았기 때문이다.

그날 춘애는 소녀에게서 무녀로서의 자질을 발견했다. 그녀는 고민 끝에 소녀의 어머니를 찾아가 딸아이를 가르쳐보고 싶다고 했다. 사정이 사정인지라, 남편을 잃고 생계가 막막해진 어머니는 마지못해 춘애의 부탁을 들어주었다. 그때부터 소녀는 무속의 길로 들어서게 되었다.

춘애는 소녀에게 초신질[6]을 발라주고 그녀의 신어머니가 되었다. 초신질을 바르고 나서, 춘애는 신딸이 된 소녀에게 그날 용왕제에서 했던 말을 기억하느냐고 물었다. 하지만 소녀는 전혀 기억

---

6) 초신실을 밀렀다는 말은 제주에서만 쓰는 말로 내림굿을 받았다는 뜻이다. 제주 심방은 평생 세 번의 신질(초신질, 이신질, 삼신질)을 바르는데 처음 무속의 길로 들어서는 선무당이 바르는 신질이 바로 초신질이다.

이 나지 않는다고 대답했다. 그녀는 몹시 궁금했으나 기억이 나지 않는다고 하니 더는 캐묻지 않기로 했다.

소녀는 신어머니가 가르쳐준 대로 굿을 배워나갔다. 아이는 천부적인 재능을 타고난 무녀였다. 하나를 가르쳐주면 절대로 잊어버리는 일이 없었다. 춘애는 많은 신딸 중에서 이만큼 굿을 잘하는 아이를 본 적이 없었다. 어른이 되면 분명 마을 굿을 책임지는 큰 심방이 될 거로 생각했다.

그렇게 2년이 지나고, 열일곱 살이 된 소녀는 차츰 성숙한 여인으로 변해갔다. 그 무렵 춘애는 용왕제에서 있었던 일들을 까맣게 잊고 있었다.

그 일이 터지기 전까진…….

제주 4.3항쟁은 소녀의 말대로 수많은 도민을 죽음으로 몰아넣었다. 구덩이 속에는 썩어가는 시체들로 가득했다. 제주의 어디를 가든 피 냄새가 끊이지 않았다. 당시 제주는 한마디로 생지옥, 그 자체였다.

도민을 지켜야 할 경찰은 공비를 토벌한다는 명목으로 수많은 사람을 고문하고 처형했다. 그중에서도 가장 악랄하게 학살을 자행한 단체가 바로 '서북청년단'이라는 우익폭력집단이었다. 그들은 부녀자, 노인, 심지어 코흘리개 아이들까지도 빨갱이라는 누명을 씌워 사지를 찢고 죽창으로 찔러 죽였다. 서북청년단원들은 제주에서 무소불위의 권력을 휘두르는 존재였다. 조금이라도 이들의 눈 밖에 나는 짓을 했다간 그날로 황천길이었다.

당시 그들은 저항군들이 동굴에 숨어들었다는 정보를 입수하고 군경과 합동해 수색을 벌이는 중이었다. 마침 소녀와 어머니는 사굴 앞에서 수색을 마치고 돌아오던 서북청년단원들과 마주치게 되었다. 그들은 모두 죽창과 총으로 무장하고 있었다. 단원들은 모녀가 가지고 있던 과일과 떡을 보더니 혹시 저항군에게 주려고 가져온 것이 아니냐며 추궁하기 시작했다. 어머니는 칠성님에게 바칠 제사 음식이라고 말했지만 아무도 그 말을 믿으려 하지 않았다. 바른 대로 말하지 않는다며 단원 중 하나가 죽창으로 어머니의 허벅지를 찔렀다. 치마는 금세 피로 물들었고, 여인은 고통스러운 비명을 토해냈다. 소녀가 제발 살려달라고 빌었지만 그들은 어머니의 반대쪽 허벅지마저 죽창으로 찌르고 말았다. 그래도 자백하지 않자, 이번엔 어머니가 보는 앞에서 소녀를 겁탈하기 시작했다. 소녀는 양팔과 다리를 붙잡힌 채 단원들에게 돌아가며 윤간을 당했다. 금수만도 못한 그들은 울부짖는 어린 소녀를 깔아뭉개며 마냥 즐거워했다. 보다 못한 어머니가 자신을 밟고 있던 단원의 다리를 물어뜯자, 화가 난 단원이 군홧발로 그녀의 턱을 부숴버렸다. 그래도 분이 풀리지 않았는지, 가지고 있던 칼로 양쪽 젖가슴을 도려냈다. 소녀는 강간당하는 동안에도 어머니를 부르짖었다. 간신히 숨이 붙어 있던 어머니는 단원이 쏜 총에 머리를 맞고 결국 숨을 거뒀다. 그들은 그것도 모자라 만신창이가 된 소녀의 두 눈을 칼로 도려내기까지 했다. 대낮에 참혹한 만행을 저지른 서북청년단원들은 소녀를 버려두고 그곳을 떠났다. 그렇게 한동안 의식을 잃고 사경을 헤매던 소녀는 근처를 지나던 마을 주민에게 발견돼 운 좋게도 목숨을 건질 수 있었다.

이 사실을 알게 된 춘애는 치가 떨릴 정도로 몹시 분노했지만 아무리 억울하다 한들 누구한테 하소연할 수는 일이 아니었다.

딸아이마저 죽지 않은 게 그나마 천만다행이었다.
 그 후로도 제주에서 살육의 광기는 계속 이어졌다. 사람들은 불안과 공포에 휩싸인 채 하루하루를 숨죽이며 살아갔다. 춘애는 2년 전 용왕제에서 딸아이가 했던 말을 떠올리며 몸서리를 쳤다. 그녀가 지목했던 사람들 모두 같은 날 공개처형을 당해 구덩이 속에 파묻혔기 때문이다. 그녀의 말대로 누구도 죽음을 피할 수 없었다.

 영례는 거기까지 말하고서 심하게 기침을 해댔다.
 "괜찮으세요?"
 금주가 걱정스러운 얼굴로 물었다.
 "이러다 금방 가라앉으니까 신경 쓰지 말거라."
 "간호사가 어머니보고 담배를 너무 피우신대요. 이제 그만 끊으세요."
 "그거라도 없으면 어찌 살란 게냐."
 "엄마……"
 "그 후에 여자는 어떻게 됐습니까?"
 진명이 물었다.
 영례는 숨을 고르고 나서 다시 입을 열었다.
 "갑자기 사라져버렸답니다."
 "사라졌다고요?"
 "그래요. 앞도 보지 못하는 주제에 감쪽같이 사라졌더랍니다. 한참을 찾아다니다가 결국엔 어머니도 포기하셨죠. 아무래도 바다에 뛰어든 게 아닌가 하고 생각하셨답니다. 그리고 그렇게 몇 개월이 지났어요. 그러던 어느 날, 마을에 이상한 일이 일어나기 시작했습니다. 갑자기 뱀에 물려 죽는 사고가 잦아진 거예요. 그 전에도 그런 사고가 있긴 했지만 한 달 사이에 서른 명이 뱀에 물려 죽는 일은 없었으니까요. 게다가 뱀이 집 안으로 들어와 잠자는 사람을 물기까지 했답니다. 그렇게 죽은 사람들 대부분이 이상하게도 경찰이나 서북청년단원들이었어요. 그들은 저항군들이 산에서 뱀을 잡아 마을에 풀어놓은 거로 생각했던 모양입니다. 그래서 또다시 토벌대를 보내 산을 수색했죠. 허나 아무리 뒤져 봐도 사람은커녕 뱀 새끼 한 마리 보지 못했답니다. 그 후로도 뱀에 물려 죽은 사람들은 계속해서 늘어났고, 급기야 서북청년단원 몇 명이 실종되는 사건까지 일어났더랬죠. 끝내 아무도 그 이유를 알지 못했어요.

그리고 얼마쯤 지나자 이번엔 이상한 소문이 나돌기 시작했어요. 누군가 한밤중에 사굴 안으로 들어가는 모습을 봤다는 겁니다. 어두워서 자세한 모습을 보진 못했지만 생김새가 꼭 여자 같더랍니다. 사람들은 겁이 나서 그 근처엔 얼씬도 하지 않았더랬죠. 한데 그 소문을 들은 어머니는 뭔가 심상치 않음을 느끼셨어요. 실종된 신딸과 김녕사굴은 묘한 관계로 얽혀 있었으니까요. 결국 어머니께선 직접 확인을 하려고 사굴 안으로 들어가셨어요. 자신의 신딸들을 몇 명 데리고서 말이죠. 동굴 안에 도착한 곳은 어떤 커다란 공간이었답니다. 그게 정확히 어떤 곳이었는지는 어머니도 말씀해 주시지 않으셨어요."

"그래서 찾았습니까? 그 여자를?"

"예, 찾았지요. 그리고 아기도 함께 말입니다."

"아기요? ……설마!"

금주는 그 말 속에 숨은 뜻을 이해하고는 경악을 금치 못했다.

"그럼 동굴 안에서 아기를 낳았다는 말입니까?"

진명이 물었다.

"아기를 낳고, 거기서 젖까지 물렸겠죠. 아마도 그 서북청년단원들 중의 하나였을 겁니다. 그때 임신을 한 거예요. 그리고 자신이 임신한 것을 알고 사라졌던 거죠."

"비극이군요."

"여자는 칠성님의 힘으로 뱀을 부려서 사람들을 물게 하였다고 했어요. 어머니는 화를 내며 당장 그 짓을 그만두라고 하셨죠. 그리고 아기를 데리고 굴에서 나오라고 했답니다. 하지만 여자는 결코 그럴 마음이 없었어요. 자신은 복수를 계속할 거라면서요. 어머님은 신딸이 악한 길로 들어서려는 것을 막으려고 하셨죠. 그러나 여자는 끝내 말을 듣지 않았어요. 이미 그녀는 인간도 귀신도 아닌 존재가 되어 있었으니까요. 그래서 결국, 어머님은 자신의 신칼[7]로 여자를 내리치셨죠."

"죽였습니까?"

"그렇게 되었죠. 어머님은 주변에 있는 돌을 쌓아서 여자에게 무덤을 만들어주셨어요. 그리고 아기를 데리고 밖으로 나오셨죠. 그런데 놀라운 건, 다음 날 다시 동굴 안으로 들어갔을 때 거기 있어야 할 공간이 감쪽같이 사라지고 없더라는 겁니다. 마치 처음부터 존재하지 않았던 것처럼 요……. 제가 아는 이야기는 여

---

[7] 무당이 굿을 할 때 쓰는 칼. 이것으로 신딸에게 내림굿을 해준다.

기 까집니다."

영례는 나직한 한숨을 흘렸다.

"그럼 그 아기는 어떻게 됐습니까?"

진명이 물었다.

"다른 사람의 손에 맡기셨답니다."

"아직 제주에 살고 있나요?"

"그야 저도 모르죠."

영례는 또다시 기침을 해댔다.

하지만 이번에는 왠지 일부러 기침을 한 것 같다고 금주는 생각했다. 대답을 회피하려는 것일까? 속내를 알 수가 없다.

기침을 하던 영례가 갑자기 생각난 듯 고개를 들어 말했다.

"……그런데 그 여자가 죽기 전에 이상한 말을 하나 남겼답니다."

"이상한 말이요?"

"'두 개의 별이 지고, 달이 피로 물드는 밤에 내가 돌아오리다.' 이렇게 말했다네요."

"흠—"

진명은 한 손으로 턱을 어루만지며 잠시 생각에 잠긴 얼굴이 되었다.

"다 물으셨으면 인제 그만 돌아가세요. 여긴 멀쩡한 사람이 오래 있을 곳이 못 되니까."

영례가 말했다.

"알겠습니다. 이렇게 불쑥 찾아와 폐를 끼쳐 드려 정말 죄송합니다. 어머님 말씀이 무척 큰 도움이 됐습니다."

이번엔 영례가 금주를 보며 말했다.
"너도 이제 다시는 찾아오지 말거라."
금주는 무겁게 입을 열었다.
"그렇게 할게요. 어머니도 건강 조심하세요. 담배는 그만 끊으시고요. 전 이만 가볼게요."
영례는 잘 가란 말도 하지 않고 창가 쪽으로 고개를 돌렸다.
"그럼…… 안녕히 계세요."
금주는 인사를 드리고 나서 밖으로 나갔다.
진명도 뒤따라 나가려다가 문득 다시 돌아섰다.
"혹시 그 무당의 이름을 알고 계십니까?"
진명이 물었다.
영례는 잠시 뜸을 들이다가 입을 열었다.
"심석정…… 이게 그 무당의 이름이요."
"그렇군요. 감사합니다."
진명은 다시 한 번 인사를 드리고 병실을 나섰다.

20. 침입

 차는 출발한 지 두 시간 삼십여 분만에 광주광역시를 통과해 호남고속도로 위를 달리고 있었다. 서울까지는 대략 서너 시간 정도 더 가야 한다. 도착하면 밤 열 시쯤 될 것이다.
 진명은 운전하는 동안 금주 어머니가 했던 이야기를 머릿속에 떠올렸다.
 심석정. 그녀가 바로 사람들을 죽음으로 몰아넣은 백발의 무당이었다. 천부적인 재능을 타고났던 무녀. 만일 그녀가 무당이 되지 않았다면 어땠을까? 어쩌면 에드가 케이시 같은 유명한 예언가나 심령가가 되었을지도 모른다. 금주 씨 어머니의 말대로라면 그녀는 특별한 예지능력을 지니고 있었을 것이다. 수많은 사람 중에서 정확히 누가 죽을 것인지 지목해 냈다. 그리고 그것을 모두 맞췄다. 솔직히 말하면 진명도 그 말을 들었을 때 소름이 돋았다.

그런 여자가 한을 품고 악귀가 되다니……. 그는 지금껏 수많은 영가를 상대해 왔지만 이토록 지독한 영가는 본 적이 없었다. 영의 힘 또한 진명과는 상대가 되지 않을 정도로 강력하다. 과연 이런 그녀를 당해낼 수 있을까?

진명은 문득 그날 수혜의 혼령이 찾아와 자신에게 도망치라고 했던 말을 떠올렸다. 그녀는 이런 일이 일어날 거라는 것을 이미 알고 있었던 것일까? 어쩌면 그동안 느낀 불길함의 정체가 이것 때문이었는지도 모르겠다는 생각이 번뜩 들었다.

그의 초조한 마음을 반영하듯 차의 속도가 점점 올라갔다. 검은색 파이어버드가 도로 위를 무섭게 달려나갔다.

"너무 빠른 거 아니에요?"

옆에서 금주가 걱정스러운 목소리로 말했다.

그제야 진명도 게이지를 확인했다. 이미 계기판의 바늘은 시속 150km를 넘어섰다. 진명은 곧바로 차의 속도를 줄였다.

"다른 생각하고 계셨죠? 아마도 저희 어머니가 하신 말씀을…… 저도 그 생각을 하고 있었어요."

"그 여자, 정말 대단한 능력을 타고났어요."

진명은 말했다.

"그런가요?"

"예지능력에 정신지배(Psychic Domination)능력까지 있었던 것 같아요. 뱀을 조종하는 걸로 봐선. 그것만으로도 대단하다고 할 수 있죠."

금주는 그렇구나 라는 얼굴로 가만히 고개를 끄덕였다.

"그녀가 백발에 붉은 눈을 가졌다고 했죠? 그건 알비노이기 때문이에요. 전형적인 증상이죠."
"왜 그렇게 복수에 집착하는지 이해가 안 돼요. 벌써 수십 년도 지난 일인데. 게다가 저하곤 상관도 없는 일이잖아요."
"귀신의 처지에서 보면 세월의 흐름은 아무 의미가 없어요. 귀신은 늙거나 나이를 먹지 않으니까요. 그러니 오십 년 전 일이든 백 년 전 일이든 그들에겐 항상 오늘 같은 거죠. 할머님은 이미 돌아가셨지만 그 여자의 복수는 아직도 진행 중이에요. 대를 거듭해 복수하는 것도 원귀들의 전형적인 습성이죠."
"그렇군요."
금주는 음울한 목소리로 답했다.
"근본적인 원인을 해결하지 않는 이상 복수는 끝나지 않을 겁니다. 여자의 맺힌 한을 풀어주든가, 아니면…… 소멸시키든가."
"영혼의 소멸? 그게 가능해요?"
"빛이 있으면 어둠이 있고, 시작이 있으면 끝이 있듯, 마찬가지로 생성이 있으면 소멸도 있는 법이죠. 물론 쉬운 일은 아니에요."
"죽은 영혼을 또 죽인다…… 영혼의 사형집행인 셈이군요."
"그런 셈이죠."
진명은 왠지 입 안이 씁쓸했다.
"어느 쪽을 택하실 건가요?"
금주가 물었다.
"선택의 여지가 없을 것 같네요. 이미 천도는 어려워졌어요. 너무 많은 피를 봤으니까."
금주는 답답한 마음에 작게 한숨을 내쉬었다.
"왜 이런 일이 일어날 수밖에 없는 걸까요? 이째서……"

"할머니를 원망하세요?"
"아니라고 하면 거짓말이겠죠. 한데 어쩔 수 없잖아요. 외할머니가 없으면 지금의 저도 여기 없을 테니까요."
"외할머님과 어머님, 그리고 금주 씨는 같은 운명의 끈으로 묶인 사람들이에요. 거기다 무속이라는 강력한 연결고리까지 더해서요. 잘못은 그 여자가 저지른 겁니다. 비록 안타까운 생을 살다 갔지만 그렇더라도 지금의 행위가 용서받을 수 있는 건 아니에요."
"사람은 살아서나 죽어서나 같은 잘못을 저지르는군요."
"어리석죠. 사람은."
"진명 씨는 운명을 믿으세요?"
"아무래도 제가 하는 일이 이런 일이다 보니…… 약간은 믿는 편이에요."
"남편이 그렇게 죽은 것도 결국엔 운명이었을까요?"
진명은 슬쩍 그녀를 쳐다봤다.
"운명이길 바라세요?"
"그랬으면 해요. 그래야 죄책감을 조금은 덜 수 있을 테니까요."
금주는 잠시 먼 곳을 응시하듯 허공 속으로 시선을 던졌다.
진명이 말했다.
"전에 사랑하던 여자가 있었어요. 오래전 얘기죠. 우린 결혼까지 약속한 사이였어요. 그녀가 아프지만 않았다면 아마 결혼했을 겁니다."
"어디가 아팠는데요?"

진명은 손가락으로 자신의 머리를 가리켰다.

금주도 곧 이해했는지 고개를 살짝 끄덕였다.

"처음엔 고칠 수 있을 거라 생각했어요. 그게 실수였죠. 그녀의 말도 듣지 않고, 무조건 제 생각대로만 밀어붙이려고 했거든요. 전 차츰 나아지고 있다고 생각했어요. 근데 사실은 그게 아니었죠. 그녀는 정말로 빙의 현상에 시달리고 있었던 거예요."

"빙의요? 그럼?"

"네, 귀신에 씐 거죠. 결국 그녀는 자신의 몸에 기름을 붓고 분신자살을 했어요. 제가 보는 앞에서요."

"세상에."

금주는 입을 다물지 못했다.

"전 그 순간 아무것도 할 수가 없었어요. 눈앞에서 사랑하는 여자가 죽어가는 데도 말이죠. 처음으로 저 자신이 무능하다는 걸 느꼈어요. 그리고 불행인지 다행인지, 그때부터 제 눈에도 보이지 않던 것들이 보이기 시작하더군요. 그것이 계기가 되었죠."

"그랬군요. 전 그런 줄도 모르고……"

"제가 금주 씨의 마음을 이해하는 것도 과거에 그런 일을 겪었기 때문이에요. 아까 금주 씨가 운명을 믿느냐고 물었을 때 약간은 믿는 편이라고 했죠? 운명이란 늘 변수가 있기 마련이에요. 만일 그때 제가 그녀의 말을 믿었더라면 그런 일은 일어나지 않았겠죠. 과거로 돌아갈 수만 있다면 그 부분을 바꿔놓고 싶어요. 물론 그런 일은 불가능하겠지만요. 하지만 미래는 얼마든지 바꿀 수 있다고 생각해요. 우리가 어떻게 하느냐에 따라서."

"정말 그럴까요? 그 소녀는 사람들의 죽음을 정확히 맞췄잖아요. 그리고 누구도 피할 수 없다고 했어요. 운명이란 그렇게 피할 수 없는 게 아닐까요?"

"그때 사람들은 소녀의 말을 믿지 않았어요. 믿으라고 해도 절대 믿지 않았겠죠. 그래서 그들은 시도도 안 해보고 죽은 거예요. 주열 선배는 그런 기회조차 없었죠. 만약에 미리 알았더라면……"

"진명 씨가 구해줬겠죠."

금주가 미소 지으며 말했다.

"아마도 그랬겠죠."

"고마워요. 진명 씨가 있어서 마음이 놓여요."

진명은 주열의 죽음을 몹시 가슴 아파했다. 그래서 어떻게든 그의 가족들만큼은 꼭 지켜주고 싶었다. 고인과의 약속대로.

"서울까진 아직 멀었으니까 가는 동안 눈 좀 붙이세요."

진명은 말했다.

"안 그래도 졸리던 참이었어요. 어제 밤잠을 설쳤거든요."

금주는 시트를 조금 뒤로 기울였다. 그러곤 창가 쪽으로 고개를 돌리고 눈을 감았다.

"그렇다고 너무 과속하진 말고요."

"살살 몰도록 하죠."

금주는 몸을 약간 비틀어 자세를 고치고 나서 얼마 지나지 않아 조용히 잠이 들었다.

진명은 금주가 잠든 것을 알고 라디오를 켰다. 그녀가 깨지 않도록 소리를 줄인 채 음악이 나오는 곳을 찾아 주파수를 돌렸다. 마침 조용한 클래식 음악을 틀어주는 방송이 있었다.

진명은 운전을 하면서 무녀가 죽기 전에 마지막으로 했던 말을 떠올렸다.

'두 개의 별……. 달이 피로 물든 밤…… 혹시 그녀는 죽기 전에 미래를 본 것이 아닐까? ……어쩌면 자신의 운명을 보았을지도 모르지…… 만약 그렇다면……'

라디오 클래식의 묵직한 첼로 선율이 진명의 가슴에 공명을 일으켰다. 차는 어느새 원덕 터널 안으로 진입하고 있었다.

금주의 시대

혜순은 깜빡 잠이 들었다. 남편을 기다리다가 그만 식탁 위에 엎드려 잠든 것이다. 머리가 조금 몽롱했다. 대체 언제부터 잠이 들었던 걸까? 이상하게도 잠들기 전의 기억이 나지 않는다. 그렇게 피곤하진 않았는데…… 혜순은 두 팔을 머리 위로 쭉 뻗어 기지개를 켰다. 그러고 나서 식탁 위에 놓아둔 휴대폰을 들어 전화가 왔었는지 확인했다. 6시 27분에 문자가 하나 와 있었다. 확인해 보니 남편이 보낸 것이다. '늦을 것 같으니까 기다리지 말고 먼저 자.' 혜순은 흥! 하고 콧방귀를 뀌었다. 어디서 또 술상무 노릇하느라 새벽 늦게 들어올 것이 뻔했다. 휴대폰을 닫고 시계를 보았나. 8시 33분.

"어머, 벌써 이렇게 됐네. 내 정신 좀 봐."

남편이 일찍 들어올 줄 알고 아직 저녁도 먹지 않았다. 혜순은 서둘러 자리에서 일어나 거실로 향했다. 거실에서 TV 소리가 들렸다. 세연이가 소파 위에 앉아 케이블에서 해주는 만화 영화를 보고 있었다.

"아직도 TV 보고 있었어?"

세연은 TV를 보면서 고개만 끄덕였다. 혜순은 밥을 챙겨주지 못해 여간 미안한 게 아니었다.

"숙모가 그만 깜빡 잠이 들었지 뭐니. 우리 세연이 배 안 고파?"

아이는 살짝 고개를 저었다.

"에그, 그래도 뭐 좀 먹어야지. 조금만 기다려. 금방 밥 차려줄게."

혜순은 거실을 지나 시어머니가 계신 안방으로 향했다. 자신을 깨우지 않은 걸로 봐선 어머니도 주무시고 계신 게 아닐까 생각됐다. 문 앞에서 두 번 노크를 한 뒤 "어머니." 하고 불렀다. 대답이 없자 다시 한 번 노크하고 불러보았다. 이번에도 역시 대답이 없었다.

"정말 주무시나?"

혜순은 일단 저녁을 차리고서 식사를 하실 것인지 여쭤보는 게 좋을 것 같다고 생각했다. 괜히 깨웠다가 저녁도 안 차리고 뭐 했느냐고 혼나는 것보다 그쪽이 나을 것 같아서였다.

그녀가 뒤돌아서 가려는 순간, 방 안에서 소리가 들렸다.

'깨셨나 보네?'

다시 문으로 가서 노크했다.

똑똑—

"어머니, 일어나셨어요?"

잠시 귀를 기울여 봤지만 아무 소리도 들리지 않았다. 혜순은 고개를 갸웃했다. 살며시 문을 열고 안을 들여다보았다. 방 안은 어두웠다. 바닥에 깔린 푹신한 요 위에 정옥이 누워 있었다. 그리고 그 주위로 화려한 자개장이 에워싸고 있었다. 혜순은 그 윤기 나는 검은 색채가 방 안을 더욱 어둡고 칙칙하게 만드는 것 같아서 자개장을 별로 좋아하지 않았다. 어머님은 여전히 잠들어 있는 것처럼 보였다. 내가 잠꼬대라도 들었나 보다. 그렇게 생각하고 조심스럽게 문을 닫으려 했다. 그런데.

"으크크큭……. 크크크르륵……"

혜순은 소스라치며 다시 시어머니를 돌아보았다. 정옥의 입에서 이상한 소리가 흘러나오고 있었다.

"크르르륵…… 으그그그…… 크륵크륵……."

혜순은 당황하여 어찌할 바를 몰랐다.

"어, 어머니, 왜 그러세요?"

정옥은 계속 이상한 소리를 내뱉으며, 급기야 팔과 다리를 뒤틀기까지 했다. 혜순이 가까이 다가가 정옥을 흔들어 깨워봤지만 소용이 없었다. 갑작스런 시어머니의 행동에 혜순은 심장이 벌렁거렸다.

"어머니! 정신 차리세요! 대체 왜 그러시는 거예요?"

갑자기 정옥이 간질 환자처럼 발작을 일으키기 시작했다.

"제발요. 어머니!"

"크크크큭……."

정옥의 눈이 허옇게 뒤집혔다. 그 모습에 혜순은 기겁하며 뒤로 물러났다. 시어머니의 얼굴에서 차츰 핏기가 사라져갔다.

"어, 어머니, 조금만 참으세요. 제가 금방 애 아빠 오라고 할게요."

혜순은 곧장 방을 나와 휴대폰을 놔둔 부엌으로 향했다. 거실을 지나다가 TV를 보던 세연과 눈이 마주쳤다. 아이가 불안해하는 얼굴로 자신을 쳐다보고 있었다. 무슨 일이냐고 묻는 표정이었다. 혜순은 아이가 놀랄까 봐 어색하게 웃어 보였다.

"세연아, TV 그만 보고 잠깐 위층 언니 방에 들어가 있을래? 어서, 착하지?"

아이는 마지못해 고개를 끄덕이며 리모컨으로 TV를 껐다.

혜순은 서둘러 부엌으로 가서 식탁 위에 놓인 휴대폰으로 남편에게 전화를 걸었다. 세 번이나 전화를 다시 걸었지만 남편은 아예 전화를 받을 생각조차 하지 않는 것 같았다. 혜순은 전화기에다 대고 울면서 애원했다.

"성희 아빠, 제발 좀 받아. 술 좀 그만 먹고!"

아무리 전화를 걸어도 받지 않는 남편이 그저 야속하기만 했다. 결국 포기하고서 119에 도움을 청하기로 했다. 버튼을 누르고, 신호가 가는 동안 혜순은 초조한 마음을 애써 억눌렀다. 드디어 119 안내원이 전화를 받았다.

"여보세요? 119죠? 지금 저희 시어머님이……."

퍽!

짧고 둔탁한 충격음과 함께 혜순은 전화기를 손에 들고 부엌

바닥에 고꾸라졌다. 그녀는 비명조차 지르지 못했다. 휴대폰 안에서 "여보세요?"라고 묻는 안내원의 목소리가 흘러나왔다. 혜순의 손이 약간씩 떨렸다.

숙모가 부엌으로 사라지자 세연은 잠깐 서서 망설이더니, 이윽고 리모컨을 들어 다시 TV를 켰다. 마침 제일 좋아하는 만화 '톰과 제리'가 하고 있어서 어쩔 수가 없었다. 세연은 입을 헤벌린 채 금방 만화 속으로 빠져들었다.

혜순이 부엌에서 발을 동동 구르고 있을 때, 안방 문이 스르륵 열렸다. 이상한 기분을 느낀 세연은 안방 쪽으로 고개를 돌렸다. 하얀 모시옷을 입은 할머니가 방 안에서 걸어 나오고 있었다. 세연은 본능적으로 숨어야겠다는 생각이 먼저 들었다. 마침 TV 만화 안에서도 영특한 생쥐 제리가 고양이 톰을 피해 숨는 장면이 나왔다. 아이는 재빨리 소파 뒤에 몸을 숨긴 뒤 보일랑 말랑 머리를 들어 상황을 살폈다.

정옥이 술 취한 사람처럼 비틀거리며 걸어갔다. 그녀의 오른손에는 어떤 묵직한 물건이 들려 있었다. 거실을 지나고 있을 때, 순간 정옥이 고개를 돌려 소파 쪽을 보았다. 당황한 세연은 얼른 머리를 밑으로 내렸다. 잘못 본 게 아니라면, 할머니의 두 눈은 허옇게 뒤집혀 있었다. 아이는 겁에 질린 채 소파 뒤에서 숨죽이고 있었다. 조금 뒤에 다시 발소리가 들렸다. 세연은 고개를 내밀었다. 할머니가 부엌 쪽으로 걸어가는 것이 보였다.

바로 등 뒤에 눈이 뒤집힌 할머니가 서 있는 것도 모르고 숙모는 오로지 전화에만 정신이 팔려 있었다. 정옥이 팔을 높이 들어 올렸다. 그녀의 손에는 방 안에 있던 수석(壽石) 한 덩어리가 들려 있었다.
퍽!
할머니가 휘두른 돌덩이에 맞아 숙모가 쓰러졌다.
소파 뒤에 숨어서 부엌을 훔쳐보던 세연은 숙모가 돌에 맞아 쓰러지는 것을 보고 자기도 모르게 "히익!" 하는 소리를 내뱉고 말았다. 그 순간 정옥의 머리가 홱 돌아가면서 거실을 주시하기 시작했다. 몸통과 상관없이 머리가 완전히 뒤로 돌아갔고, 눈은 허옇게 뒤집혀 있어 그 모습이 너무도 기괴했다.
세연은 손으로 입을 틀어막고 숨까지 참았다. 작은 심장이 콩닥콩닥 뛰었다.
그때 부엌 쪽에서 발소리가 들렸다. 세연은 용기를 내서 오른쪽으로 살짝 얼굴을 내밀었다. 할머니가 주변을 두리번거리며 이쪽으로 다가오는 모습이 보였다. TV 만화 속에서도 톰이 제리를 찾으려고 열심히 주변을 살폈다. 세연은 조마조마했다. 여기 있다가는 금방 들켜버릴 것 같았다.
정옥이 소파 근처로 다가오고 있었다. 흰자위가 드러난 두 눈이 빛을 받아 번득였다. 세연은 엉금엉금 기어서 반대편 소파로 움직였다. 저벅— 저벅— 저벅— 이윽고 발소리가 멈췄다. 동시에 세연도 행동을 멈췄다. 잠시 기다려봤지만 TV 소리 말고는 들리지 않는다. 할머니는 어디 있는 걸까? 세연은 그렇게 생각하며 다시 앞으로 움직였다.
그때 느닷없이 위에서 할머니의 얼굴이 불쑥 내려와 세연은 비명을 질렀다. 정옥이 손을 뻗어 세연을 붙잡으려 했다. 손이 닿으려는 순간 일어서서 뛰기 시작했다. 거실을 가로질러 위층으로 가는 계단까지 달렸다. 계단은 중간 계단참에서 90도로 한번 꺾여 있었다. 세연이 막 계단참에 오르려는 찰나, 할머니의 손이 가느다란 발목을 덥석 잡아챘다. 세연은 몸이 앞으로 쓰러진 채 밑으로 끌려 내려갔다. 뒤를 돌아보자 무서운 얼굴을 한 할머니가 자신의 발목을 잡아끌고 있었다. 세연은 기겁하며 어떻게든 끌려 내려가지 않으려고 안간힘을 썼다. 정옥이 다른 손으로 잡으려고 하자, 겁에 질린 세연이 마구 발버둥을 쳐댔다. 그 와중에 잡히지 않은 오른발로 할머니의 가슴을 밀었다. 균형을 잃은 정옥은 아이의 발목을 놓친 채 뒤로 벌러덩 나자빠지고 말았다. 발로 미는 힘이 어른만큼 세진 않았지만 일흔이 넘은 할머니를 넘어뜨리기에는 충분했다. 넘어지면서 쿵! 하는 소리가 날 정도로 바닥에 머리를 세게 부딪쳤다. 정옥은 그 상태로 꼼짝도 하지 않았다.

 계단을 오르다 말고 세연은 아래를 내려다봤다. 할머니는 크게 팔을 벌리고 누워 움직이지 않았다. 혹시나 할머니가 죽은 게 아닐까 하고 걱정이 됐다. 그렇다고 해서 확인해 보고 싶은 마음은 없었다. 지금은 어떻게든 이곳을 벗어나고 싶을 뿐이었다. 거실 너머에 현관문이 보였다. 하지만 거기까지 가려면 계단 아래에 쓰러져 있는 할머니를 넘어가야만 했다. 세연은 계단 위쪽을 한번 올려다봤다. 언니 방으로 들어가 문을 잠그고 숨어 있어도 되지만 자신은 무엇보다 이 집에서 얼른 도망치고 싶었다. 다시 아래쪽을 내려다봤다. 할머니는 여전히 그 자세 그대로 가만히 있었다. 손가락 하나 움직이지 않았다. '어쩌면 정말 죽었는지도 몰라.' 세연은 그렇게 생각하고 밑으로 내려가기로 했다. 조심스럽게 계단을 밟고 내려갔다. 나무 계단이라 밟을 때마다 삐걱거리는 소리가 났다. 그 소리가 할머니를 다시 깨어나게 할 것만 같아 바짝 긴장이 됐다. 최대한 소리가 나지 않도록 신중하게 계단을 밟고 내려갔다. 이윽고 밑으로 내려온 세연은 가장 어려운 관문 하나를 남겨두고 있었다. 이곳을 지나가려면 어쩔 수 없이 할머니의 몸을 넘어가야만 한다. 벌써부터 오줌이 마려웠다. 금방이라도 쌀 것처럼 불안했다. 할머니는 정말 죽은 건지도 모른다. 바닥에 쓰러질 때 쿵 하는 소리가 요란하게 들렸고, 그 이후로 움직이지 않는 걸 보면 아무래도 죽은 게 맞는 것 같다. 그렇게 생각하니 조금 안심이 되었다. 할머니가 죽어서 슬프지는 않았다. 어차피 할머니는 자기와 엄마를 몹시 싫어했으니까. 어린 세연이도 그런 것쯤은 알고 있었다. 세연은 잠깐 망설이다가 할머니의 오른쪽으로 다리를 들어 움직였다. 한쪽 다리로 할머니의 팔을 건너는데도 아무 일도 일어나지 않았다. 역시 할머니는 죽었나 보다. 세연은 뒷발을 들어 마저 건너려 했다. 그 순간 할머니가 두 팔로 세연의 다리를 와락 끌어안았다.

"꺄악!"

정옥이 금니가 박힌 이빨로 세연의 희고 부드러운 팔을 깨물었다. 세연은 비명을 지르며 마구 날뛰었다. 자신을 잡은 팔이 점점 느슨해지자, 세연은 그때를 놓치지 않고 할머니의 품에서 잽싸게 빠져나왔다. 그러곤 정신없이 계단 위를 뛰어올라갔다.

간신히 위험에서 벗어난 세연은 언니 방으로 들어가 문을 잠갔다. 가쁜 숨을 몰아쉬며 침대 위에 웅크린 자세로 앉아 방문을 뚫어지게 쳐다봤다. 조금 있자 나무 계단의 삐걱거리는 소리가 들려왔다. 할머니가 올라오고 있다. 세연은 몸을 부르르 떨다가 그만 참았던 오줌을 지리고 말았다. 이불이 금방 노랗게 물들었다.

ॐ

잠에 취해 있던 금주는 아까부터 몸을 뒤척이더니, 이제는 아예 "으으" 하며 앓는 소리까지 냈다. 걱정이 된 진명이 살며시 어깨를 흔들어 깨우자 그녀가 화들짝 놀라며 눈을 떴다.
"악몽이라도 꿨어요?"
진명이 물었다.
금주는 대답하지 않고 잠깐 멍한 얼굴로 숨을 골랐다. 자세히 보니 이마가 땀으로 젖어 있었고, 안색도 좋지 않았다.
"금주 씨?"
"지금 어디쯤 온 거죠?"
금주는 대뜸 그렇게 물었다.
"여긴 서울이에요. 도착한 지 좀 됐어요."
"저희 시댁까지는 얼마나 남았어요?"
"글쎄요. 한 30분 정도?"
"더 빨리 갈 수는 없나요?"
"갑자기 왜요?"
"조금 전에 꿈을 꿨는데 좀 이상했어요. 그냥 평범한 꿈같지가 않아서요."

"무슨 꿈이었는데요?"

"꿈에서 제가 본 것은…… 세연이가 보고 있던 거였어요."

금주는 심각한 얼굴로 말했다.

"그게 무슨 말이죠?"

"세연이가 보는 것을 저도 보고 있었다고요. 그 아이의 눈으로요."

"그게 사실인가요?"

"네."

진명의 표정이 어두워졌다.

"그렇다면 그건 단순한 꿈이 아니에요."

"뭐죠 그럼?"

"아무래도 그건 텔레파시의 일종인 것 같군요. 금주 씨에게도 신기가 있다는 말을 어머니께서 하셨죠? 실은 저도 같은 걸 느꼈어요. 지금 금주 씨와 세연이는 보이지 않는 끈으로 연결되어 있을 겁니다. 그것이 텔레파시를 가능케 했을 거예요. 아마 금주 씨가 꿈에서 보았다는 그것은 현재 세연이가 처한 상황일 가능성이 커요. 대체 무엇을 본 거죠?"

금주의 얼굴이 금방 하얗게 질렸다.

"시어머니요. 시어머니가 우리 세연이를 잡으려고 쫓아왔어요."

"시어머니가요?"

"네, 완전히 미친 사람 같았어요."

"빌어먹을…… 어쩌면 시어머님은 빙의된 것일 수도 있어요. 그 무녀한테."

"뭐라고요?"

금주는 당혹감을 감추지 못했다.

"너무 안일하게 생각했어요. 세연이를 그렇게 놔두는 게 아닌데."

"진명 씨!"

운전대를 잡은 진명의 손에 힘이 들어갔다. 차는 굉음을 내며 도로 위를 질주하기 시작했다.

ॐ

밖은 무섭도록 고요했다. 삐걱거리는 나무 계단 소리도 더는 들리지 않았다. 지금쯤 할머니는 문밖에서 나를 기다리고 있을까? 아니면 다른 곳으로 갔을까? 세연은 무릎을 꼭 끌어안고서 엄마가 빨리 와주기만을 바랐다. 창 밖에서 차 소리가 들렸다. 어쩌면 엄마가 타고 온 차인지도 모른다. 그랬으면 좋겠다. 제발 그랬으면…… 세연은 다리 사이에 얼굴을 파묻고 훌쩍거렸다.

그렇게 얼마쯤 시간이 지났을 때, 문밖에서 노크 소리가 들렸다.

똑 똑

소리에 놀라 반사적으로 몸이 떨렸다. 할머니인가 보다. 세연은 겁먹은 얼굴로 이불을 가슴 위까지 끌어올렸다.

또다시 노크 소리.

짧은 침묵이 이어졌다.

그리고 잠시 뒤, 목소리가 말했다.

"세연아?"

그 소리를 들은 순간 두려움이 눈 녹듯 사라졌다. 엄마 목소리다. 틀림없는.

"세연아? 거기 있니? 엄마야."

세연은 침대 위에서 내려와 문 앞으로 걸어갔다.

"거기 있으면 얼른 나와. 어서."

문을 열려고 손잡이를 잡았다. 손잡이를 돌리려는데 왠지 느낌이 이상해 손을 멈췄다. 목소리는 분명 엄마였지만 문밖에 있는 사람이 엄마가 아닌 것 같다는 생각이 든 것이다. 왜 그런 생각이 들었는지는 자신도 알 수 없었다. 세연은 망설였다. '정말 엄마면 어쩌지? 그냥 문을 열어줄까? 아냐, 그러다 만약 엄마가 아니면?' 아이는 문 앞에 서서 문을 열어줘야 할지 말아야 할지 고민에 빠져 있었다.

또다시 엄마 목소리가 들렸다.

"너 거기 있지? 그렇지? 근데 왜 문을 안 열어. 엄마라니까? 세연아, 어서 이 문 열어. 어서."

목소리는 엄마와 똑같지만 결정적으로 엄마와 다른 점은 목소리에서 전혀 사랑이 느껴지지 않는다는 것이다. 이 목소리는 그저 문을 열어달라고만 하고 있다. 세연은 비로소 그 차이를 눈치챘다.

아이는 천천히 문 앞에서 멀어졌다.

"세연아. 거기 있는 거 다 알아. 어서 문 열어. 엄마라니까?"

세연은 뒷걸음질치면서 고개를 절레절레 흔들었다.

"너 정말 그럴 거야? 엄마 화낸다? 어서 문 열어."

밖에서 손잡이를 흔들어 댔다.

"착하지? 어서 문 열어. 어서…… 정말 말 안 들을 거야?"

목소리가 조금 전과는 달리 음산한 느낌이 들었다.

"어서 문 열라고. 이년아!"

갑자기 쾅! 하는 소리가 문에서 났다. 무언가로 손잡이를 내려치는 것 같았다. 세연은 겁에 질려 마구 비명을 질러댔다.

"내가 들어가면 가만 안 둬! 너 거기 꼼짝 말고 있어! 알았지!"

다시 충격음과 함께 손잡이가 심하게 덜겅거렸다.

세연은 어쩔 줄을 몰라 하며 울면서 발을 동동 굴렀다. 금방이라도 할머니가 문을 부수고 들어올 것만 같았다. 일단은 숨어야겠다는 생각이 들었다. 숨을 곳을 찾아 주변을 두리번거리던 중 언니의 옷장이 눈에 들어왔다.

쾅! 쾅! 쾅!

드디어 손잡이가 부서져 나가면서 문이 열렸다.

정옥이 희번덕거리는 눈으로 안을 살폈다.

"숨었구나. 이년!"

이제는 금주가 아닌 정옥의 목소리로 말하고 있었다. 그녀는 숨이 찬지 씩씩거리며 방 안으로 들어왔다.

"썩 나오지 못할까. 이 고얀 년!"

그르렁거리는 목소리가 방 안에 울려 퍼졌다. 세연은 그 소리에 바짝 얼어붙었다. 심장이 미친 듯이 뛰었다. 심장 소리가 너무 커서 할머니의 귀에까지 들릴 것만 같았다.

정옥이 방 안을 한번 살피더니 침대 근처로 다가왔다. 그러곤 허리를 숙여 침대 밑을 보려고 했다. 그때 '끼익' 하는 소리가 들려 재빨리 뒤를 돌아봤다. 뒤에 있는 옷장 문이 빠끔히 열려 있었다. 정옥은 허리를 펴고 그쪽으로 다가갔다. 세연은 숨까지 참으며 겁에 질린 눈으로 할머니를 지켜봤다. 정옥이 옷장 문을 확 열어젖혔다. 옷 사이로 손을 집어넣어 그 안을 마구 휘저어댔다. 하지만 아무리 휘저어도 아이의 머리카락 하나 찾을 수 없었다. 옷장 안에는 없었다.

세연은 침대 밑에 숨어서 할머니의 다리를 보고 있었다. 침대 밑에는 어린아이만 간신히 들어갈 수 있을 정도의 좁은 공간이 있었다. 처음엔 옷장 안으로 들어가 숨으려고 했다가 안에서는 문을 닫을 수 없다는 것을 알고 이내 포기했다. 그러곤 다급한 마음에 아무 곳이나 들어간 곳이 바로 침대 밑이었다. 할머니는 여전히 옷장 앞에 서 있었다. 그 옆으로 방문이 활짝 열려 있는 것이 보였다. 재빨리 침대 밑에서 빠져나와 달린다면 할머니에게 잡히지 않고 무사히 방을 빠져나갈 수 있을 것 같았다. 게다가 할머니는 다리가 느려서 잡히지 않을 자신도 있었다. 한데 막상 나가려고 하니까 용기가 나지 않았다. 침대 밑에서 조금이라도 늦게 빠져나갔다간 할머니한테 붙잡혀 저 돌로 숙모처럼 머리를 찍히고 말 것이다. 세연은 돌에 맞을까 봐 겁이 났다. 그렇게 고민하는 사이, 할머니의 다리가 움직이기 시작했다. 할머니가 이쪽으로 다가오고 있었다. 세연은 손으로 입을 틀어막았다. 다리는 이제 코 앞에 와 있었다. 세연은 도망치지 않은 것을 곧 후회했다. 무엇을 하고 있는지 할머니의 움직임이 또 멈췄다. 이대로 그냥 나가버렸으면. 세연은 자신이 투명인간이라면 얼마나 좋을까 하고 생각했다.

"여기 있었구나!"

예고도 없이 할머니의 얼굴이 불쑥 침대 밑으로 내려왔다. 흰 자위만 있는 두 눈이 자신을 노려보았다. 세연은 할머니와 얼굴을 마주한 채 비명을 질렀다. 갑자기 손이 쑥 들어와 자신을 잡아채려고 했다. 곧바로 할머니의 손을 피해 뒤쪽으로 엉금엉금 기면서 물러났다.

"이리 나오지 못해!"

정옥이 침대 밑으로 어깨를 집어넣어 최대한 팔을 뻗었다. 이제 더는 뒤로 물러날 곳이 없었다. 할머니의 손이 자꾸만 자신을 향해 다가오고 있었다. 손끝이 몸에 닿을 듯 말 듯했다. 어두운 침대 밑에서 할머니의 손이 마치 커다란 거미처럼 보였다. 검버섯이 피고 쭈글쭈글한 거미가 파닥파닥 거리며 자신을 잡으려 했다. 세연은 비명을 질러대며 어떻게든 잡히지 않으려고 피해 다녔다. 그러다 그만 왼팔을 붙잡히고 말았다. 팔이 잡히자마자 무서운 힘으로 끌어당겨 졌다. 세연은 조금씩 밖으로 끌려나왔다. 할머니의 희번덕거리는 눈이 자신을 보며 웃고 있었다.

거실에서 초인종 소리가 들린 것은 그때였다.

금주가 계속해서 초인종을 눌러댔지만 아무도 인터폰을 받지 않았다. 전화를 걸었는데도 마찬가지였다.

"안 되겠어요."

진명은 말했다. 그는 재빨리 차로 뛰어가 운전석에 올라탔다.
"어쩌시려고요?"
금주가 불안한 얼굴로 물었다.
시동을 걸고, 최대한 담벼락 가까이 차를 움직였다. 그러곤 운전석 사이드미러까지 꺾어놓고 틈이 없을 정도로 벽에 바짝 붙여 세웠다. 시동을 끄고 보조석 쪽으로 내렸다. 이번엔 차 트렁크를 열어 그 안에 있는 서류가방에서 금강저와 부적을 꺼냈다. 부적은 상의 옆 주머니에 넣고, 금강저는 안주머니에 찔러 넣었다. 그리고 나서 트렁크를 밟고 차 지붕 위로 올라갔다.
"담을 넘게요?"
금주가 말했다.
"이 방법밖에 없어요. 제가 넘어가서 문을 열게요."
"아, 알았어요. 하지만 조심하세요."
진명이 팔을 뻗자 간신히 담벼락 끝에 손이 닿았다. 금주는 밑에서 지나가는 사람이 없나 주변을 살폈다. 지붕을 박차고 담벼락 끝에 매달렸다. 팔을 끌어당겨 오른쪽 다리를 걸치는 데 성공했다. 곧바로 담 위에 쳐진 쇠창살을 손으로 잡았다. 아까 살펴봤을 때 보안장치는 보이지 않았다. 담 위에 올라선 진명은 뾰족한 쇠창살 위를 조심스럽게 건넜다. 아슬아슬하게 쇠창살 위를 건너고서 담벼락 밑으로 사뿐히 내려왔다. 그러곤 잠긴 대문을 열어 금주를 들어오게 했다.
두 사람은 현관문을 열고 안으로 들어갔다. 금주가 들어서자마자 "형님!" 하고 혜순을 불렀지만 돌아오는 대답은 없었다. 아무도 없는 거실에는 TV만이 켜져 있을 뿐이었다. 만화 영화가 나오는 것으로 봐선 조금 전까지 세연이가 보고 있던 게 틀림없었다. 금주는 아이가 걱정돼서 미칠 것 같다는 얼굴이었다.

"세연아! 어디 있니? 세연아!"

진명이 조용히 하라는 손짓을 했다. 그러곤 리모컨으로 TV를 껐다.

"왜요?"

"방금 부엌에서 소리가 들렸어요."

진명은 발소리를 죽인 채 부엌으로 걸어가면서 안주머니에 있는 금강저를 조심스럽게 꺼내 들었다. 금주도 약간의 간격을 두고 서 따라왔다.

부엌에서 신음이 들려왔다. 아까는 TV 소리 때문에 그 소리가 묻혔었는데 이제는 확실하게 귀에 들어왔다. 부엌 식탁 옆에 누군가 쓰러져 있었다. 금주는 쓰러져 있는 여자를 보더니 "형님!" 하며 달려들었다. 곧바로 그녀의 몸을 일으켜 안았다.

"형님! 정신 차리세요. 저예요."

"도, 동서……"

혜순이 눈을 파르르 떨며 간신히 입을 열었다.

"대체 어떻게 된 일이에요? 예?"

"동서…… 어, 어머님이…… 이상하셔…… 어머님이……"

혜순은 다시 정신을 잃고 말았다.

"형님!"

혜순의 머리를 받치고 있던 금주는 문득 자신의 손을 내려다보고서 비명을 내질렀다. 손이 시뻘건 피로 물들어 있었기 때문이다.

진명은 공황상태에 빠진 금주를 옆으로 밀치고 혜순의 목에서 맥박을 확인했다. 맥박이 정상보다 약하게 뛰었다. 이번엔 몸을 돌려 머리에 난 상처를 살폈다. 무엇으로 맞았는지 모르지만 상처로만 봤을 땐 단단하고 뭉뚝한 것으로 일격에 얻어맞고 쓰러진 것 같았다. 빨리 병원으로 옮겨서 뇌에 이상이 없는지 검사를 해 봐야 한다. 외상으로 봤을 땐 그럴 가능성도 충분해 보였다. 금주는 넋이 나간 얼굴로 벌벌 떨며 울고 있었다.

"정신 차려요! 지금 이러고 있으면 어떡해요!"

진명은 금주의 어깨를 꽉 움켜쥐며 말했다.

"제가 세연이를 찾아볼게요. 금주 씨는 119에 전화해서 머리를 다친 환자가 있으니 빨리 응급차를 보내 달라고 하세요."

금주는 알았다며 연방 고개를 끄덕였다.

"여기 잠깐 계세요. 금방 갔다 올게요."

진명이 자리에서 일어나려고 하자 금주가 그의 팔을 잡으며 말했다.

"위에 있어요."

"네?"

"꿈에서 봤을 때 세연이가 2층으로 도망쳤어요."

"알았어요."

진명은 부엌을 나와 2층 계단으로 향했다.

계단 앞에 선 진명은 약간의 현기증을 느꼈다. 계단의 구조는 다르지만, 묘하게 그때의 상황과 닮았다. 그는 계단을 올라갔다. 또다시 기억이 과거의 악몽을 낱낱이 들춰내기 시작했다. 이것으로 벌써 두 번째다. 수혜를 떠올리게 하는 상황들.

빌어먹을!

진명은 수혜의 잔상을 지우고자 진언을 읊으며 정신을 가다듬었다.

2층으로 올라오자 바로 앞에 방문이 열린 것이 보였다. 문고리가 완전히 부서져 있었다. 강제로 문을 부수고 들어가서 세연이를 잡으려고 했던 것일까? 진명은 조심스럽게 안으로 들어갔다. 방 안에서 귀기는 느껴지지 않았다. 옷장 문이 활짝 열려 있는 것만 빼면 별다른 이상은 없어 보였다. 문득 어디선가 시큼한 냄새가 나서 주변을 살폈다. 돌아보니 침대 이불이 축축하게 젖은 것을 발견할 수 있었다. 진명은 아이가 이 방 안에 있었음을 확신했다. 그렇다면 어디로 갔을까?

갑자기 밑에서 부스럭거리는 소리가 들렸다.

"세연이니?"

진명은 몸을 숙여 침대 밑을 확인했다. 그 안에 아이가 있었다. 세연이는 눈물과 먼지로 범벅이 된 채 겁에 질린 눈으로 자신을 바라봤다. 바로 아이를 침대 밑에서 끄집어내 품에 안아 올렸다. 작고 귀여운 동물을 끌어안을 때처럼 뭉클한 감동이 느껴졌다. 공포에 질린 아이의 떨림이 고스란히 가슴을 통해 전해져왔다. 진명은 아이를 어르며 진정시켰다.

"잘도 그 안에 숨어 있었구나. 이제 괜찮아. 아저씨가 왔으니까."

세연이 자신의 목을 꼭 끌어안았다. 그는 웃으며 등을 토닥였다.

진명은 아이를 안고서 방을 나와 계단으로 걸어갔다. 일단은 아이를 엄마한테 데려다 주고 나서 사태를 수습할 생각이었다.

계단 앞에 섰을 때 갑자기 귀청이 떨어져 나갈 정도로 아이가 비명을 질렀다.

"왜 그래?"

진명이 놀라서 물었다.

세연이 손가락으로 뒤쪽을 가리켰다.

순간 진명은 등 뒤에서 강한 귀기를 느꼈다. 곧바로 퉁탕거리며 뛰어오는 발소리가 들렸다. 재빨리 아이를 바닥에 내려놓고 상의 안주머니에서 금강저를 꺼내 들었다. 뒤를 돌아보자마자 눈이 뒤집힌 정옥이 악귀 같은 모습으로 돌을 휘둘렀다. 당황한 진명은 금강저를 든 손으로 그것을 막았고, 그 바람에 돌이 손목에 맞으면서 금강저를 놓치고 말았다.

"크윽!"

진명은 다친 손목을 움켜잡았다. 금강저는 계단 아래로 굴러떨어졌다. 정옥이 괴성을 지르며 또다시 돌을 휘둘렀다. 이번엔 진명이 그녀의 손목을 움켜잡았다. 어찌나 힘이 센지 팔이 서서히 꺾이기 시작했다. 갑자기 정옥이 달려들어 진명을 계단 아래로 밀어붙였다. 두 사람은 몸이 뒤엉킨 채로 중간 계단참까지 굴러 떨어졌다. 정옥이 그의 몸 위에 올라타서 돌로 머리를 내리찍으려고 했다. 간신히 팔을 뻗어 그녀의 두 손을 막았다. 하지만 내리누르는 힘이 강해서 조금씩 팔이 구부러졌다. 진명은 마치 건장한 사내와 사투를 벌이는 것처럼 쩔쩔맸다. 문손잡이를 부술 때 떨어져 나간 돌의 날카로운 단면이 그의 눈을 향해 점점 밑으로 내려왔다. 정옥은 광기 어린 얼굴로 침까지 흘리며 웃고 있었다. 이제 더는 버틸 힘이 없었다. 진명은 눈을 보호하려고 고개를 옆으로 돌렸다.

 그때 계단참 끝에 걸쳐있는 금강저가 눈에 들어왔다. 오른팔을 뻗어 그것을 잡으려 했으나 손이 거기까지 닿지 않았다. 한 손을 빼는 바람에 팔이 확 꺾이면서 돌 끝이 눈 옆을 스치고 지나갔다. 날카로운 돌 끝에 스치면서 얼굴에 상처가 났다. 그 자리가 마치 불에 덴 것처럼 쓰라렸다. 정옥이 다시 돌 끝을 그의 눈에 겨냥했다. 진명은 두 손으로 정옥의 팔을 잡고서 금강저가 있는 쪽으로 어깨를 약간 움직였다. 그러자 아슬아슬하게 계단 끝에 걸쳐있는 금강저가 금방이라도 굴러 떨어질 것처럼 위태롭게 흔들거렸다. 다시 한 번 팔을 뻗어 금강저를 잡으려 했다. 간신히 손끝에 닿긴 했지만 끌어당기기엔 조금 역부족이었다. 돌 끝이 점점 눈으로 내려왔다. 더 몸을 흔들었다간 금강저가 계단 밑으로 떨어져 버릴 것 같았다. 어떻게든 금강저를 잡으려고 팔을 쭉 뻗었다. 날카로운 돌 끝이 눈 바로 아래 광대뼈를 눌렀다. 정옥이 괴성을 지르며 팔에 더욱 힘을 실었다. 금강저는 조금씩 진명의 손에서 멀어져 갔다.

 "어머니!"

 소리를 듣고 달려나온 금주는 빙의된 시어머니를 보고 경악을 금치 못했다. 덕분에 정옥의 시선이 그쪽으로 쏠리게 됐다. 그녀는 희번덕거리는 눈으로 금주를 잡아먹을 듯 노려보았다.

 진명은 그 틈을 놓치지 않고 잡고 있던 두 손을 아예 놓아버리고 상체를 비틀어 떨어지는 돌을 피했다. 돌 끝이 바닥을 쿵 내리찍었다. 그러곤 몸을 쭉 뻗어 떨어지기 직전의 금강저를 손에 잡았다. 진명은 빠르게 진언을 읊고 나서 금강저의 끝을 정옥의 관자놀이에 갖다 댔다. 그것이 닿자마자 정옥은 비명을 내질렀다.
바닥에 쓰러진 정옥이 괴로운 얼굴로 발광해 댔다. 진명은 계속해서 항마진언을 읊으며 그녀를 압박해갔다.
"진명 씨! 이제 그만 하세요. 제발요!"
금주가 애원했다.
"가만 계세요!"
진명이 버럭 소리를 질렀다.
그 틈에 정옥이 이빨을 드러내며 그에게 달려들었다. 하지만 진명이 금강저를 들어 보이며 진언을 읊자 다시금 고통에 몸부림치기 시작했다.
진명은 정옥의 몸 위에 올라탄 다음 주머니에서 부적을 하나 꺼냈다. 그러곤 턱을 잡아 강제로 입을 벌리게 했다. 그가 부적을 검지와 중지 사이에 끼우고서 정옥의 얼굴 위를 몇 번 훑자 고통스러운 신음이 흘러나왔다. 금주는 도저히 못 듣겠는지 아예 귀를 틀어막았다.
진명은 부적을 자신의 얼굴 앞으로 들어 올리고서 주문을 읊었다. 그런 다음 벌어진 정옥의 입 안에 부적을 쑤셔 넣고 다시 입을 다물게 했다.
갑자기 정옥이 허연 눈을 번쩍 뜨더니 미친 듯이 요동을 쳐댔다. 그녀의 배 위에 올라탄 진명까지 들썩거릴 정도였다. 진명은 어떻게든 정옥이 입을 벌리지 못하도록 두 손으로 턱을 잡아 눌렀다. 그녀의 사지가 마치 서로 다른 생물체처럼 꿈틀대며 움직이더니, 시간이 지나자 차츰 약해지면서 나중엔 그냥 바들바들 떨기만 했다. 진명은 한 손으로 그녀의 눈꺼풀을 들어 올려 눈을 확인했다. 허옇게 흰자위만 드러낸 눈이 조금 있자 위로 올라갔던 눈동자가 내려오면서 다시 원상태로 돌아왔다. 이제 됐다 싶어 턱을 놓아주었다. 그러자 정옥이 고개를 옆으로 돌려 토하면서 입 안에 있던 부적을 뱉어냈다. 진명은 그녀의 몸에서 내려와 벽에 기대앉아 크게 숨을 내쉬었다. 아까 돌에 맞은 손목이 욱신거렸다.

"이제…… 끝난 건가요?"

금주가 자신을 올려다보며 말했다.

진명은 대답대신 고개를 두 번 끄덕였다.

그제야 금주도 긴장이 풀렸는지 그 자리에 털썩 주저앉고 말았다.

세연이 계단을 뛰어내려 와 엄마한테로 달려갔다. 모녀는 그렇게 한동안 서로 부둥켜안고서 울었다.

ॐ

혜순과 정옥은 응급차에 실려 병원으로 옮겨졌다. 머리를 다친 혜순은 CT 촬영을 마치고서 바로 수술실로 들어갔다. 수술실 밖에는 뒤늦게 연락을 받고 달려온 혜순의 남편과 금주가 초조한 마음으로 수술결과를 기다리고 있었다. 수술은 한 시간 가까이 진행되었고, 다행히 결과가 좋아 두 사람은 가슴을 쓸어내렸다.

그러나 담당 의사는 아직 안심하기엔 이르다고 했다. CT 촬영에서 약간의 뇌출혈이 발견돼 경과를 더 지켜봐야 한다는 것이다. 금주는 죄책감으로 고개를 들 수가 없었다. 자신이 세연이를 맡기지만 않았어도 이런 불행한 일은 일어나지 않았을 거라며 자책했다. 하지만 금주는 그 말을 입 밖에 꺼낼 수가 없었다. 혹시라도 이번 일로 인해 자신들의 발목이 잡힐까 봐 걱정됐던 것이다. 만약 그렇게 된다면 지금보다 더 큰 화를 당할 것이 불 보듯 뻔했다.

그런 이유로 금주는 차마 사람들에게 사실을 말할 수가 없었다. 그들은 정옥이 막내아들의 죽음으로 말미암아 정신이 나가버린, 소위 심신상실 상태에서 며느리를 해친 것으로 받아들였다. 여러 정황상 증거가 그것을 뒷받침해 주고 있었다.

금주는 더 이상 자기 때문에 사람들이 죽거나 다치는 것을 두고 볼 수가 없었다.

의식을 차리지 못하고 중환자실에 누워 있는 혜순을 보며 금주는 하염없이 눈물을 흘렸다.

21. 전설

 다음 날, 진명은 무속학을 연구하는 임태균 교수를 만나러 직접 대학교를 방문했다. 빠르게 다가오는 죽음의 그림자로부터 금주 모녀를 지키려면 한시도 지체할 수 없었다. 이제는 서둘러야 했다.
 그런 와중에 진명이 일부러 그를 찾아간 이유는 제주로 떠나기 전에 확인해 보고 싶은 것이 있어서였다. 임태균 교수는 전에 최순영 박사가 전화상으로 얘기했던 (빙의 현상과 다중인격에 관한 논문 쓸 때 도움을 주었던) 바로 그분이었다. 그는 무속학 뿐만 아니라 신화학에도 정통한 사람으로 잘 알려져 있었다. 진명의 눈에 비친 임 교수라는 사람은 오로지 외길만을 걷는 고집스러운 학자의 표상과도 같은 그런 인물이었다. 160센티미터도 안 돼 보이는 왜소한 체격에 등과 목은 앞으로 굽어 있었고, 고지식해 보이는 뿔테 안경에 약간 우스꽝스러운 넥타이를 매고 있었다. 교수실 안에는 수많은 서적이 책장 안에 빼곡히 들어차 있었는데 진명은 그 한쪽에 놓여 있는 곤충 표본들이 유난히 눈에 들어왔다. 화려한 색깔의 나비들과 장수풍뎅이, 사슴벌레, 그 외에 이름을 알 수 없는 다양한 곤충들이 유리 진열장 속에 잘 보관되어 있었다. 아무래도 곤충 수집이 노교수의 유일한 취미인 것 같았다.

　미리 약속을 잡지 않고 갑작스럽게 찾아갔는데도 최순영 박사와의 친분 때문인지 임 교수는 그를 흔쾌히 맞아주었다. 진명은 감사를 표하고, 자신의 신분과 용건을 그에게 말했다. 그가 퇴마사라는 사실을 알고 임 교수는 적잖이 놀라는 눈치였다. 외모로만 봤을 때는 전혀 그런 일을 할 것처럼 보이지 않았기 때문이란다. 임 교수는 자신이 직접 만든 원두커피를 대접했다. 교수실 안에 커피분쇄기가 있을 정도로 그는 대단한 커피 애호가로 보였다. 은은한 커피 향과 책 냄새가 한데 어우러져 아늑한 분위기를 연출했다. 임 교수는 진명에게 학자로서 흥미를 느낀다며 어떤 질문이든 친절하게 답해주었다.

　"교수님, 김녕사굴에 대해 알고 계십니까?"
　"물론 잘 알고 있지요. 김녕사굴 전설은 너무도 유명하니까요. 혹시 그 전설에 대해 알고 계신가요?"
　"부끄럽지만 자세히는 모릅니다."
　진명은 솔직하게 대답했다.
　"그럼 제가 설명해 드리도록 하죠."
　임 교수는 이야기를 시작했다.

제주도 김녕사굴 전설

구좌면 김녕리(金寧里) 마을 동쪽에 큰 굴이 있다. 이 굴 속에는 옛날에 큰 뱀이 살았다하여 '뱀굴'이라 부르게 되었다. 뱀은 어마어마하게 큰 것이어서, 다섯 섬 들이의 항아리만큼이나 몸통이 컸다 한다.

이 뱀에게 매년 처녀를 한 사람씩 제물로 돌려 큰 굿을 했다. 만일 이 굿을 하지 않으면 그 뱀이 나와서 이 밭 저 밭 할 것 없이 곡식밭을 다 밟아 휘저어 버려서 대흉년이 들게 마련이었다. 그래서 매년 꼭꼭 처녀 한 사람씩 희생으로 바친 것이다.

양반의 집에서는 딸을 내놓지 않았다. 무당과 같은 천민의 딸이 으레 희생되게 마련이었다. 그래서 무당이나 천민의 딸은 시집을 가지 못했다.

이러할 즈음, 조선조 중종 때 서련(徐憐)이라는 판관이 부임하여 왔다. 그의 나이 19세였다 한다. 서 판관은 이 뱀굴의 소문을 듣고 괴이한 일이라 분개하였다. 곧 술, 떡, 처녀를 올려 굿을 하도록 하고, 몸소 군졸을 거느리고 김녕 뱀굴에 이르렀다.

굿이 시작되어 한참 진행돼 가니, 과연 그 어마어마한 뱀이 나와 술을 먹고 떡을 먹고 처녀를 잡아먹으려고 하는 것이었다. 이때 서 판관은 군졸과 더불어 달려들어 창검으로 뱀을 찔러 죽였다.

이것을 본 무당이 '빨리 말을 달려 성 안으로 가십시오. 어떤 일이 있어도 뒤를 돌아보아선 안 됩니다.' 라고 일러 주었다.

서 판관은 말에 채찍을 놓아 성 안으로 향하였다. 무사히 성 동문 밖까지 이르렀다.

이때 군졸 한 사람이 '뒤쪽으로 피비가 옵니다.' 라고 외쳤다.

"무슨 비가, 피비가 오는 법이 있느냐?"

서 판관은 무심코 뒤를 돌아다보는 순간, 그 자리에 쓰러져 죽고 말았다.

뱀이 죽자, 그 피가 하늘에 올라 비가 되어 서 판관의 뒤를 쫓아온 것이다.

"이것이 설화의 내용입니다."

임 교수가 말했다.

"그렇군요."

"이 설화를 듣고 어떤 흥미로운 점을 발견하지 못하셨나요?"

"흥미로운 점이요?"

"설화의 앞부분은 전형적인 인신공희를 따라가고 있습니다. 뱀을 달래고자 처녀를 제물로 바치지요. 그리고 후반부에선 영웅이 나타나 그 뱀을 처치합니다. 그런데 특이한 것은 그 영웅이 뱀의 복수로 죽음을 맞이한다는 것입니다. 대부분 이런 종류의 설화에서는 영웅이 마지막까지 살아남는 게 정석인데 말입니다. 그런 이유로 이 설화는 엄밀히 말하자면 해피엔딩이라고 볼 수 없지요."

"듣고 보니 그렇군요."

"제주에는 이 서 판관을 기리는 기념비까지 있습니다."

"그가 실존 인물이라는 겁니까?"

"바로 그렇습니다. 설화에 나온 대로 서련 판관은 19세 때, 그러니까 1513년에 무과에 장원급제한 연산 서씨 시조의 5세손입니다. 그의 무덤은 고향인 충남 홍성군 구항면에 있지요."

"그럼 그의 죽음이?"

"허허, 글쎄요. 설화는 여러 가지 상징성을 내포하고 있으니까요. 실제로 뱀의 저주로 죽었다고는 생각지 않습니다."

진명은 이 김녕사굴 설화가 묘하게도 현실과 비현실의 경계 선상에 존재한다고 생각했다.

"설화가 거짓이라면 왜 하필 실존인물인 그가 설화에 등장하는 걸까요?"

"이렇게 볼 수도 있지요. 예부터 제주도는 유배지 중 하나였습니다. 섬으로 간다는 것은 실질적으로 좌천을 뜻하는 것이기에 모두가 꺼렸지요. 서 판관의 경우엔 나이가 어려서 좌천이라고 볼 순 없겠지만요. 아무래도 경험을 쌓는다는 의미로 간 것이 아닐까 생각됩니다. 그렇더라도 기분이 좋진 않았을 겁니다. 제주는 그가 살던 곳과는 전혀 다른 곳이었을 테니까요. 풍습도, 말씨도, 음식도 모든 것이 다 낯설고 이상했을 겁니다. 제주에 부임했던 목사(牧使)들은 하나같이 육지로 갈 날만을 손꼽아 기다렸다고 합니다. 그러니 그들이 제주의 문화를 곱게 볼 턱이 없지요. 당시는 유교사상이 지배하던 시대였습니다. 하지만 육지와 멀리 떨어져 있는 제주도는 그렇지 못했습니다. 여전히 민간신앙이 살아 숨 쉬고 있었어요. 그런 것을 못마땅하게 여긴 목사들은 마을 곳곳에 있는 서낭당을 부수며 민간신앙을 탄압했습니다. 아마 서련 판관도 유교사상에 위배되는 것들을 싫어했을 겁니다. 그러니 주민들이 육지에서 온 자들을 어떻게 생각했겠습니까? 이 설화의 마지막에 보면 갑자기 영웅인 서 판관이 죽지 않습니까? 뱀의 저주로요. 재미있는 사실은 예부터 제주에는 뱀을 칠성님이라 해서 신앙으로 여기고 섬겼다는 겁니다. 즉, 설화 속의 뱀은 제주의 미신을 상징적으로 나타낸다고 볼 수 있는 거지요. 그리고 육지에서 온 서 판관은 자신들의 신앙을 짓밟는 유교사상을 빗대어 표현했을 겁니다. 결국 서 판관이 뱀에게 죽임을 당함으로써 민간신앙이 유교사상을 이긴 게 되어버린 것이지요. 겉으로는 뱀을 물리쳐 마을에 평화를 가져다준 것처럼 보이지만 설화의 다른 이면엔 이런 진실이 숨어 있던 겁니다."

"그렇다면 교수님은 서련이라는 인물과 설화는 실제로 아무 관계도 없다고 보십니까?"

"예, 서 판관의 등장은 그저 우연에 불과할 겁니다. 그의 죽음도 설화와는 아무 상관이 없었을 거고요."

"흠, 그렇군요."

"법사님은 생각이 좀 다른가 보군요."

"아무래도 제가 이런 일을 하다 보니 자연스럽게 생각이 그런 쪽으로 흐르게 되나 봅니다."

"호오, 그렇다면 법사님은 서 판관이 설화의 내용대로 저주 때문에 죽었다고 보시는 건가요?"

임 교수가 무척 흥미로워하는 얼굴로 물었다.

"꼭 설화대로는 아니더라도, 어떤 저주로 인해 죽은 게 아닌가 생각됩니다. 아까 말씀에 육지에서 온 목사들이 제주의 민간신앙을 탄압했다고 하시지 않았습니까? 저도 서 판관이 그런 일에 앞장섰을 거로 생각합니다. 다만, 그들과는 어떤 차이가 있었기에 죽음을 맞았고, 그것이 설화가 되었겠죠."

"그 차이라는 것이?"

"김녕사굴이겠죠. 설화에서는 서 판관이 사굴에 사는 뱀을 죽였고, 그것 때문에 저주를 받아 죽었다고 되어 있습니다. 단순하게 보면, 서 판관은 김녕사굴에 갔다가 죽었다는 것이 됩니다. 물론 다른 목사들도 그곳을 가보았겠죠. 한데 그들과 달리 서 판관은 거기서 다른 뭔가를 했을 가능성이 있습니다."

"그리고 그것 때문에 저주를 받아 죽음을 당했다? 그거 재미있군요."

"고대에 동굴은 사람들의 안식처로 사용되어왔습니다. 동굴은 폐쇄성이 강하고, 어둡고, 습하죠. 이런 곳은 혼령들이 오랫동안 머물기에 딱 좋은 환경을 갖추고 있습니다. 만약 서 판관이 그 안에서 제를 올리는 것을 방해했다면 혼령들의 노여움을 샀을 가능성이 큽니다."

"허허, 그거 정말 재미있는 해석이로군요."

임 교수가 기분 좋게 웃으며 말했다.

"그냥 어설픈 추측일 뿐이니 신경 쓰지 마십쇼. 그보다 아까 말씀을 듣다가 몇 가지 묻고 싶은 게 있었습니다."

"예, 말씀해 보세요."

"단도직입적으로 말씀드리자면, 제가 묻고 싶은 것은 단 두 가지입니다. 하나는 무당이고, 다른 하나는 뱀에 관한 것입니다."

"음, 그렇군요."

임 교수는 무척 흥미로운 듯 두꺼운 안경 너머로 사춘기 소년 같은 눈을 빛냈다.

"그렇다면 우선 신화와 관련된 뱀에 관한 이야기를 몇 가지 해드리죠. 뱀의 이미지는 고대부터 여러 가지 상징적인 의미로 사용됐습니다. 다른 동물 상징들보다 가장 널리 퍼지게 되었지만 또한 매우 복잡한 의미를 내포하고 있기도 하지요. 인간의 눈에 비친 뱀의 습성은 자기 충족적이고, 냉혹하고, 아주 은밀합니다. 특히 서구에서는 뱀을 부정적인 상징을 대표하는 동물로 여기고 있지요. 성경에서도 뱀은 사탄으로 묘사되고 있는데 이것은 조로아스터교의 이원성에 영향을 받았다고 볼 수 있지요. 거기선 뱀을 아예 악신으로 규정하고 있으니까요. 한데 그렇다고 해서 뱀이 꼭 부정적인 이미지만 가진 동물은 결코 아닙니다. 반대로 긍정적인 의미도 지니고 있지요. 앞서 말씀드렸듯 뱀은 아주 복잡한 상징성을 내포한 동물이니까요. 고대부터 뱀은 풍요의 상징으로 숭배됐었습니다. 이것은 전 세계적으로 공통된 특징이기도 하죠. 다리도 없이 온몸으로 대지를 누비고 다니는 것을 보고 고대 사람들은 뱀이 대지의 정기를 받아들인다고 믿었던 것 같습니다. 대지는 또한 어머니, 즉 모계 사회를 나타내기도 하는데 그래서 뱀이 모계사회의 상징물로 여겨지기도 했습니다. 나중에 부계사회가 득세하면서 뱀의 상징도 함께 부정적인 것으로 전락해 버렸지만요. 뱀은 또한 치유의 상징으로도 사용됐습니다. 그리스 신화에 보면 헤르메스가 가진 지팡이 카두세우스가 있지요. 거기엔 바실리스크라는 뱀 두 마리가 감겨 있습니다. 이것은 의술과 상업, 평화를 상징합니다. 중세 연금술의 대표적 상징물인 우로보로스(자신의 꼬리를 삼킨 뱀)는 수세기에 걸쳐 여러 문화권에서 고르게 나타나고 있습니다. 이것의 의미는 '시작이 곧 끝'이라는 것으로 윤회사상과 영원성을 상징하고 있지요. 뿐만 아니라 그것은 신의 자기 충족성을 상징하기도 합니다."

"윤회사상과 영원성······"

진명은 혼잣말하듯 나직이 중얼거렸다. 뭔가 떠오를 것 같다가도 그것을 손에 잡으려고 하면 자꾸만 안개 속으로 숨어버렸다.

"뱀은 또한 부활을 상징하는 것으로도 유명하지요. 고대 사람들은 뱀이 허물을 벗고 다시 젊어진다고 믿었습니다. 중세 기독교 미술에서도 그런 상징성이 나타나는데 십자가에 못 박힌 뱀이 바로 그것입니다. 뱀은 이처럼 두려움과 존경 사이에 있는 존재이지요."

진명은 가만히 듣고 있다가 문득 생각난 것이 있어 임 교수에게 물었다.

"혹시 뱀이 지닌 상징적인 힘 중에 예언능력도 포함됩니까?"

"예언이요? 으음······ 아, 그래요. 있습니다. 중국 신화를 보면 뱀은 조상신으로 나타나곤 하지요. 뱀이 어둠 속에서도 볼 수 있다는 생각이 사람들로 하여금 그런 예언적 능력을 지니고 있다고 믿게 한 것 같습니다."

'어둠 속에서도 볼 수 있다······ 예언 능력······'

순간 진명은 금주 씨 어머니가 했던 이야기가 떠올랐다. 그 여자는 혼자서 김녕사굴로 돌아갔다. 전혀 앞을 볼 수 없었는데도 길을 찾아간 것이다. 게다가 그녀가 지닌 무서운 예언 능력. 이 모든 것이 방금 임 교수가 말한 것과 정확히 일치했다. 이것은 단순한 우연일까? 아니면······

"뱀에 관한 이야기는 이 정도면 되겠습니까?"

임 교수가 말했다.

"네, 정말 많은 도움이 되었습니다. 그럼 마지막으로 무당에 관해서 한 가지만 더 여쭙겠습니다."

"그러세요."

"만약 예를 들어, 어느 무당이 뱀과 같은 동물신을 모신다고 한다면 다른 조상신들과 마찬가지로 동물신과도 접신이 가능할까요?"

"흐음…… 일단 가능하긴 합니다만, 그것은 한국 무당보다는 시베리아 샤만의 예를 들어야 할 것 같군요. 그중에 물브이 샤만은 자신들이 새나 다른 동물로 변한다고 믿고 있습니다. 시베리아 샤머니즘에서 수호신과 조력신은 매우 중요한 역할을 차지하지요. 여기서 조력신은 아까 말씀하신 동물신들이 대부분입니다. 조력신은 한국의 몸주신과 비슷한 역할을 한다고 보시면 될 겁니다. 조력신은 제의 때 샤만의 몸속에 들어와 도움을 주지요. 이들은 또한 중요한 민간신앙의 동물신이기도 합니다."

"그렇다면 김녕사굴에 사는 뱀신도 조력신의 역할을 할 수 있다는 말이군요."

"시베리아 샤만의 경우라면 물론 그럴 수 있지요."

진명은 한번 가정해 보았다. '만약 한국 무당 중에 시베리아 샤만과 같은 능력을 타고난 자가 있다면…… 혹시 가능하지 않을까? 뱀신과 접신하는 것이.' 충분히 그럴 듯한 이야기였다. 그것은 굉장히 특이한 케이스이긴 하지만 그렇다고 해서 가능성이 전혀 없는 것도 아니었다. 그런 가설에 더욱 힘을 실어주는 것은 그녀가 알비노라는 것이었다. 알비노는 유전적 돌연변이다.

알비노…… 돌연변이…… 무당…….

혹시 그녀는 무당 중에서 돌연변이 같은 존재가 아니었을까?

진명은 흩어져 있던 조각들이 비로소 서서히 제자리를 찾아가고 있다는 느낌을 받았다. 그리고 그럴수록 뿌옇게 흐려져 있던 여인의 실체가 점점 선명하게 눈앞에 나타났다.

잠깐 생각하는 사이 임 교수가 말을 꺼냈다.

"아까 김녕사굴 설화 얘기가 나와서 하는 말입니다만, 이 설화는 그리스 신화의 오르페우스 이야기와 매우 유사한 점을 지니고 있습니다. 오르페우스의 아내 에우리디케가 뱀에 물려 죽자 그가 저승으로 내려가 아내를 구하게 되지요. 그런데 지상으로 올라올 때 절대 뒤를 돌아보아선 안 된다는 말을 잊고 그만 뒤돌아보게 됩니다. 그리고 에우리디케는 다시 저승으로 돌아가게 되지요. 어때요? 비슷하지 않습니까? 뱀에게 죽는다는 것도 그렇고, 뒤돌아보지 말라는 금기를 깨는 부분도 그렇고요."

"저도 이야기를 들으면서 그것을 떠올렸습니다."

"서양이나 동양이나 사람들의 생각은 다 똑같은가 봅니다. 허허."

"바쁜 시간 내주셔서 진심으로 감사드립니다. 교수님."

진명은 자리에서 일어서며 말했다.

"도움이 됐는지 모르겠군요."

"덕분에 많은 도움이 됐습니다."

"그렇다면 다행이고요. 그럼 조심히 살펴가세요."

진명은 임 교수와 악수를 하다가 유독 눈에 띄는 어떤 것을 발견했다. 그가 본 것은 유리병에 든 이상한 생물로 다른 곤충 표본들과 함께 놓여 있었다. 유리병 안에는 알코올이 가득 채워져 있었고, 그 안에 실처럼 가느다란 것들이 서로 뒤엉켜 둥둥 떠 있었다. 몹시 기분 나쁘게 생긴 생물이었다. 진명이 그것에 관심을 보이자 임 교수가 웃으며 말해주었다.

"이건 '연가시'라는 놈입니다. 학명은 네마토모프 헤어웜이지요."

"꼭 기생충처럼 생겼군요."

"맞아요. 이놈은 곤충의 몸에 기생합니다. 곤충을 수집하다가 알게 되었지요. 알고 보면 참 무시무시한 놈입니다. 일단 곤충의 몸 안으로 들어가면 그때부턴 숙주를 자기 마음대로 조종하니까요."

"대단한 녀석이네요."

"이놈 말고도 레우코클로리디움 이라는 기생충은 달팽이의 눈 안으로 들어가 숙주를 세뇌시킨답니다. 달팽이를 일부러 새의 먹잇감이 되게 만들지요. 그렇게 해서 새의 몸 안으로 들어간 기생충은 다시 새의 배설물로 나오게 됩니다. 그리고 그것을 달팽이가 먹으면 또다시 기생충에 감염되는 것이지요."

"꼭 빙의 현상 같군요."

"그렇죠. 곤충 세계의 빙의 현상 말입니다. 허허."

진명은 하찮은 미물 사이에서도 빙의 현상과 유사한 일들이 벌어진다는 사실이 무척 놀라웠다. 자신이 살고자 숙주인 달팽이를 먹잇감이 되게 만드는 것은 정말이지 섬뜩할 정도로 무섭고 대담하기까지 하다. 이런 것도 자연의 섭리란 말인가? 진명은 머리카락처럼 뒤엉킨 연가시를 보며 자기도 모르게 그 무녀의 이미지가 떠올랐다.

"자신의 의지를 잃어버린다는 건 정말 슬픈 일이지요. 인간이

나 곤충이나 둘 다 말입니다."

임 교수가 말했다.

"슬픈 일이죠. 상상도 못할 정도로······"

진명은 교수실을 나와 곧장 주차장으로 걸어갔다. 조급한 마음과는 반대로 발걸음은 무겁기만 했다.

ॐ

차는 법당으로 향했다. 진명은 그곳에서 금주와 만나기로 전날 약속을 했다. 출발할 때 틀어놓은 라디오에선 청취자의 희망곡이 흘러나오고 있었지만 귀에는 들어오지 않았다. 진명은 완전히 자기만의 생각에 빠져 있었다. 임 교수가 말한 것들이 머릿속을 어지럽게 떠다녔다. 그것들을 퍼즐 맞추듯 이리저리 끼워 맞춰가며 원하는 해답을 찾으려 했으나 쉽지가 않았다. 그것이 잡힐 듯하다가도 움켜쥐려고 하면 미꾸라지처럼 쏙 빠져나갔다. 진명은 답답한 마음에 차창을 내렸다. 머리카락과 와이셔츠 칼라가 미친 듯이 바람에 나부꼈다.

처음 J대학 병원에서 무녀의 원혼을 만났을 때부터 줄곧 의심하고 있었다. 진명은 그녀가 복수 말고 다른 어떤 것을 원하는 것 같다는 인상을 받았다. 그것은 단순한 착각이 아니었다. 지금까지의 사건들을 돌이켜보면 원혼이 목적을 위해 치밀하게 움직이고 있음을 알 수 있었다. 이 정도의 능력이라면 그녀는 필시 악신의 경지에 다다랐을 것이다. 그런 그녀가 단순히 과거의 복수만을 위해 이런 식의 무차별 살육을 벌인다는 것은 아무리 그래도 이해하기 어려웠다. 뭔가 다른 계략을 꾸미는 듯하다. 그것이 무엇일까? 진명은 마음을 비우고 복잡하게 얽힌 생각의 실타래를 천천히 풀어보기로 했다.

'뱀의 습성은 자기 충족적이고, 냉혹하고, 아주 은밀하다……. 자신의 꼬리를 삼킨 우로보로스, 이것의 의미는 '시작이 곧 끝'이라는 것으로 윤회사상과 영원성을 상징…… 시베리아 샤만의 조력신은 한국의 몸주신과 유사하다……. 뱀은 부활을 상징하는 것으로……. 돌연변이 알비노…… 어둠 속에서도 볼 수 있다는 생각이 사람들로 하여금 예언적 능력을 지니고 있다고…….'

불현듯 머릿속에 섬뜩한 생각 하나가 떠올랐다. 진명은 과거로 거슬러 올라가 J대학 병원에서 혼령이 희진의 입을 통해 했던 말들을 상기시켰다.

"귀신이 왜 사람 몸에 들러붙는지 알아? 그건, 다시 사람의 몸을 갖고 싶기 때문이야……. 여긴 그냥 임시 숙소라고 해둘게……. 한 가지 더 가르쳐 줄까? 내가 진짜 원하는 건…… 이 여자가 아냐……. **금주**한테는 내가 곧 찾아간다고 전해줄래?"

진명은 입을 다물지 못했다.

'설마, 그럴 리가! 원혼이 노리는 것은 복수가 아니라 금주 씨의 몸이란 말인가?'

뱀은 부활을 상징하는 것으로…… 고대 사람들은 뱀이 허물을 벗고 다시 젊어진다고 믿었다.

운전대를 잡은 팔에 소름이 돋았다. 도저히 믿을 수가 없었다. 감히 죽은 자가 산자의 몸을 빼앗으려 하다니. 그런 일이 과연 가능하기나 한 걸까? 아무리 그녀가 뛰어난 능력을 지닌 무당이라 할지라도, 이것은 정말 말도 안 되는……

"아니, 어쩌면 가능할지도 몰라. 하지만 그러려면……"

갑자기 라디오에 잡음이 섞여들었다.

진명은 바짝 긴장했다. 차 안에서 귀기가 느껴졌기 때문이다. 그는 순간적으로 영력을 방사해 사위를 살폈다. 그리고 마침내, 귀기가 느껴지는 곳을 찾아냈다……. 바로 뒷좌석!

재빨리 핸들을 꺾어 갓길에 차를 급정거했다. 다행히 한산한 도로라 다른 차는 없었다. 한숨을 돌릴 새도 없이 그는 양손을 깍지 낀 상태에서 엄지와 검지만을 나란히 붙여 세워 수인을 맺고, 빠르게 진언을 읊었다. 얼마쯤 그러고 있으니 더는 귀기가 느껴지지 않았다. 진명은 뒤를 돌아보고 나서야 비로소 안심할 수 있었다. 이와 똑같은 상황에서 주열 선배는 목숨을 잃었다. 만약 자신도 생각에 열중한 나머지 조금만 늦게 발견했더라면 죽음을 면치 못했으리라.

"젠장, 너무 방심했군. 하마터면……"

진명은 시트에 몸을 기댄 채 길게 한숨을 토했다.

라디오에선 소음이 사라지고, 어느새 뉴스가 흘러나왔다.

"……정말 대단한 우주 쇼가 펼쳐진다고 하는군요. 이번 기회가 아니면 평생 볼 수 없는 혜성 출현 현상까지 있다고 하니 꼭 놓치지 마시길 바랍니다."

진명은 라디오의 볼륨을 높여보았다. 방금 아나운서가 한 말

중에 관심을 끄는 부분이 있었다.

"지구의 그림자에 의해 달이 가려지는 개기월식 현상이 내일 5월 5일 오후 8시 50분부터 시작돼 10시 52분에 그림자가 달의 모습을 완전히 가리게 됩니다. 이때 달은 모습을 감추는 것이 아니라 붉은색을 띠게 되는데요. 이는 달이 지구의 그림자에 가려져 있으면서도 지구의 대기에 의해 굴절된 태양빛을 미약하게나마 받기 때문이랍니다. 이번 개기월식은 3년 만에 나타나는 것으로서……."

진명은 그 무녀가 남긴 예언의 한 토막이 떠올랐다.

"달이 피로 물드는 밤에."

뉴스는 계속 이어졌다.

"또한, 지난 2001년에 발견된 니트 혜성과 지난해 발견된 리니어 혜성이 동시에 지구를 찾아오게 됩니다. 현재 태양 주변으로 가고 있는 이 두 혜성은 북두칠성 정도 밝기인 2등급으로, 맨눈으로도 쉽게 확인할 수 있다고 합니다. 특히 개기월식이 일어나는 5월 5일에는 해가 진 뒤 서쪽 하늘에 두 개의 혜성이 쌍둥이처럼 동시에 나타나는 장관이 연출될 전망이라는 군요. 이는 1911년 동시에 두 혜성이 하늘에 나타난 벨자브스키 혜성과 브룩스 혜성 이후 처음 있는 현상으로 천문학계에서도 상당한 관심을 보이고 있다고 합니다. 니트 혜성과 리니어 혜성은 일생에 단 한 번만 태양에 접근하기 때문에 이번 기회를 놓치면 다시는 볼 수 없을 거라고 하니 관심 있는 분들께서는 꼭 놓치지 마시길 바랍니다. 혜성을 관찰하실 때는 맨눈으로 보시는 것보다 쌍안경을 준비해 가시면 훨씬 더 선명한……."

곧바로 라디오를 끄고 차를 출발시켰다.

"두 개의 별이 지고, 달이 피로 물드는 밤…… 이 여자, 정말 일을 낼 모양이군."

진명은 너무도 대담하고 주도면밀한 무녀의 계획에 혀를 내두를 수밖에 없었다. 우연하게도 마지막 예언이 뜻하는 바를 이해했지만, 그것이 영 찜찜하기만 했다. 방금 느낀 귀기의 정체도 그렇고, 때마침 타이밍 좋게 나오는 뉴스까지. 이것이 정말 우연일까? 아니면, 무녀의 농간일까? 진명은 왠지 제 발로 호랑이 굴 안으로 들어가는 것 같아 절로 웃음이 나왔다. 하지만 그렇더라도 내일 당장 제주도로 떠나야 한다는 사실만은 변함이 없었다. 거기에 무엇이 기다리고 있든 간에…….

22. 재회

법당으로 돌아온 진명은 미리 약속한 금주 모녀 외에 뜻밖의 불청객이 와 있는 것을 보고 심기가 몹시 불편했다. 불청객은 다름 아닌 혜인이었다. 지선은 혜인을 들여보냈다고 야단을 맞을까 봐 잔뜩 겁먹은 얼굴로 그에게 인사했다.
"다녀오셨어요?"
"아무 일 없었냐고 묻진 못하겠네요."
진명은 냉담하게 말했다.
"죄송해요."
"지선 씬 잘못 없어요. 제가 억지로 들어온 거니까."
혜인이 나서서 지선을 변호했다.
"압니다. 당연히 그러셨겠죠."
진명은 잠시 혜인과 낯선 신경전을 벌이다가 금주에게로 시선을 돌렸다. 금주는 아까부터 이상한 분위기에 눌려 한마디 말도 못하고 꿔다놓은 보릿자루처럼 가만히 서 있었다. 세연이는 그 옆에서 조금 졸려 하는 눈치였다.
　진명이 먼저 인사를 건넸다.
　"일찍 오셨네요."
　"좀 전에 왔어요."
　금주가 웃으며 말했다. 그녀가 막 다른 말을 꺼내려 할 때, 옆에 있던 혜인이 불쑥 끼어들어 말할 기회를 가로챘다.
　"용건이 있어서 찾아왔어요."
　진명은 짧게 한숨을 내쉬었다.
　"지금은 바쁘니까 나중에 오세요."
　"무슨 얘긴지 들어보지도 않으셨잖아요!"
　"저, 괜찮으시면 이분께 시간을 내드리세요. 저는 좀 기다려도 괜찮으니까요."
　금주는 자기 때문이라고 느꼈는지 미안해하는 얼굴로 말했다.
　"그래 주신다니 고맙습니다."
　혜인이 말했다.
　"금주 씨, 지금 그러고 있을 시간이 없어요. 내일 당장 비행기를 예약해서 제주도로 가야 합니다."
　"내일 당장요?"
　금주가 놀라서 물었다.
　"거기엔 그럴 만한 사정이 있습니다."
　"잠깐만요. 지금 이분이 금주 씨?"
　갑자기 혜인이 끼어들어 말했다.

재회 293

"제가 이금주입니다만. 저를 아세요?"

혜인은 금주의 얼굴을 빤히 쳐다보며 말했다.

"당신이었군요. 귀신이 말한……"

"네?"

당황한 금주가 진명한테로 시선을 돌렸다. 세연이도 겁이 났는지 엄마 손을 꼭 붙잡았다.

"법사님, 어떻게 된 일인지 설명 좀 해주시죠?"

혜인이 물러서지 않겠다는 태도로 말했다.

"혜인 씨와는 아무 상관도 없는 일이에요."

"왜 상관이 없어요? 저도 알 권리가 있다고요!"

"대체 왜 그러시는지?"

금주가 당혹스런 얼굴로 말했다.

진명은 하는 수 없이 짧게 설명해주었다.

"그날 J대학 병원에서 유희진이라는 여자를 치료해 주었다고 했죠? 그때 Q-TV 방송국에서 촬영을 나왔어요. 퇴마하는 장면을 찍겠다면서. 저도 모르는 일이었죠. 아무튼 그때 온 방송국 PD가 바로 이 사람이에요."

"아, 그랬군요."

그 말을 듣고 나서 혜인을 바라보는 금주의 눈빛에 경계심이 서렸다.

"저에 대한 대략적인 소개는 끝났으니, 이제 이분과 그 일의 관계에 대해서도 말씀해 주실까요?"

혜인이 말했다.

"이분은 제 의뢰인이고, 의뢰인의 개인 사정은 함부로 말씀드릴 수 없습니다. 그러니 그만 돌아가세요."

혜인은 입술을 꽉 다문 채 노려보기만 했다.

"정 안 가시겠다면 저희가 나가죠."

그가 금주를 데리고 나가려 하자, 혜인이 참았던 울분을 터트렸다.

"거기 서지 못해! 내가 말했지? 나도 상관이 있다고!"

벼락같은 혜인의 목소리에 진명은 화가 난 얼굴로 돌아보았다. 뭐라고 말을 하려다가 그녀가 우는 것을 보고는 마지못해 분을 삭였다.

"나 때문이야. 그 두 사람이 그렇게 된 거…… 내가 그런 일만 벌이지 않았어도……."

혜인은 한동안 어린아이처럼 울기만 했다.

보다 못한 지선이 다가와 그녀를 위로해 주었다.

"부탁할게요. 이건 프로그램하고 상관없는 일이에요. 저도 도움이 되고 싶어서 그래요. 제가 저지른 잘못도 있고……."

진명은 고개를 저으며 작게 한숨을 내쉬었다.

결국, 금주에게 양해를 구하고, 그간 있었던 일들을 혜인에게 설명해 주었다. (아까부터 졸려 하던 세연이는 법당 안으로 들여보내 잠시 재웠다.) 이야기를 다 들은 혜인은 그런 사실이 도무지 믿기지 않는다는 표정이었다.

"아시겠어요? 지금 우리가 상대하는 존재는 보통의 영가와는 차원이 달라요. 무차별적으로 살육을 저지르고 있단 말입니다. 그걸 막으려면 김녕사굴로 들어가서 그 무녀의 무덤을 찾아야 해요. 거기서 유골을 태우고 영가를 강제 소멸시켜야 합니다. 그 방법밖에는 없어요."

"그런데 왜 내일 당장 가지 않으면 안 되는 거죠? 무슨 이유라도?"

금주가 물었다.

"그 예언 기억하시죠? '두 개의 별이 지고, 달이 피로 물드는 밤에 내가 돌아오리다.' 그 예언이 이루어지는 날이 바로 내일 저녁이에요. 그날 개기월식이 일어난다는군요. 예언에 나온 대로 달이 피로 물드는 밤이죠. 그리고 두 개의 별, 그건 그날 밤 지구를 지나는 니트 와 리니어 혜성을 뜻하는 거였어요. 이 예언이 의미하는 바는 어느 특정한 시간대가 아니면 안 된다는 겁니다."

"왜 그때가 아니면 안 된다는 걸까요?"

혜인이 물었다.

진명은 잠시 금주를 바라보았다.

"제 생각에는 그때 어떤 문이 열리는 것 같아요."

"문이요?"

금주가 말했다.

"죽은 자들이 사는 세계의 문 말입니다."

진명의 말에 세 여자 모두 표정이 창백하게 굳어졌다.

"그렇다면…… 저승의 문을 말씀하시는 건가요?"

지선이 조심스럽게 물었다.

"네, 맞아요."

"그럼 어떻게 되는 거죠? 죽은 자들이 세상 밖으로 걸어 나오기라도 한다는 건가요?"

혜인이 말했다.

"그렇진 않아요. 그들은 사굴 밖으로 나오지 못합니다. 밖은 이승의 영역이기 때문이죠. 그 문은 사굴 안에서만 존재해요. 저승의 문이 열린다는 것은 개기월식이 일어나는 동안 굴 안에서 이승과 저승의 영역이 잠시 겹친다는 뜻이에요. 개기월식이 끝나면 함께 사라지겠죠. 그러니 저승의 문이 열려도 망자들은 밖으로 나올 수 없어요. 그들이 밖으로 나오려면 이승으로 통하는 문을 열어야 합니다. 하지만 망자들은 닫힌 문을 열 수 없어요. 문을 여는 것은 오직 살아있는 인간만이 가능합니다."

"그게 무슨 뜻이죠?"

"쉽게 말해서, 이승으로 통하는 문의 열쇠는 인간의 육신이라는 겁니다. 육신을 가져야 만이 비로소 망자가 이승으로 걸어 나올 수 있다는 거죠."

"그럼 육신을 가지면 죽은 영혼도?"

"거리를 활보하며 다니겠죠."

"말도 안 돼."

혜인은 소름이 끼쳤는지 자기 팔을 문질렀다.

"그런 곳에 들어가야 하는 건가요?"

지선이 걱정스러운 얼굴로 말했다.

"무녀의 무덤을 찾으려면 그때가 아니면 안 돼요. 금주 씨, 어머니가 하셨던 말씀 기억하시죠? 할머님이 다시 동굴 안으로 들어갔을 때 그 공간이 감쪽같이 사라졌다는 거."

"네, 기억해요."

"이번 실종자들도 그런 식으로 사라졌을 겁니다. 무녀는 신의 힘으로 저승과 이승의 공간에 균열을 일으켰던 것 같아요. 그것은 음기가 충만한 사굴 안이었기에 가능했을 겁니다. 게다가 과거에는 그곳에서 어떤 제의(祭儀)가 있었던 것 같아요. 김녕사굴 설화에 나오는 서련이라는 판관도 그것을 막으려고 했다가 저주가 씌어 죽음을 맞은 것 같습니다. 만약 거기서 어떤 제의가 있었다고 한다면……"

지선이 대신 말을 이었다.

"대단히 강한 음기가 응축되어 있겠군요."

"그래요. 그럴 가능성이 커요."

"자, 잠깐만요. 그러니까 그날 저승의 문이 열리는 시간에 사굴 안으로 들어가겠다는 말씀이시죠?"

혜인의 물음에 진명은 고개를 끄덕였다.

"하지만 아까 말씀하셨잖아요. 망자가 이승으로 나오려면 인간의 육신을 가져야 한다고. 그들이 육신을 빼앗기라도 하면 어쩌려고요."

"그건 아무나 할 수 있는 일이 아니에요. 이 무녀처럼 강한 영력을 소유한 영가만이 그나마 가능하다고 할 수 있죠. 그것도 특정한 장소와 특정한 시간대가 맞아야 할 정도로 굉장히 까다로운 일이에요. 현재 몸 안에 있는 영혼을 빼내야 하기 때문이죠. 또한 그 대상과 영가의 파장이 서로 맞아야 합니다. 마치 장기이식을 할 때 도너와 레시피언트 사이에 거부반응이 없도록 적합성을 따지는 것처럼 말예요. 그러니 육신을 갖으려 한다고 해서 쉽게 가질 수 있는 게 아니죠."

"그렇군요."

혜인은 고개를 끄덕이긴 했지만 왠지 석연치 않은 표정이었다.

"사굴 안에는 저와 금주 씨 단둘만 들어갈 겁니다."
진명은 말했다.
"어째서죠?"
혜인이 따지듯 물었다.
"그 무덤을 찾으려면 금주 씨가 꼭 필요해요. 왜냐하면 무녀가 원하는 것이 바로 금주 씨니까요."
"뭐라고요?"
혜인과 지선이 놀란 얼굴로 금주를 바라보았다. 본인도 적잖이 당황한 눈치였다.
"그 무녀는 처음부터 복수가 목적이 아니었어요. 바로 금주 씨의 몸을 원하고 있던 겁니다."
금주는 당혹감을 감추지 못했다.
"아시죠? 금주 씨의 몸에도 무녀의 피가 흐른다는 사실을요. 금주 씨의 할머님과 그 무녀는 과거에 같은 신을 모시던 신어머니와 신딸의 관계로 묶여 있었어요. 이것은 영적인 모녀지간을 의미하는 겁니다. 금주 씨가 느낀 이상한 징조들도 신병에 걸린 사람의 증상과 매우 유사해요. 그 무녀는 알고 있었던 겁니다. 당신과 자신의 파장이 일치한다는 것을."
"지금 그런 곳에 금주 씨를 데려가겠다는 말씀이세요?"
혜인이 말했다.
"그것 말곤 방법이 없어요."
"거기 가지 않으면 예언도 이뤄지지 않는 거 아닌가요?"
"그렇겠죠. 하지만 그 기회를 놓치면 금주 씨도 무녀의 저주에서 영원히 벗어날 수 없게 되는 겁니다."

"아, 하긴…… 그렇겠네요."
"위험하다는 건 알아요. 하지만 그것만이 무녀의 혼령을 없앨 수 있는……"
"가겠어요."
금주가 말했다.
"그것이 유일한 방법이라면, 할게요. 저와 제 딸을 위해서 사굴 안으로 들어가겠어요. 그리고 저 때문에 억울하게 죽은 사람들을 위해서라도……"
"제가 옆에 있을 테니까 너무 걱정하지 마세요."
"제주도에 갈 때 세연이도 함께 데려갈 수 있을까요? 그런 일도 있고 해서, 이젠 불안해서 세연이를 놔두고 갈 수가 없을 것 같아요. 아이도 저하고 떨어지려 하지 않고. 때문에 저와 진명 씨가 사굴 안으로 들어갈 때 아이를 맡길만한 사람이 필요해요."
"안 그래도 저도 그 문제에 대해 생각했습니다. 지선 씨라면 세연이를 믿고 맡길 수 있을 거예요."
"걱정 마세요. 아이는 제가 잘 돌보고 있을게요."
지선이 말했다.
"고마워요. 그럼 신세 질게요."
"저도 가겠어요."
혜인이 결의에 찬 목소리로 말했다.
"아까도 말씀드렸지만, 이건 제 일하고 상관없는 일이에요. 저, 그 심령 프로그램에서 완전히 손 떼기로 했어요. 그러니까 저도 데려가 주세요."
"그럴 순 없어요."

진명은 단호하게 거절했다.

"지금 저보고 아무것도 하지 말고 가만히 있으라는 건가요? 아뇨. 싫어요. 저도 갈 거예요. 전 형사님하고 이 검사님, 그 두 사람의 죽음은 전적으로 제 책임이라고요! 그런데 어떻게 제가 가만히 있을 수 있겠어요. 네? 부탁할게요. 저도 데려가 주세요. 시키는 대로 뭐든 할게요. 도움이 되는 일이라면 어떤 거라도……"

"혜인 씨 마음을 모르는 바는 아니지만 그들이 진정 그래 주길 원할까요? 오히려 혜인 씨가 이 일에 나서지 않기를 바랄 겁니다. 그러니까 제 말 들으세요."

"그래도 한 명보다는 두 명이 더 든든하지 않을까요?"

금주가 끼어들며 말했다.

"세연이도 사람이 많으면 덜 불안해할 거예요. 아이를 돌보는 일이라 위험하지도 않을 거고."

"혜인 씨를 이 일에 끌어들일 순 없습니다. 절대로 안 될 일이에요."

진명의 태도는 확고부동했다.

"정말 너무 하시네요."

혜인이 원망스런 눈으로 쳐다봤다.

"포기하세요. 제 생각은 변하지 않으니까."

"끝까지 저를 못 믿으시겠다 이거군요. 그렇죠?"

"그래서 하는 말이 아니에요. 다 혜인 씨를 위해서……"

"됐어요. 그만두세요. 괜히 걱정해 주는 척하는 거 못 봐주겠으니까."

"……"

혜인도 더는 어찌해 볼 도리가 없는 듯 체념한 표정이었다.
"저, 그만 가 볼게요. 쓸데없이 찾아와서 또 폐만 끼치고 가네요. 금주 씨, 모든 일이 잘 해결되길 진심으로 빌겠어요."
"고마워요."
"병원 일은 정말 유감입니다."
진명은 말했다.
혜인은 뭔가를 털어버리듯 서둘러 말했다.
"그럼 나중에 또 봬요. 법사님도 무사하길 빌게요."
진명은 가볍게 고개를 끄덕였다.

ॐ

금주는 진명의 차를 얻어 타고 집으로 향했다. 앞좌석에 앉아 아까부터 진명과는 별로 대화가 없었다. 금주는 그런 어색한 분위기가 싫어서 먼저 입을 열었다.
"제가 혜인 씨를 데려가자고 해서 언짢으셨죠?"
진명은 별일 아니라는 듯 웃으며 말했다.
"금주 씨가 무슨 마음으로 그런 말을 했는지 이해합니다. 하지만 그렇다고 해서 혜인 씨를 데려갈 수는 없었어요."
금주는 혜인의 심정을 이해했다. 그래서 웬만하면 부탁을 들어주고 싶었다. 하지만 괜한 짓을 했다는 생각에 금방 후회가 밀려왔다. 진명은 이런 일에 관해선 냉정한 판단을 내리는 사람이었다. 그녀가 따라간다면 아마 도움보다는 짐이 됐을 것이다. 금주는 감정에 쉽게 휘둘리는 어리석은 자신 때문에 그의 기분이 상했을까 봐 조금 걱정이 됐다.
"죄송해요. 괜히 쓸데없는 말을 해서."
"신경 쓰지 마세요."
"내일…… 다 잘 되겠죠?"
"그래야죠. 반드시."
차가 집 근처에 다다랐을 때, 금주는 어렵게 말을 꺼냈다.
"저, 괜찮으시면 오늘 저희 집에서 주무시면 안 될까요? 이젠 집에 있는 것조차 겁이 나서요."
진명은 흔쾌히 받아들였다.
"그러죠. 어차피 내일 금주 씨와 세연이를 태우고 공항에 가려고 했으니까요. 중간에 법당에 들러서 지선 씨를 데리고 가면 되겠네요."
"미안해요. 매번 부탁만 드려서."
"뭘요."
"대신 오늘 저녁엔 맛있는 걸 만들어 드릴게요."
금주는 뒷좌석으로 고개를 돌려 아이에게 말했다.
"세연아 들었지? 아저씨가 오늘 우리 집에서 주무신데. 너도 좋지?"
세연이는 활짝 웃으며 고개를 끄덕였다. 그 해맑은 웃음에 전염이 된 것처럼 진명도 함께 웃었다.
식탁은 오랜만에 활기를 되찾았다. 남편이 죽고 나서 금주는 밥을 먹을 때마다 남편의 빈자리를 보지 않으려고 애썼다. 그가 늘 앉는 식탁 자리가 그때만큼은 바라보는 것조차 겁이 났다. 하지만 오늘은 그 빈자리에 진명이 대신 앉아 있었다. 그가 있어서 무척 마음이 놓였다. 금주는 오랜만에 예전 같은 식사를 할 수 있었다. 식사를 마치고 나서 다 같이 거실에 모여앉아 다과를 즐겼다. 진명은 동전 마술과 카드 마술, 매듭 마술 등을 보여주며 세연이를 즐겁게 해주었다. 그가 신기한 마술을 선보일 때마다 눈을 뗄 수가 없었다. 그 순간만큼은 금주도 앞날에 대한 걱정과 두려움을 잠시나마 잊을 수 있었다. 그렇게 날은 저물어가고, 어느덧 시간은 자정을 향해 다가갔다.

　세연이가 자기 전에 동화책을 읽어달라고 조르는 바람에 진명이 아이의 방으로 가서 백설 공주와 일곱 난쟁이를 읽어주었다. 금주가 대신 읽어주겠다고 해도 아이는 진명의 팔을 붙잡으며 아저씨가 아니면 안 된다는 얼굴로 마구 떼를 썼다. 진명이 괜찮다며 기꺼이 동화책을 읽어주었지만 마음이 영 편치 않았다.

　금주는 거실에 앉아 진명을 기다렸다. 얼마 후, 그가 아이 방에서 나왔다. 금주는 얼굴에 미안한 표정을 담아 말했다.

　"피곤하시겠어요."

　"아니에요."

　"평소에 이렇게 떼를 쓰는 애가 아닌데. 진명 씨 때문에 기분이 좋았나 봐요."

　"자는 모습이 참 귀엽더군요."

　진명이 맞은편 소파에 앉으며 말했다.

　"늘 아빠가 동화책을 읽어줘야 잠이 들었거든요. 그 후론 책을 읽어달라고 조르지 않았어요. 아빠가 많이 보고 싶었나 봐요. 말을 안 하니까…… 애가 아빠를 그리워하는지도 몰랐던 거예요."

금방 눈시울이 뜨거워졌다.
"죄송해요. 울지 않으려고 했는데."
"괜찮습니다."
"바보 같죠? 어른이 돼서 아이보다 더 울기나 하고. 아직도 자다 깨면 남편이 옆에 있는 것만 같아요. 손을 뻗으면 그 사람이 만져질 것 같고. 하지만 금방 깨닫죠. 남편은 이제 이 세상 사람이 아니라는 걸."
금주는 손으로 눈물을 훔쳤다.
"후회돼요. 사랑한다는 말이라도 더 해줄걸. 난 아직 작별 인사도 못했는데……"
진명이 낮게 한숨을 내쉬고 나서 말했다.
"작별 인사를 나누게 해 드릴게요."
금주는 놀라서 고개를 들었다.
"지금 주열 선배가 여기 와 있습니다. 바로 저 방 안에요."
진명은 남편의 서재를 가리켰다.
"정말…… 지금 그이가 저 방 안에 와 있다는 건가요?"
"네, 그래요. 확실히 저 안에서 선배의 영이 느껴져요."
금주는 손으로 입을 가린 채 눈물을 글썽였다.
"전에 이곳에 왔을 때도 미약하지만 영의 흔적을 느꼈어요. 대부분 사고로 죽은 영가는 사고 장소를 떠나지 못하고 발이 묶이게 됩니다. 자기 자신에 대한 연민과 한(恨)이 그들을 떠나지 못하게 만드는 거죠. 이런 영가를 사람들은 지박령이라 부른답니다. 한데 제가 J대학 병원 영안실에서 주열 선배의 혼을 불러내는데 성공하면서 더 이상 그는 사망 장소에 얽매이지 않게 되었어요.

이럴 때 영가는 부유령이 되든가 스스로 이승을 떠나게 됩니다. 만약 부유령이 되면 그때부터는 정처 없이 이승을 방황하게 되는 것이죠. 다행히 선배는 집으로 오는 길을 기억하고 있었나봅니다. 그것은 아마 돌아오는 길에 사고를 당했기 때문에 가능한 일일 거예요. 집에 돌아가고 싶다는 강한 염원이 선배를 이곳으로 인도한 것이죠. 적당한 시기에 선배를 불러 천도하려고 했는데 지금이 바로 그 적기인 것 같네요."

진명이 자리에서 일어서며 말했다.

"제가 작별 인사를 할 수 있도록 도와드릴게요. 저와 함께 가시죠."

금주는 떨리는 마음으로 자리에서 일어났다. 그리고 그를 따라 방문 앞으로 걸어갔다.

안으로 들어와서는 진명과 마주 보며 섰다.

"이제 제 몸에 주열 선배의 혼을 실을 겁니다. 그때 제 입에서 나오는 말은 선배가 하는 말이니, 하고 싶었던 말을 모두 하세요. 아셨죠?"

"네, 알았어요."

"시간은 그리 길지 않을 겁니다."

진명은 말하고 나서 바로 의식에 들어갔다. 그는 눈을 감고 양손을 펴서 머리부터 가슴까지 쓸어내리는 동작을 서너 차례 반복했다. 그때 손은 몸에 닿지 않고 허공을 그렸다. 그런 다음 양손으로 수인을 맺고 영을 자기 몸 안으로 불러들이는 주문을 외우기 시작했다. 보고 있는 금주의 마음은 무척이나 떨렸다. 잠시 후, 진명이 편안한 얼굴로 두 팔을 가지런히 내렸다. 조금 있자 그가 몸을 한번 움찔 떨었다. 그리고 다시 잠잠해졌다.
 금주는 살며시 진명의 손을 잡았다. 그가 눈을 뜨고 자신을 바라봤다.
 그 눈은 이제 진명이 아닌, 남편의 것이었다. 금주는 그것을 느낄 수 있었다.
 "여보."
 떨리는 목소리로 남편을 불렀다.
 그가 대답했다.
 "미안해. 이렇게 돼서."
 북받쳐 오르는 감정으로 눈물이 터질 것 같았지만 꾹 참았다. 아직 울어선 안 된다. 지금 울면 하고 싶은 말을 다 하지도 못하고 끝나버릴 것이다. 시간이 많지 않다. 참아야 한다. 금주는 끝까지 눈물을 막았다.
 "보고…… 싶었어요."
 "알아. 늘 지켜보고 있었으니까."
 주열은 손을 들어 금주의 얼굴을 어루만졌다. 금주는 눈을 감고서 그의 손길 하나하나를 가슴 속에 아로새겼다. 너무나 그리웠던 감촉.
 "많이 아팠어요?"
 금주는 눈을 뜨며 말했다.
 "육체의 고통은 잠깐일 뿐이야. 정말 아픈 건 여기지."
 주열은 금주의 손을 잡아 자신의 가슴 위로 갖다 댔다. 심장이 뛰고 있었다. 그것은 진명의 심장이었지만 마치 남편의 것처럼 느껴졌다. 당신이 이렇게 살아 있다면 얼마나 좋을까. 금주는 이제 더 이상 눈물을 막을 수가 없었다. 입술을 깨물며 참아봤지만 더는 무리였다. 댐이 무너져 내린 것처럼 눈물이 펑펑 쏟아졌다. 금주는 어린 아이처럼 남편 품에 안겨 소리 내어 울었다.
"미안해요. 나 때문에 이렇게 돼서."
"괜찮아. 당신 탓이 아냐."
그가 머리를 쓰다듬어주며 말했다.
"사랑해요. 여보."
"사랑해."
그렇게 한동안 서로 꼭 부둥켜안고 있었다. 사랑한다는 말도, 이제는 필요 없었다. 서로의 체온과 숨결만으로도 그 사랑을 오롯이 느낄 수 있었다.
하지만 시간은 조금도 기다려 주지 않았다.
"이제 가야 해."
그가 살며시 금주를 떼어내며 말했다.
"아직 가지 마요. 조금만 더 있어줘요. 이제 와 놓고."
"가야 해. 시간이 다 됐어."
주열은 금주의 눈물을 손으로 닦아주었다.
"다행이야. 작별 인사를 못해서 떠나지 못했는데. 이젠 마음 편히 떠날 수 있게 됐어."
"정말 가는 거야?"
"응."
"영원히?"
그는 고개를 저었다.
"영원한 만남이 없는 것처럼, 영원한 이별도 없는 거야."

금주는 자신의 볼을 어루만지는 그의 손을 잡았다.
"또 만나. 우리."
주열은 애써 슬픔을 억누르는 것처럼 보였다. 그가 미소 지었다.
"잘 있어."
금주는 남편의 손을 놓아주었다. 손은 맥없이 밑으로 툭 떨어졌다. 혼이 빠져나가고 있었다.
"안녕."
금주는 그렇게 남편을 떠나보냈다.
진명이 막 잠에서 깨어난 사람처럼 몽롱한 눈으로 금주를 쳐다봤다. 금주는 여전히 울고 있었지만 표정만은 밝았다.
"하고 싶은 말 다 하셨어요?"
진명은 손으로 관자놀이를 지그시 누르며 말했다.
"네."
"작별 인사는?"
"잘했어요."
"후회는 없으세요?"
금주는 고개를 흔들었다.
"다행이네요."
"고마워요. 마지막으로 남편을 만나게 해줘서……. 그 사람, 좋은 곳으로 갔겠죠?"
"그럼요. 틀림없이."
진명은 웃으며 말했다.
"이제 이 방도 정리를 해야 할 것 같아요. 제주도에 다녀오면 정리하려고요."

금주는 방 안을 둘러보며 말했다.
진명은 계속 오른쪽 관자놀이를 눌렀다.
"어디 불편하세요?"
"조금 어지러워서요. 혼이 빠져나갈 때 겪는 증상이죠. 금방 나아지니까 신경 쓰지 마세요."
"제가 차 한 잔 타드릴게요. 잠이 잘 오는 차니까 마시고 주무시면 될 거예요. 어지러움도 가시고."
"그래 주시면 고맙고요. 저는 먼저 나가 볼게요."
진명이 방을 나가고 나서, 금주는 홀로 남아 잠시 주변을 둘러보았다. 여전히 남편은 이곳에서 자신을 지켜보고 있을 것만 같았다. 조금 있다가, 금주도 불을 끄고 방을 나왔다.

23. 제의(祭儀)

새벽에 기침이 나서 잠을 이룰 수가 없었다. 수십 번도 넘게 뒤척이다가 끝내는 자리에서 일어나 앉았다. 병실 안에 있는 다른 한센인들은 그런 그녀의 기침 소리가 익숙하기라도 한 듯 아무 불만 없이 잠들어 있었다. 영례는 기침이 가라앉을 때까지 가슴팍을 두드렸다. 달빛이 어슴푸레 창문을 비추고 있었다. 소록도의 달빛은 유난히 희고 아름답다. 영례는 창문을 통해 둥근 보름달을 가만히 쳐다보았다. 어느덧 기침도 잦아들었는지 더는 가슴팍을 두드리지 않았다. 달을 보고 있던 영례는 침대 밑으로 내려와 개인 사물함 안에서 보따리를 하나 꺼내 다시 침대 위로 가지고 올라갔다. 보따리의 매듭을 풀자 편지와 사진들이 한가득 나왔다. 전부 금주가 보내준 것들이다. 태워버렸다는 것은 순 거짓말이었다. 영례는 아부노 없을 때나 혼자 깨어 있을 때 그것들을 몰래 꺼내서 읽곤 했다. 그것은 유일한 낙이자 삶의 전부였다. 그 사진들 속에서 한 장을 집어 들었다. 가족끼리 놀이공원에 놀러 가서 찍은 사진이었다. 영례는 그 사진을 가장 좋아했다. 사진을 보면서 딸이 행복하게 살고 있다는 사실에 뿌듯해했다. 자신과 같은 인생을 살지 않게 되어서 천만다행이라고 생각했다. 그랬는데…… 영례는 손으로 사진을 쓰다듬으며 깊은 절망감에 사로잡혔다. "빌어먹을 놈의 팔자 같으니라고. 독하기도 하지." 그녀는 나직이 말하고 나서 손으로 맺힌 눈물을 지웠다. 아무래도 이제는 사실을 말해야 할 때인가 보다. 더 늦기 전에. 그것이 어미로서 딸에게 해줄 수 있는 마지막 배려라고 그녀는 생각했다. 하지만 그것을 알았을 때 딸이 받을 충격을 생각하니 눈앞이 막막해졌다. 그 얘기만은 죽어도 하고 싶지 않았건만. 영례는 돌아가시기 전에 그 사실을 말해준 어머니가 그저 야속할 따름이었다. "차라리 말하지 말지. 그냥 모르고 사는 게 나았을 것을. 쯧쯧." 그러나 어머니로서도 어쩔 수 없는 일이었을 것이다. 지금의 자신도 그렇지 않은가. 영례는 혀를 차며 다시 보따리를 묶기 시작했다. 마치 먼 길 떠날 준비를 하는 사람처럼.

대한항공 KE1227편 에어버스가 김포공항을 출발해 오후 1시 20분에 제주국제공항에 도착했다. 금주는 일행과 함께 공항 근처에서 렌트한 차를 타고 점심을 먹으러 제주시내로 향했다. 식사

23. 제의(祭儀)

새벽에 기침이 나서 잠을 이룰 수가 없었다. 수십 번도 넘게 뒤척이다가 끝내는 자리에서 일어나 앉았다. 병실 안에 있는 다른 한센인들은 그런 그녀의 기침 소리가 익숙하기라도 한 듯 아무 불만 없이 잠들어 있었다. 영례는 기침이 가라앉을 때까지 가슴팍을 두드렸다. 달빛이 어슴푸레 창문을 비추고 있었다. 소록도의 달빛은 유난히 희고 아름답다. 영례는 창문을 통해 둥근 보름달을 가만히 쳐다보았다. 어느덧 기침도 잦아들었는지 더는 가슴팍을 두드리지 않았다. 달을 보고 있던 영례는 침대 밑으로 내려와 개인 사물함 안에서 보따리를 하나 꺼내 다시 침대 위로 가지고 올라갔다. 보따리의 매듭을 풀자 편지와 사진들이 한가득 나왔다. 전부 금주가 보내준 것들이다. 태워버렸다는 것은 순 거짓말이었다. 영례는 아무도 없을 때나 혼자 깨어 있을 때 그것들을 몰래 꺼내서 읽곤 했다. 그것은 유일한 낙이자 삶의 전부였다. 그 사진들 속에서 한 장을 집어 들었다. 가족끼리 놀이공원에 놀러 가서 찍은 사진이었다. 영례는 그 사진을 가장 좋아했다. 사진을 보면서 딸이 행복하게 살고 있다는 사실에 뿌듯해했다. 자신과 같은 인생을 살지 않게 되어서 천만다행이라고 생각했다. 그랬는데…… 영례는 손으로 사진을 쓰다듬으며 깊은 절망감에 사로잡혔다. "빌어먹을 놈의 팔자 같으니라고. 독하기도 하지." 그녀는 나직이 말하고 나서 손으로 맺힌 눈물을 지웠다. 아무래도 이제는 사실을 말해야 할 때인가 보다. 더 늦기 전에. 그것이 어미로서 딸에게 해줄 수 있는 마지막 배려라고 그녀는 생각했다. 하지만 그것을 알았을 때 딸이 받을 충격을 생각하니 눈앞이 막막해졌다. 그 얘기만은 죽어도 하고 싶지 않았건만. 영례는 돌아가시기 전에 그 사실을 말해준 어머니가 그저 야속할 따름이었다. "차라리 말하지 말지. 그냥 모르고 사는 게 나았을 것을. 쯧쯧." 그러나 어머니로서도 어쩔 수 없는 일이었을 것이다. 지금의 자신도 그렇지 않은가. 영례는 혀를 차며 다시 보따리를 묶기 시작했다. 마치 먼 길 떠날 준비를 하는 사람처럼.

ॐ

대한항공 KE1227편 에어버스가 김포공항을 출발해 오후 1시 20분에 제주국제공항에 도착했다. 금주는 일행과 함께 공항 근처에서 렌트한 차를 타고 점심을 먹으러 제주시내로 향했다. 식사를 마치고 나서 이번엔 전날 예약해 둔 숙소를 찾아 용담동으로 갔다. 용담동 일대에는 전망 좋은 펜션들이 여럿 있었다. 일행이 묵을 숙소는 바닷가가 내려다보이는 3층 패밀리 룸으로, 방과 화장실이 각각 두 개였고, 조그만 부엌도 딸려 있었다. 베란다로 나가면 바다가 한눈에 들어왔다. 알루미늄 새시로 된 창문을 열자 출렁이는 파도소리가 들려왔다. 일행은 가져온 짐이 거의 없어서 방을 잡고 나서 곧바로 바닷가로 나갔다. 드넓게 펼쳐진 해안선은 보고만 있어도 가슴이 시원해지는 느낌이었다. 성수기 때가 아니라서 시끄러운 관광객들도 별로 없었다. 가장 신이 난 건 역시 세연이다. 아이는 이곳에 놀러 온 줄로 알고 있었다. 지선이 아이와 함께 해안가를 이리저리 뛰어다니며 놀아주었다. 처음엔 지선도 세연이의 내성적인 성격 탓에 애를 좀 먹었으나 이곳에 와서 어느새 두 사람은 급격히 친해져 있었다. 제주의 이국적인 풍경과 탁 트인 바다가 그렇게 만든 것이리라. 금주는 그런 둘의 모습을 바라보며 가끔 손을 흔들어주었다. 하지만 밝은 얼굴 뒤에는 짙은 근심이 숨어 있었다.

진명이 손목에 찬 시계를 보며 말했다.

"2시 38분. 개기월식까진 아직 여유가 좀 있네요."

"그럼 얼마나 남은 거죠?"

금주가 물었다. 자기가 말해 놓고도 그 말이 꼭 시한부 환자가 의사에게 살 날이 얼마나 남았는지 묻는 것처럼 들렸다.

"여섯 시간 정도요."

"이제 뭘 해야 하죠? 그냥 기다리면 되는 건가요?"

"먼저 김녕사굴을 좀 둘러보고 오는 게 좋겠어요. 지리도 익힐

겸. 그리고 시간이 남으면 근처 주민들에게 이춘애 심방에 대해 물어보고요. 만약 그분의 신딸들을 만날 수 있다면 더욱 좋겠죠."
금주는 이제 김녕사굴이란 말만 들어도 오금이 저렸다.
"만나서 뭘 하시게요?"
"혹시 모르죠. 도움이 될 만한 어떤 이야기를 들을지도."
"지금 가야 하는 건가요?"
"조금 있다가 출발하죠."
금주는 알았다고 대답하고서 다시 시선을 해안가 쪽으로 돌렸다. 지선과 세연이 서로에게 물을 뿌리며 장난을 치고 있었다.

파락(擺落)의 부적

진명은 금주 모녀와 함께 제주도로 출발하기 전에 법당에 들러 불구(佛具)가 든 가방을 챙겼다. 그 검정 서류 가방 속에는 금강령, 금강저와 함께 한 가지 중요한 물건이 들어 있었다. 그것은 바로 그가 공들여 준비한 '파락의 부적'이었다. 악귀를 이승에서 완전히 소멸시킬 때 반드시 필요한 부적으로, 부동명왕의 강력한 힘을 빌려 지옥의 업화로 악귀를 일시에 태워 없애는 무서운 능력을 지닌 멸귀부(滅鬼符)이다. (단, 시술자의 주문이 없으면 자체적으로 힘을 발휘하지 못한다. 부적과 시술자의 정신이 일체가 됐을 때

비로소 힘을 발휘하게 된다. 만약 시술자가 부적의 힘을 제어하지 못할 경우, 그 화염이 시술자의 영혼까지 태워버릴 수 있음을 명심해야 한다.) 영가를 소멸시키는 일은 밀교의 주술 중에서도 매우 위험한 일에 속한다. 자칫 술법을 행하는 자의 생명까지도 위험해질 수 있기에 밀교 내에서도 금기시되는 술법 중 하나다. 그만큼 중요한 부적이라 진명은 가방에서 꺼내 직접 자신의 몸에 지니고 다녔다. 지금껏 이 술법을 단 한 번만 사용했을 정도로 그 역시 이 방법을 몹시 꺼렸다. 그때도 하마터면 지옥의 불길 속으로 자신의 영혼마저 함께 빨려 들어갈 뻔했다. 동료 법사의 도움이 아니었더라면 죽음을 면치 못했으리라. 그런 아찔한 기억이 있는 술법을 이곳에서, 그것도 저승의 문이 열리는 사굴 안에서 행해야만 한다. 그나마 조금 위안이 되는 것은 그동안의 수행으로 예전보다는 능숙하게 술법을 행할 수 있게 되었다는 점이다. 그만큼 현재 진명의 수준은 최고점에 달해 있었다. 진명에게 가르침을 전수한 스승 안중현 법사와 비교해 봐도 손색이 없을 정도다. (그는 목사였고, 가톨릭 신부였으며, 한때는 무당 일을 하기도 했다. 그러다 결국 밀교에 발을 들여놓게 되었고, 후에 진명을 만나 가르침을 전수해 주었다. 그는 종교적 방랑자로 어딜 가든 이단자, 배신자라는 꼬리표가 따라다녔다.) 그렇지만 문제는 역시 사굴이라는 폐쇄된 공간이었다. 그 안에서 무슨 일이 벌어질지 진명 자신도 예측하기 어려웠다. 게다가 금주까지 신경 써야 하는 상황에서 어떤 예기치 않은 변수가 생길지 몰라, 조금도 마음을 놓을 수가 없다.

  하지만 변수란 늘 있기 마련이다. 지극히 당연한 우주 만물의 섭리처럼 변수는 존재한다. 그리고 그것이 꼭 나쁘게만 작용한다는 법은 없다. 생각해 보면 모든 것이 무녀의 예언대로 착착 진행되어간다고 볼 수 있었다. 그들이 지금 제주에 와 있는 것도 무녀의 계획에 일부일지 모른다. 하지만 그 계획에도 변수는 생길 것이다. 예언을 이룰 수 없게 만드는 변수. 그것은 진명 자신일 수도, 금주 본인일 수도 있다. 아니면, 전혀 예상치 못한 어떤 것이거나. 진명은 운명의 여신이 자신들의 편에 서주길 바라며 다시 한 번 마음을 다잡았다.

24. 신(神)의 자식

오후 3시 20분. (개기월식 5시 30분 전.)

금주는 세연이를 지선에게 맡기고 진명과 함께 펜션을 나와 김녕사굴로 향했다. 떠나기 전에 진명은 방문과 창문 위에 악귀를 쫓는 부적을 붙여놓았다. 또 만일의 사태를 대비해 거실 바닥에 만다라가 그려진 천도 깔아놓았다. 만다라의 바깥 경계선은 성스러운 세계를 보호하는 결계이기 때문에 악한 기운은 절대 그 안으로 발을 들여놓을 수 없다고 했다.(액을 막으려고 금줄을 치는 것과 같은 이치란다.) 진명은 두 사람에게 만약 무슨 일이 생기면 재빨리 이 안으로 들어가 있으라고 당부했다.

차에 설치된 내비게이션의 도움을 받아 12번 일주도로를 타고 30분 만에 김녕사굴 근처에 도착했다. 입구 앞에는 '김녕굴'이라고 쓰여진 나무 표시판과 안내문이 덩그러니 세워져 있었다. 그 둘레엔 나무 울타리가 길게 이어졌고, 제주에서 흔히 볼 수 있는 정낭이 입구 역할을 대신했다. 정낭 3개가 모두 올려져 있었다. 금주가 알기로 그것은 이곳에 주인이 없으니 함부로 들어가선 안 된다는 뜻이었다. 하지만 진명은 그 뜻을 아는지 모르는지 정낭 두 개를 내리고 유유히 안으로 들어갔다. 금주도 곧 뒤를 따랐다.

사굴 근처엔 잡풀과 잔가지들이 검불덤불 엉켜 있어 어수선한 분위기를 연출했다. 가까이 다가갈수록 시커먼 동공이 음습한 모습을 드러냈다. 사굴의 입구는 완만한 곡선의 부채꼴 모양으로, 굴은 지면보다 아래로 뚫려 있어 입구부분부터 경사가 심했다.

굴 앞에 다다르자 금주는 갑자기 걸음을 멈췄다. 얼굴에 두려운 기색이 역력했다. 벌써 겁을 먹으면 어쩌자는 건지. 앞으로 갈 길이 먼데. 금주는 나약한 자신을 꾸짖었다. 앞으로 몇 시간 후, 개기월식이 일어나는 밤에는 손전등만 들고 이 안으로 들어가 무녀의 무덤을 찾아야 한다. 만약 그때 가서도 정신을 차리지 못하고 겁에 질려 있으면 틀림없이 무녀의 먹잇감이 되고 말 것이다.

"금주 씨?"

진명이 돌아보며 말했다. 금주는 서둘러 대답했다.

"네, 가요."

금주는 진명과 함께 사굴 앞에 서서 안을 들여다보았다. 동굴 깊숙한 곳에서 흘러나오는 서늘한 냉기에 절로 몸서리가 쳐졌다. 오로시 암흑과 고요만이 이곳을 떠돌고 있었다. 뚫어지게 바라보던 진명이 먼저 안으로 발을 들여놓았다. 금주도 용기를 내서 몇 걸음 내디뎠다. 안으로 들어서자 추위가 엄습했다. 오월인데도 으슬으슬 몸이 떨렸다. 급격한 기온차를 느끼며 조금 더 앞으로 나아갔다. 여기저기 흩어진 돌들이 발에 챘다. 사위를 한번 둘러보았다. 이곳에 귀신이 산다고 해도 전혀 이상할 게 없을 것 같았다. 금주는 입구 근처에 서서 불안한 시선으로 진명을 지켜보았다. 그가 더 안으로 들어오라고 할 때까지 꼼짝도 안 할 생각이다. 여기 서 있는 것만으로도 오금이 저릴 정도로 무서운데 과연 이 안으로 들어가 무녀의 무덤을 찾아낼 수 있을까? 도저히 자신이 없었다. 이곳에 오기 전까지만 해도 어떻게든 해보겠다는 생각이었는데 막상 와보니 도망치고 싶다는 생각밖에 들지 않았다.

진명이 돌아서며 말했다.

"저녁에 올 때는 단단히 껴입고 와야겠어요."

그의 음성이 동굴 벽에 부딪혀 메아리쳤다.

"그래야겠네요."

금주는 사굴에 들어갈 때 입으려고 활동이 편한 옷을 챙겨 왔으나 추위를 막기에는 한없이 부족했다. 이렇게 추울 줄 알았으면 패딩 점퍼라도 챙겨 올걸.

금주는 굴 안에서 흘러나오는 냉기에 몸을 떨며 뒤로 물러났다. 밖으로 나오자 따뜻한 햇살이 몸을 감쌌다. 불과 몇 발자국 차이인데도 마치 지옥과 천국의 경계선을 지나온 것 같았다. 냉기에 움츠러들었던 몸이 금세 풀어졌다. 밝은 곳으로 나오자 햇빛에 눈이 부셨다. 금주는 눈을 가늘게 뜨고 동굴 안을 바라보았다. 그런데…… 이상한 것이 눈에 띄었다. 저 안쪽에 흐릿한 사람의 형체가 보인 것이다. 분명 진명은 아니다. 또한, 한두 사람도 아니다. 당황한 금주는 얼른 손으로 눈을 비비고 다시 보았다. 하지만 오히려 낯선 사람들의 모습은 더욱 선명하게 보일 뿐이었다. 귀신일지도 모른다는 생각에 덜컥 겁이 났다. 그때 옆에서 웬 젊은 남자 하나가 횃불 두 개를 들고서 불쑥 나타났다. 금주는 소스라치게 놀라 짧게 비명을 지르며 옆으로 비켜섰다. 남자가 든 횃불의 열기가 얼굴로 전해져 오는 듯했다. 그는 한복을 입고 있었다. 자세히 보니 동굴 안에 있는 다른 사람들도 (네 명 모두 여자였다.) 마찬가지로 한복을 입고 있었다. 요즘에 볼 수 있는 개량 한복이 아닌 옛날 사람들이 평상복으로 입던 그런 한복이었다. 남자는 금주를 전혀 개의치 않고 성큼성큼 걸어서 여자들한테로 다가갔다. 무리 중에 가장 나이 많아 보이는 여자가 사람들에게 뭐라고 말을 하고 있었지만 너무 소리가 작아서 알아 들 수는 없었다. 남자는 손에 든 횃불 하나를 다른 여자에게 건네 준 뒤 앞장서서 동굴 안으로 걸어 들어갔다. 곧이어 나머지 여자들도 그의 뒤를 쫓았다. 금주는 그들이 사라지는 모습을 넋을 놓고 바라보았다.

"괜찮아요?"

진명이 어깨를 툭 건드리며 말했다. 그제야 금주는 정신을 차리고 그를 보았다.

"방금…… 이상한 것을 봤어요."

"뭘 봤는데요?"

"어떤 사람들이 저 안으로 들어가는 장면이었어요. 다들 구식 한복을 입었고요."

"아무래도 과거에 여기서 일어났던 일들을 본 것 같군요."

"정말 그런 것이 가능한가요?"

"네, 가능해요. 영매라면."

"영매? 그렇다면 제가······"

금주의 표정이 어두워졌다.

"개기월식이 가까워질수록 금주 씨의 잠들어 있던 능력이 깨어나고 있다는 증거예요."

"전 무녀 따윈 되고 싶지 않다고요!"

"그건 자신의 의지로 어떻게 할 수 있는 게 아니에요. 제가 귀신을 보는 것처럼······ 아무튼 그 얘긴 나중에 다시 하도록 합시다. 지금 중요한 건 그게 아니니까."

"알았어요."

금주는 마지못해 고개를 끄덕이며 말했다.

"가면서 아까 봤던 장면들 좀 자세하게 얘기해 봐요."

"네."

사굴을 나와 표지판이 있는 곳으로 돌아왔을 때였다. 멀리서 누군가 이쪽으로 다가오는 것이 보였다. 50대 초반으로 보이는 이 남성은 팔에 완장 같은 걸 차고 있지는 않았지만 자신들을 바라보는 시선이 곱지 않은 것만 봐도 그가 이곳의 관리인이라는 것을 금주는 짐작할 수 있었다.

"정낭 못 보셨소? 여긴 함부로 들어가면 안 되는데."

"여긴 관광지가 아닌가요?"

진명이 물었다.

"예전엔 그랬는데 지금은 아닙니다. 낙석 위험이 있어서 이제는 함부로 못 들어가요."

"낙석이요?"

"붕괴위험이 있답니다. 이 위로 도로들이 지나가거든. 쓸데없이 뭔 놈의 도로를 그렇게 많이 만들어 놔서리…… 쯧쯧."

"그랬군요. 저희는 몰랐습니다."

"이곳 말고도 용천동굴이나 당처물굴도 마찬가지요. 그러니 괜히 들어갔다가 재수 없이 돌에 맞아도 책임지지 않는다는 거요. 구경을 하려면 차라리 만장굴이나 가보쇼. 여긴 어차피 사람들도 잘 안 찾아요. 너무 으스스하고 볼 것도 별로 없거든."

"그런데 왜 막아놓지 않은 거죠? 나무만 세워놓는다고 못 들어가는 건 아니잖아요."

금주가 물었다.

"그러면 동굴이 훼손된다고 하지 말랍디다. 뭐 어차피 여기 오는 사람도 거의 없고, 댁 같은 사람들만 빼면 말이지."

"저희 같은 사람 때문에 아저씨가 필요한 거군요."

진명이 말했다.

"알았으면 그만 돌아가요. 구경하려면 만장굴을 가보든가."

"안 그래도 그러려던 참이었습니다. 정말 볼 게 없더군요. 아무튼 말씀 잘 들었습니다……. 아, 한 가지만 더 여쭤볼게요. 혹시 이 동네에 오래된 심방이 사는 집이 있습니까?"

"심방은 왜 찾소? 굿이라도 하려고?"

"예, 도움이 좀 될까 해서요."

"으음, 그거라면 저기 청수동에 한번 가보쇼. 거기 가서 '돌순 어멍'이라고 하면 아마 모르는 이가 없을 거요. 심방 일도 오래했고, 꽤 용하다고 하니까."

"알려주셔서 감사합니다."

금주는 진명과 함께 차에 올라탔다. 진명은 청수동을 내비게이션으로 찾고 나서 '돌순어멍'도 검색했다. 그러자 돌순어멍이라는 상호의 식당이 한 개 검색되었다. 식당은 청수동에 있었다.
"여기일까요?"
금주가 물었다.
"가보면 알겠죠. 부업을 하는 무속인들은 많으니까요."
진명이 기어를 넣고 핸드 브레이크를 풀며 말했다.
"저녁에 다시 왔을 때, 저 아저씨를 만나지 않았으면 좋겠군요."
"저도요."
차는 곧장 청수동을 향해 출발했다. 4시 10분. 개기월식까지 앞으로 4시간 40분이 남았다.

'돌순어멍'이라는 이름의 식당을 찾아갔지만 그곳 주인은 무속과는 거리가 먼 사람이었다. '어멍'이란 제주 방언으로 '어멈'을 뜻하는 말이었다. (돌순 엄마라는 뜻이다.) 즉, 어디서나 쉽게 쓸 수 있는 말이다. 그러나 실망할 필요는 없었다. 식당 주인이 돌순어멍이라는 심방을 알고 있었기 때문이다. 그 관리인이 말한 대로, 돌순어멍은 이 동네에선 상당히 유명한 심방이었다. 진명은 식당 주인이 가르쳐준 길을 따라 심방이 사는 집으로 차를 몰았다.
4시 32분. 비가 약간 내리더니 또 금세 그쳤다. 사굴까지 오는 길에도 비가 짧게 두 번 내렸다. 듣던 대로 제주도의 날씨는 변덕이 죽 끓듯 했다. 상가가 밀집한 곳에서 벗어나자 금방 넓은 밭이 나왔고, 얼마 안 가 제주 특유의 초가집이 나타났다. 식당 주인이 말한 대로라면 저곳이 바로 돌순어멍의 집일 것이다. 제주 초가집은 새끼줄을 이용해 지붕을 격자로 묶어놓은 것이 특징이다.

진명은 근처에 차를 세우고 금주와 함께 내렸다. 집 주위로 돌담이 빙 둘러쳐져 있었다. 돌덩이들은 크기나 모양새가 모두 제각각이었지만 불규칙함 속에서도 조화를 이루고 있었다. 이곳에서도 정낭을 볼 수 있었다. 정낭 세 개가 모두 내려져 있는 것으로 봐서 집 안에 사람이 있을 것이다. 진명은 마당 안으로 들어서면서 큰 소리로 말했다.

"안에 누구 계십니까? 돌순어멍이라는 분을 만나러 왔습니다."

곧이어 방문이 열리고, 나이가 좀 들어 보이는 아주머니 한 분이 얼굴을 내밀며 말했다.

"무사 왔수꽈?(무슨 일로 오셨소?)"

"이 집이 돌순어멍이라는 심방이 사는 곳 맞습니까?"

진명이 말했다.

"맞아요. 한데 어데서 왔수꽈?"

"저흰 서울에서 왔습니다. 혹시 돌순어멍 되십니까?"

"아니요. 난 그냥 마실 온 거예요. 할망은 이 안에 있수다. 들어옵서게."

진명과 금주는 신발을 벗고 작은 상방(대청마루)을 지나 방 안으로 들어갔다. 집은 좁았지만 잡다한 물건들이 없어 휑뎅그렁한 느낌마저 들었다. 아랫목에는 폭삭 늙었다는 표현이 어울릴 정도로 나이가 든 할머니 한 분이 앉아 있었다. 이분이 바로 돌순어멍이라는 별호를 지닌 심방이다. 그런데 노파는 손님이 들어와도 고개조차 돌리지 않았다. 그 이유를 마실 온 아주머니가 알려주었다.

"눈이 머셨어요. 예전부터 그러세요."

돌순어멍의 두 눈은 희멀건 막이 씐 것처럼 뿌옇게 흐려 있었다. 이도 몽땅 빠졌는데 틀니를 끼지 않아 턱이 안으로 쏙 들어갔다. 가뭄에 땅이 갈라진 것처럼 얼굴에 주름이 잔뜩 패어 있었고, 귓불은 부처님 귀 마냥 축 쳐졌다. 두 사람은 돌순어멍과 마주 앉았다.

"어떵(어떻게) 왔수꽈?"

그녀가 물었다.

"여쭙고 싶은 게 있어서 찾아왔습니다."

"이제 굿은 안 하세요. 점은 봐 드리지만 그것도 요즘은 약간 정신이 오락가락해서."

아주머니가 대신 말했다. 그녀는 영락없는 할머니의 대변인이었다. 돌순어멍은 이도 없고, 웬만해선 알아듣기 어려운 제주 방언을 쓰기 때문에 아주머니가 옆에서 통역사 노릇을 해주었다. 두 사람에겐 여간 다행스러운 일이 아닐 수 없었다.

"누게 정신이 오락가락한다 그래? 망할 년 같으니!"

돌순어멍이 성난 듯 말했다.

"아이고, 알았수다. 알았어. 내 잘못 했수다. 성질하고는."

"근디 뭘 물어볼꺼?"

"이곳에서 오랫동안 심방 일을 해오셨다고 들었습니다."

진명이 말했다.

"그랬지. 오래 해먹었지. 이디서(여기서) 나보다 오랫동안 심방 일을 한 사람은 없으니까. 내 언니들도 모두 죽고 이젠 나 하나 남았지."

"그래서 아마도 잘 아시리라 생각합니다. 예전에 이 마을의 큰 심방이었던 이춘애 심방에 대해 아시는지요?"

"알다마다. 내 신어멍이우다.(신어머니요.) 그분이."

"아, 그러셨군요. 저희가 제대로 찾아왔네요."

그의 예상이 적중했다. 큰 무당일수록 따르는 신딸들이 많은 법이다. 게다가 이렇게 좁은 동네에 오래 산 심방이라면 그분의 신딸일 가능성이 컸다.

옆에 앉은 금주는 돌순어멍이 자기 외할머니의 신딸이라는 사실을 알고 조금 놀란 모양이다.

"근디 우리 신어멍을 어떻 알암수꽈?(어찌 알았소?)"

"저희가 찾아온 이유가 바로 그분 때문입니다. 할머님, 그분의 신딸 중에 백발에 붉은 눈을 가진 사람이 있었다고 들었습니다. 이름은 심석정이고요. 그분에 대해서도 아시는지요?"

갑자기 돌순어멍이 말이 없더니, 주름진 얼굴이 파르르 떨리기 시작했다.

"할망? 괜찮수꽈?"

걱정이 된 아주머니가 말했다.

"내 어떻…… 그 년을 모른단 말이꽈. 꽃다운 나이에 내 두 눈을 멀게 한 년인데!"

돌순어멍의 목소리엔 한 맺힌 노여움이 서려 있었다.

진명은 그제야 돌순어멍의 희멀건 두 눈이 무녀 때문이라는 것을 알았다.
"그때 일을 말씀해주실 수 있겠습니까?"
"뭘 말이꽈?"
"김녕사굴에 들어갔을 때 말입니다. 그 무녀를 찾으러 거기 들어갔다고 들었습니다."
"아이고, 어데서 그런 얘길 듣고 왔는지 모르겠지만 다 거짓이우다. 그런 일이 어디 있겠어요?"
아주머니가 손사래를 치며 말했다.
"없긴 무사 어서!(왜 없어!) 내 이 두 눈으로 똑똑히 봤신디!"
눈먼 노파가 그런 말을 하니까 왠지 기분이 묘했다.
"또 그러신다. 그냥 신경 쓰지 맙서게. 술 드시면 만날 허는 소리라."
"상관없습니다. 저희는 그 얘기를 듣고 싶어서 왔으니까요."
"예?"
아주머니가 이상한 눈으로 쳐다봤다.
"그랬지. 김녕사굴에 들어갔었어. 그 년을 찾으려고 어멍이 나하고 성님들을 델고서. 청수동 박수 채강이도 함께 갔지. 거기서 그년이 내 눈을 이렇게 만들어버렸다우. 손도 대지 않고 그저 노려보기만 했는디 말여. 둘째 성님은 입에서 뱀 새끼를 토해냈지. 그때 어멍이 아녔으면 우리는 꼼짝없이 죽었을 거우. 어멍이 신칼로 그년 목을 내리치지 않았으면……"
돌순어멍은 아주머니한테서 담배를 하나 얻어 피우기 시작했다. 그녀는 담배를 피우며 보이지도 않는 눈으로 과거를 회상하는 듯했다. 가끔 이도 없는 홀쭉한 입을 다시면서 어떻게든 기억을 끄집어내려고 노력하는 모습이었다.
"근디 댁들은 어떵 그 일을 알암수꽈?(어찌 그 일을 알고 있소?)"
돌순어멍이 물었다.
"저희도 그 일과 관계가 있기 때문입니다. 저희는 오늘 밤 그 무녀의 무덤을 찾으러 김녕사굴 안으로 들어가려고 합니다."
진명은 말했다.
"그게 무시경 말이꽈?(무슨 말이오?)"
돌순어멍이 화들짝 놀라며 말했다.
"그 무녀의 저주는 지금도 계속 되고 있습니다. 벌써 여러 사람이 그로 인해 희생되었고요."
"세상에, 그게 참말이꽈?"
아주머니가 말했다.
"제 남편도 목숨을 잃었어요."
금주가 무겁게 입을 열었다.
돌순어멍의 주름진 얼굴에 짙은 그늘이 드리워졌다.
"아이고야, 무사 이제 와서(왜 인제 와서)…… "
"그 무녀가 예언한 날이 바로 오늘 밤이기 때문입니다. 오늘을 위해 사굴 안에서 독을 품고 기다렸던 거죠. 조금이라도 방해가 되는 존재는 가차없이 죽여 없앨 정도로 잔인무도한 영가입니다"
"댁들한테 대체 무신 원한이 있기에 저주를 내린단 말이꽈?"
"거기엔 그럴 만한 이유가 있습니다. 지금 제 옆에 앉아있는 이분이 바로 이춘애 심방의 외손녀이기 때문입니다."

"어멍의 외손지라고?"

돌순어멍의 희멀건 두 눈이 크게 떠졌다.

"그분이 저의 외할머니세요."

금주가 말했다.

"그럼 자네 어멍 성함이?"

"이 영자 례자 세요."

"그랬구먼…… 그랬어…… 그래서 날 찾아온 게로군."

돌순어멍이 혀를 차며 말했다.

"미리 신분을 밝히지 않은 점 사과드립니다."

진명은 공손하게 말했다.

"자네 이름은 머꽈?"

"이금주라고 합니다."

순간 노 만신의 얼굴이 놀라움으로 펴지더니, 이내 종이 구기듯 일그러졌다.

"허허…… 그것 참…… 얄궂네. 참으로 얄궂어."

돌순어멍이 탄식에 가까운 음성으로 말했다.

"왜 그러세요?"

금주가 이상한 듯 물었다.

"자네 어멍은 외할망에 대해 암 말두 안 했시냐?"

"네, 자라면서 거의 듣지 못했어요. 예전에 무당 일을 하셨다는 것 말고는요. 어머니도 전에 무당 일을 하셨다가…… 지금은 그만두셨어요."

"그래, 피는 못 속이는 법이지. 암."

돌순어멍은 씁쓸한 미소를 지으며 아주머니가 가져다 놓은 재떨이를 찾아 담배를 비벼 껐다.
"사굴에 들어간다고? 조심하라게."
"알고 있습니다."
"무덤 찾아 뭐 할건디?"
"유골을 태우고, 영가를 소멸시킬 생각입니다."
"법사 일을 하시는 양반인가 보구먼."
"맞습니다."
"그럼 사굴에 갈 때랑 신칼 들고 가라게. 그게 있어야 목숨 부지 한다게. 내 말 명심하라게. 괜한 소리 아니네."
"무녀의 목을 친 그 신칼 말씀이시군요. 할머님께서 가지고 계십니까?"
"원래는 물려받아야 허는디 그러지 못했수다. 사람 죽인 신칼을 누가 쓸 수 있겠수."
"그럼 지금 어디 있습니까?"
"어멍이 땅에 묻어버리셨지. 이디(이곳) 할망당 옆에 있는 제일 큰 팽나무 밑에다 묻으셨다고 했시난 강 잘 찾앙 보라게. 깊게 묻진 않았을 테니 금방 찾을 수 있을 거우다."
"알겠습니다."

진명은 손목시계를 들여다봤다. 5시 15분. 개기월식까지 남은 시간은 3시간 35분. 아직까진 여유가 좀 있다. 펜션에 들러 불구가 든 가방을 챙겨 가지고 오는 데 1시간쯤 걸린다고 보면 두 시간 반 정도의 시간이 남아 있었다. 그 안에 반드시 신칼을 찾아야 한다. 진명은 그 정도의 시간이면 충분할 거로 생각했다. 그는 마을 할망당에 대한 자세한 위치를 듣고서 금주와 함께 그 집을 나왔다. 떠나기 전에 돌순어멍이 마실 온 이웃 아주머니한테 부탁해 그들에게 삽을 빌려주었다.

할망당은 돌순어멍의 집에서 남서쪽으로 그리 멀지 않은 곳에 있었다. 차를 타고 가면 5분 정도 내의 거리였다. 제주말로 '할망'이란 할머니라는 뜻 말고도, '여신'이라는 의미가 담겨 있다. 할망당은 그런 여신을 모시는 당을 말한다. 모계 사회적인 성격이 강한 제주에서는 이런 여신 숭배를 어디서나 쉽게 찾아볼 수 있다. 형태는 육지의 서낭당과 크게 다르지 않다.

그들이 도착한 할망당은 돌무덤처럼 쌓아놓은 곳에 금줄을 쳐놓은 흔한 형태였다. 그리고 그 근처에 돌순어멍이 말한 커다란 팽나무가 서 있었다. 그런데 시작부터 뜻하지 않은 문제가 생겼다. 분명히 제일 큰 팽나무라고 했는데 지금 봐서는 나무의 크기가 다 엇비슷해 보였다. 그중에 크기가 비슷한 것만 다섯 그루가 넘었다. 아마도 그 당시에는 이 중에 눈에 띄게 큰 녀석이 있었으리라. 진명과 금주는 나무를 앞에 두고 난감한 표정을 지었다. 이 나무들 근처를 다 팠다간 아마 반나절도 모자랄 것이다.

"다시 가서 물어볼까요? 그분이라면 어느 나무인지 아실 것 같은데."

금주가 말했다.

"소용없을 거예요. 그분도 몇 십 년 전에 금주 씨 외할머님한테서 들은 얘기를 전해준 것뿐이니까요. 자세히 알고 계셨다면 진작 알려주셨겠죠. 게다가 당시엔 눈까지 먼 상태였어요."

"하긴, 그렇겠네요……. 그럼 이제 이 많은 나무 밑을 다 파야 하는 건가요?"

"안타깝지만 그것 말고는 방법이 없을 것 같군요."

금주는 작게 한숨을 내쉬었다.

"운이 좋으면 금방 찾아낼 수도 있을 겁니다. 기운 내세요."

"그랬으면 좋겠네요."

"일단 제일 우측에 있는 나무부터 파보도록 하죠. 좀 전에 내린 비 때문에 땅이 젖어서 삽이 잘 들어갈 거예요. 자, 시작합시다."

두 사람은 한 자루씩 삽을 들고서 커다란 팽나무 앞으로 걸어갔다.

25. 요귀(妖鬼)

 벌써 세 시간째 케이블에서 해주는 만화만 보고 있었다. 세연은「짱구는 못 말려」를 보면서 마냥 웃어댔지만 지선은 밀려오는 졸음과 싸워야 했다.
 그러고 보니 어느덧 7시 20분이다. 슬슬 해가 지는데 아직도 두 사람은 돌아올 생각을 하지 않는다. 법사님이 가방을 놓고 가셔서 다시 들렀다 가셔야 할 텐데 큰일이다. 개기월식까진 앞으로 1시간 반밖엔 남지 않았다. 지선은 혹시라도 일이 잘못된 것은 아닐까 불안했다. 그래서 전화를 한 번 해보려다가, 이내 그만두었다. 만약 문제가 생겼다면 벌써 전화를 하셨을 거다. 다름 아닌 법사님이 아니던가. 일을 그르칠 분이 아니다. 그래, 분명 잘하고 계실 거야. 믿고 기다리자.
 지선은 이럴 때 뜨거운 물에 샤워라도 하면 기분이 한결 나아질 거라 생각했다. 사실 아까부터 그러고 싶었지만 세연이를 달래느라 잊어버리고 있었다. 두 사람이 떠나고 나서, 지선은 한동안 불안해하는 세연이 때문에 진을 빼야 했다. 그나마 TV라도 있었으니 망정이지. 이제는 얌전히 앉아서 만화를 보고 있으니 마음 놓고 샤워를 해도 되겠지?

"세연아, 언니 샤워하고 올 테니까 만화 보고 있어. 그리고 이따가 맛있는 거 시켜 먹자. 알았지?"

세연은 무덤덤하게 고개만 끄덕였다.

펜션 안에는 욕실이 딸린 큰 화장실과 방 안에 있는 작은 화장실이 있었다. 지선은 보일러를 온수로 맞춰놓고 거실을 지나 욕실이 딸린 큰 화장실로 들어갔다. 옷을 벗어 수건장 빈칸에 차곡차곡 개서 넣어놓고, 수건으로 머리를 틀어 말아 올렸다. 그런 다음 욕조에 있는 샤워기를 틀어 뜨거운 물이 나올 때까지 잠시 기다렸다.

세연은 아까부터 만화에만 정신이 팔려 소변이 마린 것도 꾹 참고 있다가 잠시 광고 방송이 나오자 잽싸게 방 안에 있는 작은 화장실로 달려갔다. 소변을 보고 나서는 다시 돌아와 소파에 앉았다. 그런데 광고 방송이 끝났는데도 만화는 시작하지 않았다. 대신 이상한 화면이 나타나 세연을 당황케 했다. 리모컨으로 채널을 돌려봤지만 다른 곳도 마찬가지였다. TV 화면엔 회색 바탕에 하얀 점들이 정신없이 둥둥 떠다니고 있을 뿐이었다. 덜컥 겁이 나서 TV를 끄려고 전원 버튼을 눌렀는데도 TV는 꺼지지 않았다. 그때 화면 속을 떠다니던 하얀 점들이 한데 모이기 시작했다. 그것이 눈덩이처럼 불어나더니 급기야 어떤 형체를 이루기 시작했다. 마치 고무 찰흙을 빗어서 만드는 것처럼 하나하나 만들어져갔다. 세연은 호기심 어린 눈으로 그것을 지켜봤다. 처음엔 전체적인 형태를 만들어내다가 나중엔 점점 세부적인 묘사가 이루어졌다. 움푹 들어간 두 개의 구멍에서 눈이 만들어졌고, 평평하던 한가운데가 돌기 하면서 이윽고 코가 만들어졌다. 그 밑으로 길게 찢어지면서 입이 생겨났고, 양쪽 끝이 부풀어 오르더니 귀가 만들어졌다. 색깔도 흰색에서 차츰 혈기가 도는 살구색으로 바뀌었다. 맨 마지막으로 털이 생겨났다. 곱슬곱슬한 머리털과 짙은 눈썹, 그것은 이제 완전한 사람의 얼굴을 하고 있었다.

세연은 그것이 누구의 얼굴인지 금방 알 수 있었다. TV 속 얼굴은 바로 사랑하는 아빠의 얼굴이었다. 아빠가 TV 안에서 세연을 보며 웃고 있었다.

"세연아?"

TV 속 아빠가 말을 걸었다. 세연은 겁먹은 표정을 지었다.

"왜 그래. 아빠가 무섭니?"

잠깐 고민을 하다가 고개를 살짝 끄덕였다.

"괜찮아. 무서워하지 마. 아빠는 세연이가 너무 보고 싶어서 잠깐 하늘에서 내려온 거니까. 엄마하고도 만났었는데 엄마가 말하지 않았나보구나?"

세연은 고개를 저었다.

"아마 엄마는 네가 걱정할까 봐 말하지 않았을 거야. 엄마는 늘 걱정이 많잖아. 아빠는 하늘나라에서 잘살고 있어. 여기는 정말 좋은 곳이야. 재미있는 것도 많고, 맛있는 것도 많이 먹을 수 있어. 하지만 그런 곳에 살아도 아빠는 늘 외로워. 너랑 엄마를 볼 수 없으니까. 아빠는 매일 우리 세연이가 보고 싶어서 우는데 세연이는 이런 아빠가 무섭기만 한가 보구나."

세연은 고개를 흔들며 강하게 부정했다. 아빠의 시무룩한 얼굴을 보자 자기도 슬퍼져 금방 울상이 돼버렸다.

"세연아, 이리 가까이 와 봐. 우리 딸 얼굴 좀 자세히 보게. 얼른."

세연은 재빨리 소파에서 일어나 TV 앞으로 바싹 다가갔다. 그러곤 신기한 듯 눈을 빛내며 손으로 TV 브라운관을 쓰다듬었다. 아빠도 손으로 화면 안쪽을 어루만졌다.

"이렇게 TV 속에만 있으니까 우리 딸 얼굴도 마음대로 만질 수가 없네. 세연아, 아빠 만나고 싶지 않아?"

세연은 슬픈 얼굴로 연방 고개를 끄덕였다.

"아빠는 지금 문밖에 와 있는데 집 안으로 들어갈 수가 없어. 저 문에 붙어 있는 노란색 종이 보이지? 저것 때문에 들어갈 수가 없어. 세연이가 저 종이를 떼어내 주면 아빠가 안으로 들어갈 수 있는데. 그럼 우리 예쁜 딸도 만져볼 수 있고. 세연아, 아빠를 위해서 저 종이를 떼어내 주면 안 될까?"

세연은 아무 망설임 없이 고개를 끄덕였다.

"정말 그래 줄 수 있어? 우리 딸 정말 착하네. 아빠를 위해서 그런 일도 해주고. 그럼 어서 하렴. 아빠는 한시라도 빨리 우리 세연이를 만나고 싶으니까."

세연은 곧장 문으로 걸어갔다. 문에는 노란 한지에 붉은색 경면주사로 쓴 부적이 붙어 있었다. 팔을 뻗어 부적을 잡으려 했다.

한데 어린아이의 손이 닿기에는 조금 높은 곳에 붙어 있었다. 세연은 폴짝폴짝 뛰면서 어떻게든 부적을 떼어내려 했으나 역부족이었다. 할 수 없이 포기하고 다시 TV 앞으로 돌아왔다.

"왜 그래 세연아? 잘 안 돼?"

세연은 시무룩한 얼굴로 고개를 끄덕였다.

"저런, 너무 높은 곳에다 붙여놓았나 보구나. 그럼 이렇게 한번 해볼래? 그릇에 물을 따라 가지고 가서 저 종이에다 뿌려. 그렇게 하면 아마 종이가 물에 젖어서 흘러내릴 거야. 어때, 할 수 있겠어?"

세연은 금방 환해진 얼굴로 고개를 끄덕였다.

"아빠는 이제 시간이 많지 않아. 조금 있으면 다시 하늘나라도 돌아가야 해. 그러니까 서둘러 주겠니?"

세연은 고개를 끄덕였다. 곧바로 부엌으로 가서 그릇에 물을 받아 현관으로 가져갔다. 그러곤 아빠가 가르쳐준 대로 부적을 향해 물을 뿌렸다. 물은 정확히 부적에 맞았지만 흘러내리진 않았다. 다시 한 번 해보기로 했다. 두 번째는 조준이 약간 빗나갔으나 확실히 효과가 있었다. 부적이 옆으로 삐뚤어지면서 조금 흘러내려 온 것이다. 그렇게 두 번을 더 반복해서 부적에 물을 뿌렸다. 그러자 결국엔 물에 젖은 부적이 손에 닿을 정도로 내려왔다. 그것을 팔을 뻗어 떼어낸 다음 아무렇게나 바닥에 내던졌다. 세연은 만면에 미소를 머금고 다시 TV 앞으로 달려갔다. 그러자 아빠가 크게 칭찬해 주었다.

"잘했어. 세연아. 이제 잠긴 문을 열어줄래? 시간이 없어. 서둘러야 해."

곧 아빠를 만난다는 생각에 뛸 듯이 기뻤다. 세연은 현관으로 달려가 잠금장치를 풀고 문을 열었다.
 현관문이 스르르 열리면서 약간의 바람이 안으로 들어왔다. 그런데 현관 밖 어디에도 아빠의 모습은 보이지 않았다. 세연은 이상해서 다시 거실로 뛰어가 TV 앞으로 다가갔다. 그런데 거기에도 아빠는 없었다. 대신 짱구가 나와서 엉덩이춤을 추고 있었다. 세연은 어떻게 된 일인지 몰라 입을 벌린 채 가만히 서 있다가 이내 울상이 돼서 발을 동동 굴렀다. 아무래도 시간이 다 돼 아빠가 하늘나라로 돌아갔나 보다. 세연은 엉엉 울었다.

 그 무렵, 지선은 커튼을 치고 욕조 안에서 샤워를 하고 있었다. 뜨거운 물이 몸에 닿자 긴장과 피로가 한꺼번에 씻겨 내려가는 것 같았다.
 탁!
 갑자기 욕실 안에서 소리가 났다. 깜짝 놀란 지선은 샤워기를 끄고 커튼을 젖혀 주변을 살폈다. 좌변기 뚜껑이 닫힌 것 외엔 다른 이상한 점은 보이지 않았다. 신경이 너무 예민해진 탓일까? 지선은 고개를 갸웃하고는 다시 커튼을 치고 샤워기를 틀었다. 미끈거리는 비눗기는 이제 다 씻겨나갔다. 지선은 물을 약간 미지근하게 맞추려고 샤워기 레버로 손을 가져갔다. 그때였다. 갑자기 오른 발뒤꿈치에 찌릿한 통증이 전해져왔다. "악!" 뭔가가 물었다. 뾰족한 이빨을 가진 작은 입으로. 문득 그런 생각이 스치자 심장이 쿵 내려앉는 것 같았다. 동시에 밑을 내려다봤다. 진실이 따끔한 고통 이상의 충격을 안겨주었다. 곧이어 소스라치게 놀랐고,

비명을 지르며 좁은 욕조 안을 펄쩍펄쩍 뛰어다녔다. 그러다 그만 비눗물로 미끈거리는 욕조 바닥에 발이 미끄러지면서 엉덩방아를 찧고 말았다. 하마터면 그대로 뱀을 깔고 앉을 뻔했다. 하얀 백사 한 마리가 지선의 가랑이 사이에서 미친 듯이 몸부림쳐댔다. 지선도 광기에 휩싸여 꽥꽥 소리를 지르며 몸부림쳤다. 좁은 욕조 안에서 인간과 뱀의 힘겨운 사투가 벌어지고 있었다. 그 상황에서 지선이 조금만 침착했더라면 샤워커튼을 걷어 젖히고 욕조 밖으로 기어 나왔을 것이다. 하지만 뱀을 본 이후로 그럴만한 침착성은 남아있지 않았다. 겁에 질려 당황한 나머지 미끄러져 넘어지기 일쑤였다. 그럴 때마다 지선은 뱀과 하나가 되어 서로 뒤엉켰다. 당황하니까 샤워커튼도 마음대로 젖혀지지 않았다. 오히려 그것이 탈출을 방해했다. 간신히 일어선 지선은 아예 커튼을 붙잡고 밖으로 몸을 내던졌다. 비닐커튼이 투두둑 뜯겨 나갔고, 지선은 매끄러운 타일 바닥 위로 나동그라졌다. 넘어질 때 팔꿈치와 엉덩이를 세게 부딪쳐 끔찍이도 아팠다. 지선은 고통과 충격으로 허우적거렸다. 뱀에게 물린 발뒤꿈치가 불에 덴 것처럼 뜨거웠다. 상처에서 약간의 피가 흘러나왔다. 거기엔 놈의 조그만 이빨 자국이 선명하게 나 있었다. 독에 감염됐을지도 모른다는 생각에 겁이 났다. 뜯긴 샤워커튼은 욕조에서 타일 바닥까지 축 늘어져 있었다. 지선은 알몸인 채로 기어서 문쪽으로 다가갔다. 막 일어서려고 하는데 바닥에 부딪힌 오른쪽 엉덩이가 비명을 질러댔다. 아무래도 근육이 제대로 뭉친 것 같다. 몹시 뻐근하고 움직이기가 거북했다. 간신히 문손잡이를 잡고 일어섰다. 육체적 고통은 공포에 비하면 그나마 참을 만했다. 지선은 그대로 손잡이를 돌려 문을 열려고 했다. 그런데 어찌 된 일인지 손잡이가 돌아가지 않았다. 다급한 마음에 두 손으로 있는 힘껏 돌려봤지만 손잡이는 꿈쩍도 하지 않았다. 지선은 점점 울상이 되어갔다. 아무래도 이건 단순한 고장 같지가 않다. 어떤 다른 힘이 문을 열지 못하게 막는 것 같다. 그런 생각이 머릿속에 퍼뜩 떠올랐다.
"침착. 침착하자…… 근데 어떻게 들어왔지? 분명히 법사님이 부적을……."
지선은 갑자기 입을 다물었다. 그리고 어느 한 곳을 응시했다. 그녀의 시선이 향한 곳은 욕조였다. 그곳에서 귀기가 들끓고 있었다. 샤워기에선 여전히 뜨거운 물줄기가 쏟아져 나왔다. 욕실 안이 온통 수증기로 뒤덮였다. 지선은 정신을 한 곳에 집중하려고 노력했다. 하지만 그럴수록 통증이 가만 놔두지 않았다. 특히 뱀에게 물린 상처는 진언을 떠올릴 때마다 집요하게 괴롭혔다. 그래도 지선은 끝까지 고통과 싸워가며 수인을 맺고 항마진언을 읊었다.

옴 소마니 소마니 훔 하리한나……. 하리한나 훔 하리한나 바나야훔 아나야훅…… 바아밤 바아라 훔바탁

입으론 주문을 외고 있지만 도저히 영력을 끌어낼 수가 없었다. 그래도 포기하지 않고 계속해나갔다.
샤워기에서 나오던 물줄기가 시뻘건 핏물로 변하기 시작했다. 핏물이 타일 벽과 욕조에 튀어 흘러내렸다. 금세 피의 수증기가 욕실 안을 휘감았고, 그 비린내가 사방에 진동했다. 핏물은 욕조의 배수구에서도 빠르게 솟아올랐다. 거기에 아랑곳하지 않고 지선은 계속해서 진언을 읊었다. 한데 아무리 해도 효과가 없는 것 같아서 점점 자신감을 잃어갔다. 그리고 그 빈틈을 공포가 비집고 들어왔다. 술법을 행하는 자는 어떤 상황에서건 주술에 대한 확고한 믿음이 있어야 한다. 그렇지 않고 마음이 흔들려버리면 주술은 그걸로 끝이다. 진명이 그녀에게 입이 닳도록 하던 말이다. 지선도 잘 알고 있지만 그게 말처럼 쉬운 일이 아니었다. 게다가 육체적 고통까지 주술을 방해하고 있었다. 지선이 진언을 외울 때마다 발뒤꿈치가 타들어가는 것처럼 고통스러워 중간에 몇 번이고 진언을 중단해야만 했다. 진명이라면 이런 상황에서도 가능하겠지만 수행이 짧은 지선으로선 처음부터 무리였다.

어느덧 욕조를 가득 메운 피가 밖으로 흘러넘쳤다. 피는 샤워 커튼을 타고 흘러내려 점점 지선이 있는 곳으로 다가왔다. 그것이 마치 살아 있는 생물처럼 의지를 갖고 다가오는 것처럼 보였다. 서서히 좁혀온다. 이젠 자신이 서 있는 곳만 남겨놓고 화장실 바닥이 온통 검붉은 피로 뒤덮였다. 지선은 끝까지 진언을 읊었고, 그 힘이 피가 흘러오지 못하게 막아주고 있었다.

피로 가득 찬 욕조 안에서 **그것**이 서서히 올라왔다. 허리를 일으켜 세워 앉아, 고개를 돌려 자신을 쳐다봤다. 그 모습에 지선은 진언도 잊은 채 숨을 삼켰다. 방어막이 허물어지면서 피가 그녀의 발을 뒤덮었다. 지선은 알몸인 채로 덜덜 떨며 그것을 바라봤다. 그것에게서 감히 눈을 뗄 수가 없었다. 피로 뒤덮인 무녀는 그 기괴한 모습과는 달리 매우 근엄하고 우아한 몸짓으로 욕조 안에서 걸어 나왔다. 마치 기품 있는 무녀가 굿판에서 걸음을 옮기듯 피로 훙건한 바닥을 사뿐히 밟으며 지선한테로 다가왔다. 욕실 안은 그야말로 피의 굿판이었다. 지선은 양팔로 가슴을 가리고서 두려움에 떨었다. 그 순간 지선의 머릿속에는 오직 진명만이 떠올랐다.

무녀가 가까이 다가왔다. 피보다 더 붉은 두 눈이 지선을 바라봤다.

"가까이 오지 마…… 제발."

무녀가 손을 들어 지선의 얼굴을 어루만졌다. 차가운 손이 얼굴에 닿을 때마다 전신의 털들이 쭈뼛 일어섰다.

그때 문밖에서 노크 소리가 났다.

똑똑—

세연이다. 좀 전의 비명을 듣고 온 것이리라.

무녀도 고개를 돌려 그쪽을 보았다.

위험하다. 세연이한테 말해줘야 한다. 얼른 만다라 안에 들어가 있으라고!

지선이 그 말을 하려고 입을 연 순간, 무녀의 손이 입 안으로 쑥 들어왔다. 지선은 컥컥 거리며 눈이 뒤집힌 채 바닥에 주저앉았다. 피에 젖은 무녀의 팔이 목구멍 깊숙한 곳까지 파고들었다.

세연은 조금 전 언니의 비명을 듣고서 걱정이 돼 안절부절못했다. 화장실 문을 두 번 노크했지만 아무 반응이 없었다. 그러다 갑자기 컥컥 거리는 소리가 안에서 들려왔다. 또다시 침묵. 이상했다. 무슨 일일까? 혹시 언니가 어디 아픈 것은 아닐까? 세연은 불안했다. 어떻게 해야 좋을지 몰라 무서웠다. 그때 문득 아저씨가 알려준 것이 생각났다. 만일 무슨 일이 생기면 거실 바닥에 깔린 저 그림 안으로 들어가 있으면 된다고. 지금은 그렇게 하는 것이 좋을 것 같았다.

막 거실로 돌아가려는 순간, 화장실 문이 찰칵 열렸다. 세연은 돌아서서 빠끔히 열린 문을 바라봤다. 문틈으로 수증기가 밀려나왔다.

"세연아…… 세연아……"

안에서 신음 섞인 언니의 목소리가 흘러나왔다.

"도와줘. 언니가 바닥에 미끄러져서 다쳤어. 너무 아파."

세연은 다쳤다는 말에 크게 걱정이 됐다.

"아파서 못 움직일 것 같아. 세연이가 이리 와서 좀 도와줄래?"

지선이 다 죽어가는 목소리로 애원했다.

세연은 문을 열고 안으로 들어갔다. 화장실 한쪽에 지선이 알몸인 상태로 바닥에 엎드려 있었다. 안은 온통 뿌연 수증기로 가득 찼고, 샤워기에선 여전히 뜨거운 물이 쏟아져 나왔다. 지선은 얼굴을 숙인 채로 신음했다. 걱정이 된 세연이 언니한테로 다가갔다.

"세, 세연아……언니 손 좀 잡아줘. 혼자선 도저히 못 일어날 것 같아."

지선이 잡아달라며 손을 내밀었다. 세연은 그 손을 잡으려다가 순간 멈칫했다. 왠지 기분이 이상했다. 주춤거리며 뒤로 물러났다. 그러자 지선이 팔을 뻗어 만지려고 했다. 세연은 더 뒤로 물러났다.

"왜 그래 세연아? 언니 아프다니까. 아파서 죽을 것 같아. 어서 손 좀 잡아줘. 얼른."
 본능적으로 두려움을 느낀 세연은 아예 양손을 허리 뒤로 감추고 고개를 내저었다.
 "너 정말 언니가 아픈데 그러기야? 엄마한테 이른다? 그래도 괜찮아?"
 세연은 조심스럽게 문이 있는 쪽으로 뒷걸음질쳤다.
 "언니가 그랬지…… 잡히면 가만 안 둔다고."
 갑자기 지선이 고개를 번쩍 쳐들었다. 그녀의 두 눈이 붉게 빛나고 있었다. 세연은 비명을 지르며 도망치려했다. 하지만 지선이 재빨리 팔을 뻗어 다리를 거는 바람에 문밖으로 넘어지고 말았다. 세연은 금방 다시 일어나 거실로 내달렸다. 바로 뒤에서 벌거벗은 지선이 쫓아왔다. 눈앞에 만다라가 보였다. 조금만 더 가면 그 안으로 들어갈 수 있다. 그러나 세연은 어른의 속도를 당해낼 수가 없었다. 만다라를 바로 코앞에 두고 그만 지선에게 붙잡히고 말았다. 지선은 곧바로 세연의 입을 틀어막았다. 붉은 두 눈이 음산한 빛을 내뿜었다.

ॐ

 금주는 우거진 팽나무 밑에서 열심히 땅을 파헤쳤다. 그 주위로, 또 다른 팽나무 근처에도 그들이 일한 흔적이 드러나 있었다. 땅을 파는 금주의 얼굴에 피로한 기색이 역력했다. 삽을 움직이는 속도도 눈에 띄게 줄어들었다. 금주는 땅을 파다 말고 허리를 세워 주위를 둘러보았다. 자신들이 파놓은 구덩이들을 보니 한숨이 절로 나왔다. 지금 파는 곳이 제일 큰 다섯 나무 중에 네 번째였다. 이곳에서도 못 찾으면 옆에 있는 마지막 나무로 넘어가야 한다. 하지만 이젠 그럴 만한 힘도, 또 시간도 남아 있지 않았다. 해는 어느덧 서쪽 산마루 위에 걸려 있었다. 조금 있으면 밤이 찾아온다. 그리고 곧 개기월식이 시작된다. 금주는 이마에 맺힌 땀을 흙 묻은 손으로 닦아냈다. 아무래도 시간 내에 신칼을 찾을 수 없을 것 같았다. 처음부터 바보 같은 짓이었다. 신칼이 얕은 곳에 묻혀 있다는 돌순어멍의 말만 믿고 파고는 있지만 얼마나 얕은지는 아무도 몰랐다. 그것이 30센티를 말하는지, 40센티를 말하는지, 아니면 그보다 훨씬 깊은지……

금주는 몹시 지쳤다. 이제 그만 포기하고 싶었다. 신칼 따위 없어도 상관없지 않을까? 이런 마음속 의문이 땅을 파는 내내 끈질기게 그녀를 물고 늘어졌다. 그러나 묵묵히 땅을 파는 진명 앞에서 도저히 그런 말을 꺼낼 수가 없었다. 그는 할머니의 신칼을 매우 중요하게 여기는 듯했다.

팔이 저려서 삽을 들고 있기도 힘들었다. 설마 이런 곳에서 땅을 파게 되리라곤 꿈에도 몰랐다. 평소에 잘 사용하지 않던 근육을 무리하게 사용한 나머지 몸 이곳저곳이 쑤시고 아팠다. 어깨 관절이 기름칠 안 된 기계처럼 뻑뻑하게 움직였다.

"그만 쉬세요. 나머진 저 혼자 해도 되니까요."

진명이 멍하게 서 있는 자신을 향해 말했다.

"아, 아니에요. 저도 도와야죠. 제 일인걸요."

"그러다 사굴에 들어가기도 전에 지쳐 쓰러지겠어요. 저쪽 나무 밑에 가서 쉬고 계세요. 얼마 안 남았으니까 저 혼자 해도 충분해요. 어서요."

"그치만……"

보다 못한 진명이 삽을 빼앗아 억지로 나무 밑으로 끌고 가 앉혔다.

"죄송해요. 제 일인데 도움도 안 되고, 진명 씨는 이렇게 고생하는데."

"지금 그런 거 신경 쓸 때가 아니잖아요. 다른 건 생각하지 말고 그냥 쉬세요."

"네."

진명은 다시 돌아가 삽을 들고 땅을 파기 시작했다.

"아까 그 할머니, 왠지 좀 신경 쓰여요."

금주가 말했다.

"어떤 점이요?"

진명은 말하면서도 작업을 계속했다.

"제가 할머니의 외손녀라는 걸 알았을 때부터요. 그때 표정이 어딘가 좀 이상했어요. 그냥 놀라는 정도가 아니라."

"갑자기 신분을 밝혀서 당황했을 수도 있죠."

"글쎄요. 전 그렇게 보이지 않던 걸요. 게다가 제 이름을 말했을 때, 그 표정 보셨어요? 뭐랄까 굉장히 당혹스러워하는……. 말로는 잘 설명이 안 되지만 아무튼 그런 느낌을 받았어요. 뭔가 숨기는 것 같기도 하고. 모르겠어요. 제가 너무 예민한 걸까요?"

진명은 삽을 지팡이처럼 짚고 서서 잠시 허리를 폈다.

"실은 저도 약간 그런 느낌을 받긴 했어요. 하지만 대수롭지 않다고 생각해요. 지금도 그렇고. 그냥 옛 생각이 떠올라서 그런 게 아닐까요?"

"그럴까요?"

"잊어버리세요. 별일 아닐 겁니다."

진명은 다시 두 손으로 삽을 잡고서 힘차게 흙을 파냈다. 축축하고 냄새 나는 검은 흙이 삽 끝에 푹푹 파이면서 밖으로 걷어올려졌다.

"이 일이 끝나면 세연이와 함께 여행이나 갈까 해요."

"그러세요. 세연이도 무척 좋아할 겁니다."

"어디가 좋을까요?"

"제주도만 빼면 어디든요."

"하하하—"

금주는 웃다가 배가 당겨서 너무 아팠다. 그런데도 웃음을 멈출 수가 없었다. 이런 절박한 상황에서 나온 농담이라 그런지 더 웃겼다. 하지만 그 여운은 그리 오래가지 못했다. 곧 그녀의 얼굴에서 웃음기가 사라졌다. 갑자기 진명이 동작을 멈췄기 때문이다.

"왜 그러세요?"

"……찾은 것 같아요."

"정말요?"

금주는 벌떡 일어나 진명한테로 다가갔다. 남색 보자기로 보이는 천 끝이 흙 위로 살짝 드러나 있었다. 진명이 삽을 버리고 맨손으로 그 주변의 흙을 파냈다. 이윽고 보자기로 감싼 물건이 모습을 드러냈다. 생김새로 보아 안에든 것은 칼 같았다. 진명은 그것을 꺼내 땅 위에 올려놓고서 조심스럽게 보자기를 젖혔다. 신칼은 땅의 습기 때문에 조금 녹이 슨 것 말고는 대체로 멀쩡했다. 칼자루 끝에 달린 삼색 천도 그대로였다. 신칼은 칼날 부분이 길고 매끈했다. 반세기 동안 땅속에서 묻혀 있던 것치고는 놀라울 정도로 원형에 가까운 모습이었다.

진명은 무당의 손때가 고스란히 남아 있는 칼자루를 오른손에 쥐었다. 이 칼로 신딸의 목을 내리칠 수밖에 없었던 외할머니의 심정을 생각하니, 금주는 보는 것만으로도 마음이 숙연해졌다. 고통도, 연민도 모두 이 작은 칼 안에 녹아든 듯했다. 그것은 칼이 아닌 무당의 한(恨), 그 자체였다.

해가 산마루 밑으로 뉘엿뉘엿 지면서 붉은 노을빛을 신칼에 드리웠다. 더 이상 감상에 젖어 있을 시간이 없다. 금주는 손목시계를 들여다봤다. 7시 45분. 개기월식까진 불과 1시간 5분여밖에 남지 않았다.

"자, 서두릅시다."

진명이 말했다.

두 사람은 신칼과 삽을 챙겨들고 차로 향했다.

차는 시원하게 뚫린 일주도로 위를 달렸다. 조천리 삼거리를 지나 '진드르'라는 특이한 이름이 붙은 길로 들어섰다. 차창 밖의 풍경이 노을에 물들어가고 있었다.

금주는 지선에게 전화를 걸었다. 벌써 네 번째였다. 신호는 가지만 이번에도 받지 않는다. 무슨 일일까? 금주는 불안해서 미칠 지경이었다.

"안 받아요?"

진명이 물었다.

"화장실에라도 간 거 아닐까요?"
금주는 동의를 구하듯 말했다.
"그랬을지도 모르죠."
"설마 무슨 일이 생긴 건 아니겠죠? 지선 씨도 함께 있고, 방에 부적도 붙여놨잖아요."
"조금 있다가 다시 한 번 걸어 보세요."
진명은 말하고 나서 차의 속도를 높였다. 100미터 전방에 속도위반 감시카메라가 설치되어 있다는 내비게이션의 안내도 무시해 버린 채.
금주는 휴대폰을 손에 쥐고서 입술 안쪽을 꼭 깨물었다. 조금 전까지 사굴만 생각하던 머릿속은 이제 세연이에 대한 걱정으로 가득 찼다.
'제발 아무 일도 없어야 할 텐데.'
진명은 묵묵히 운전만 했다. 그 역시 불안하긴 마찬가지인가보다. 지금은 최대한 빨리 펜션으로 돌아가는 수밖엔 없었다.
그때 금주의 휴대폰이 울렸다. 두 사람은 거의 동시에 안도의 한숨을 내쉬었다. 금주는 급한 마음에 확인도 안하고 서둘러 전화를 받았다.
"여보세요? 지선 씨?"
수화기 너머로 약간 당황한 기색이 느껴졌다. 곧이어 목소리가 말했다.
"이금주 씨 휴대폰 맞나요?"
지선이 아니라는 것을 알고 금주는 크게 실망했다. 한데 이 목소리, 어디서 들어본 듯했다. 하지만 누구인지는 잘 기억이 나지 않았다.

"네, 제가 이금주인데요. 실례지만 누구시죠?"

"저는 그때 병원에서 뵌 간호사 김주연입니다. 기억하시죠?"

금주는 잠깐 머뭇하다 이내 그녀를 떠올렸다. 어머니를 만나러 소록도에 갔을 때 만난 그 간호사였다.

"아, 네. 기억나요. 안녕하세요."

"네, 안녕하세요."

"근데 무슨 일이시죠? 혹시 어머니 때문인가요?"

간호사는 잠시 말이 없었다.

"저어, 어떻게 말씀을 전해 드려야 할지."

"네? 왜 그러시는 대요?"

금주는 그다음에 올 말을 암시하는 듯한 그녀의 말투 때문에 순간 겁이 났다.

"어머님께서 두 시간 전에 돌아가셨어요."

머리가 멍해졌다. 간호사의 말이 환청처럼 귓가에 맴돌았다.

"뭐, 뭐라고요?"

"죄송해요. 이런 말씀 드리게 돼서."

휴대폰을 든 금주의 손이 가늘게 떨렸다.

진명이 무슨 일인가 하고 자신을 힐끔 쳐다봤다.

"어떻게 된 거죠?"

"말씀을 드리기가 좀."

"왜요?"

"자살…… 하셨거든요. 본관 옥상에 올라가셔서……"

금주는 거기까지 듣고서 눈을 질끈 감았다. 어머니의 마지막 모습이 눈앞에 그려지는 듯했다.
"마지막까지도 가슴에 작은 보따리 하나를 안고 계셨어요. 그게 어머님의 유일한 유품이었나 봐요. 그 안에 금주 씨가 보내준 편지와 사진들이……"
금주는 울음을 참으려고 입술을 세게 깨물었다. 그런데도 눈물 한 방울이 볼을 타고 주르륵 흘러내렸다.
"나중에 어머님 침대에서 유서로 보이는 종이를 발견했어요. 거기에 저한테 부탁한다는 내용이 적혀 있었고요. 자신은 말할 수 없으니, 금주 씨한테 대신 전해달라고 하면서. 무슨 내용인지는 모르겠지만 오늘 내로 꼭 전해 달라고 쓰여 있더군요. 금주 씨, 지금 말씀드려도 괜찮겠어요?"
"……네, 말씀해 주세요."
금주는 나직한 목소리로 말했다.
"그럼 유서에 적힌 그대로 말씀드릴게요……. 금주야, 너한테 이 말을 전해야 하는 어미의 마음이 찢어질 듯 아프구나. 허나 너를 위해서라도 꼭 전해야 할 것 같아 이렇게 유서로 남긴다. 사실은 나도 나중에 그 사실을 알고는 무척 놀랐단다. 하지만 곧 별일 아니라고 치부했지. 그저 우연일 뿐이라고. 어머님은 그때 심석정이라는 이름만 내게 알려주셨단다. 그녀에게 다른 별호가 있을 거라고는 생각지 못했지. 먼저 너에게 이 얘기부터 해야겠구나. 사실 나를 길러준 어머님은 내 친모가 아니란다. 그분은 내 불쌍한 처지가 딱해서 나를 자신의 호적에 올리고 양녀로 들이신 거야. 어머님은 오랫동안 그 비밀을 간직하셨지. 그러다가 돌아가시기 직전에 나한테 사실을 말씀하셨어. 그 얘기를 들은 나는 몹시 큰 충격에 빠졌단다. 어머님이 왜 그것을 나한테 숨기려 했는지 이해할 수 있었지. 당연한 일이야. 어떻게 말할 수 있었겠니. 내 친어머니를 죽인 사람이 바로 자기라는 것을 말이야……"

금주는 숨을 삼켰다. 그것이 무엇을 의미하는지 깨달았을 때 그녀는 형용할 수 없는 충격에 휩싸여 손으로 입을 틀어막았다. 그렇게 하지 않으면 목구멍에 갇힌 비명이 터져 나올 것만 같았다.

"그렇단다. 내 친모는 사실 양어머니의 신딸이었던 심석정이었던 거야. 사굴 안에서 죽임을 당한 그 백발의 무당 말이다. 그러니 내가 어찌 너한테 이 사실을 말해줄 수 있었겠니. 네 남편을 그렇게 만든 영가가 너의 외할머니라는 것을 말이야. 네가 받을 충격을 생각하니 차마 입에서 떨어지지 않더구나. 하지만 네가 가고 난 후에 곰곰이 생각해 보니까 내가 큰 실수를 저질렀다는 것을 깨닫게 되었단다. 그것은 할머니의 별호 때문이었지. 아무래도 이것은 보통 우연이 아닌 것 같거든. 금주야, 너의 외할머니 이름은 심석정이고, 별호는 '금녀'란다. 그 별호는 김녕사굴에서 점지한 여자 아기라 하여 붙여진 이름이지. 둘 다 쇠 금(金) 자를 쓴단다. 그리고 네 이름에도 똑같은 한자가 들어가지."

금주는 휴대폰에서 흘러나온 전류가 귀를 통해 전신으로 퍼지는 것 같았다.

"이렇게 얄궂은 운명이 또 있을까? 너만은 어미처럼 살지 않기를 바랐는데 운명이란 것은 막을 수가 없나 보다. 정말 미안하다. 어미로서 따뜻한 말 한마디도 못 해주고, 이렇게 떠나는 이 못난 어미를 용서하렴……. 여기까지가 금주 씨한테 전하는 말씀이에요. 그다음은 저한테 남기신 거고요. 자신의 유골을 화장해서 소록도 앞바다에 뿌려달라고 쓰셨어요. 장례절차도 필요 없다고 하셨지만 그래도 금주 씨가 오셔서……"

"알겠어요…… 제가 곧 찾아갈게요."

금주는 입술을 파르르 떨었다.

"어머니 일은 정말 유감이에요. 제삼자인 제가 두 분의 사정에 대해서 알 턱이 없지만 그래도 이 말만은 꼭 해 드리고 싶었어요. 제가 본 어머님은 정말 좋은 분이셨어요."

"네, 고마워요."

"금주 씨, 많이 힘들겠지만 용기 잃지 마세요. 그럼 이만 끊을게요."

금주는 전화를 끊고 나서도 한동안 충격에서 헤어나지 못했다.

"무슨 일이에요?"

진명이 조심스럽게 물었다.

"어머니가…… 돌아가셨어요. 자살하셨대요."

"뭐라고요?"

"병원 옥상에서 뛰어내리셔서 두 시간 전에 돌아가셨대요."

"그럴 수가."

"어머니가 저한테 유서를 남기셨는데 간호사가 방금 그걸 읽어 줬어요."

"혹시 이 일과 관련된 건가요?"

금주는 고개를 끄덕였다.

"무슨 내용인데요?"

"저를 괴롭히던 그 무녀가 사실은…… 제 외할머니라는 군요."

금주는 자신이 말하고도 어이가 없어서 넋 나간 여자처럼 실실 웃었다.

진명도 잠시 말을 잊었다.

"그런데 외할머니의 별호가 금녀래요. 제 이름과 비슷하죠? 금녀, 금주…… 이제야 알겠어요. 왜 돌순어멍이 제가 할머니 외손녀라는 걸 알고, 또 제 이름을 듣고 그런 표정을 지었는지."

"금주 씨."

"전 괜찮아요. 걱정하지 마세요. 지금 눈앞에 닥친 일이 더 중요하다는 것쯤 저도 잘 알아요. 어차피 어머니는 자신을 죽은 사람으로 여기며 살라고 하셨으니까요. 제 마음속의 어머니는 이미 예전에 돌아가셨어요……. 그런데…… 왜 자꾸 눈물이 나죠?"

금주는 허탈하게 웃었지만, 두 눈에선 하염없이 눈물이 흘렀다.

ॐ

두 사람이 펜션으로 돌아온 시간은 8시 5분. 밖은 이제 완전히 어두워졌다.

진명이 손잡이를 돌리자 현관문이 그대로 열렸다. 잠겨 있지 않았다. 그는 재빨리 안으로 들어갔다. 문에 붙여놓은 부적은 사라졌고, 현관바닥은 물 천지였다. 거실로 향하는 바닥에 물에 젖은 부적이 아무렇게나 버려져 있었다. 누군가 부적에다 물을 뿌려 떼어낸 것 같았다. 금주가 미친 듯이 세연이를 부르며 집 안을 돌아다녔지만 아이는 어디에도 없었다. 지선도 마찬가지였다. 갑자기 금주가 큰 소리로 진명을 불렀다. 거의 비명에 가까운 외침이었다.

"진명 씨! 이리 와보세요!"

금주가 서 있는 곳은 화장실 앞이었다. 진명은 다가가 안을 살폈다. 샤워기에서 나온 뜨거운 물이 욕조로 떨어졌다. 샤워커튼은 거칠게 뜯어져 욕조 턱에 걸쳐 있었다. 진명은 안으로 들어가 샤워기를 껐다. 지선이 마지막으로 이 안에서 샤워를 했던 모양이다. 그런데 샤워기도 끄지 않고, 샤워커튼도 뜯겨 나갔다. 뭔가 이 안에서 급박한 상황이 벌어졌음을 짐작케 했다. 다시 화장실 밖으로 나왔다. 자세히 보니 바닥의 물기가 이곳에서 거실까지 이어져 있었다. 거실 바닥 여기저기에 물이 떨어져 있었는데 유독 만다라 근처만 깨끗했다. 진명은 다시 현관 쪽을 주시했다. 바닥에 아이의 신발은 그대로 있는 반면, 지선의 신발은 보이지 않았다. 그녀가 아이를 데려간 것일까? 그렇다는 것은…… 진명은 생각하고 싶지 않은 최악의 상황을 떠올려야만 했다.

"대체 어딜 간 거죠? 네?"

금주가 하얗게 질린 얼굴로 물었다.

하지만 진명은 생각에 열중한 나머지 아무 소리도 귀에 들어오지 않았다.

아무래도 부적에 물을 뿌린 것은 세연이의 짓 같았다. 바닥에 흥건한 물의 양으로 봐서 여러 번 뿌린 것이리라. 손이 거기까지 닿지 않으니 어쩔 수 없었겠지. 그렇다면 영가에게 홀렸다는 건가? 하지만 어떻게? 창문과 방문에 빠짐없이 부적을 붙여 놓았는데 무슨 수로 그걸 뚫고 들어와서…… 진명은 방을 한번 둘러보았다. 베란다 창문에도 부적이 붙어 있었다. 결계는 완벽했다. 그런데 어떻게 들어온 걸까? 어딘가에 생각지 못한 틈이 있었다는 건가? 그때 진명의 눈에 TV가 들어왔다. 방에 들어왔을 때부터 TV는 계속 켜진 상태였다. 세연이가 보고 있던 게 틀림없다. 진명은 TV 앞으로 다가갔다. 결계를 뚫지 않고 안에 있는 사람과 접촉할 수 있는 유일한 방법. TV 안테나 선은 외부와 연결되어 있다. 이것을 통해 들어온다면 TV 화면에 모습을 투사해 사람을 홀릴 수도 있을 것이다. 진명은 J대학 병원에서 있었던 일들을 상기했다. 그곳에서도 방송장비가 설치되어 있었다. 어쩌면 그때 이미 영가는 이런 방법을 터득했는지도 모른다.

하지만 아무리 그래도 지선까지 쉽게 당했다는 것은 이해하기 어려웠다. 실력은 미흡하나 무녀에게 빙의될 정도는 결코 아니기 때문이다. 뭔가 그럴 만한 이유가 있었을 것이다. 그녀의 술법을 방해하는 무엇인. 그러고 보니 그때도 그랬다. 자신이 희진을 치료하는 과정에서도 술법이 먹혀들지 못하도록 방해를 했던…… 독사! 아니, 그건 단순한 독사가 아니다. 무녀에 의해 분신처럼 움직이는 요귀(妖鬼)가 틀림없다.

TV를 통해 세연이를 홀려서 부적을 떼어내게 하고, 안으로 들어와 샤워 중인 지선을 덮친다. 갑작스런 상황에 당황한 지선은 무녀에게 빙의되고, 화장실에서 나와 세연을 붙잡으려 한다. 물기가 만다라 근처에서 끊어진 것을 보면 그 안으로 도망치던 세연을 지선이 달려와 붙잡은 것이리라. 그렇게 생각하면 지금의 상황이 앞뒤가 맞는다.

정말이지 이 모든 것이 소름끼칠 정도로 치밀하고 집요하다. 진명은 문득 임 교수가 했던 말이 떠올라 혼자 중얼거렸다.

"뱀의 습성은 자기 충족적이고, 냉혹하고, 아주 은밀하다…….
하지만 이 정도일 줄은……"

확실히 무녀는 그의 예상을 뛰어넘고 있었다. 어쩌면 자기 자신을 무녀가 세운 계획의 변수라고 생각했던 것은 커다란 착각이었는지도 모른다.

'처음부터 계산에 넣었단 말인가? 나를?'

모든 것이 무녀가 수십 년 전에 짜놓은 각본대로 움직이는 것만 같았다. 그것에서 벗어나지 못하면 금주 모녀는 물론 지선의 목숨까지도 장담할 수가 없게 된다.

"진명 씨! 이제 어떻게 할 거냐고요!"

금주가 자신의 팔을 붙잡고 소리쳤다. 위험하다. 이대로 금주를 데리고 사굴로 간다는 것은 폭탄을 끌어안고 불길 속으로 뛰어드는 것과 마찬가지였다. 딸을 잃어버렸으니 침착하라는 것도 무리일 테고. 게다가 돌아오는 차 안에서 어머니가 자살했다는 소식까지 듣고 말았다. 지금 같은 상황에서 그녀가 미치지 않은 것만으로도 감사해야 할 지경이었다. 진명은 무척 난감했다. 무녀가 세연이를 납치한 이유는 한 가지밖에 없었다. 아이를 인질로 쓰려는 것. 무녀는 딸의 목숨과 금주의 육체를 맞바꾸자고 제안해 올 것이다. 틀림없이.

"지금부터 제가 하는 말 잘 들으세요. 우린 곧장 사굴로 갈 겁니다."

진명은 말했다.

"지금 제정신이세요? 세연이가 어디 간지도 모르는데!"

금주가 격앙된 어조로 소리쳤다.

"진정하고, 제 말 잘 들으세요."

"어떻게 진정할 수 있어요! 어떻게!"

"어디 있는지 알아요! 두 사람 다! 그러니까 제발 좀 진정하라고요!"

진명은 금주의 어깨를 붙잡고 강하게 소리쳤다.

금주가 울먹이며 말했다.

"어디 있는데요?"

"사굴이요. 갈 곳은 거기밖에 없어요."

"확실해요?"

"틀림없어요. 두 사람은 거기 있어요. 거기서 우리를 기다리고 있다고요. 그러니까 지금 당장 사굴로 가야 해요. 무슨 말인지 아셨어요? 정신 똑바로 차려야 한단 말입니다! 금주 씨가 이러면 아무것도 할 수 없어요. 이게 다 그 무녀가 바라는 일이라고요!"

"알았어요…… 정신 차릴게요."

"앞으로 무슨 일이 일어날지 몰라요. 사굴 안에 들어가서도 제가 시키는 대로만 하셔야 해요. 그래야 세연이도, 지선 씨도, 또 금주 씨도 모두 무사할 수 있어요. 아셨죠?"

"네."

금주는 연방 고개를 끄덕였다.

"좋아요. 가방만 챙겨서 빨리 떠납시다. 조금 있으면 개기월식이 시작될 거예요."

벽에 걸린 시계가 8시 12분을 가리켰다.

진명은 방으로 들어가 불구가 든 가방을 찾았다. 한데 아무리 찾아봐도 가방은 보이지 않았다. '아뿔싸! 그것까지 가져가 버렸구나.' 이미 한번 당해봤기에 그 무서움을 익히 잘 알고 있을 터였다. 진명은 눈앞이 막막했다.
"왜요? 가방이 없어요?"
빈손으로 방에서 나오는 그에게 금주가 물었다.
"가져간 것 같아요."
"어떡해요. 그럼?"
"됐어요. 그냥 갑시다. 일단 중요한 부적은 가지고 있으니까."
불행 중 다행이었다. 그나마 파락의 부적은 있으니 어떻게든 의식을 행할 수 있으리라. 그마저도 빼앗겨버렸다면 의식이고 뭐고 아무것도 할 수 없게 된다. 생각만 해도 끔찍한 일이 아닐 수 없었다. 부적을 몸에 지니고 다닌 건 정말이지 잘한 일이었다. 게다가 신칼도 손에 넣었으니 어떻게든 될 것이다. 지금은 하늘의 뜻에 맡기는 수밖에.

26. 무녀의 무덤

차는 흙먼지가 날리는 비포장 길 위에 멈춰 섰다.
진명은 차에 시동을 껐다. 달빛이 비추고 있어서 주변은 그리 어둡지 않았다. 다만, 쥐죽은 듯 조용할 뿐이다. 두 사람은 각자 손전등을 들고 차에서 내렸다. 진명은 차 트렁크에서 10리터짜리 플라스틱 휘발유통을 꺼냈다. (낮에 주유소에 들렀을 때 돈을 주고 통에 휘발유를 3리터만 채워달라고 했다.) 그런 다음 뒷좌석에서 보자기에 싸인 신칼을 꺼내고 차 문을 닫았다. 신칼은 양복 상의 안주머니에 찔러 넣었다. 진명은 손전등을 비춰 손목시계를 확인했다. 8시 52분. 도로가 한적해서 다행히 시간에 맞춰 올 수 있었나. 두 사람은 고개를 들어 하늘을 올려다보았다. 지구의 그림자가 보름달의 한쪽 귀퉁이를 서서히 먹어가고 있었다.
"시작됐어요. 빨리 갑시다."

그들은 정낭이 보이는 곳까지 걸어갔다.
 진명은 가로놓인 정낭 두 개를 뽑아 땅 위에 내려놓고 금주와 함께 안으로 들어갔다. 그런데 뒤따라 들어온 그녀의 숨소리가 조금 거칠었다.
 "왜 그래요? 어디 아파요?"
 진명은 돌아보며 말했다.
 "아니에요."
 금주가 자신의 얼굴을 손으로 어루만지며 말했다.
 진명은 손전등을 들어 그녀의 얼굴을 비췄다.
 "그만 해요. 눈부셔요."
 "괜찮아요?"
 "네, 괜찮아요."
 하지만 대답과는 달리 표정은 썩 좋아 보이지 않았다.
 "정말 괜찮은 거죠?"
 "그렇다니까요. 그만 가요. 서둘러야 하잖아요. 얼른요!"
 그녀의 말이 옳았다. 하늘에서는 개기월식이 한창 진행 중이다.
 그때 멀리서 차 소리가 들리더니, 이윽고 그들이 왔던 길과는 다른 방향에서 헤드라이트 불빛이 빠르게 다가왔다. 두 사람은 바짝 긴장했다. 아무래도 낮에 보았던 그 관리인인 것 같았다. 하필 지금 같은 때에 나타나다니. 빌어먹을! 진명은 너무나도 절묘한 타이밍에 탄식이 절로 나왔다. 갈수록 최악의 사태로 치달았다. 이것도 무녀의 농간이란 말인가?
 "어떡하죠? 숨을까요?"
 금주가 다급하게 말했다.

"소용없어요. 차를 발견하면 우리가 여기 있다는 걸 금방 알게 될 겁니다."

"그럼 어떡해요?"

진명은 여차하면 관리인을 때려눕혀서라도 사굴 안으로 들어갈 생각이었다. 그렇게까지 하고 싶진 않지만 달리 방법이 없었다. 보름달은 계속해서 그림자에 먹혀들고 있었다.

차가 나무 울타리 옆에서 멈춰 섰다. 헤드라이트 불빛 때문에 운전자의 모습이 보이지 않았다. 이어서 시동이 꺼지고 불빛도 사라졌다. 차 문을 열고 안에서 사람이 내렸다. 곧바로 그들을 향해 걸어왔다.

진명과 금주는 입을 다물지 못했다. 차에서 내린 사람은 전혀 뜻밖의 인물이었다.

"후후, 놀랬죠?"

그녀가 장난기 어린 목소리로 말했다.

"혜인 씨!"

금주가 놀라 소리쳤다.

"개기월식이 시작될 때 맞춰 오면 만날 수 있을 거라 생각했어요. 늦을까 봐 걱정했는데 다행이네요."

혜인은 지금 자신이 심각한 불청객이라는 사실을 모르는 것 같았다. 얇은 윈드스토퍼 재킷과 청바지, 거기다 캡 모자와 등산화까지. 그야말로 사굴에 들어가기 위한 완벽한 차림새였다. 그리고 보니 정작 두 사람은 아무런 대책도 없이 굴 안으로 들어가려 하고 있었다. 급하게 나오는 바람에 그들은 챙겨온 옷을 갈아입지도 못했다. 금주는 제주에 도착했을 때 그대로 면바지에 주름이

진 소매 남방, 그리고 카키색 스니커즈를 신고 있었다. 그래도 진명에 비하면 그나마 나은 편이었다. 그는 검은 양복에 구두였다.

"우린 여기 놀러 온 게 아닙니다."

진명은 인상을 찌푸리며 말했다.

"누가 놀러 왔데요?"

"돌아가세요."

"그럴 거면 여기 오지도 않았어요. 대체 왜 그렇게 절 미워하시는 거죠?"

"뭐요? 누가 그런…… 아, 됐어요. 그만둡시다."

진명은 어이없어하며 고개를 저었다.

"혜인 씨, 지금 우리 세연이가 이 안에 갇혀 있어요."

금주가 절박한 목소리로 말했다.

"아니, 왜요?"

"지선 씨가 빙의돼서 아이를 데리고 들어간 것 같아요."

"세상에!"

"그러니까 제발 돌아가세요. 혜인 씨까지 말려들기 전에."

진명이 말했다.

"아뇨. 그러니까 더욱 들어가야겠어요."

"혜인 씨!"

"그것 보세요. 제가 있었으면 지선 씨가 세연이를 납치하게 내버려두진 않았을 거 아니에요. 안 그래요?"

"혜인 씨가 있었으면 더 위험해졌을 겁니다."

"그걸 어떻게 장담하죠?"

"진명 씨, 지금 이러고 있을 때가 아니잖아요?"

금주가 말했다.
"굴 안으로 들어가는 건 어디까지나 제 자유라고요!"
혜인이 말했다.
"후우— 알았어요. 그럼 마음대로 하세요. 전 신경 안 쓸 테니까. 갑시다. 금주 씨."
진명은 돌아서서 사굴 쪽으로 걸어갔다.
"혜인 씨는 저 안이 어떤 곳인지 몰라요."
금주가 말했다.
"말려도 소용없다는 거 아시잖아요."
"정말 무섭지 않으세요?"
"왜 안 무섭겠어요. 그러는 금주 씨는요?"
"저야 무섭고 싫고 그런 게 어디 있겠어요. 어쩔 수 없으니까……"
"저마다 이유가 있는 거죠. 사굴 안으로 들어갈 수밖에 없는. 안 그래요?"
금주는 체념한 듯 말했다.
"알겠어요. 그럼 어쩔 수 없죠."
"이제 그만 가죠. 개기월식이 벌써 시작됐잖아요."
혜인이 말했다.
두 여인은 곧 진명의 뒤를 쫓아 사굴로 향했다. 그들의 머리 위에선 느리지만 일정한 속도로 집요하게 어둠이 달을 먹어치우고 있었다.

ॐ

수십만 년 전. 이곳은 그저 한낱 바다에 불과했다.

그러던 것이 해저의 거대한 폭발과 함께 지면이 융기하면서 섬이 생겨났다. 그 후에 불안정한 지각은 다시 몇 번의 대폭발을 일으켰고, 그때 크고 작은 동굴들이 만들어졌다. 이 김녕사굴도 그런 과정을 거쳐 만들어지게 된 것이다.

그렇게 본다면, 이 사굴 안에 잠들어 있는 어둠의 실체도 그 거대한 폭발과 함께 생성된 것이라 할 수 있었다. 그 태곳적 어둠이 지금도 이 안에서 살아 숨 쉬고 있다. 그리고 오늘 밤, 그 어둠의 모태 안에서 잠들어 있던 여인이 막 깊은 잠에서 깨어나려 하고 있었다.

사굴은 죽음으로부터 새로 태어날 망자를 위해 훌륭한 자궁이 되어 줄 것이다.

가파른 입구를 지나 세 사람은 사굴의 아가리 속으로 발을 내디뎠다. 그들은 발밑을 조심하며 앞으로 나아갔다. 얼마 안 가 차갑게 가라앉은 내부의 공기 때문에 입김이 뿜어져 나왔다. 손전등을 든 팔에도 소름이 돋았다. 앞서가는 진명과 금주의 손전등이 정면만을 비추는 데 반해, 혜인의 손전등은 동굴 곳곳을 훑듯이 비췄다.

"정말 귀신이 산다고 해도 이상할 게 없겠어요."

혜인이 감탄한 목소리로 말했다. 그녀의 손전등 불빛이 천장을 향했다. 천장에는 상어의 이빨처럼 생긴 뾰족한 돌기 모양의 용암종유들이 가득했다. 50미터쯤 더 들어가자 이번에는 용암석순과 종유석이 나타났다. 석순은 바닥에서 위로, 종유석은 천장에서 아래로 길쭉하고 울퉁불퉁한 모습으로 나 있었다. 오랜 시간 동안 (얼마나 오래 걸렸을지 짐작조차 되지 않았다.) 끊임없이 만들어진 그 자연의 구조물들은 경이롭기까지 했다. 석순과 종유석이 만나 하나의 기둥을 이룬 것도 있었다. 동굴의 폭은 조금씩 좁아졌다. 반면, 자연 구조물들의 기하학적인 모양새는 안으로 들어갈수록 형태가 더욱 뒤틀리고 괴기스러워졌다. 물방울처럼 생긴 돌들도 있었고, 거대한 커튼이 물결치듯 흘러내린 구조물도 있었다. 그것들의 표면은 하나같이 매끈하고 축축해 보였다.

바로 앞에 두 갈래의 길이 나타났다. 어느 쪽일까. 진명은 강한 음기가 흘러나오는 곳을 찾고자 잠시 멈춰 섰다. 그런데 뒤따라오던 금주가 자신을 지나쳐 왼쪽 길로 혼자서 걸어가는 것이었다. 진명이 그녀를 불렀다.

"금주 씨!"

하지만 금주는 아랑곳하지 않고 계속 걸어갔다. 다시 한 번 큰 소리로 불렀다. 소리가 동굴 벽에 부딪혀 메아리쳤다. 귀가 먹먹했다. 그런데도 금주는 서지 않고 계속 걸어갔다. 진명이 쫓아가 그녀의 팔을 붙잡았다.

"제 말 안 들려요?"

금주가 그의 손을 거세게 뿌리쳤다. 그 순간, 진명은 그녀가 정상이 아님을 알아차렸다. 손전등으로 금주의 얼굴을 비춰보았다. 얼굴은 창백했고, 온통 땀투성이였다. 아까 굴 안으로 들어가기 전에 왜 그런 행동을 보였는지 이제야 알 것 같았다. 금주는 지금 무녀에 의해 서서히 지배당하기 시작한 것이다. 이런 곳에 무방비상태로 들어온 것이 실수였다. 그러나 지금 진명의 수중에 부적은 단 한 장밖에 없었다. 여분의 부적은 모두 가방 안에 들었고, 오직 파락의 부적만 몸에 지니고 있을 뿐이었다. 금주가 또다시 자신의 손을 뿌리치려 하자, 진명이 휘발유통을 내려놓고 그녀의 팔을 뒤로 꺾어 제압했다. 금주가 으르렁대며 거칠게 저항했다.

"빨리 와서 여기 좀 잡고 있어요. 어서!"

진명이 혜인을 향해 다급하게 소리쳤다.

"아, 알았어요."

혜인이 재빨리 다가왔다.

"여길 잡아요. 이쪽 팔을."

진명은 금주를 무릎 꿇게 했다. 저항이 만만치 않았다. 한 손으로 금주의 팔을 붙잡고, 상의 옆 주머니 안에서 붓 펜을 꺼내 입으로 펜촉의 뚜껑을 벗겨 냈다.

"뭐하시게요?"

"머리를 잡아요!"

펜 뚜껑을 어금니에 문 채 진명이 말했다.

"머리요?"

"머리채를 잡고 앞으로 숙이란 말예요!"

"이렇게요?"

"그대로 가만히 있어요."

금주의 입에서 침이 줄줄 흘러왔다.

진명은 손전등을 어깨와 목 사이에 끼우고서 불빛이 그녀의 목을 비추도록 했다. 그런 다음 목 뒤에 붉은색 펜으로 수호부를 그려 넣기 시작했다.

"꽉 잡고 있어요. 흔들리잖아요!"

"그게 말처럼 쉬운 줄 알아요!"

혜인이 투덜거렸다.

글자가 조금이라도 어긋났다간 부적이 효력을 발휘하지 못할 것이다. 진명은 최대한 신중을 기해 펜 끝을 움직였다. 어느새 이마에 땀방울이 맺혔다. 부적이 완성되자 곧바로 축귀주문을 읊었다.

아옴 푸차라 가미나리야 훔치림 아옴 파사라 다냐야훔 아바 마로기대 새바리야……

금주의 움직임이 서서히 잦아들었다.
"다 됐어요."
"이제 놔도 돼요?"
혜인이 물었다.
"놓으세요……. 금주 씨? 정신 들어요?"
금주가 상기된 얼굴로 돌아서서 자신을 쳐다봤다.
"진명 씨?"
"이제 괜찮을 거예요. 목 뒤에 수호부를 그려 넣었어요. 임시방편이긴 하지만 일단은 빙의되는 걸 막아 줄 겁니다. 글자가 지워지지 않게 조심하세요."
금주는 고개를 끄덕였다.
"그리고 마음속으로 이 진언을 계속 외우세요. '옴 가라지야 사바하', 따라 해보세요."
"옴 가라지야 사바하."
"혜인 씨한테도 수호부를 그려줄게요. 그리고 마찬가지로 이 진언을 외우세요."

"알았어요."

진명은 혜인의 목 뒤에도 수호부를 그려주고 나서 다시 움직였다. 그는 금주가 빙의돼서 들어갔던 왼쪽 길로 걸어갔다.

"이 길이 맞을까요?"

혜인이 말했다.

"그럴 겁니다. 무녀는 지금 금주 씨를 원하고 있어요. 그러니까 당연히 자신의 무덤이 있는 곳으로 끌어들이려 하겠죠."

"일리 있는 말이네요."

"게다가 이 안으로 들어오고부터 상당한 귀기가 느껴지기 시작했어요."

안으로 들어갈수록 동굴의 폭이 급격히 좁아졌다. 이제는 천장이 바로 머리 위에 있었다. 뿐만 아니라 뱀이 파놓은 것처럼 통로가 좌우로 심하게 구부러졌고, 바닥도 무척 거칠었다. 피부에 와 닿는 공기의 감촉은 더욱 눅눅해졌고, 동굴에 핀 곰팡이, 이끼 냄새들이 후각을 괴롭혔다. 그러나 무엇보다도 괴로운 것은 동굴의 폐소성이었다. 짙게 깔린 어둠과 갈수록 좁아지는 통로는 마치 심장을 옥죄는 것 같았다. 실제로 공기가 부족하지 않는데도 다들 숨을 크게 들이쉬고 있었다. 진명은 이 안으로 들어오고부터 시간이나 방향 감각이 조금씩 상실되어가는 것을 느꼈다. 혜인은 몇 번이나 손전등을 자기 발밑에 비추었다. 그렇게 확인을 해야만 비로소 안심이 되는 모양이었다. 금주는 생각이 많은지 아무 말 없이 묵묵히 뒤를 따라왔다. 맨 앞에서 걷는 진명도 아까부터 어떤 막연한 의혹 때문에 마음이 심란했다. 왜 그런 생각이 드는지 자기 자신도 의아했다. 그는 잡념을 없애고자 부동명왕 진언을 머릿속에 떠올렸다.

"헬멧이라도 가져올 걸 그랬어요."

혜인이 천장에 머리가 닿을까 봐 허리를 숙인 채 걸으며 말했다.

"이상하군요."

진명은 말했다.

"뭐가요?"

"이렇게 깊숙이 들어왔는데 박쥐 한 마리 보이지 않다니."

"없으면 좋죠, 뭘. 그런 건 질색인데."

"그러고 보니 아까부터 벌레들도 안 보였어요. 입구 근처에서는 보였는데 안으로 들어올수록 보이지 않더라고요."

금주가 말했다.

"아무래도 목적지에 가까이 왔나 봅니다."

"우리, 얼마나 깊이 들어온 걸까요?"

혜인이 말했다.

"글쎄요. 한 300미터쯤?"

"얼마나 더 가야 하죠?"

"끝이 보일 때 까지요."

갑자기 "구우웅—" 하는 소리가 들려왔다. 소리는 어느 한 곳이 아니라 동굴 전체에서 울려 퍼지고 있었다. 간담이 서늘해지는 소리였다.

"이게 무슨 소리죠?"

혜인이 겁에 질린 얼굴로 말했다.

"뭔지는 몰라도, 좋지 않은 신호인 것만은……"

곧이어 지진이라도 난 것처럼 동굴 전체가 흔들리기 시작했다. 금주와 혜인이 비명을 지르며 비틀거렸다.

"움직이지 말고 바닥에 엎드려요! 손으로 머리를 감싸고!"

진명이 소리쳤다.

세 사람은 차가운 바닥에 배를 깔고 엎드려 양손으로 머리를 감쌌다. 동굴이 금방이라도 무너져 내릴 것만 같았다. 거대한 울림이 굴 전체를 꿰뚫었다. 그리고 그것이 땅을 통해 그들의 몸으로 전해져왔다.

그렇게 20초 정도 흔들리고 나서 동굴은 다시 잠잠해졌다. 잠깐이었지만 그들에게는 끔찍이도 긴 시간이었다. 세 사람은 천천히 자리에서 일어섰다.

"동굴이 무너지는 줄만 알았어요."

"낮에 만난 관리인이 그랬어요. 이곳은 붕괴 위험이 있다고."

금주가 사색이 된 얼굴로 말했다.

진명은 조금 전 진동이 마치 출산을 앞둔 산모의 진통처럼 느껴졌다. 망자를 굴 밖으로 내보내기 위해 사굴이 겪는 진통. 그것은 곧 출산이 임박했음을 알리는 신호였다.

"빨리 갑시다. 얼마 안 남았어요."

진명이 재촉했다.

일행은 좁아지는 굴 안을 다시 걸어갔다. 언제 또 동굴이 흔들릴지 몰라 마음을 졸이면서.

"그 여자는 이 안에서 무슨 생각을 했을까요?"

금주가 말했다.

"복수에 대해 생각했겠죠."

혜인이 말했다.

"그녀가 목표로 한 복수는 비단 사람만이 아니었어요. 궁극적으로는 자신을 이렇게 만든 운명에 복수하고 싶었을 겁니다."

진명이 말했다.

"운명에 복수를?"

"무녀는 다른 삶을 살고 싶었을 겁니다. 남들처럼 평범한 삶을요. 평생 그렇게 살지 못했죠. 알비노이면서 무당이었으니까요."

"그렇다고 남의 몸을 빼앗아서 산다는 게 말이나 돼요?"

혜인이 말했다.

"남이 아니에요."

금주가 말했다.

"그게 무슨 말이죠?"

"그 여자는…… 제 외할머니였어요. 오늘에서야 그 사실을 알게 됐죠."

"그게 정말이에요? 어쩜 그럴 수가."

"자기한테서 나왔다고 자기 것으로 생각하나 보죠."

금주의 목소리에는 경멸과 분노가 서려 있었다.

혜인이 불안한 목소리로 말했다.

"다 잘 되겠죠?"

금주가 대답했다.

"그래야죠."

얼마 안 가서, 일행은 걸음을 멈췄다. 진명이 앞에서 멈춰 서기 때문이다.

"왜 그래요?"

뒤에서 따라오던 금주가 물었다.

진명은 돌아보지 않고 대답했다.

"다 온 것 같아요."

손전등 불빛이 일제히 한곳을 가리켰다. 다섯 걸음 정도 앞부터 폭이 급격히 줄어들어 있었고, 그 끝에 지름이 채 1미터도 안 되는 구멍이 나 있었다. 그 안은 오직 시커먼 어둠뿐.

금주 어머니가 말한 대로라면 이 안쪽에 커다란 공간이 있을 터였다. 하지만 구멍이 좁고, 불빛이 어둠에 먹혀 멀리까지 닿지 못했다. 자세히 보려면 안으로 들어가는 수밖에 없었다. 진명은 구멍 안에서 뿜어져 나오는 강렬한 귀기에 그만 할 말을 잃었다. 저승의 문이 열린 것이다. 그것 말고는 이 엄청난 기운을 달리 설명할 방법이 없다. 금주도 그것을 느꼈는지 표정이 잔뜩 굳어 있었다.

진명은 손목시계를 내려다봤다. 아날로그 시계의 시침과 분침이 아홉 시 이십사 분을 가리켰다. 그런데 초침이 움직이지 않았다. 시계가 멈춰 있었다.

"지금 몇 시쯤 됐나 확인해 보세요."

진명이 두 사람에게 말했다.

금주가 휴대폰을 꺼내 시간을 봤다.

"시계가 이상해요. 모두 0으로 표시되어 있어요."

진명은 금주의 휴대폰을 보고 그 말이 사실임을 확인했다.

"제 휴대폰 좀 보세요!"

혜인이 눈을 동그랗게 뜨고 휴대폰을 두 사람한테 내밀었다. 그녀의 휴대폰은 최신형이었는데 액정의 바탕화면 그림이 완전히 깨져 있었다. 게다가 버튼을 눌러도 아무 반응이 없었다. 진명의 휴대폰도 두 사람의 것과 크게 다르지 않았다. 시간과 날짜가 제멋대로 바뀌어 있었고, 다른 것들처럼 수신막대도 아예 뜨지 않았다. 수신막대가 뜨지 않는 이유는 지형적인 문제 때문일 거라고 진명은 생각했다. 이렇게 깊은 곳까지 들어왔으니 전파가 닿을 리 없었다. 그것은 만약에 굴이 무너져서 그들이 이 안에 갇혀버린다면 외부와 연락을 취할 방법이 전혀 없다는 뜻이기도 했다. 그나마 조금 다행인 것은 밖에 세워둔 그들의 차였다. 나중에 관리인이 와서 그것을 발견한다면 굴 안에 사람이 갇힌 것을 알게 될 것이다. 그렇더라도 이렇게 깊은 곳에 갇히게 되면 구조될 가능성은 매우 희박했다.

혜인이 손목에 찬 아날로그 시계도 진명의 것과 마찬가지로 아홉 시 이십사 분에 멈춰 있었다.

"아홉 시 이십사 분이면, 시계가 멈춘 지 얼마 안 된 것 같군요. 우리가 아홉 시 조금 안 돼서 굴 안으로 들어왔으니까. 아무래도 아까 굴이 흔들릴 때 멈춘 것 같아요. 단순한 진동은 아니었나 봅니다."

진명이 말했다.

"근데 어떻게 손전등만은 멀쩡할 수 있는 거죠?"

혜인이 물었다.

"그건 저도 모르겠어요. 하지만 추측건대, 지금의 이 기현상은 어쩌면 시간과 관계가 있는지도 몰라요. 시간과 관련된 물건들만 전부 고장 난 걸 보면. 아니면, 정밀한 기계일수록 고장이 잘 나는 건지도 모르죠. 손전등은 상대적으로 단순하니까. 아무튼 확실한 건 아무것도 없어요."

"혹시 이 공간 안에서만 시간이 이상하게 흐르는 건 아닐까요?"

금주가 말했다.

"모르죠. 그럴 수도 있고, 아닐 수도…… 일단 안으로 들어가 봅시다."

진명은 먼저 시커먼 구멍 안으로 몸을 집어넣었다. 곧이어 금주와 혜인이 차례로 구멍 안으로 들어갔다. 바닥은 생각보다 평평했다. 기온도 확실히 바깥보다는 덜 추웠다. 왠지 아늑한 느낌마저 들었다.

"생각보다 괜찮은데요?"

혜인이 말했다.

세 개의 불빛이 사방을 이리저리 훑었다. 불빛에 언뜻언뜻 보이는 기이한 모양의 용암 괴석들이 신경을 곤두서게 했다. 안은 꽤 넓은 것 같았으나 얼마나 넓은지 손전등 불빛만으로는 가늠하기 어려웠다.

"어머니 말로는 상당히 넓은 공간일 거라 했어요."

"제 느낌상으로도 꽤 넓을 것 같은데요. 한 체육관 크기 정도?"

혜인이 말했다.

"어둠 때문에 착각하는 것일 수도 있어요. 실제론 그렇지 않은데 주변이 캄캄하면 공간에 대한 지각능력이 떨어져서 더 그렇게 느껴질 수 있죠."

진명이 말했다.

"잠깐! 이상한 소리 들리지 않아요?"

금주가 말했다.

"네, 저도 들려요."

"저도요."

세 사람 모두 같은 소리를 들었다. 그런데 그게 무슨 소린지는 아무도 알지 못했다. 생전 처음 들어보는 소리였다. 불빛을 비춰보았지만 찾을 수 없었다. 소리는 약간의 거리를 두고 들려오는 것 같았다.

"이게 대체 무슨 소릴까요?"

금주가 말했다.

"뭔지는 몰라도 상당히 기분 나쁜 소리네요."

혜인이 말했다.

"앞으로 걸어가 보죠."

진명이 먼저 발을 내디뎠다. 두 여자도 조심스럽게 뒤를 따랐다. 조금 걷다가, 무언가 그들을 향해 다가오는 소리가 들려 진명이 "쉿!" 하며 멈춰 섰다. 재빨리 사위를 살폈다. 분명히 사람의 발소리였다. 세 개의 불빛이 어둠 속에서 빠르게 움직이고 있었다. 조금 있자, 소리가 뚝 끊겼다. 멈춘 것 같았다.

"이리 가까이 모이세요. 서로 등을 대고 주위를 살핍시다. 그래야 어디서 뭐가 나타나든 찾을 수 있을 테니까."

진명은 말했다.

"뭐가 나타난다는 거죠?"

혜인이 물었다.

"뭐든…… 여긴 뭐가 나타나도 이상할 게 없는 곳이에요. 그러니 정신들 바짝 차리세요."

세 사람은 삼각형 대형으로 서로 등을 맞대고 어둠 속에 서서 각자의 공간을 주시했다. 진명은 마치 어둠에게 포위당한 기분이었다. 게다가 끊임없이 들려오는 정체불명의 소음은 절대로 긴장을 늦출 수 없게 했다.

또다시 발소리가 들렸다. 한데 이번엔 하나가 아니다. 셋? 넷? 몇 개의 발소리가 어지럽게 어둠 속을 배회했다. 그들은 빛을 싫어하는

지 자꾸만 손전등 불빛을 피해 다니는 것 같았다.

순간, 소리 하나가 빠르게 이쪽으로 다가오기 시작했다. 그러나 어느 방향인지 쉽게 감을 잡을 수가 없었다. 주변의 소음과 다른 발소리들, 그리고 짙은 어둠이 감각을 혼란에 빠뜨렸다. 어느 쪽일까? 진명은 소리에만 집중하려고 애썼다. 그는 유일한 무기인 신칼을 상의 안주머니에서 조심스레 꺼내 들었다. 금주와 혜인도 서로 어느 쪽에서 뛰어오는지 몰라 두리번거렸다. 소리가 더욱 가까워졌다. 이제는 바로 앞에 와 있는 것 같았다.

"금주 씨!"

진명은 왼쪽으로 고개를 돌려 소리쳤다. 분명 그쪽일 거로 생각했다. 그런데 그것이 어둠 속에서 방향을 틀어 자기한테로 달려들었다.

당황한 진명은 신칼을 치켜들었다. 뭔가가 자신의 왼쪽다리에 들러붙었다. 그것이 허리춤을 붙잡았다. 진명이 신칼로 그것을 내리치려는 찰나, 그 작은 눈망울을 보고 멈칫했다.

"세연아!"

자신을 붙잡은 것은 세연이었다. 아이는 흙투성이 몸으로 진명을 끌어안고 있었다. 금주가 손전등으로 확인하자마자 아이를 와락 끌어안고 눈물을 펑펑 쏟았다. 모녀의 두 번째 재회였다.

"우리 아기 많이 놀랐지? 엄마가 미안해. 꼭 붙어 있겠다고 약속해놓고, 엄마가 잘못했어. 세연아, 어디 다친 데는 없니?"

아이는 눈물을 훌쩍이며 고개를 저었다. 손전등을 비춰 확인한 결과, 옷이 더러워진 것 말고는 다른 곳에 외상은 없는 듯했다. 천만다행이 아닐 수 없었다.

ॐ

"지선 씨도 여기 있겠죠?"

혜인이 걱정스러운 얼굴로 말했다.

"세연아, 언니 말야. 지선 언니 어디 있는지 알아?"

금주가 물었다.

아이는 그 말에 큰 두려움을 느낀 듯 고개를 흔들며 엄마 품으로 파고들었다.

"어쩌죠?"

"찾아봐야죠. 이 근처에 있을 겁니다."

"빙의됐다고 하지 않았나요? 그렇다면……"

혜인은 말끝을 흐렸다. 그녀가 무슨 말을 하려고 했는지 진명은 이미 짐작하고 있었다. 그도 같은 생각을 하고 있었기 때문이다. 어쩌면 저 발소리 중 하나가 지선일지도 모른다는 생각. 그렇다면 나머지 발소리는 누구의 것이란 말인가? 그녀를 제외하고도 두세 명은 더 있는 것 같았다. 그들의 발소리가 다시 멈췄다.

"금주 씨, 세연이를 꼭 붙잡고 있어요. 아까처럼 등을 맞대고 함께 움직입시다."

"알았어요."

다시 주위를 경계하며 천천히 어둠 속을 움직였다.

얼마 안 가서 혜인이 소스라치게 놀라며 비명을 질러댔다.

"무슨 일이에요?"

"발밑에 뭔가가……"

진명은 재빨리 그곳에 불빛을 비췄다. 처음엔 사람의 뼈라고 생각했지만, 자세히 보니 그냥 나무 막대였다. 진명은 그것을 집어 들었다. 나무 끝에 새까맣게 타버린 천이 붙어 있었다.

"횃대군요."

"누가 썼던 건지 알 것 같아요. 이춘애 심방 일행이겠죠."

금주가 말했다. 그녀는 이제 이춘애를 외할머니라 부르지 않았다.

"오십 년이나 지난 것치고는 꽤 멀쩡하네요. 말라서 금방 부서질 것 같긴 하지만 쓸 수는 있겠어요."

진명은 말했다.

"어떻게 썩지 않을 수 있죠? 역시 이곳의 시간 때문인가요?"

"그런 것 같진 않아요. 여기 감겨 있는 천이 썩은 것만 봐도 오랜 시간이 지났다는 걸 알 수 있죠. 나무도 멀쩡해 보이지만 수분이 거의 다 말라 있어요. 지금까지 버틸 수 있었던 건 이곳의 특수한 환경 때문이겠죠. 외부와 차단된 공간, 적당한 온도와 습도, 게다가 벌레들도 없으니……. 하지만 이곳의 시공간은 확실히 문제가 있긴 해요. 아마도 천체의 이상 현상으로 잠시 틈이 생긴 거겠죠. 지금 우리가 서 있는 이곳은 이승도 저승도 아닌, 그 경계 부근이 아닐까 생각되는군요."

"너무 쉽게 말씀하시니까 왠지 믿기지 않는 걸요?"

혜인이 말했다.

"믿음의 차이겠죠. 누군가는 믿고, 누군가는 믿지 않고. 허나 혼령을 보는 사람들에게 이것은 가설이 아닌 현실이에요."

진명은 바지 주머니에서 손수건을 꺼내 펼쳤다.

"뭘 하시게요?"

"어기다 불을 붙이려고요.

"손전등이 있잖아요."

"이건 호신용이에요. 이게 있으면 뭐든 쉽게 접근하지 못할 겁니다."

진명은 손수건을 횃대 끝에 말았다. 그러고 나서 통의 뚜껑을 열어 그것을 휘발유에 적셨다. 지포 라이터로 불을 붙이자 금방 크게 타올랐다.

"횃불이 있으니까 왠지 마음이 놓이는 것 같아요."

금주가 말했다.

진명은 이런 상황에서 타오르는 불이 심리적 안정감을 가져다준다는 것을 알고 있었다. 횃불은 직선으로 비추는 손전등 불빛과 달리 주위를 넓게 비춰주었다. 진명은 신칼과 횃불을 한 손에 잡고 어둠 속에서 들려오는 소리에 청각을 집중하면서 조심스레 앞으로 나아갔다. 횃불을 피우고 난 뒤로 발소리는 더 이상 들리지 않았다.

아까부터 귀를 간질이던 소리의 정체가 얼마 안 가 밝혀졌다. 진명은 처음에 동굴 바닥이 살아서 움직이는 것으로 착각했다. 당연히 그런 생각이 들 만했다. 바닥이 꿈틀거리며 물결 치듯 일렁이고 있었기 때문이다. 그들은 아래로 경사진 곳에 서서 손전등과 횃불을 비추었다. 불빛 안으로 들어온 것은 헤아릴 수 없을 정도로 많은 수의 뱀이 서로 뒤엉켜 있는 광경이었다. 뱀들은 마치 한 덩어리처럼 땅 위에서 꿈틀거렸다. 그것들이 서로 몸을 부대끼며 내는 소리가 그들의 귀에는 이상하게 들렸던 것이다. 불빛 안으로 들어온 어떤 놈들은 자기들끼리 서로 잡아먹고 있었다. 한 놈이 다른 놈을 삼키고, 또 다른 놈이 그놈의 꼬리를 삼켰다.

일행은 상상도 못한 광경에 눈이 휘둥그레졌다.

"왜 박쥐나 벌레들이 보이지 않았는지 이제야 알겠군요."

진명은 말했다.

금주는 혹시라도 뱀들이 습격해 올까 봐 세연이를 얼른 가슴에 안아 올렸다. 담이 큰 혜인도 이번만큼은 바짝 얼어붙었다.

"저거 보여요? 저쪽에 있는."

진명이 손전등 불빛으로 뱀들이 뒤엉켜 있는 곳의 어느 한 지점을 가리켰다. 그러자 나머지 두 개의 불빛도 그곳을 향했다. 그곳은 마치 제단처럼 다른 곳보다 약간 턱이 져 있었다. 그리고 그 위에 봉곳하게 쌓아올린 돌무더기가 보였다. 그 돌들은 이곳에도 널려 있는 용암석이었다. 뱀들은 그 돌무더기를 지키듯 약간의 공간만 남겨둔 채 주위를 에워싸고 있었다. 그리고 그 옆에 사람 하나가 쓰러져 있었다.

"저거 지선 씨 아니에요?"

먼저 발견한 혜인이 소리쳤다.

"맞아요. 지선 씨에요! 지선 씨!"

두 여인은 큰 소리로 이름을 불렀다.

"잠깐! 소리치지 말아요. 녀석들의 움직임이 이상해졌어요."

진명이 말했다.

그들이 소리치자 확실히 아까와 다르게 뱀들이 격하게 몸을 움직였다.

"소리에 반응하고 있어요. 너무 시끄럽게 하지 맙시다."

"네, 알았어요."

혜인이 겁먹은 얼굴로 말했다.

"저것이 그 무덤인가 보죠?"

"그런 것 같군요."

진명은 불빛을 움직여 주변에 자신의 가방이 있나 살펴봤지만 너무 어두워서 이 거리에서는 자세히 확인할 수가 없었다. 일단 직접 가서 찾아보는 수밖에 없을 것 같았다.

"그럼 이제……"

"여길 뚫고 저 안쪽까지 들어가야죠."

진명이 말했다. 혜인이 화들짝 놀라 쳐다봤다.

"지금 제정신이세요? 여길 지나간다고요? 뱀이 이렇게 많은데?"

"처음부터 따라오라고 한 적 없으니까 싫으면 그냥 여기 계세요."

"미쳤어요? 근처에 뭐가 어슬렁거리고 있을지 모르는데 저보고 여기 있으라고요?"

진명은 한심하다는 얼굴로 혜인을 쳐다봤다.

"저도 가겠어요. 이런 곳에 단 1초도 혼자 있고 싶지 않으니까."

"그러시던가요."

"근데 여길 어떻게 지나가죠? 혹시 그 횃불로?"

"이걸로는 어림도 없어요. 달랑 횃불 하나로 저 수많은 뱀을 쫓을 수 있을 거라 생각합니까?"

"치, 묻지도 못하나."

혜인은 입을 삐죽 내밀었다.

"그럼 어떡하죠?"

금주가 물었다.

"저 뱀들은 지금 돌부넘을 지키는 것 같아요. 무녀에 의해 조종당하고 있다는 뜻이죠. 그렇다면 무녀가 두려워하는 것을 저 뱀들도 두려워하지 않을까요?"

"그게 뭔데요?"

진명은 손에 쥔 신칼을 들어 보였다.

"아, 이거라면……"

"뭐죠 그게?"

혜인이 물었다.

"무녀를 죽게 만든 물건이에요. 이걸로 목을 내리쳤죠. 이야기대로라면 아마 뱀들도 이 신칼을 두려워할 거예요. 문제는 그게 아무한테나 해당하느냐 하는 겁니다."

"이춘애 심방이 아니면 안 될 수도 있다는 소린가요?"

금주가 말했다.

"그럴 수도 있어요. 물론 그러지 않기를 바라지만."

"만약 실패하면요?"

혜인이 말했다.

"그건 그때 가서 생각하기로 합시다. 일단 해보는 수밖엔 없어요. 성공하면 제 뒤에 바짝 붙어서 따라오세요."

진명은 바닥에 휘발유통을 내려놓고서 밑으로 내려갔다. 바닥의 경사는 그리 심하지 않았다.

"조심하세요."

금주가 말했다.

진명은 뱀들과 네 걸음 정도 거리를 두고 멈춰 섰다. 횃불을 왼손으로 바꿔 쥐고서 오른손에 신칼을 칼끝이 위를 향하도록 똑바로 들었다. 그러고는 뱀들을 향해 천천히 걸어갔다. 맨 앞에 있는 녀석이 움직임을 느꼈는지 동작을 멈추고 몸을 곧추세웠다. 놈이 자신을 쳐다봤다. 진명은 숨죽인 채 신칼을 녀석의 앞으로 살며시 들이 밀어 보았다.

쉬쉭 —

뱀이 송곳니를 드러내 보이며 소리를 냈다. 근처에 있는 다른 녀석들도 같은 동작을 취했다. 한 놈이 크게 웅크린 자세를 취하다가 갑자기 스프링처럼 몸을 튕겨 쏜살같이 다가왔다. 진명은 반사적으로 뒤로 물러났고, 오른쪽 바짓가랑이 아랫부분을 물리고 말았다. 신칼로 녀석의 모가지를 후려치자 그제야 떨어져 나갔다. 얻어맞은 뱀은 다시 무리 속으로 기어들어갔다.

"물리셨어요?"

뒤에서 금주가 소리쳤다.

"아뇨. 괜찮아요."

진명은 크게 한숨을 내쉬고서 뒤로 물러났다. 정강이 부분에 구멍 두 개가 뚫려 있었다. 바지를 올려 확인했지만 상처는 없었다. 녀석이 1센티만, 아니 5밀리 정도만 더 들어왔어도 송곳니가 살을 파고들었을 것이다. 조금 전 상황을 다시 떠올리자 눈앞이 아찔했다. 실험은 실패로 끝나버렸다. 역시 이춘애 심방이 아니면 안 되는 걸까? 아니면, 애초에 뱀들이 신칼을 두려워할 거라는 자신의 추측이 틀린 것일까? 진명은 씁쓸히 발길을 돌려야 했다.

"효과가 없는 건가요?"

"이제 어떡하죠?"

진명은 침울한 얼굴로 손에 쥔 신칼을 묵묵히 내려다봤다.

"제가 …… 해볼게요."

금주가 말했다.

"금주 씨가요?"

"저한테도 무녀의 피가 흐른다고 했잖아요."

"그렇긴 하지만, 가능성에 목숨을 걸 순 없어요. 너무 위험해요."

"방법이 없잖아요. 어떻게든 이곳을 지나가야 하잖아요. 지선 씨도 구해와야 하고."

진명은 아무 말도 할 수 없었다.

"괜찮을 거예요. 제 몸이 필요하다고 했잖아요. 제가 독사에 물려 죽으면 결국 그 예언도 이뤄지지 않을 거 아니에요. 설마 그렇게 되도록 놔두겠어요?"

"일리 있는 말인 것 같긴 한데……"

혜인이 말했다.

"절 믿어보세요."

위험하다는 걸 알면서도 지금은 금주의 말대로 해볼 수밖에 없었다. 달리 방법이 없지 않은가. 진명은 마지못해 신칼을 건네주며 말했다.

"조금이라도 뱀이 공격해 올 기미가 보이면 바로 도망치세요. 굉장히 빠른 녀석들이에요. 생각하는 순간 이미 늦어버려요. 본능적으로 도망치셔야 해요. 아셨죠?"

"네, 명심할게요."

금주는 품에 안은 세연이에게 말했다.

"엄마 금방 갔다 올게. 아무 일도 없을 거야. 여기 언니도 있고, 아저씨도 함께 있으니까 걱정할 거 없어."

세연은 엄마에게서 떨어지지 않으려고 울면서 떼를 썼다. 그런 험한 꼴을 두 번이나 당했으니 엄마한테서 한시도 떨어지고 싶지 않을 것이다. 금주도 그런 아이를 떼어놓기가 무척 힘든 모양이었다.

혜인이 세연을 끌어안고 억지로 엄마한테서 떼어놓았다.
"괜찮어. 엄마가 금방 돌아온댔잖아. 응?"
금주는 우는 세연이를 뒤로 하고서 앞으로 걸어갔다.
"잠깐만요."
진명이 말했다.
"왜요?"
진명은 그녀의 목덜미를 확인했다. 수호부는 조금도 지워지지 않고 멀쩡했다. 서늘한 기온 탓에 땀이 금방 말라서 글자가 지워질 염려는 없는 듯했다. 입은 옷의 칼라도 목에 딱 붙지 않았다. 그러나 이것만 계속 믿고 있을 수는 없었다. 지금 그들은 무녀의 당집 안에 들어와 있는 거나 다름없었기 때문이다.
"제가 한 말 명심하고 있죠?"
"조금이라도 공격해 올 기미가 보이면 바로 도망칠게요."
"혹시 몸에 또 이상이 생기면 그땐 제가 가르쳐준 진언을 집중해서 외우세요."
"알았어요."
진명은 금주와 함께 경사 아래까지 내려갔다.
"조심하세요."
여기서부터는 그녀 혼자서 가야 한다. 금주는 고개를 끄덕이고서 앞으로 걸어갔다. 진명은 불안한 시선으로 그녀의 뒷모습을 좇았다. 근처에 뱀 한 마리만 있어도 여자들은 난리를 칠 텐데, 지금 이곳엔 싱상노 안 될 정도로 많은 수의 뱀이 한데 뒤엉켜 있었다. 그녀가 아무리 독하게 마음을 먹었다 해도 막상 그 앞에 서면 공포로 서 있기 조차 힘들 것이다.

아니나 다를까. 금주는 압도적인 공포 앞에서 그대로 얼어붙고 말았다.

"금주 씨!"

진명이 소리쳤다.

"괘, 괜찮아요. 이제 갈 거예요."

금주는 오른쪽 다리를 들어 앞으로 내디뎠다.

이제 바로 코앞까지 도달했다. 그러나 독사들은 물러설 기미를 보이지 않았다. 금주는 덜덜 떨며 손에 쥔 칼을 앞으로 쭉 내밀었다. 앞에 있는 녀석이 아까처럼 고개를 빳빳이 쳐들고 쉭쉭 소리를 내며 위협을 가해왔다. 그러자 주위에 있던 다른 놈들도 이에 가세했다. 진명은 속이 타들어갔다. 그런데도 금주는 한발 한발 앞으로 나아갔다. 독사들의 위협은 점점 더 거세졌다. 또 한 놈이 몸을 바짝 웅크렸다. 금방이라도 튀어나올 기세였다. 보다 못한 진명이 금주에게 다가가려고 했다.

"오지 마세요!"

금주가 강하게 소리쳤다. 그 소리에 뱀들이 더 흥분한 듯 보였다. 진명은 몇 발자국 뒤에서 멈춰 섰다. 당장에라도 달려들어 그녀를 끌어내고 싶었다.

금주가 다시 한 발짝 앞으로 움직였다. 진명은 불안해서 미칠 지경이었다. 한 녀석이 곧바로 튀어나와 금주의 다리를 물것만 같았다. 생각하는 순간 늦어버린다. 아니, 어쩌면 이미 늦었는지도 모른다. 그녀를 끌어내기에는 녀석들과 너무 가까웠다.

그때였다. 한 녀석이 슬금슬금 물러나더니, 곧 나머지 녀석들도 뒤로 물러났다. 그 모습에 용기를 얻은 금주가 신칼을 더 앞으로 내밀었다. 그러자 뱀들이 도망치듯 빠르게 물러나는 모습을 진명도 똑똑히 볼 수 있었다.

"됐어요. 성공이에요!"

금주가 흥분한 목소리로 외쳤다.

이제 독사들은 어느 정도 간격을 두고서 반원 형태로 물러나 있었다. 여전히 쉭쉭 소리를 내며 위협적인 모습을 보이긴 했지만 섣불리 달려드는 녀석은 한 마리도 없었다. 틀림없이 신칼을 보고 겁을 먹은 것이리라. 신칼은 확실히 효과가 있었다. 돌순어멍이 괜한 소리를 한 게 아니었다.

"혜인 씨, 우리도 갑시다!"

진명은 뒤돌아서 말했다.

"아, 알았어요."

혜인은 두 눈으로 직접 보고도 도저히 믿기지 않는다는 표정이었다.

일행은 뱀 밭을 가로질러 갔다. 금주가 앞에서 신칼로 길을 터주고, 혜인이 세연을 안고서 그 뒤를 바짝 쫓아갔다. 진명은 뒤에서 횃불로 쫓아오는 녀석들을 저지했다. 그들이 지나간 자리는 금방 다시 뱀으로 뒤덮였다. 돌무덤까지의 거리는 불과 15미터 정도였지만 그보다 몇 배는 더 멀게 느껴졌다. 놈들이 뿜어내는 섬뜩한 독기가 피부로 느껴지는 듯했다. 무사히 돌무덤이 있는 턱까지 올라와서 진명은 가장자리에 빙 둘러 휘발유를 뿌렸다. 그런 다음 횃불로 불을 붙이자 순식간에 불의 장막이 만들어졌다. 이제 안전구역이 확보됐다. 녀석들도 불을 보자 그 근처로는 감히 얼씬도 하지 못했다. 하지만 이 불이 시그라지면 놈들은 다시 공격해 올 것이다. 그전에 의식을 끝내야만 한다. 이제 통에 든 휘발유도 의식에 쓰일 정도밖에 남지 않았다.

진명은 서둘러 지선의 상태를 살폈다. 먼저 그녀의 목에서 맥을 짚었다. 맥박은 정상적으로 뛰었고, 열도 없었다. 호흡도 고르다.

"여기 보세요. 뱀에 물린 것 같아요!"

혜인이 지선의 발뒤꿈치를 가리키며 다급하게 소리쳤다. 선명한 이빨 자국이 진명의 눈에도 보였다. 확실히 뱀에 물린 자국이긴 하나 크게 부어오르진 않았다.

"독이 없는 녀석한테 물렸나 봅니다. 맥박은 정상이에요. 다른 징후도 없고."

"그렇다면 다행이네요."

"기절한 상태지만 의식은 곧 돌아올 겁니다."

진명은 의식을 잃은 지선한테도 목 뒤에 수호부를 그려주었다. 한번 빙의가 됐기에 무녀는 마음만 먹으면 지선의 몸에 쉽게 들어올 수 있었다.

수호부를 그리는 동안 진명은 일이 너무 쉽게 풀리는 것 같아 오히려 마음이 더 불안했다. 물론 지금까지의 과정이 힘들고 위험하긴 했지만 그렇더라도 이 정도로 끝날 거라고는 예상하지 못한 것이다. 게다가 세연이를 마지막까지 인질로 쓰지 않은 점도 이해하기 어려웠다. 그렇다면 구태여 지선에게 빙의해서 아이를 이곳까지 납치한 이유는 뭐란 말인가? 단순히 겁을 주고자? 금주를 동요시키려고? 모르겠다. 대체 무녀의 속셈은 무엇일까? 뭔가 잘못 돼가는 것은 아닐까? 아까도 그런 생각을 하며 좁은 굴 안을 걷고 있었다. 왜 그런 생각이 드는지 이유도 모른 채, 그저 막연히 걱정하고 있었다.

왜일까? 왜 이런 찝찝한 기분을 떨쳐버릴 수 없을까? 머릿속이 복잡했다.

진명은 지선의 목 뒤에 수호부를 그리고 나서 세연이한테도 그려 주었다. 조심해서 나쁠 건 없었다. 지금까지의 상황으로 본다면 더더욱.

부적 그리기를 끝내고서 진명은 혜인에게 잠시 지선과 세연을 돌봐달라고 했다. 안타깝게도 주변에 가방은 보이지 않았다. 어쩌면 사굴에 들어오기 전에 이미 어딘가에 버렸는지도 모른다.

진명은 금주와 함께 무덤 위의 돌들을 하나씩 치웠다. 불의 장막은 여전히 활활 타올랐다. 진명은 뜻 모를 불안함 때문에 쫓기듯 초조했다. 그런 속마음이 겉으로 드러났는지 옆에서 함께 거들던 금주가 자신의 손을 덥석 잡았다. 진명은 당황한 얼굴로 금주를 바라봤다.

"괜찮으세요?"

"네? ……아, 괜찮아요."

둘은 잠깐 말없이 마주 보다가, 이윽고 진명이 입을 열었다.

"계속하죠."

금주는 더 말하지 않고, 다시 돌을 걷어냈다.

진명이 돌 하나를 치우자 시커먼 손가락이 나타났다. 그것을 본 금주가 숨을 삼켰다. 손가락은 거무튀튀하고 말라비틀어졌지만 아직 살가죽은 붙어 있었다.

"미라상태인가 보군요. 아까 횃대를 보고 그러지 않을까 생각했어요."

진명은 말했다.

돌을 더 들어내자 50년 동안 잠들어 있던 무녀가 서서히 모습을 드러냈다. 무녀가 입은 무복은 말라버린 피부와 착 달라붙어 있었다. 몸집은 왜소했다. 키는 150센티미터 정도였고, 머리와 손발이 아주 작았다. 백발의 머리카락도 그대로 남아 있었다. 무녀는 양손을 가슴 위에 포갠 채 반듯하게 누워 있었다. 오랜 세월동안 돌의 무게 때문에 몸 대부분이 심하게 짓눌려 있었다. 눈이 안으로 움푹 들어간 것은 안구가 썩어서 함몰된 것이 아니라, 서북청년단원들에 의해 도려내졌기에 그런 것이었다. 그녀의 왼쪽 목에서 신칼에 맞은 상처도 발견했다. 당시에 얼마나 치명상이었는지 말해주듯 상처가 크게 벌어져 있었다. 피부가 쪼그라들면서 입술이 말려 올라가 치아가 모두 드러나 보였다. 그녀가 백화증을 앓았다는 사실은 하얗게 새버린 머리카락만이 증명해 주고 있었다. 살아있을 때 순백의 색이었을 피부는 이제 거무스름하게 변해 있었다.

금주는 미라가 된 무녀의 시신을 분노와 연민이 뒤섞인 복잡한 표정으로 바라봤다.

마침내 무녀를 덮고 있던 돌들을 완전히 걷어냈다.

"물러나 계세요. 이제부터 의식을 시작할 겁니다."

"알았어요."

금주가 뒤로 물러나자, 진명은 바닥에 놓인 휘발유통을 들어 뚜껑을 열었다. 그런 다음 '대보루각[8] 다라니'를 3번 독송하며 휘발유를 무녀의 말라비틀어진 시신 위에 뿌렸다.

---

8) 죄업소멸 진언으로 아무리 업장이 많은 영가라도 천도 됨.

나맣 사르바 타타가타남 옴 비푸라 가르베 마니프라베 타나가타 니다르 사네 마니마니 스프라베 비마레사가라 감비레 후훔 즈바라 즈바라 붓다 비로키테 구햐디 스티바 가르베 스바하

원래는 준비과정에서 몇 가지 부수적인 진언과 다라니를 독송해야 하지만 지금은 그럴만한 시간적 여유가 없었다. 핵심주문으로 빠르게 마무리 지어야 했다. 잘 보존된 무녀의 시신이 있기에 그것만으로도 충분했다.

독송을 끝내고, 진명은 횃불을 든 채 약간 뒤로 물러났다. 남은 휘발유를 시신 위에 모두 뿌려서 화염이 대단히 강할 것이다. 횃불을 무복 위에 얹자마자 순식간에 불길이 치솟았다. 뜨거운 열기가 얼굴로 들이닥쳐 두 사람은 고개를 옆으로 돌려야 했다.

진명은 횃불을 금주한테 건네주고 나서 수인을 맺고 멸악취 진언을 세 번 반복해서 읊었다.

옴 아모가 미로자나 마하 모나라 마니바나나마 아바라바라 밋다야 훔

불의 장막이 차츰 약해져 갔다. 뱀들이 슬금슬금 그 주변으로 다시 모여들기 시작했다.

금주는 진명의 뒤에서 말없이 의식을 지켜보았다. 마치 장례식장에 온 손님저럼 숙연한 자세로 타오르는 불길을 바라보고 있었다.

진언이 끝나고, 이제 파락의 부적을 사용할 차례였다. 이것으로 무녀의 원혼도 깨끗이 소멸할 것이다.

진명은 부적을 꺼내려고 상의 옆 주머니에 손을 집어넣었다. 갑자기 그의 표정이 굳어졌다. 부적이 감쪽같이 사라진 것이다.

ॐ

진명은 반대쪽 주머니도 확인해 보았다. 하지만 거기에도 없었다. 안주머니에도, 바지 주머니에도 마찬가지로 부적은 들어 있지 않았다. 평소 취미로 하는 마술에서 동전이나 카드를 사라지게는 했지만 부적을 사라지게 한 적은 이제껏 단 한 번도 없었다. 그런데 마치 마술을 부린 것처럼 파락의 부적이 주머니에서 감쪽같이 사라져 버린 것이다.

재빨리 기억을 더듬었다. 분명히 사굴에 들어올 때까지는 몸에 지니고 있었다. 그렇다면 이 안에서 흘린 것일까? 아까 동굴이 흔들릴 때? 아니, 주머니에서 그렇게 쉽게 빠졌을 리 없다. 혹시 금주 씨에게 수호부를 그려줄 때였나? 붓 펜도 그 안에 함께 들어 있었다. 그럼 펜을 꺼낼 때 흘렸다는 얘긴가? 방금 여기서도 지선에게 수호부를 그려주었는데…… 진명은 재빨리 주변을 살펴보았다. 한데 아무리 찾아봐도 부적은 보이지 않았다. 그렇다면 역시 금주 씨에게 부적을 그려줄 때…… 이렇게 멍청할 수가!…… 이것은 무녀의 계략이 아닌, 자신의 부주의가 만든 엄청난 과오였다. 우려했던 것보다도 훨씬 더 최악의 상황이 벌어지고 말았다.

"왜 그러세요? 뭐가 잘못됐나요?"

금주가 불안한 얼굴로 물었다.

진명은 쉽게 입을 열지 못했다.

"무슨 일이에요?"

이번엔 혜인이 물었다.

진명은 힘겹게 입을 뗐다.

"부적이…… 없어졌어요. 파락의 부적이……"

"네? 아니, 왜요?"

"아무래도 아까 수호부를 그릴 때 흘린 것 같아요."

"그럼 의식은요?"

금주가 물었다.

진명은 곤혹스런 얼굴로 고개를 저었다.

"그럴 수가!"

두 여인은 당혹감을 감추지 못했다.

그때였다.

어디선가 들려오는 소리에 일행은 동시에 숨을 죽였다.

차르랑 ─

그 소리가 주위의 모든 소음을 일순간 침묵시켰다.

공기가 차갑게 식어갔다.

"진명 씨……"

금주의 입에서 서늘한 입김이 뿜어져 나왔다.

"아까 제가 알려준 진언 기억하고 있죠? 그걸 계속 외우세요. 어서요!"

두 여인은 곧바로 진언을 외기 시작했다.

무녀의 방울 소리는 마치 그들을 저승의 밑바닥으로 끌어당기는 듯했다.

갑자기 동굴 안에 차가운 바람이 불었다. 그들을 보호하던 불의 장막이 빠른 속도로 줄어들었다. 시신을 태우는 불길도 그 기세가 차츰 약해졌다.

방울 소리가 그치자, 혜인이 주변을 두리번거렸다.

진명이 큰 소리로 그녀를 불렀다.

"혜인 씨!"

"네?"

"진언에만 집중하세요."

"아, 알았어요."

진명도 신칼을 손에 쥐고서 진언을 외웠다. 그러면서 한편으론 이곳을 빠져나갈 방법에 대해 궁리했다. 하지만 아무리 해도 마땅한 방법이 떠오르지 않았다. 옆에는 돌봐야 할 사람만 넷이나 있었다. 그중에 한 명은 의식을 잃었고, 한 명은 어린 아이다. 이대로 모두 무사히 빠져나가길 바라는 것은 무리였다.

결단을 내려야 한다.

불의 장막이 서서히 사그라지면서 듬성듬성 불이 꺼진 곳이 보였다. 조금 있으면 불이 완전히 꺼질 것이고, 그렇게 되면 독사들이 우리를 향해 몰려올 것이다.

진명은 금주에게 다가가 속삭이듯 말했다.

"제 말 잘 들으세요. 지금 당장 세연이를 데리고 여길 빠져나가는 겁니다."

"네?"

"신칼을 드릴 테니 아까처럼 독사들 사이를 지나가세요. 혜인 씨와 둘이서 힘을 합치면 어떻게든 지선 씨를 데리고 나갈 수 있을 겁니다."

"진명 씨는요? 같이 안 갈 거예요?"

"저는 남아서 할 일이 있어요. 곧 뒤따라 갈 거니까 걱정하지 마세요."

"저희랑 같이 가요. 네?"

금주가 애원하듯 말했다.

"나머지 사람들을 살리고 싶으면 무조건 제 말대로 하셔야 해요. 제가 여기서 무녀의 혼령을 붙잡고 있을 테니, 그 틈에 이곳을 빠져나가세요."

"우리보고 진명 씨를 버리고 가라는 소린가요? 우리만 살자고? 그렇게는 못해요. 절대로!"

"기회가 생길 때 저도 빠져나올 겁니다. 그러니까 제발 먼저 가세요."

"뭔가 다른 방법이 있을 거예요."

"없어요! 이 방법밖엔. 아까 제가 주문으로 무녀의 혼령을 잠시 붙잡아 뒀어요. 혼령을 부르는 의식까진 끝난 상태예요. 단지 그것을 소멸시키지 못했을 뿐이죠······. 곧 무녀가 다시 각성하게 되면 주술도 깨질 겁니다. 그것을 제가 어떻게든 막아볼 생각이에요. 언제까지 붙잡아 둘 수 있을지는 장담할 수 없어요. 그러니까 그 틈에 이곳을 빠져나가야 합니다. 최대한 빨리요. 그리고 절대 무슨 일이 있어도 뒤를 돌아보아선 안 돼요. 어떤 소리가 들리고, 누가 금주 씨를 불러도 절대 멈추거나 뒤돌아보지 말고 무조건 앞만 보고 가는 겁니다. 다른 영가들이 금주 씨와 나머지 사람들을 홀리려고 할 거예요. 강한 영가들은 아니니까 진언만 계속 외우면 괜찮을 겁니다."

"어떻게 진명 씨만 두고……"

금주는 눈물을 글썽였다.

"세연이를 생각하세요. 혜인 씨와 지선 씨도. 그 세 사람의 목숨이 지금 금주 씨 손에 달렸어요. 자, 어서 이 신칼을 들고 이곳을 빠져나가세요. 어서요!"

진명은 억지로 금주의 손에 신칼을 쥐어 주었다.

"걱정하지 마세요. 반드시 뒤따라 갈 테니까."

금주는 입술을 깨물었다.

"대신 횃불은 여기 두고 갈게요. 별 도움은 안 되겠지만."

"알았어요."

"꼭 무사하셔야 해요. 아셨죠?"

"그럴게요."

금주는 뒤돌아서 혜인한테로 다가갔다. 혜인이 말했다.

"무슨 일이죠? 둘이서만 심각하게 얘기하던데."

"지금부터 우린 이곳을 빠져나갈 거예요. 혜인 씨와 제가 지선 씨를 부축해야 해요."

"법사님은요?"

"해야 할 일이 있으시대요. 우리끼리 먼저 가라 하셨어요."

"뭐라고요?"

"시간이 없어요. 지선 씨를 부축하게 도와주세요. 얼른요."

"하지만."

"빨리요!"

금주는 버럭 소리를 질렀다.

"……알았어요."

혜인은 진명을 한번 슬쩍 보고 나서 금주를 도와 지선을 일으켜 세웠다. 두 여인은 지선의 양쪽 겨드랑이 밑으로 어깨를 집어넣어 그녀를 들어 올렸다. 지선이 무겁지 않아 천만다행이었다. 진명은 미라 앞에 가부좌를 틀고 앉아 수인을 맺고서 다라니를 독송하기 시작했다.

불의 장막은 수그러들고 있었다. 독사들도 아까 보다는 불을 덜 겁내는 것 같았다.

금주가 아이에게 말했다.

"엄마 옆에 꼭 붙어 있어야 해. 알았지? 그럼 아무 일도 없을 거야."

세연은 엄마를 올려다보며 고개를 끄덕였다.

"그래, 착하다. 우리 딸…… 가죠, 혜인 씨."

"네."

금주가 신칼을 앞으로 내밀자 독사들이 크게 물러났다. 그들은 독사들이 빠져나간 자리를 천천히 걸어갔다. 지선의 다리가 바닥에 질질 끌렸다. 금주는 독사들이 덤비지 못하도록 계속해서 신칼을 넓게 휘둘렀고, 혜인은 손전등으로 길을 비춰주었다.

중간쯤 오자 그들은 마치 독사들에게 갇힌 꼴이 되었다. 사방에서 쉭쉭 거리는 소리가 들려왔다. 금주는 바로 옆에서 걷는 아이에게서 한시도 눈을 떼지 않았다. 세연은 엄마의 바짓가랑이를 꼭 붙잡고서 걸어갔다.

또다시 방울소리가 들려왔다.

차르랑 — 차르랑 — 차르랑 —

진명의 진언 소리도 함께 높아졌다.

두 개의 소리가 서로 싸움을 벌이는 듯했다.

그러다 느닷없이 동굴 전체가 흔들렸다. 산이 쪼개지듯 굉음이 울려 퍼졌다.

독사들이 미친 듯이 날뛰기 시작했다.

두 여인은 바닥이 흔들려 균형을 잡기가 어려웠다. 그들의 몸이 크게 휘청거렸다. 세연이 엄마의 다리를 와락 끌어안는 바람에, 금주가 균형을 잃고 독사의 무리 위로 쓰러질 뻔했다. 다행히 옆에서 혜인이 그녀의 옷을 잡아당겨 위기를 모면할 수 있었다. 정말 아찔한 순간이었다. 금주는 크게 숨을 몰아쉬며 놀란 가슴을 진정시켰다.

진명은 무녀가 다시 각성하는 것을 막으려고 모든 영력을 끌어모았다. 이대로 얼마나 버틸 수 있을지 그것이 문제였다. 그들이 아무리 빨리 움직인다 해도 지선 때문에 족히 20분 이상은 소요될 터였다. 그때까지 버틸 힘이 남아 있어야 할 텐데. 진명의 얼굴에서 벌써 땀이 솟아났다.

간신히 뱀 밭을 빠져나온 금주 일행은 입구를 향해 걸음을 재촉했다. 미약한 진동이 간헐적으로 이어졌다. 언제 다시 동굴이 뒤흔들릴지 알 수 없었다.

"또 발소리가 들려요."

혜인이 겁먹은 목소리로 말했다.

"신경 쓰지 말고 계속 걸어요. 얼마 안 남았어요."

금주가 말했다.

한데 그러기엔 발소리가 너무도 선명하게 들려왔다. 마치 그들을 향해 다가오는 것처럼.

구멍 앞에 다다른 그들은 한 사람씩 그 안으로 몸을 집어넣었다. 혜인이 먼저 들어가서 세연을 받아 안았다. 그런 다음 금주가 의식을 잃은 지선을 구멍 안으로 밀어 넣었다. 이제 마지막으로 금주 차례였다. 그녀는 안으로 들어가려다 말고 뒤를 돌아보았다. 시커먼 어둠 속에서 불꽃이 반짝였다. 그것이 당장에라도 짙은 어둠 속으로 묻혀버릴 것만 같았다.

"금주 씨, 뭐해요?"

구멍 안쪽에서 혜인이 말했다.

금주는 눈물을 삼키며 구멍 안으로 몸을 집어넣었다.

불의 장막은 군데군데 꺼져 있었고, 남은 불씨도 사그라지기 직전이었다. 장막이 무너진 틈으로 뱀들이 슬금슬금 다가왔다. 진명은 여전히 꼿꼿한 자세로 앉아 한 치의 흐트러짐도 없는 모습으로 눈을 감고 오로지 마음속 진언에만 집중했다. 불이 꺼지든, 독사의 무리가 다가오든 신경 쓰지 않았다.

어느덧 불의 장막이 완전히 사그라지고, 횃불마저 꺼졌다. 오직 시신을 태우는 불꽃만이 주변을 비추었다. 독사들이 사악한 독기를 내뿜으며 다가왔다. 다리 밑으로, 무릎을 타고, 어깨 위로, 배와 가슴을 지나 몸을 휘감았다. 미끈거리는 뱀의 비늘이 느껴졌다. 독기를 품은 숨결과 차가운 시선이 느껴졌다. 한 녀석이 목을 타고 기어올랐다. 놈의 갈라진 혀가 볼에 닿았다. 독사의 입이 크게 벌어졌다. 뾰족한 두 개의 독니가 자신을 향했다. 금방이라도 물어버릴 것처럼. 하지만 놈은 물지 못했다. 그것은 다른 놈들도 마찬가지였다. 진명한테서 흘러나오는 강한 기운이 독사들을 제압해 나갔다. 놈들이 하나 둘 몸에서 내려오기 시작했다.

그 순간, 뜨거운 열기가 얼굴에 확 끼쳤다. 진명은 살며시 눈을 떴다. 바로 앞에 그것이 보였다. 화염 같은 입김을 내뿜으며 자신을 바라보는 과거의 상처가. 불길에 휩싸인 그녀의 얼굴이 눈앞에서 아른거렸다.

"사랑해."

수혜의 애절한 목소리가 정신을 흔들어 놓았다.

진명은 듣지 않으려 노력했다. 하지만 그 목소리는 자신의 가장 약한 부분을 끊임없이, 집중적으로 공격했다.

"자기가 오기만을 기다렸어."

수혜가 몸을 일으켜 세웠다.

"안아줘."

"넌…… 아니야."

진명은 간신히 입을 열었다.

"또 그때처럼 날 믿지 않는 거야?"

"넌 수혜가 아냐!"

"자기가 그때 내 말만 들었어도 이렇게 되진 않았을 거야. 난 도움이 필요했어."

"닥쳐!"

"불에 타는 느낌이 어떤지 알아? 살이 녹아내릴 때는 오히려 고통스럽지 않았어. 정작 고통스러웠던 건 그 불길 속에서 절대로 벗어날 수 없다는 사실을 알았을 때야."

"그만……"

"자기는 그때 겁에 질려 있었지. 내가 불에 타는 걸 지켜보고만 있었잖아. 안 그래?"

"너는 수혜가……"

"하지만 이젠 괜찮아. 자기가 날 만나러 와줬으니까."

수혜가 팔을 벌리고 다가왔다. 뜨거운 열기가 자신을 삼켜버릴 것만 같았다.

"사랑해. 영원히 함께 있어줘."

타오르는 두 개의 팔이 자신을 끌어안았다. 진명은 열기 때문에 고개를 옆으로 돌릴 수밖에 없었다. 옷에 불이 옮겨 붙어 옷감 타는 냄새가 솔솔 풍겨왔다.

"사랑해. 자기야."

진명의 눈에 불 꺼진 횃대가 들어왔다. 천천히 손을 뻗어 그것을 집었다.

"그래…… 나도 사랑해."

뜨거운 열기 때문에 숨쉬기도 괴로웠다. 팔에 옮겨 붙은 불이 다른 곳으로 번지기 시작했다. 금방이라도 불길에 휩싸일 것만 같았다.

수혜의 얼굴이 점점 가까워졌다.

진명은 곧바로 횃대의 끝 부분을 목에 난 상처 속에 쑤셔 넣었다. 그러곤 왼손을 횃대에 얹고 파지옥 진언을 읊었다.

나모 아따 시지남 삼먁 삼못다 구지남 옴 아자나 바바시 지리지리 훔

수혜의 모습이 사라지면서 미라의 흉측한 몰골이 나타났다. 미라는 그의 몸에서 힘없이 바스러졌다. 진명은 재빨리 상의를 벗어 옷에 붙은 불을 껐다.

바스러진 미라의 몸 안에서 뭔가가 심하게 꿈틀거렸다. 진명은 그것을 유심히 바라보다가 횃대로 그 안을 헤집어봤다. 그러자 불붙은 채로 하얀 것이 튀어나왔다. 백사였다.

그것을 본 진명의 얼굴은 핏기가 가셨다.

"무녀의 혼령이 아니라 요귀였다고? 그럼 애초에 혼령은 여기 없었다……?"

그는 이를 바득 갈았다.

"빌어먹을! 감쪽같이 속았어. 빨리 쫓아가야 돼!"

진명은 횃대 끝에 무녀의 불붙은 옷가지를 휘휘 저어 말았다. 그리고 그것을 휘둘러 독사들을 근처에서 쫓아냈다. 하지만 놈들은 금세 다시 모여들었다. 아무리 해도 끝이 없었다. 게다가 그것은 놈들의 성질만 더 돋울 뿐이었다. 이런 식으로 구멍이 있는 곳까지 간다는 것은 어림없는 소리였다. 빠져나가는 것은 고사하고 목숨을 부지하기도 어려울 것 같았다. 눈앞이 캄캄했다.

그때 또다시 커다란 진동이 동굴을 꿰뚫기 시작했다. 벽이 갈라지고 천장이 무너져 내렸다. 지금까지의 것과는 비교도 안 될 정도로 맹렬하게. 드디어 동굴이 무너져 내리기 시작한 것이다! 진명은 균형을 잃지 않으려고 자세를 최대한 낮췄다. 수많은 뱀이 뿔뿔이 흩어지고 있었다. 이곳을 빠져나갈 기회는 지금밖에 없었다. 일어서서 주머니 속에 든 손전등을 꺼내 불을 켰다. 불빛이 어둠을 가르고 길을 밝혀주었다. 진명은 입구를 향해 내달렸다. 하지만 술 취한 사람처럼 심하게 비틀거렸고, 그러다 결국 넘어지고 말았다. 동굴이 굉음을 내며 무너져 내렸다. 천장의 용암석이 갈라지더니 밑으로 와르르 쏟아졌다. 그것들이 바닥에 떨어지면서 충격과 소음을 만들어냈다. 어둠 속에서 떨어져 내리는 돌덩이들은 그야말로 공포였다. 진명은 기어가다가 다시 일어서서 뛰었고, 다시 넘어져서 기어가기를 수차례 반복했다. 제발 구멍이 무너지지 않았기를 간절히 바랐다. 입구가 무너지면 모든 게 끝장이다. 진명은 이를 악물고 다시 달렸다. 뱀들도 난리법석이었다. 그것들에게 물리지 않도록 조심해야 했다. 크기가 수 미터에 달하는 돌덩이가 묵직한 소리를 내며 진명 옆으로 떨어졌다. 쿠웅—! 충격이 심장까지 전해져왔다. 주변이 밝기라도 하면 어디서 떨어지는지 정도는 알 수 있을 텐데. 짙은 어둠 속에서는 오로지 소리로만 가늠할 수 있었다. 저런 것에 깔리면 뼈가 으스러지는 정도가 아니라 아주 가루가 될 것이다. 진명은 계속해서 달렸다. 손전등 불빛이 미친 듯이 춤을 췄다.

정신없이 내달리다가 그만 구멍의 위치를 잊어버리고 말았다.

"어디지? 어디 있는 거야!"

불빛이 벽을 훑고 지나갔다. 그 사이로 커다란 돌덩이가 떨어지는 모습이 들어와 간담을 서늘케 했다. 저쪽으로 갔으면 틀림없이 돌에 깔려 죽었을 것이다. 무녀의 돌무덤이 있던 곳은 이미 천장이 내려앉아 흔적도 없이 사라졌다. 이곳도 얼마 후면 그렇게 될 것이다. 진명은 숨을 헐떡이며 입구를 찾느라 정신이 없었다. 구멍이 벌써 무너져 내린 것은 아닐까 걱정이 되기 시작했다. 손전등 불빛이 빠르게 벽을 훑었다. 그러다 어느 순간 빛이 벽에 닿지 않고 어둠 속으로 빨려 들어가는 부분을 발견했다. 구멍이었다. 진명은 하늘에게 감사했다. 재빨리 그곳을 향해 뛰었다. 간신히 구멍까지 도착한 그는 허겁지겁 그 안으로 몸을 집어넣었다. 구멍 안으로 들어온 진명은 뒤에서 천장이 무너져 내리는 굉음을 들었다. 여기도 안전하지 않다. 숨을 고를 새도 없이 다시 비좁은 통로를 내달렸다. 균형을 잃기 시작한 동굴은 가장 약한 곳부터 순차적으로 무너져 내렸다. 이곳은 천장이 무너지면 달리 피할 곳도 없었다. 강한 압박감이 그를 짓눌렀다. 곧바로 앞뒤 가릴 것 없이 통로가 무너졌다. 영력까지 소비한 터라 더 빨리 달리는 것은 무리였다. 숨이 턱까지 차올랐다. 심장이 미친 듯이 뛰었다.

콰르르릉—

불빛이 닿는 곳의 천장이 위태로워 보였다. 대략 20미터 거리다.

진명은 죽을힘을 다해 뛰었다. 이제 거리는 절반으로 줄었고, 천장은 조금씩 무너질 기미를 보였다. 위에서 부서진 돌조각들이 우수수 떨어져 내렸다. 균열이 일어나고 있었다. 진명은 천장에서 쏟아지는 주먹만 한 돌덩이들 때문에 한 손으로 머리를 감싸야 했다. 그러다 묵직한 돌덩이 하나가 오른쪽 어깨를 강타했다. 마치 야구 방망이로 세게 얻어맞은 느낌이었다. 진명은 무릎이 툭 꺾이면서 앞으로 고꾸라졌다. 그래도 다행히 머리가 아니라 의식을 잃지는 않았다. 그는 다시 일어서려 했다. 그런데 그만 천장의 한쪽 부분이 무너지면서 커다란 돌덩이가 왼쪽 다리 위로 떨어지고 말았다.

"끄아악!"

고통스러운 비명이 어둠 속에서 메아리쳤다. 진명은 이를 악물고 엉금엉금 기어서 천장이 제법 안전해 보이는 곳까지 갔다. 그러고 나서 손전등을 비춰 다리의 상태를 확인했다. 왼쪽 바짓가랑이가 불룩하게 솟아 있는 것이 보였다. 다리가 부자연스럽게 틀어져 있었고, 그 위로 피가 흐르는 것이 느껴졌다. 보지 않고도 어떤 상황인지 대충 짐작이 갔다. 바짓단을 천천히 들어 올렸다. 곧이어 하얀 뼈가 눈에 들어왔다. 정강이뼈가 살을 뚫고 튀어나와 있었다. 진명은 입술을 꽉 깨물고 손으로 부러진 뼈를 눌러 단번에 안으로 집어넣었다. 끔찍한 고통에 정신을 차리기가 어려웠다. 진명은 몸을 떨며 양복 상의를 벗었다. 그러곤 그것을 상처 부위에다 대고 단단히 묶었다. 횃대를 버리고 온 것이 무척 아쉬웠다. 그것만 있었으면 부목으로 썼을 텐데. 진명은 벽을 짚고 한발로 일어섰다. 동굴이 계속 무너지고 있어서 마냥 쉬고 있을 순 없었다. 왼쪽 다리는 바닥에 살짝만 닿아도 죽을 것처럼 아팠다. 진명은 벽을 짚고 오른발로 껑충껑충 뛰었다. 뛸 때마다 부러진 다리가 흔들려서 고통스러웠지만 그래도 계속해서 앞으로 나아갔다.

27. 저승의 문

금주 일행은 지축을 뒤흔드는 충격에 잠시 멈춰 섰다. 동굴은 안쪽부터 차례로 무너지는 것 같았다. 뒤에서 들려오는 굉음에 금주는 바짝 얼어붙었다. 이런 상황에서 진명이 무사할지 걱정스러웠다.
"법사님은 거기서 빠져나왔을까요?"
혜인이 물었다.
"그럴 거예요."
금주는 그가 살아있을 거라 믿고 싶었다.
갑자기 지선의 입에서 신음이 흘러나왔다. 의식이 회복되는 것 같았다.
"지선 씨! 내 말 들려요?"
혜인이 지선의 얼굴에 불빛을 비추자, 그녀가 얼굴을 약간 찡그렸다.

"누…… 누구……"

"저예요. 박혜인! 정신이 들어요? 우린 지금 사굴 안에 들어와 있어요."

하지만 지선은 혜인의 말을 온전히 이해하지 못하는 것 같았다.

동굴의 진동이 차츰 잦아들었다. 조금 있으면 또 무섭게 흔들릴 것이다. 그 간격이 갈수록 짧아지고 있었다.

"다시 출발하죠."

금주가 말했다.

"잠깐만요."

"왜요?"

"아까 우리를 쫓아오던 그 발소리 있잖아요."

"아, 그러고 보니……"

그들은 이 좁고 긴 터널을 걸어오면서부터 줄곧 정체를 알 수 없는 추격자에게 쫓기고 있었다.

그런데 지금은 그 발소리가 들리지 않았다.

"쫓아오다 포기한 거 아닐까요?"

금주가 말했다.

"그럼 좋겠지만……"

"그만 가요. 여기 더 있어봤자."

"쉿!"

"왜요?"

"잠깐 뒤를 좀 확인해 봐야겠어요. 꼭 뭔가 있는 것 같아요. 느낌이."

"혜인 씨!"

금주는 겁이 나서 도저히 뒤쪽에 불을 비출 엄두가 나지 않았다.

혜인은 역시 담이 큰 여자다웠다. 그녀는 칠흑같이 어두운 통로 뒤편에 손전등 불빛을 드리웠다. 선명한 빛줄기가 어둠의 정중앙을 갈랐다. 다행히 거기엔 아무것도 없었다. 금주는 안도의 한숨을 내쉬며 말했다.

"그만 가요."

그때 부스럭거리는 소리가 들렸다. 아주 가까이서.

혜인의 손전등이 재빨리 소리가 난 곳을 찾아 움직였다. 오른쪽엔 아무것도 없었다. 왼쪽을 비추자, 거기에 사람의 형체가 서 있었다. 도저히 살아있다고 보기 어려운 이 남자는 군데군데 피부가 벗겨져 근육과 뼈가 몽땅 드러나 있었다. 누더기가 되어버린 사이클 저지가 예전에 실종된 매드맥스 회원이라는 사실을 알려주었다. 뱃가죽은 벌어진 채 그 안이 텅 비어 있었다. 그들이 비명을 지를 새도 없이 남자가 금주에게 달려들었다. 놈의 입에서 바람 새는 듯한 목소리가 흘러나왔다. 그는 목젖이 뜯겨 있었다.

"몸을 줘."

금주는 비명을 지르며 남자를 떼어내려고 발버둥쳤지만 그는 악착같이 달라붙어 떨어지지 않았다.

"네 몸을 줘…… 몸을……"

남자는 눈물이 날 정도로 처절하게 애원했다.

혜인이 뒤에서 남자를 끌어당기자, 그가 팔을 휘둘러 그녀의 얼굴을 후려쳤다. 혜인은 짧은 비명과 함께 옆으로 나가떨어졌다. 남자는 금주의 옷 안으로 손을 집어넣어 살을 움켜쥐었다. 살아있는 인간의 살을 만지자 놈은 더욱 흥분하며 달려들었다.

저승의 문 409

"몸을…… 나한테…… 어서……"

금주는 자신의 오른손에 신칼이 있다는 사실을 뒤늦게 알아차렸다. 갑작스러운 충격으로 잠시 잊어버렸던 것이다. 금주는 왼손에 든 손전등으로 남자의 얼굴을 비췄다. 살점이 떨어져나간 흉물스런 얼굴이 눈앞에 나타나자 금주는 마구 비명을 질러댔다. 놈의 얼굴이 가까이 다가왔다. 입이 쩍 벌어지면서 그 안에 너덜거리는 혀가 보였다. 그것이 마치 벌레처럼 꾸물거리며 움직였다. 느닷없이 놈이 금주의 목을 덥석 물었다.

"꺄악!"

금주는 신칼을 거꾸로 쥐고서 있는 힘껏 놈의 등에 찔러 넣었다. 그 일격은 확실히 효과가 있었다. 남자는 신칼을 빼내려고 발광했으나 손이 거기까지 닿지 않았다. 그는 괴로워하며 자신이 왔던 어둠 속으로 되돌아갔다. 울부짖는 놈의 목소리가 조금씩 멀어져갔다. 남자가 사라지자 세연이 엄마 품으로 달려들었다. 금주는 벌벌 떠는 아이를 꼭 끌어안고 진정시켰다. 그녀는 곧 혜인의 상태를 살폈다. 다행히도 혜인은 금방 정신을 차렸다. 놈에게 얻어맞은 볼이 빨갛게 부어올랐다.

"그 괴물은요?"

"도망갔어요. 등에 신칼이 꽂힌 채로."

"정말요?"

혜인은 믿기지 않는다는 얼굴로 금주를 바라봤다.

"빨리 가요. 그런 게 또 나타나기 전에."

"알았어요."

금주 일행은 지선을 데리고서 다시 어둠 속을 나아갔다.

이제는 멀쩡한 한쪽 다리마저도 쥐가 날 것 같았다. 이런 식으로 얼마나 더 가야 할까? 앞은 끝이 보이지 않는 어둠으로 뒤덮여 있었다. 동굴을 뒤흔들던 진동은 소강상태에 접어들었지만 언제 다시 일어날지 몰라 긴장을 늦출 수가 없었다. 이대로 가다가 천장이 무너지기라도 하면 그땐 꼼짝없이 돌에 깔려 죽고 말 것이다. 진명은 자신보다도 앞서간 일행이 더 걱정스러웠다. 무녀는 예언을 이루기 위해서라면 무슨 짓이든 저지를 것이다. 쉽게 사굴을 벗어나진 못했으리라.

'뱀의 습성은 자기 충족적이고, 냉혹하고, 아주 은밀하다.'

무녀에 대해 이보다 정확한 표현이 또 있을까? 그녀의 간교한 계략에는 정말이지 혀를 내두를 수밖에 없었다.

무녀의 말대로 그것은 정녕 운명일까? 금주 씨는 무녀에게 몸을 내주려고 태어났단 말인가? 주열 선배가 그렇게 죽은 것도 이미 정해진 운명 탓일까? 진명은 말도 안 된다고 생각하면서도, 수긍할 수밖에 없는 지금의 현실을 보면 속이 쓰렸다.

진명은 자신이 무녀의 계획을 막을 수 있을 거로 생각했다. 하지만 파락의 부적을 잃어버린 순간, 어쩔 수 없이 그 운명이라는 놈에게 또다시 무릎을 꿇을 수밖에 없었다. 무녀는 자신이 운명의 희생자라는 피해의식에 사로잡혀 있었다. 그런 생각을 하는 것도 한편으론 이해가 갔다. 그 또한 잔인한 운명의 희생자였으니까. 그런 불행한 일만 아니었어도 그는 지금 검은 슈트가 아닌 의사 가운을 입고 있었을 것이고, 수혜와 결혼해서 평범한 인생을 살았을 것이다. 그 모든 것이 한순간 재로 변해버리지만 않았어도…….

"운명인지도 모르지…… 어쩌면."

진명은 이제 더 이상 버틸 힘이 남아 있지 않았다. 이대로 동굴이 무너진다면 달아나지도, 피하지도 않을 생각이었다. 그는 지쳤다. 이대로 그냥 쉬고 싶었다. 자신을 지탱해 주던 한쪽 다리마저 맥없이 툭 꺾였다. 진명은 앞으로 쓰러진 채 일어서지 못했다. 어차피 일어나고 싶은 생각도 없었다. 이대로 어둠과 하나가 되는 것도 나쁠 것 같지 않았다. 부러진 다리에서는 아무런 감각도 느껴지지 않았다. 괜찮다. 이대로 사라진다 해도. 괜찮아.

"도망쳐. 자기야."

어둠 속에서 그녀가 말했다.

"이젠 됐어. 더 이상은…… 무리야."

"나를 봐. 어서. 눈을 떠."

진명은 힘겹게 눈꺼풀을 들어 올렸다. 눈앞에 수혜의 모습이 아른거렸다.

"포기하면 안 돼."

"운명은 거스를 수 없어. 네가 그렇게 된 것처럼."

수혜는 고개를 저었다.

"아니, 그렇지 않아. 지금 자기를 봐. 여기까지 잘 버텨왔잖아. 그러니까 제발 포기한다는 말은 하지 말아줘. 나 이렇게 됐어도 한 번도 자기를 원망해 본 적 없어."

"미안해. 정말 미안하다."

"자기 자신한테 용서를 구해. 그동안 많이 괴롭혔잖아. 이젠 그러지 마. 자신을 용서해."

"용서? ······나 자신을 ······용서하라고? ······어떻게 그럴 수 있겠어······. 내가······."

북받쳐 오르는 눈물이 볼을 타고 한없이 흘러내렸다. 진명은 어둠 속에서 홀로 흐느꼈다. 처음으로 자신을 위해 흘리는 눈물이었다.

수혜가 머리를 어루만져주었다.

"날 그만 보내줘. 자기 마음속에 있는 나를."

진명은 흐느끼며 말했다.

"그래, 그렇게 할게."

"그리고 이걸 잊지 마. 과거와 현재는 늘 닮아있다는 걸. 거기에 진실이 숨어 있어."

수혜의 얼굴에 언뜻 슬픔이 비쳤다.

"자기도 이미 알고 있잖아."

그녀는 일어서서 어둠 속을 걸어갔다.

"수혜야."

그의 부름에도 그녀는 돌아보지 않았다.

영원한 작별의 순간이었다. 수혜는 저승의 문 안으로 걸어 들어갔다. 그녀의 뒷모습이 차츰 희미해져 갔다. 그러다 어느 순간, 더는 보이지 않게 되었다. 진명은 애써 수혜의 모습을 찾으려 하지 않았다. 멀리서 그녀가 남긴 한마디가 희미한 메아리처럼 들렸다. "안녕." 그걸로 충분했다.

진명은 손으로 바닥을 짚었다. 팔에 힘을 줘 힘껏 몸을 일으키자 전신에 가벼운 경련이 일었다. 간신히 한쪽 다리로 서긴 했지만 위태로웠다. 무릎이 부들부들 떨렸다. 벽을 짚고서 한 발짝씩 움직였다. 다리 근육이 끊어질 것만 같았다.

"움직여! 제발!"

진명은 다시 주저앉고 말았다.

동굴이 또 흔들릴 조짐이 보였다.

진명은 엉거주춤한 자세로 개처럼 바닥을 기어갔다. 어떻게든 이곳을 빠져나가리라 다짐했다. 그는 다리가 풀리면 일어서서 한발로 껑충껑충 뛰어갔고, 또다시 참을 수 없는 고통이 밀려오면 손과 발로 엉금엉금 바닥을 기어갔다.

그렇게 가다가 불빛 속으로 누군가 쓰러져 있는 모습이 들어왔다. 순간 가슴이 철렁했다. 그것이 일행 중 누구일 거라고 생각했기 때문이다. 다행히 그는 남자였다. 진명은 안도의 한숨을 내쉬었다. 입은 옷과 부패한 육신을 보아 이곳에 갇혔던 매드맥스 회원이라는 것을 금방 알 수 있었다. 그의 등 한가운데에 신칼이 꽂혀 있었다. 그것을 뽑으려고 했는지 팔이 뒤로 꺾여 있었다. 아무래도 이 자는 금주 일행을 쫓아간 듯싶다. 목적은 오로지 살아있는 육체였을 것이다. 죽어서도 삶의 미련을 버리지 못하다니. 진명은 안타까운 마음이 들었다.

시체를 뒤로하고 다시 움직였다. 어둠은 끝도 없이 계속됐다. 정신을 잃지 않으려면 다른 생각을 해야만 했다. 진명은 수혜가 남긴 마지막 말을 떠올렸다. 그녀는 뭔가를 아는 듯했다. 그리고 자신도 이미 그것을 안다고 했다. '과거와 현재가 닮아 있다.' 그게 대체 무슨 뜻일까?

진명은 '과거'라는 말에서 문득 사굴의 '전설'이 떠올랐다. 전설이란 과거와 현재를 이어주는 역할을 한다. 혹시 그 안에 진실이 숨어 있다는 뜻은 아닐까? 가만 생각해 보니 전설 속의 상황과 지금의 상황이 묘하게 서로 닮아있는 것을 알 수 있었다. 전설 속의 서 판관은 진명 자신과 매우 흡사했다. 뱀(무녀)을 물리치고자 사굴에 들어오지 않았는가? 또한 제물로 바쳐진 처녀는 금주였고, 커다란 뱀은 사악한 무녀였다……. 이렇게 똑같을 수 있다니! 마치 전설이 현재의 옷을 갈아입고 되살아난 느낌이었다. 진명은 자신과 똑같이 생긴 도플갱어를 보는 것처럼 야릇한 현기증마저 느꼈다. 그렇다면 혹시 자신도 서 판관처럼 비극적인 최후를 맞는 것은 아닐까? 그는 곧 쓸데없는 생각이라며 머리를 세차게 흔들었다. 지금은 눈앞의 일만 신경 쓰기로 했다.

수혜의 말대로 과거와 현재는 무서울 정도로 똑 닮아 있었다. 그런데 그 안에 진실이 숨어 있다고 했다. 혹시 전설 속에 어떤 단서가 숨겨져 있는 것은 아닐까? 진명은 김녕사굴 전설을 다시 떠올려 보았다.

"김녕리 마을에 큰 굴이 있었고, 거기에 커다란 뱀이 살고 있었다. 마을 사람들은 그 뱀에게 해마다 처녀를 한 명씩 제물로 바쳐야 했다. 새로 부임한 젊은 서 판관은 이를 듣고 몹시 분개하여 자신이 직접 그 뱀을 잡겠다고 사굴로…… 아니, 잠깐."

갑자기 가슴이 몹시 두근거렸다. 조금 전 자신이 내뱉은 말 중에서 무언가를 발견했기 때문이다.

"달라. 확실히……. 닮은 것 같으면서도 결정적으로 다른 차이점이 있어……. 그건…… 설마 제물?……."

순간 그의 얼굴이 창백하게 굳어졌다.

"어미에서 새끼로, 그리고 다시 어미로…… 젠장! 왜 빨리 알아차리지 못했을까? 어째서!"

진명은 한쪽 다리로 동굴 안을 뛰기 시작했다. 뛰다가 다리가 부러져도 상관없었다. 지금 그의 머릿속에는 오직 그들을 구해야 한다는 일념밖에 없었다. 진명은 출구를 향해 나아갔다.

28. 무녀

드디어 빛이 보이기 시작했다.
희미한 달빛이 동굴 입구에서 그들을 반기고 있었다.
"혜인 씨!"
금주는 소리쳤다.
"저도 보여요!"
"조금만 더 힘내요. 지선 씨, 이제 다 왔어요!"
지선은 만취한 사람처럼 두 사람에게 의지해 다리를 움직였다. 그래도 다행히 그녀가 정신을 좀 차려준 덕분에 힘을 덜 들이고 여기까지 올 수 있었다. 그러지 않았으면 둘 중의 하나는 쓰러져서 지선처럼 움직이지 못했을 것이다. 금주는 허리와 어깨가 끊어질 듯 아파서 중간에 몇 번이나 주저앉고 싶었는지 모른다.
천신만고 끝에 출구가 보이는 곳까지 도달했다. 계속되는 여진의 공포와 싸우며 끝까지 희망을 포기하지 않은 결과였다. 이제 다 온 것이다. 저기까지만 가면 무사할 수 있다!

하지만 그런 기쁨도 잠시. 진명을 생각하자 죄책감이 밀려오면서 금주는 금세 표정이 어두워졌다. 이제는 그녀 자신도 진명의 생존을 장담하지 못했다. 그저 살아있기만을 바랄 뿐이었다.

금주는 불현듯 잊고 있던 휴대폰이 생각났다. 여기까지 왔으니 통화가 될지 모른다. 재빨리 바짓주머니에서 휴대폰을 꺼냈다. 액정 화면에 수신막대가 떠 있었다.

"전화가 돼요?"

혜인이 물었다.

금주는 대답도 없이 서둘러 119에 전화를 걸었다. 신호가 가고, 조금 있자 119 안내원의 목소리가 들렸다. 금주는 눈물이 나려는 것을 참아가며 빠르고 간결하게 상황을 설명했다. 사굴이 무너지고 있고, 그 안에 사람이 하나 갇혀 있다. 또 일행 중에 의식을 잃은 부상자가 있으니 구급차를 신속히 보내 달라. 안내원도 그녀의 목소리에서 다급함을 느꼈는지 곧바로 구조대를 파견할 테이니 최대한 사굴에서 멀리 떨어져 있으라고 충고했다. 금주는 전화를 끊고 나서 아직은 그가 살아있을지 모른다는 막연한 희망을 품었다. 그것이 그저 헛된 희망으로 끝나지 않기를 그녀는 속으로 간절히 기도했다.

"곧 구조대가 올 거예요. 빨리 갑시다!"

금주는 말했다.

"알았어요."

"세연아, 힘내. 이제 얼마 안 남았어."

아이는 엄마를 보며 고개를 끄덕였다.

마침내 일행은 사굴 밖으로 빠져나왔다. 지금쯤 구조대가 오고 있을 것이다. 금주와 혜인은 지선을 바닥에 눕히고 나서 쓰러지듯 주저앉았다. 혜인이 재킷을 벗어 지선의 머릿밑에다 베개처럼 받쳐주었다. 이제 죽어도 더는 걸을 수 없을 것 같았다. 여전히 동굴 안에서는 여진이 계속되는데도, 누구도 입구에서 멀리 벗어날 생각을 하지 않았다. 피로가 몸을 무겁게 짓눌렀다. 그나마 세연이만은 아직 기운이 남아있는 듯했다. 혜인도 지선처럼 바닥에 벌러덩 드러누웠다. 밤하늘을 올려다보며 거친 숨을 몰아쉬었다. 저곳에서 살아나왔다는 사실이 믿기지 않은 모양이었다. 금주도 마치 지옥에서 탈출한 기분이었다. 지금 이 순간에는 그 어떤 생각도 끼어들지 못했다. 오직 살아있음에 감격스러울 뿐이었다.

하늘 위에는 붉은 달이 떠 있었다.

개기월식이 절정에 달해 지구의 그림자가 달을 완전히 뒤덮었다.

두 여인은 그것을 쳐다보며 말없이 눈시울을 붉혔다. 금주는 여러 가지 복잡한 감정이 한데 뒤엉켜 가슴 속에서 북받쳤다. 뭐라고 딱히 설명하기 힘든 기분이었다. 슬프기도 하고, 기쁘기도 했다.

지선은 잠꼬대하듯 법사님을 몇 번 부르더니 이내 잠잠해졌다. 눈을 감은 채 쌔근거리는 숨소리만 들릴 뿐이었다. 정신이 온전치 못한 상태에서 용케도 여기까지 잘 버텨왔다. 여기서 다시 쓰러지면 자신이 짐이 될 거라는 것을 그녀도 알기에 어떻게든 동굴 밖으로 나올 때까지 정신을 놓지 않으려고 안간힘을 썼던 것이리라. 혜인이 측은한 얼굴로 옆에서 지선의 손을 꼭 잡아주었다.

금주는 고개를 돌려 세연이를 보았다. 아이는 조금 떨어진 곳에서 등을 돌린 채 신기한 듯 붉은 달을 올려다보고 있었다. 금주는 무거운 다리를 이끌고 아이한테로 다가갔다. 자신들은 어른이라 감당할 수 있지만 이 어린아이가 거기서 무엇을 보고 느꼈을지 생각하니, 금주는 가슴이 미어지는 것만 같았다. 그녀는 무릎을 꿇고 앉아 뒤에서 아이를 끌어안았다.
"우리 아가, 많이 무서웠지? 이제 괜찮아. 다 끝났어."
아이의 따뜻한 체온에 금주는 안도감이 밀려왔다.
쌀쌀한 밤 공기가 두 사람을 에워쌌다.
"엄마?"
"응……?"
금주는 자신의 두 귀를 의심했다.
"엄마?"
하지만 잘못 들은 게 아니라는 걸 확인시켜주듯, 목소리가 다시 한 번 그녀를 불렀다.
"세연아? 방금 뭐라고 했어?"
금주는 아이를 돌려세웠다.
"다시 한 번…… 말해 볼래?"
세연은 잠시 머뭇하다가 조심스레 입을 열었다.
"엄마."
"한 번만 더."
"엄마."
"아가. 한 번만 더."
"엄마!"
"우리가 아기 …… 이제 말을 할 수 있구나. 그치?"

금주는 눈물을 흘리며 아이를 꼭 끌어안았다.
"엄마가 네 목소리를 얼마나 듣고 싶었는지 알아?"
"나 답답해."
너무 감격스런 나머지 그만 아이를 너무 세게 끌어안았다.
"미안. 엄마가 너무 좋아서 그랬어."
금주는 세연이의 고운 얼굴을 쓰다듬으며, 비로소 무녀의 저주가 끝났음을 깨달았다.
천사처럼 웃는 아이의 얼굴 위로 붉은 달이 조금씩 제 모습을 찾아갔다. 개기월식이 그렇게 끝나가고 있었다.
오월의 밤 공기가 차츰 서늘해지는 것이 피부로 느껴졌다. 제주도의 변덕스런 날씨가 또다시 비를 뿌리려나 보다.
"엄마, 집에 가자."
세연이 말했다.
"응, 그래."
금주는 말하고 나서 살며시 아이의 두 손을 잡았다.
한데 이상하게도 아이의 왼손이 꼭 쥐어져 있었다. 마치 그 안에 뭐가 있는 것처럼.
"손에 뭐 있니?"
금주가 물었다.
세연은 대답하지 않고 눈만 한번 깜빡였다.
금주는 세연이의 주먹 쥔 왼손을 들어 올렸다. 그리고 보니 동굴 안에서도 그런 모습을 본 것 같다. 아이는 한 번도 왼손으로 자신을 잡은 적이 없었다. 왼손은 항상 주먹을 쥐고 있었다. 금주는 그것을 대수롭지 않게 여겼다. 누가 그런 상황에서 아이의 왼손 따위에 신경을 쓰겠는가? 그런 하찮은 것에.
 그런데 지금 이 순간, 그 하찮은 것이 그녀를 두렵게 만들었다. 왜 그런지 이유도 모른 채…….
 금주는 세연이의 조그마한 주먹을 펴보았다.
 그 손안에서 뭔가가 나왔다. 그것은 심하게 구겨져 있었다. 공처럼 동그랗게 말렸고, 노란빛깔을 띠었다.
 금주는 세연이를 보며 물었다.
 "이게…… 뭐니?"
 목소리가 두려움으로 떨렸다.
 "아저씨 꺼."
 그녀의 심장이 크게 움츠러들었다.
 꼬깃꼬깃 동그랗게 말린 그것을 펴보았다. 부적이었다. 진명의 부적. 금주는 부적에 대해 잘 알지 못했지만 지금 눈앞에 있는 이것이 진명이 잃어버린 '파락의 부적'이라는 것쯤은 직감으로 알 수 있었다. 금주는 정신이 아득해지는 것을 느꼈다.
 "네가 왜 이걸……"
 그녀는 손에 든 부적을 내려다보며 말했다.
 "버리려고 했는데 혹시 아저씨가 찾을까 봐. 그래서 들고 나왔어."
 세연은 아무렇지 않게 웃으며 대답했다. 순진무구한 여느 여섯 살짜리 꼬마처럼.
 "뭐라고?"
 "아저씨가 이걸로 나를 죽이려고 하잖아."
 순간 온몸의 피가 얼어붙는 것 같았다.

뒤에서 이상한 낌새를 눈치 챘는지 혜인이 무슨 일이냐고 물었지만 대답해 줄 수가 없었다. 금주는 고개를 들어 세연이의 얼굴을 바라봤다. 아이의 눈에 두 개의 달이 떠 있었다. 피처럼 붉은 색을 띤 두 개의 달이.

금주는 저도 모르게 새된 비명을 질렀다.

"금주 씨! 왜 그래요?"

혜인이 놀라서 물었다.

금주는 마치 저체온증 환자처럼 전신을 부들부들 떨었다.

"엄마."

세연이 말했다.

"아냐…… 아냐, 그럴 리 없어."

"엄마아~"

"그럴 리 없어. 그럴 리가…… 말도 안 돼 이건…… 이럴 수는 없어."

금주는 제 손으로 가슴을 쥐어뜯으며 괴로워했다.

"엄마, 빨리 집에 가자. 어서어~"

"어떻게 이런 일이…… 어떻게……"

"엄마아~"

"엄마라고 부르지 마!"

금주는 미친 사람처럼 소리쳤다. 그러더니 다시 딸아이 앞에서 무너지듯 통곡했다.

"대체 무슨 일이냐고요?"

혜인이 말했다.

"제가 그쪽으로 갈까요?"

"안 돼! 오지 마!"

금주가 버럭 소리를 질렀다.

"대체 왜 그러는 거예요?"

혜인은 거의 울먹이다시피 말했다.

금주는 하얗게 질린 얼굴로 돌아보며 아이에게 말했다.

"내가 아니었어. 그치? 처음부터 날 노린 게 아니었어."

"솔직하게 말했으면 아저씨가 나한테서 떨어지려고 하지 않았을 거야."

세연은 말하고 나서 방긋 웃었다.

그때, 바람을 타고 낯익은 소리가 들려왔다.

금주의 눈앞에 다시 짙은 어둠이 드리워지려 하고 있었다.

그것은 또 다른 악몽을 알리는 신호였다.

차르랑— 차르랑—

소리가 어디서 들려오는지 금주는 똑똑히 알고 있었다. 다만, 두려움 때문에 그것을 인정하려 들지 않을 뿐이었다.

거기에 무엇이 있는지 알게 되면…… 심장이 얼어붙을 것이다.

금주는 절대로 뒤돌아보지 말라던 진명의 말이 생각났다.

하지만 과연 그럴 수 있을까? 그것을 보지 않을 자신이 있을까?

아니, 그것은 불가능하다.

금주는 천천히 고개를 돌렸다.

차르랑—

그것의 모습이 눈에 들어왔다.

차르랑—

그것은 동굴 입구 안쪽에 서 있었다.

차르랑—

그것은······

육체를 빼앗긴 딸의 영혼이었다.

"세연아!"

금주의 입에서 비명 같은 절규가 터져 나왔다.

사굴 안에서 세연이 애타게 엄마를 부르고 있었다. 하지만 목소리는 들리지 않았다.

금주는 딸이 있는 곳으로 달려갔다. 다시 사굴 안으로 들어가려는 그녀를 혜인이 재빨리 달려들어 끌어안았다.

"금주 씨, 정신 차려요! 대체 왜 그러는 거예요? 세연이는 저기 있잖아요!"

"세연아! ······세연아!"

금주는 목이 터지라 울부짖으며 어떻게든 굴 안으로 들어가려 했다.

"소용없어. 그 아이는 이미 떠났어. 그러니까 포기해."

세연이 말했다. 그것은 여섯 살짜리 꼬마가 내뱉는 말투가 아니었다.

혜인은 그제야 상황파악이 됐는지 경악한 눈으로 아이를 바라봤다. 저 목소리는 세연이의 몸에 깃든, 무녀의 혼령이 내는 소리였다.

"너희가 도착하기 전에 의식은 이미 끝난 상태였어."

"그럴 수가."

아이의 두 눈이 어둠 속에서 붉게 빛났다.

*그녀*가 숨을 크게 들이마셨다.
 "아, 밖에 나오니까 참 좋다. 저 안은 무지 답답했는데."
 금주는 혜인의 팔을 뿌리치고서 *그녀*한테로 달려갔다. 그리고 그 앞에 무릎 꿇고 앉아 울면서 애원했다.
 "차라리 저를 가지세요. 제 몸을 드릴게요. 네? 우리 세연이 말고 제 몸을 가지세요. 할머니. 제발요. 이렇게 부탁할게요. 제발 우리 세연이를……."
 *그녀*는 냉정하게 고개를 저었다.
 금주는 가슴을 쥐어뜯으며 괴로워했다. 슬픔과 절망감으로 몸부림쳤다.
 "할머니, 제발요……우리 세연이를……돌려주세요."
 *그녀*가 고사리 같은 손으로 금주의 얼굴을 어루만졌다. 손에서 느껴지는 세연이의 감촉과 따스한 온기가 금주를 더욱 미치게 했다.
 "너무 억울해지만. 어차피 이 아이의 몸도 나한테서 시작된 거잖아. 난 단지 그것을 돌려받았을 뿐이야."
 "내 딸을…… 돌려줘……"
 금주는 거의 실성하기 직전이었다.
 "영혼은 전혀 다른 곳에서 오는 거야. 그러니 어떤 영혼이 들어와도 상관없는 거지."
 "난 내 딸의 영혼을 사랑했어!"
 "난 너를 태어나게 한 할머니야. 그러니 넌 날 사랑해야 할 의무가 있어. 자, 이리 와. 나를 안아줘. 딸처럼. 어서."
 "싫어!"

금주는 강하게 고개를 저었다. 그러자 **그녀**가 품 안으로 파고들어 왔다. **그녀**의 작은 팔이 자신의 가슴을 끌어안았다. 금주는 싫다고 반항하면서도 도저히 딸의 육체를 거부할 수가 없었다. 아이의 숨결이 느껴지자, 금주는 고통스러운 듯 눈을 질끈 감아버렸다.

그녀가 금주의 귀에 대고 속삭이듯 말했다.

"전에 나는 너의 할머니였고, 지금은 네 딸이야. 그러니까 넌 나를 돌보고 키워야 해."

멀리서 희미하게 사이렌 소리가 들려왔다.

"사람들이 오기 전에 얼른 가자. 응? 엄마. 빨리."

그녀는 또래의 아이들처럼 말했다.

"그럴 수 없어."

"그럼 저 여자가 죽게 될 거야."

그녀가 혜인한테로 시선을 돌렸다. 갑자기 혜인이 가슴을 부여잡고 괴로워하기 시작했다.

"……시, 심장이……"

"그만둬! 제발!"

금주는 소리쳤다.

"집에 갈 거야?"

그녀가 말했다.

혜인은 금방이라도 숨이 넘어갈 것 같았다. 양손이 오그라들고, 전신에 경련이 일었다. 고통으로 얼굴이 심하게 일그러졌다.

"알았어. 집에 갈게. 그러니까 제발 그만 해. 부탁이야. 응? 착하지. 세연아?"

금주는 아이를 달래듯 말했다.

그녀가 시선을 거두자, 그때서야 혜인도 거칠게 숨을 몰아쉬었다.

"집에 가자. 엄마."

"그래. 알았어."

금주는 자리에서 일어섰다. 얼굴이 마치 최면에 걸린 사람처럼 멍했다.

그녀가 금주의 손을 꼭 붙잡았다.

"그, 금주 씨."

혜인이 숨을 헐떡이며 말했다.

"이제 가자. 우리 집으로."

그녀가 말했다.

금주는 고개를 끄덕였다. 자신의 아이를 바라보는 그녀의 얼굴이 이루 말할 수 없이 슬퍼 보였다.

두 사람은 사굴을 등지고 걸어갔다.

혜인은 멀어져가는 모녀의 뒷모습을 그저 망연히 바라볼 수밖에 없었다.

사굴 안에서 목소리가 들려온 것은 그때였다.

"멈춰!"

진명이 만신창이가 된 몸을 끌고 어둠 속에서 기어 나왔다. 양복 상의로 묶은 왼쪽다리가 피로 흥건히 젖어 있었다. 얼굴이 몹시 창백했다.

모녀는 동시에 돌아서서 진명을 바라봤다.

금주의 얼굴에는 전혀 생기가 없었다. **그녀**는 시뻘건 눈으로 진명을 매섭게 쏘아봤다. 그것은 이제 천진난만한 어린 아이의 눈이 아니었다. 그 눈에는 살기가 등등했다.

"왜 그때 어둠 속에서 나한테 달려들었는지 이제야 알겠어. 나한테서 부적을 훔치려고 했던 거지. 세연이도 부적이 어디 있는지 알고 있었거든…… 금주 씨가 무녀의 외손녀라는 사실을 알았을 때 의심해 봤어야 했는데…… 바보 같이. 전설에도 나와 있는 사실을 몰랐다니……. 제물은 처녀가 아니면 안 된다는 걸."

"이미 늦었어. 난 예언을 이뤘거든."

그녀가 웃으며 말했다.

진명의 얼굴이 고통과 분노로 일그러졌다.

"예언은 이뤘을지 몰라도, 아직 끝난 것은 아냐. 하늘을 봐. 개기월식은 끝나지 않았어. 저승의 문이 아직 닫히지 않았다는 뜻이지. 너는 세연이의 몸 안에서 완전히 안착한 게 아니야. 불안정한 상태로 머무는 거지. 남의 몸을 제 것처럼 쓴다는 건 그리 쉬운 일이 아니거든. 그게 아무리 어린애의 몸이라도. 아마 개기월식이 완전히 끝나야 할 거야. 그 몸이 너의 것이 되려면. 내가 시신을 불태웠으니 이젠 되돌아갈 수도 없게 됐지. 이제 알겠어? 넌 네가 놓은 덫에 스스로 걸린 거야…… 그러니 아직은 기회가 있어. 너를 소멸시킬 기회가!"

"헛소리 마! 넌 날 죽이지 못해. 왜냐면 그 부적이 없으니까."

"내가 가지고 있어. 그 부적……"

금주가 말했다.

그녀는 겁에 질린 얼굴로 금주를 올려다봤다.

"아까 내가 너한테서 가져갔잖아. 버리지 않았어. 진명 씨가 와

줄 거라 믿었거든."
 금주는 파락의 부적을 손에 꼭 쥐었다.
 "금주 씨, 부적을 **그녀**의 가슴에 갖다 대세요. 어서요!"
 진명이 다급하게 소리쳤다.
 그녀는 혜인에게 한 것처럼 진명을 노려보았다.
 "안 돼! 그러지 마!"
 금주가 소리쳤다.
 하지만 진명이 재빨리 수인을 맺고 진언을 외자 아까와 같은 일은 일어나지 않았다. **그녀**는 당황한 얼굴로 자신의 목덜미에 손을 댔다.
 "꺄악!"
 마치 불에 데기라도 한 것처럼 **그녀**는 얼른 손을 떼며 비명을 질렀다. **그녀**의 목 뒤에는 진명이 동굴 안에서 그려준 수호부가 그려져 있었다. 진언에 의해 수호부가 마(魔)의 힘을 밖으로 나오지 못하도록 막고 있었던 것이다. **그녀**는 잔뜩 심통이 난 얼굴로 다시 한 번 목덜미로 손을 가져갔다. 하지만 글자에 손이 살짝 닿았을 뿐인데도 **그녀**는 매우 고통스러워했다.
 "어서요. 금주 씨! 지금이 기회예요! 부적이 버틸 수 있을 때 어서!"
 "엄마, 그러지 마. 나 죽게 하지 마."
 그녀는 간절히 애원했다.
 금주는 **그녀**의 얼굴, 세연이의 얼굴을 차마 바라볼 수가 없었다.
 "마음 약해져선 안 돼요! 저건 세연이가 아닙니다. 육체만 가졌을 뿐이에요!"

진명이 소리쳤다.

"엄마, 제발!"

"어서 가슴에 갖다 대세요. 제가 주문을 외울 수 있게!"

"진명 씨 말대로 하세요!"

혜인도 함께 소리쳤다.

"하지 마. 엄마! 나 아프게 하지 마!"

그녀의 목 뒤에 그려진 수호부가 강한 마의 기운을 이기지 못하고 흘러내렸다.

금주는 피가 나도록 입술을 꽉 깨물었다. 비록 딸의 영혼은 아니지만 딸의 육신을 바라보는 어미의 마음은 미치도록 괴로웠다.

금주는 **그녀** 앞에 마주 섰다. **그녀**가 다른 사람들을 보지 못하도록 시선을 가로막기 위함이었다. 부적을 쥔 손이 **그녀**한테로 다가갔다. 그러자 **그녀**가 눈을 들어 자신을 쏘아봤다.

갑자기 금주의 눈에서 눈물 대신 피가 뚝뚝 떨어졌다. 금주는 고통에 신음하며 몸을 떨었다.

"금주 씨!"

진명이 소리쳤다.

금주는 이제 앞이 보이지 않았다. 한 줄기 빛도 느껴지지 않았다. 세상이 온통 칠흑같이 어두웠다. 그래도 금주는 웃었다. 그녀는 손을 들어 딸의 몸을 더듬었다. **그녀**가 도망치려 하자, 금주가 손을 꼭 잡고 놓아주지 않았다.

"괜찮아. 엄마는 보이지 않아도, 우리 세연이가 어디 있는지 알 수 있어."

금주는 **그녀**의 가슴 위에 부적을 갖다 댔다.

"안 돼! 하지 마! 싫어!"

그녀는 소리치며 마구 발버둥쳤다.

금주는 가슴 위에 댄 부적 위로 자신의 가슴을 똑같이 포갰다. 그리고 두 팔로 움직이지 못하도록 꽉 끌어안았다. 그녀의 심장박동이 점점 빨라졌다.

"지금이에요! 빨리!"

금주가 소리쳤다.

진명은 곧바로 무릎을 꿇고 앉아 수인을 맺었다. 그의 입에서 산스크리트어로 된 주문이 빠르게 흘러나왔다.

"엄마, 제발 하지 마! 살려줘!"

그녀의 심장이 금방이라도 터질 것처럼 빠르게 뛰었다. 금주의 눈에선 하염없이 피눈물이 흘렀고, 부적을 맞댄 가슴은 뜨겁게 달아올랐다.

"세연아…… 우리 딸…… 사랑해……."

그녀의 숨결이 몹시 거칠어졌다.

진명은 오직 주문에만 정신을 집중했다. 그 순간에는 육체적 고통도 그를 괴롭히지 못했다. 정신력이 육체의 한계를 초월하고 있었다.

지옥의 불길이 서서히 무녀의 혼을 태우기 시작했다.

"엄마, 나 뜨거워."

"괜찮아. 곧 끝날 거야. 조금만 참아."

혜인은 그들을 차마 볼 수가 없어 눈을 감아버렸다.

진명의 입에서 흘러나오는 주문이 알아듣기 어려울 정도로 빨라졌다.

"너무 아파."

그녀의 눈에서도 눈물이 흘러내렸다. 심장이 계속해서 빠르게 뛰었다. 사시나무 떨듯 온몸이 바르르 떨렸다.

"조금만 참아. 이제 조금 있으면 편안해질 거야."

머리 위로 한두 방울씩 빗방울이 떨어졌다.

어느덧 사이렌 소리도 가까워졌다. 구조대가 조금 후면 이곳에 도착할 것이다.

빠르게 뛰던 **그녀**의 심장이 서서히 느려졌다. 몸의 떨림도 차츰 잦아들었다.

"엄마…… 나 졸려……."

"엄마가 자장가 불러줄게."

금주는 아이의 등을 토닥이며 자장가를 불렀다. 빗줄기는 점점 굵어졌고, 바닥을 때리는 소리도 요란스러웠다. 어느덧 아이의 몸이 금주의 품 안에서 축 늘어져 있었다. 아이는 엄마 품에 기대 잠든 것처럼 보였다. 주문이 모두 끝나자, 세연이의 등에서 허연 연기가 피어오르더니 금세 비에 씻겨 허공 속으로 사라졌다. 차가운 비가 조금 남아있던 열기마저 몸에서 앗아가 버렸다. 그들의 옷이 비에 흠뻑 젖었다. 진명은 고개를 떨어뜨린 채 축축한 흙바닥 위로 힘없이 쓰러졌다. 고음의 사이렌 소리가 낮은 빗소리를 뚫고 그들을 향해 빠르게 다가오고 있었다.

에필로그

 바다는 아기를 품에 안은 것처럼 잔잔했다.
 그로부터 얼마 후, 다시 찾은 소록도는 여전히 아름답고 평안해 보였다.
 진명과 금주는 바다가 한눈에 내려다보이는 절벽 위에 올라섰다. 그들의 손에는 각자 하나씩 유골단지가 들려 있었다.
 금주는 어머니의 유언대로 유골을 소록도 바다에 뿌리기로 했다. 그리고 같은 날 세상을 떠난 세연이의 것도 함께.
 진명은 부러진 다리 때문에 목발을 짚고 서 있어야 했다. 그 옆에는 금주가 검은 옷에 색이 짙은 선글라스를 쓰고 있었다. 그날 이후로 그녀는 시력을 완전히 잃고 말았다.
 진명이 그들의 극락왕생을 비는 진언을 읊고 나서, 두 사람은 단지를 열고 유골을 바다에 뿌렸다. 가루는 바람에 실려 바다를 향해 흩어져 날아갔다.

금주는 사랑하는 딸아이의 유골을 허공에 날려 보내며 작게 흐느꼈다. 손에 쥔 가루가 날아갈 때마다 마치 아이의 손을 놓아 주듯 힘겨워했다.

유골을 모두 날려 보내고서, 두 사람은 여운이 가실 때까지 잠시 절벽 위에 서 있었다. 떠나간 이들을 애도하듯 멀리서 갈매기 떼가 시끄럽게 울어댔다. 짭조름한 바람이 불어와 그들의 몸을 휘감았다. 금주도 서서히 마음의 안정을 되찾아갔다.

"두 사람 다 좋은 곳으로 갔겠죠?"

금주가 말했다.

"틀림없이 그랬을 겁니다."

금주는 잠깐 말이 없다가, 다시 입을 열었다.

"그날, 마지막으로 세연이를 보았어요. 눈이 먼 상태였는데 이상하게도 어둠 속에서 아이의 모습만 보였어요……. 저를 원망하고 있을까요?"

"아뇨. 그렇지 않을 겁니다. 세연이는 금주 씨가 살기를 바랐을 거예요. 실은 저도 그때 동굴 안에서 수혜의 혼을 보았습니다. 그녀가 그러더군요. 저 자신을 용서하라고. 그동안 저는 그녀를 구하지 못했다는 죄책감에서 벗어날 수 없었어요. 스스로 학대하며 살아왔죠. 이제는 그러지 않을 겁니다. 그것이 그녀를 위해 제가 할 수 있는 유일한 일이니까요. 세연이도 분명 그것을 바랄 겁니다."

"고마워요. 진명 씨."

"제가 도울 수 있는 일이라면 뭐든……"

"그럴게요. 진명 씨 도움이 필요하면 언제든 연락할게요. 그래도 되죠?"

"그럼요."

"저…… 그 여자를 아직 용서한 건 아니지만 그래도 조금은 이해할 수 있을 것 같아요. 왜 그랬는지."

"어쩌면 그 무녀는 금주 씨한테서 모성애를 원했던 건지도 몰라요. 그것이 자신의 비극적인 운명에 대한 일종의 보상심리였을 수도 있고요."

"외손녀인 저한테요?"

"그녀가 죽었을 때는 고작 십 대였어요. 정신적으로 많이 미숙한 나이였죠."

"그래서 저한테 그런 집착을……."

"이건 제 생각이지만, 그녀는 금주 씨를 자기 어머니의 환생으로 여겼던 것 같아요. 마지막에 보인 행동도 그렇고."

금주는 말없이 작은 한숨만 내쉬었다.

바닷바람이 점점 쌀쌀해지고 있었다.

"이제 그만 내려갈까요?"

진명이 말했다.

"네…… 아참, 깜빡 잊을 뻔했네요."

금주는 주머니에서 뭔가를 꺼내 진명에게 보여주었다.

"이건……"

"세연이가 전날 저한테 맡겼던 거예요. 잃어버릴까 봐 그랬겠죠. 아이들은 중요한 물건을 종종 엄마한테 맡기잖아요."

진명은 그것을 건네받았다.

"세연이가 주는 마지막 선물이라고 생각하세요. 아이도 그렇게 하길 원할 거예요."

진명은 잠시 손바닥 위에 놓인 동전을 물끄러미 바라보았다.

"이젠 제법 춥네요. 그만 가요. 우리."

금주가 진명의 팔을 살며시 잡아당기며 말했다.

"네, 그러죠."

진명은 한쪽 팔을 그녀가 잡을 수 있게 내주었다.

두 사람은 걸음을 맞춰 천천히 아래로 내려갔다. 떠나는 그들의 등 뒤로 스산한 바람이 불어왔다.

진명은 문득 세연이의 목소리를 들은 것 같아 슬쩍 뒤를 돌아보았다.

종말은 없다. 영혼에는 출생도 죽음도 없다.
한번 생겨난 존재는 없어지지 않는다.
그것은 태어나지도 않고 영원하며, 항상 존재하며
죽지 않는 태고의 존재다.

— 힌두교 경전 '바가바드 기타' 中에서

-END-

무녀굴

1판 1쇄 펴냄 2010년 8월 9일
1판 4쇄 펴냄 2019년 9월 25일

지은이 | 신진오
발행인 | 박근섭
편집인 | 김준혁
펴낸곳 | 황금가지

출판등록 | 2009. 10. 8 (제2009-000273호)
주소 | 135-887 서울 강남구 신사동 506 강남출판문화센터 5층
전화 | **영업부** 515-2000 **편집부** 3446-8774 **팩시밀리** 515-2007
홈페이지 | www.goldenbough.co.kr

도서 파본 등의 이유로 반송이 필요할 경우에는 구매처에서 교환하시고
출판사 교환이 필요할 경우에는 아래 주소로 반송 사유를 적어 도서와 함께 보내주세요.
135-887 서울 강남구 신사동 506 강남출판문화센터 6층 민음인 마케팅부

© ㈜민음인, 2010. Printed in Seoul, Korea
ISBN 978-89-94210-38-4 03810

㈜민음인은 민음사 출판 그룹의 자회사입니다.
황금가지는 ㈜민음인의 픽션 전문 출간 브랜드입니다.